李漢雲劇作選

张建会 题

李汉云　著

李冬茵　主编

天津社会科学院出版社

图书在版编目（CIP）数据

李汉云剧作选 / 李汉云著 ；李冬茵主编. -- 天津 ：
天津社会科学院出版社，2024. 9. -- ISBN 978-7-5563
-0985-6

Ⅰ. I236.22

中国国家版本馆 CIP 数据核字第 2024V5F863 号

李汉云剧作选

LI HANYUN JUZUO XUAN

责任编辑：吴　琼

责任校对：杜敬红

装帧设计：高馨月

出版发行：天津社会科学院出版社

地　　址：天津市南开区迎水道 7 号

邮　　编：300191

电　　话：(022) 23360165

印　　刷：北京建宏印刷有限公司

开　　本：787×1092　1/16

印　　张：26.75

字　　数：474 千字

版　　次：2024 年 9 月第 1 版　2024 年 9 月第 1 次印刷

定　　价：98.00 元

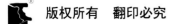

《闺女大了》剧照
天津评剧院艺术室
剧盼云提供

《村南柳》剧照
天津评剧院艺术室剧盼云提供

《九九艳阳天》剧照
著名评剧表演艺术家崔连润提供

《九九艳阳天》剧照
天津评剧院艺术室剧盼云提供

《徐流口》剧照
河北省迁安市评剧团团长王晶提供

《家有九凤》剧照

天津评剧院艺术室剧盼云提供

《巾帼长城》剧照

作者扫描图片

2002年第三届评剧艺术节

《曹雪芹》剧照

唐山市丰润县评剧团办公室主任周洪军提供

2004 年第四届评剧艺术节

《刘姥姥》剧照

唐山市丰润县评剧团办公室主任周洪军提供

2008 年第六届评剧艺术节

《焦大与陈嫂》剧照

唐山市丰润县评剧团办公室主任周洪军提供

2010 年第七届评剧艺术节

《晴雯》剧照

唐山市丰润县评剧团办公室主任周洪军提供

深入生活是剧作家要走的第一步

习近平总书记讲文艺创作时强调："文艺创作方法有一百条、一千条，但最根本、最关键、最牢靠的办法是扎根人民、扎根生活。"

习近平总书记讲出了艺术创作的基本规律。

剧作家要想写好剧本，第一要素是深入生活。深入生活，讲究"深入"二字，"蜻蜓点水"不行，"走马观花"也不行，剧作家要有生活基地，在生活基地里，沉下来，融进去，在生活中打一眼"深井"，得到第一手真实的生活素材，在诸多的素材中发现、挖掘属于这个时代的生活本真。

作家柳青的"根据地"在陕西的关中农村，他定居在皇甫村，一住便是十四年，写出了名篇小说《创业史》。他曾讲："作家的倾向是在生活中决定，作家的风格是在生活中形成。"

剧作家李汉云能够写出底蕴厚重、具有浓郁乡土气息的剧本，就是因为他有着自己的生活基地，这个基地就是他的老家蓟州。李汉云土生土长于农村，在农村生活了二十五年，父母、兄嫂都在农村，应该说他本身就是农民。"小人怀土，古道肠热"，家乡的一草一木都牵动着他的情感，乡亲们的丰收与灾难、欢乐和痛苦他都深有体会。在乡村听到的每一声锣鼓，在乡村见到的每一缕炊烟，都能引起他丰富的联想，他眼中有物，物中有景，景中有情，情中有曲，曲中有人，乡村的各种色调都能演变出强烈的"戏剧性"……

李汉云在山东全国剧作者创作座谈会上讲了他深入生活的经历，有时他靠"杯中酒"在农民中间听到"酒后真言"，讨得"真实素材"，时任文化部艺术局局长曲润海先生专此为他写一首"五言诗"，"好个李汉云，取材有一手。既靠一片诚，又靠四两酒。酒酣无顾忌，真言吐出口。"

值得一提的是，相隔十五华里，出现两个评剧"成兆才"（评剧创始人）式的剧作家：一个是河北省大厂县的赵德平；一个是天津蓟州的李汉云。两人年龄相仿，都靠着生活的支撑、艺术上相互交流，写出了有分量的艺术作品。赵德平写出了评剧《嫁不出去的姑娘》，李汉云写出了评剧《闺女大了》，作品同一时期出现，演出都是超过百场，并且多家艺术团体上演这些剧目。《闺女大了》承载着时代的脉搏和人们对新思想、新生活的渴望与追求，带着泥土的芳香，像一股春风吹拂津门剧坛，成为第一届天津戏剧节一大亮点，人们对李汉云刮目相看，对他深入生活的功力更加赞赏。

生活是创作的源泉，生活给予他们更多的感动，生活赐给他们更多的灵感。

李汉云在中央戏剧学院专修时，著名戏剧理论家祝肇年在他的作业评语上写道："倘若艺术离开生活，便如瓶花，抱香而死。"是讲有些作品尽管显露出作者的才华，文字也许很华丽，但因缺少生活的真情实感，作品缺少了生命力。正像作家焦述所说："作家深入生活的深度，决定了作品的深度；作家深入生活的高度，决定了作品的高度；作家深入生活的质量，决定了作品的质量。"

是不是有了生活的积累就能写出好戏呢？

不是！

习近平总书记还讲，"走入生活、贴近人民是艺术创作的基本态度；以高于生活的标准来提炼生活，是艺术创作的基本能力"。也就是说，生活美不能自然形成艺术美，只有从平凡的生活中发现真善美，并激发作者的创作灵感，发现生活中的文化亮点，作家才有可能写出好作品。

观赏李汉云的剧作，他在高于生活、提炼生活的技巧上有如下的几个特点，也是对我们的深刻启示。

"化常为奇"，戏曲剧本的写作要有非奇不传的传奇性。

"化常为新"，戏曲剧本的写作要力求新意，以防俗套。

"迂回突进"，戏剧剧本的情节结构要有如逆水行舟，悬念递进。

"剑走偏锋"，戏曲作者要利用"逆向思维"，结构出与众不同的表现空间。

中央戏剧学院教授谭霈生曾说："会写戏的人把假的写成真的，不会写戏的人把真的写成假的。"这句话有两层含义：一是生活素材到了你的手里不是简单的素描，而是利用戏剧"假定性"原则进行戏剧构思；二是即使你有生活的素材，其作品不具有艺术的典型性，也难体现艺术的真实性。

李汉云的艺术实践生动说明了剧作家要扎根人民、扎根生活,作家要入身、入心、入境、入情,进行独到的思考和崭新的创造,写出高品质、正能量的艺术作品。

序作者:高长德(1936年3月生)

资深戏剧工作者,曾在天津人民艺术剧院任演员、编剧、艺术室主任。改革开放以后调到天津市文化局工作,先后担任艺术处副处长、副局长,负责艺术生产、大型活动等工作。退休后曾担任天津市戏剧家协会主席、天津市中华民族文化促进会秘书长。

创作足迹

我的家乡是天津市蓟州桑梓镇辛撞村。

这是一个吹响笙管笛箫的小村，村里有两拨"吹鼓手"，也是一个充满戏剧传奇的小村，小村多年唱大戏。我的家在村东，往前走三十步，曾有一个相传是清代所建的古戏台，戏台飞檐翘角，石砌台基，记载着小村的沧桑岁月。

自我记事起，村里就唱起了评剧，评剧剧目有《茶瓶记》《梁山伯与祝英台》《牧羊卷》等。梦幻逼真的布景，离合悲欢的戏剧故事，光彩靓丽的才子佳人，在我幼年的心灵中留下了美好的印象，使我深深爱上了评剧。

我在桑梓镇中学做教师的时候，天津评剧院来镇里演出，当时演的小戏《红大娘》《送货路上》《追报表》，我在戏台下看得如醉如痴，白日梦立时浮现，心想我要是能到这个团干上这一行该有多好啊！真没想到，命运像一条美丽的弧线，这个梦想是命运的始端，幸运真的降落到我的头上。

我在小村生活了二十五年，便考上了天津音乐学院学二胡专业。因早年就喜欢小戏创作，毕业时写了一出《秋风劲》，经同学羊玉荣介绍，认识了天津评剧院著名编剧白云峰，白老师看了剧本，说这孩子写剧本有天赋，便把我推荐给天津评剧院，自此我来评剧院工作，一干便是四十个春秋。

在评剧院先是从事二胡演奏，后来我向院领导提出要搞戏剧创作，得到了时任院长刘文卿的支持，刘院长当时说："太好了，咱剧院就缺少写农村题材的作家，看见沈阳搞《小女婿》，中国评剧院演出《刘巧儿》我真眼热！你写写看！"于是我放下二胡，走上了戏剧创作的道路，处女作是《闺女大了》，剧本十易其稿，后来天津评剧院副院长周抗参与，完成了演出稿。

《闺女大了》是粉碎"四人帮"之后剧院排出的第一个现代戏，剧目首演成功，并在评剧剧坛产生了轰动。全国有六十个院团排练演出此剧，中央电视台、北京电视台、天津电视台先后播放，剧院演出一百六十多场，获得"天津现代戏汇演一等奖"，并获得"天津市鲁迅文艺奖金优秀作品奖"。著名戏剧家吴祖光先生在《人民日报》发表文章，文中夸赞《闺女大了》，说这个戏很好，并提到："据说剧作者才二十八岁，仅此一端，就该为剧院叫好！"

剧本在《天津获奖剧作选》和《评剧大观》上发表。

1987年我报考了中央戏剧学院干部专修班，在那里专攻两年的戏剧文学专业。经过两年的刻苦学习，我心里打开了一片天地，了解了莎士比亚、奥尼尔等一批外国剧作家，也完整学习了中国戏曲艺术。在一次戏曲唱段的写作中，我编了段"小人辰"韵律唱词，得到了著名戏曲理论家祝肇年的具体指导，祝肇年先生在批语上写道："戏曲唱词有生活，写得比较活脱，假如戏剧离开生活，便如瓶花，抱香而死。"寥寥数语，道出戏曲的创作真谛。我在戏剧浩瀚的大海中找到了自己的创作坐标——我当时对河北的农村生活比较了解，依据自己掌握的素材，搞乡土戏剧是我的强项，于是在1989年我写了一出悲喜剧《村南柳》。剧本四易其稿，由天津评剧院二团首演。参加在沈阳举办的"全国振兴评剧交流演出"，此剧一举夺魁，获最高奖项"优秀剧目奖""优秀编剧奖""优秀唱腔设计奖""优秀表演奖"等奖项。天津文化局给我记功一次。

后来，《村南柳》由文化局策划，著名导演许瑞生执导，拍摄为四集戏曲电视剧。

《村南柳》赴中南海向中央领导做汇报演出，受到了李瑞环等中央领导的接见，领导对本剧给予赞赏和鼓励。

《天津日报》文艺副刊发表了我的自传体报告文学——《一生爱好是天然》，将我自幼酷爱评剧的艺术足迹展现给读者。

原文化部艺术局局长曲润海先生在他的《剧坛杂咏》中，为我写了一首五言诗："好个李汉云，取材有一手。既靠一片诚，又靠半斤酒。酒酣无顾忌，真言吐出口。作品不掺假，名牌《村南柳》。"

《村南柳》为天津评剧院的艺术生产打了第二个翻身仗。

随着艺术阅历的增长和知识的积累，我尝试古装戏曲的文艺创作。2002年，经河北省剧本创作室主任胡世铎先生举荐，我和卫中先生合作，为河北省丰润区评剧团创作红楼系列评剧《曹雪芹》。"曹雪芹的祖籍在丰润"，是红学专家周汝昌先生的论说，丰润区旨在打造地域文化名牌，投入精力创作红楼系列评剧。《曹雪芹》作为开篇起势很好，在2002年举办的第三届中国评剧艺术节上夺得戏剧的最高奖"优秀剧目奖"。此剧创作具有新的视角，杜撰曹雪芹来到祖籍丰润，将发生在自己家中的秘史奇闻倾诉笔端，笔端蘸满人性人情，尤其将封建社会的妇女命运书写得淋漓尽致。剧作者从《红楼梦》汲取精华，又能独辟蹊径，完成曹雪芹的这一人物刻画。

剧情大意：

乾隆二十四年春。清代文人曹雪芹来丰润祭祖寻亲，途中遇清寡表姐卿卿泪美人。忆得昨日星辰，金陵泣好，互倾离别滴泪痕。几日后卿卿悬梁自尽，雪芹生疑问，指责红袖贱为淫。幸有那婢女胭脂说原委，道出卿卿洁白心，雪芹哀吟，愤然焚书稿，重写金陵十二人。

胭脂与雪芹，心音共振，天作美，才子佳人。"冤字风筝"上青天，平地风雷，二奶奶欲起杀人心，胭脂不忍落风尘，悄然离去无回音。

疾风骤雨，血色黄昏，闻之胭脂投河死，雪芹惊断魂，痴情大士埋青丝，善恶分经纬，明眸辨假真，刀笔写出《石头记》，文思驰骋，笔走风云。

曹府抄没，雪芹入狱，行途中泣血椎心，云香处女子，危难大义存。佯装身孕藏书稿，行途中传递爱慕心。

三年后，雪芹著书黄叶村，愤世成疾，一病无医，正是暮秋时分，尼姑胭脂，临终相见，临别之语语惊人。

茫茫世事，渺渺真人。四十年华，一世清贫，绝笔泪尽，残章处处春。悠悠哉，碧玉归天地，精神万古存！

剧本《曹雪芹》获"优秀编剧奖"，同时获得第六届河北省戏剧节优秀编剧奖、第十届文艺振兴奖。

《曹雪芹》一炮而红，《刘姥姥》再创佳绩。

《刘姥姥》还是我和卫中先生合作，并由我执笔完成剧本的创作。

在第四届中国评剧艺术节上，丰润区评剧团的《刘姥姥》拔得头筹，获得满堂彩。丰润区剧团的领导也有绝活，将剧情说明书印在扇子上，观众一人一把，说明书干脆就用周汝昌先生的原文"刘姥姥才是奇女流"，效果强烈。

剧中主要人物刘姥姥的扮演者董玉梅，不但长得像刘姥姥，而且有一副"铁嗓子"，戏剧节上光彩夺目，艺惊四座，掌声不绝！

此剧荣获"优秀剧目奖""优秀编剧奖"等多项大奖。

一个区剧团在艺术节上领跑，实属鲜见！

中央电视台十一频道多次播放《刘姥姥》。河北电影厂将此剧改编成两集戏曲艺术片。

2006年我为河北迁安市评剧团创作了现代纪实评剧《徐流口》，《徐流口》根据迁安市杨各庄镇徐流口党支部书记秦玉合的真实事迹改编。那一年我走进大山，和秦玉合在山脚下促膝谈心，了解了这个伤残的退役军人决心为村民办实事、坚决开山修路、为乡亲们谋求福祉的感人行为。此剧我以"路"为主线，推移戏剧情节，挖掘生活细节，描写乡亲们从梦想走向现实、从现实走向进步，描绘出社会主义新农村的灿烂前景。戏剧故事从"花轿迎娶空空归，乡亲无语泪汪汪"切入，写秦玉合"一心修好山乡路，身残志坚不畏难"，写秦玉合"励志开掘'引凤路'，一声呼喊到天边"，写秦玉合"开拓村前返乡路，离散鸳鸯再团圆"，写秦玉合"开出十里山乡路，山村一片艳阳天"。

此剧在第六届中国评剧艺术节引起强烈反响，获得"优秀剧目奖""优秀导演奖"等十三项大奖。获奖数目名列前茅。此剧也获得河北省"五个一"工程优秀剧目奖、唐山市艺术精品奖。中央电视台播放此剧。

同年我给自己的家乡蓟州创作了古装评剧《巾帼长城》。

《巾帼长城》是根据蓟州黄崖关的一段真实故事编写的戏剧故事。蓟州黄崖关，有一段古长城，古长城上有一处寡妇楼，寡妇楼演绎着一个传奇的故事。

剧情大意

福建泉州女子奇香，与河南兵将家属十余人，来黄崖关探亲寻夫，不料惊闻噩耗，众姐妹夫君因瘟疫而亡，姐妹们悲痛欲绝。阵痛之后，奇香率众姐妹，留守黄崖关，修筑楼台。

蓟镇明军守备杜志衡，先祖乃是"残元势力"，枯心不死，竟与长城外鞑靼兵内外沟通，并在长城一出暗设"奸细洞"，被奇香之夫江山秀知情，杜先加害于江，后加害于奇香。奇香身为女兵队总，为恩为情与蓟州总兵戚继光留下一段情缘佳话；为家为国谱写一首壮美悲歌。

古有孟姜女哭长城，这里有众姐妹修长城。

蓟北雄关，巾帼长城，雄哉壮哉！

此剧参加了第五届中国评剧艺术节，获"优秀演出奖"。剧本获"优秀编剧奖"。

2008年，我再一次为河北丰润区评剧团创作红楼系列评剧《焦大与陈嫂》。将焦大作为戏剧的中心人物，这是大胆的尝试，毕竟《红楼梦》中围绕焦大所发生的事件较少。为了戏剧结构需要，我在戏中构置一个与焦大搭档的人物陈嫂。

剧情大意：

贾府焦大，早年曾与太爷远征，在死人堆里救过先主子的命，时过境迁，少主子龙非龙，凤非凤，惹得焦大愤愤不平。酒后醉骂贾珍衣冠禽兽，也敢骂养小叔子的王熙凤。秦氏大殡，焦大系孝绳，才知自己是个奴才命。陈嫂、焦大相依为命，贾府被抄，祠堂内焦大诉苦衷。最后了却残生！

此剧参加了第六届中国评剧艺术节，荣获"优秀演出剧目奖"。

2010 年，我和女儿李冬茵合作，再次打造红楼系列评剧《晴雯》。戏剧呈现新颖，舞台简洁，此剧最大亮点是将新创剧目推向市场演出，这是戏曲艺术真正得以繁荣的必要途径。此剧唱腔优美，主演是著名评剧表演艺术家花淑兰的弟子杨京，她的表演脱俗，将晴雯的性格特征、戏剧行为、喜怒悲哀，表现得惟妙惟肖。有几场戏非常动情，催人泪下。这个评剧版的《晴雯》，取材很适合评剧剧种表现，表现妇女命运、表现底层人物是评剧的传统。

剧情大意：

在大观园里，晴雯是公认的最俏丽的丫头，也是曹雪芹所塑造的奴婢群体中最少奴颜媚骨、最不乖觉或说最不守本分的女奴。但在贾宝玉的心中，她却是怡红院中最可信赖的"第一等人"。"霁月难逢，彩云易散。心比天高，身为下贱，风流灵巧招人怨。寿夭皆从诽谤生，多情公子空牵念"则写尽了她"红颜薄命"的一生！

此剧在 2010 年第七届中国评剧艺术节上荣获"优秀剧目特别奖"。

同年，我为天津评剧院完成戏曲剧本《家有九凤》的创作，《家有九凤》是为评剧院青年演员打造的一出群戏。天津评剧院青年演员人才济济、流派纷呈，这出戏囊括评剧"鲜（灵霞）派""新（凤霞）派""花（淑兰）派""白（玉霜）派"等诸多流派，戏剧呈现满台青春，亮点频闪，剧目演出后深受专家的肯定和观众的好评。

我创作这出戏，与合作者贾文琪去了大连电视台，在那里见到了电视剧的主创高满堂先生。酒杯一端，淋漓尽畅地交谈，高满堂先生特别希望他的作品以舞台的形式再现，并期待能够欣赏这出舞台戏。

剧本大意：

古城春色，听雨楼前，烟花燃放过大年。初家七凤，支教五年，游子归来合家欢。九凤眼尖，惊奇发现，七凤怀孕裙带宽，就此论是非，姐妹各一端，虚戈为戏起波澜。

七凤有情，情系大山，七凤归城音信断，一方无语一方怨。五凤始作俑，棒打好姻缘。无奈何，七凤再嫁杨为健。染指流年情境变。

时过一年，七凤、卫平重相见，心语交流，冰心释然。卫平得癌症，七凤多爱怜，声声劝哥哥，去古城，重会诊，渴求春雨沐旱莲。

七凤回城里，说出心腹事，七凤夫妻有离间。可赞初老太，凭借三杯酒，激活杨为健，奉献大爱心胸宽。

卫平来古城，心中进退难，恨自己惹得他人不耐烦。欲离初家老母拦，去误会，夫妻缱绻蜜意甜。

卫平痊愈，心恋大山，听雨楼中春盎然。杜甫诗句，悬挂厅前，初家老母说当年，九女非亲生，情字大于天。这真是，人间真善美，天籁唱主旋！

《家有九凤》剧本入选 2007—2008 年国家舞台艺术精品工程"优秀剧本奖"。

《家有九凤》参加了 2010 年在唐山举办的第七届中国评剧艺术节，荣获"优秀剧目特别奖"。

值得提出的是，本剧能够径达戏曲演出市场，演出效果极其强烈。

除上述获奖剧目外，我还为剧院和其他剧团创作首演了诸多剧目：

为天津市蓟县评剧团创作了现代戏《燕谷奇花》，主演易春英。

为天津市蓟县评剧团创作了现代戏《山村日月明》，主演易春英。

创作现代评剧《抬头见喜》，天津评剧院首演。主演王有才，杨秋香。

创作现代戏《梦中有个太阳》，天津评剧院首演。主演田学朴。

创作改编现代戏《富有的女人》，天津评剧院首演。主演崔连润，王有才。

创作现代戏《九九艳阳天》，天津评剧院首演。主演崔连润，王有才。

创作现代戏《东虹日头西虹雨》，天津评剧院首演。主演曾昭娟，赵斌。

创作现代戏《路在脚下》，天津评剧院首演。主演曾昭娟，赵斌。

创作现代戏《山沟里的明星》，河北迁安评剧团首演。主演郭付安。

目 录

党的三中全会刚刚开过，农村呈现一派大好形势。

龙凤桥的姑娘春兰，与鹦鹉寺的小伙田青互生暧昧，可春兰的老娘五婶嫌弃田青为农村小伙儿，从中阻拦，并以要高价彩礼的行为破坏一对有情人的结合。春兰和田青矢志不渝，奋力抗争。春兰的妹妹秋兰，喜好虚荣，向往大城市，阴错阳差与给姐姐介绍的城里工人郝认闪电结婚，婚后欠债累累，成了欢喜冤家，众人的笑柄。

剧中还穿插一对寡妇魏宝娟与老光棍陈二丙子以黑色幽默为主色调的爱情插曲。

春兰和田青事业相投，情感相依，终成眷属，他们也帮助了妹妹秋兰，使妹妹的生活走上正轨。一家人上演了一场活泼向上、清新自然的轻喜剧。

本剧获得天津市1982年"戏剧汇演一等奖""剧本创作一等奖"，同时获得天津市首届鲁迅文艺奖金"优秀作品奖"。

闺女大了

（六场喜剧）

天津评剧院演出本

李汉云　周　抗　编　剧

人物篇（以出场先后为序）

陈二丙子　龙凤桥生产队社员，37 岁。

小　寡　妇　鹦鹉寺生产队社员，35 岁。

五　　婶　龙凤桥生产队社员，50 岁。

春　　兰　龙凤桥大队科技员，26 岁。

田　　青　鹦鹉寺大队科技员，27 岁。

柳　队　长　龙凤桥生产队队长，52 岁。

秋　　兰　龙凤桥生产队社员，24 岁。

田　大　妈　鹦鹉寺生产队社员，50 岁。

郝　　认　县城工人，30 岁。

第一场　许　亲

〔农历四月，天津某郊县农村，龙凤桥头。

〔幕启：远处燕岭起伏，大地麦苗葱绿。近处露出石桥桥头，一条小河穿桥而过。桥旁堤岸，一株株盛开的桃花争奇斗妍。

〔今天是龙凤桥庙会的正日子。人声、叫卖声、"卡戏"的锣鼓声不时传来，好不热闹。

〔陈二丙子戴"值勤"袖标上。

陈二丙子 （指远处喊）喂，看戏把自行车存上！啥？我说你这个人哪，赶庙会也得讲个纪律性儿不是？如今是七九年了，不是"四人帮"那时候闹无政府主义了，（转身另侧）喂，剃光头的，我说你哪，咋把拖拉机停路口了？快开走，快开走……

〔小寡妇上。

小寡妇 （喊）二兄弟！

陈二丙子 （急转身）是嫂子，你也赶庙会来啦？

小寡妇 嘻，我家里家外一个人，哪有工夫赶庙会呀。我是受人之托，到龙凤桥给人提亲来了。

陈二丙子 啥时候给人当起红娘来啦？

（数唱）嫂子你真是热心人，

替人说亲跑各村儿。

可是如今新社会，

保媒拉纤儿有问题。

小寡妇 （数唱）嫂子可不是那种人，

替人提亲也是头一回。

咱不图便宜、不图利儿，

中间搭桥算完事。

陈二丙子 （数唱）我的嫂子呀，

别忘了我是有枝没叶的一光棍儿。

小寡妇 （数唱）我的兄弟我忘不了。

我也是有叶没枝一单身，

今天咱来庙会赶大集，

顺便看看提亲的事。

陈二丙子 嫂子，那你以后多想着点我呀？（陈二丙子下）

小寡妇 要说我魏宝娟哪！命也真不够济的，才过门一年当家的就死了，剩下我一人哪忙里忙外的。可我还是个热心肠儿，我的表侄子托人捎信非让我帮着说个对象，我想了想啊，这龙凤桥五婶子家的大闺女春兰合适，说不定到庙会上赶集来啦，我到集上找找她去。我这个人呀，一沾给别人帮忙的事，我的头

发梢儿都是劲,要是跑起路来呀,就跟那小风车儿差不离儿。(一溜小跑下)

〔庙会上鼎沸的人声又起。

〔五婶挎篮子高兴地上。

五　婶　(唱)庙会大集笑声欢,

十里八村好像过大年。

南来的,北往的,

(那个)来来往往人不断,

(那个)卖鱼的,卖菜的,卖虾的,卖蛋的,叫卖声声喊得欢。

这真是福星又照到沟河岸,

除掉那"四人帮"又换新天!

如今那新婚的小夫妻更是惹人看,

他们手拉手,肩擦肩,这真是紫皮儿甘蔗两头甜。

两头甜哪两头甜,

我看见人家眼发酸。

五婶我也生了两个女儿,

大的叫春兰,二的叫秋兰。

哪知道春兰她光顾着搞试验,

忘记了找婆家正在当年。

她心里咋想我不管,

只盼着能有个媒人来成全。

我忙去庙会上卖了鸡,

给春兰扯上一件"的确良"的,鲜鲜艳艳的花衬衫。

〔五婶拍拍身上的土,刚坐在花丛前石块上歇歇脚,不想大白鸡从篮子里飞出,五婶嘴里"咕咕咕咕"叫着去捉鸡,一下扑空,鸡飞上了桥。

〔小寡妇正从桥上走来,见鸡,蹑手蹑脚,上前捉住。待把鸡交给五婶,二人照面,一下愣住。

小寡妇　你是五婶子吗?

五　婶　这不是春兰她表婶呀?

小寡妇　是我呀,五婶子,老没见了,你可不见老哇!

五　婶　眼下呀,看啥啥随心,是觉得年轻了。咱政府眼下的政策,咱庄稼人一咂滋味，嘿是好！你就说这庙会，要啥有啥，总有十几年没见过这场面了。

小寡妇　是啊，那些年光叫咱学小靳庄，别说办庙会、逛大集啦，有一回我想去卖只鸡换双袜子穿，好家伙，差点儿没把我批斗喽！

五　婶　江青这伙反革命啊，真是造孽！

小寡妇　五婶子，这么热闹的庙会那闺女咋没来呀？

五　婶　那春兰整天在队里搞啥麦种试验；二丫头到县上当临时工去了。

小寡妇　春兰今年有二十五了吧？

五　婶　二十六啦。

小寡妇　哎哟，都二十六啦，有对象了吧？

五　婶　嘻，我正为这事着急哪。

小寡妇　准是你的条件太高！

五　婶　要说条件，谁不往好里想啊，她表婶子，你说五婶子我在队里家里也算是"粪叉子挠痒痒"一把硬手吧？可在这农村混了多半辈子，你说是和尚不像个和尚，秃子不像个秃子。嘻，不怕她表婶笑话，有时候买个油盐酱醋，还得等着抠那个鸡屁股。她表婶子你说城里人住的那个地儿，那是高楼大厦，电灯电话，自来水大马路，那住的呀就像张画，我呀，我得让我闺女跳出这个穷窝。

小寡妇　（一拍大腿）太巧了，正有一门好亲，男方在县城工作，家是南关大队的。

五　婶　叫啥名字呀？

小寡妇　俩字儿，郝认。

五　婶　哟，咋叫这名啊？

小寡妇　嗨，你管他叫啥呢，人家是县城大工人铁饭碗。

五　婶　人头咋样啊？

小寡妇　人儿是人儿，个儿是个儿。这么说吧，准比你那老头子年轻时候受端详。

五　婶　你知根底儿？

小寡妇　这你老就放心吧，要续起亲来，他还是我表侄子哪。

五　婶　是啊？她表婶，这可太好啦不是呀！她表婶子，今晌午就到我家，我给你烙春饼，肉丝炒豆芽儿！走！

小寡妇　好，走！

〔五婶、小寡妇同时从地上拿起篮子，各依年龄不同，美滋滋地舞下。

〔庙会上的叫卖声又起,渐隐。

春　兰　(内唱)相约来在沟河岸!

〔春兰手拿书包,装双布鞋上。

春　兰　(接唱)看桥头桃花掩映河水潺潺。

　　　　　　　庙会的盛况我无心看,

　　　　　　　一股春潮涌在心比蜜还甜。

　　　　　　　常言说闺女大了该把婿选,

　　　　　　　女孩儿家心中的事怎好外谈。

　　　　　　　鹦鹉寺龙凤桥隔河对岸,

　　　　　　　两个队育良种同破难关。

　　　　　　　搞科研结同心共立志愿,

　　　　　　　他名字叫田青,真是个好青年。

　　　　　　　多少次想和他话讲当面,

　　　　　　　怎奈是话到唇边开口难。

　　　　　　　日复日,年复年,

　　　　　　　心里的话可藏到哪一天。

　　　　　　　今天约他桥头来相见,

　　　　　　　我要把攒了几年的贴心话一板一眼对他谈。

　　　　　　　听人说恋爱有种幸福感,

　　　　　　　我今天也尝尝滋味儿是苦还是甜!

春　兰　小刘,你看见田……(远望)田青!(略想,做藏起来的表演,然后快步到桃
　　　　花丛后藏起)

〔田青边擦汗边跑上。

田　青　(唱)为赴约跑得我满头汗,

　　　　　　　石桥前为何不见柳春兰?(四下张望不见)

　　　　　　　咳呀!春兰她怎么还不来呢?(转而一想,焦急起来)哎呀,糟了!

　　　　　　(接唱)准是我迟迟未到她已回家转,

　　　　　　　咳!都怪我忙东忙西忘了时间!

〔这时春兰悄悄走出,放下书包,一下子蒙住了田青双眼。

田　青　谁?谁?

春　兰　（学做男声）你猜我是谁？

田　青　一听你这声音我就猜出来了，你是二愣子，对不对？

春　兰　（仍学男声）就算你猜对了，我问你，你干什么来了？

田　青　（不好意思说出口地）我……我……

春　兰　（学男声）干什么来了，快说呀！

田　青　我……（无奈何）我上庙会……接我表姑来了……

春　兰　（撒开手笑弯了腰）哈哈哈……接你表姑来了，哈哈哈……

田　青　（不好意思）春兰，是你？我以为你……

春　兰　别以为，你看看都什么时候了？

田　青　春兰，真对不起。我在来的路上碰见了县科技站的老王，说了会儿话。春兰，
　　　　你看看这个资料，对咱们搞的小麦"千斤白"有没有帮助？（递过）

春　兰　（用手一挡）田青，咱们今天不谈"千斤白"的事儿。

田　青　那咱就谈谈良种"农大一三九"……

春　兰　田青，除了育种的事儿，咱们还能谈点别的吗？

田　青　别的？那你说吧，你说谈啥咱谈啥。

春　兰　（旁白）真傻！这话，叫我怎么说呢？

　　　　　　　　一时间火辣地烧红了脸，

　　　　　　　　我适才下的决心也飞上了天。

　　　　　　　　我的心直跳，

　　　　　　　　我的口难言，

　　　　　　　　往日见面话不断，

　　　　　　　　为什么想吐心事这么难！

田　青　（唱）她有啥话不好说出口，

　　　　　　　　咋想咋说有何难？

春　兰　（唱）搞对象可不比蒸米饭，

　　　　　　　　火候一到把锅掀。

　　　　　　　　心里有了他，

田　青　（接唱）见面不自然。

春　兰　（接唱）想讲又不好讲，

田　青　（接唱）她欲谈又不谈。

春　兰　（接唱）傻田青实在太可恨，

田　青　（接唱）只恨我说不出一二三！

春　兰　（接唱）我何不亮出新鞋做引线，

　　　　　　　　他有一语我有一言，（回身取出鞋）

　　　　　　　　田青，给你！田青，给你！

田　青　鞋？

　　　　〔柳队长上。

柳队长　闺女在这儿打疙瘩凑团儿干啥呢？

春　兰　好吗？

田　青　春兰，这鞋是你做的？手可真巧，这活比我妈的活"三勾强一勾"。春兰，这
　　　　鞋是给谁做的？

春　兰　我自己穿呗。

田　青　咳呀！你有这么大的脚？要是我穿还差不多……

春　兰　（不自然地）你要看着好，就送给你吧。

田　青　不是给我做的，我不能要。

春　兰　你怎么知道不是给你做的？试试看。

田　青　（试鞋）真怪呀，这鞋咋这么合脚呢？

柳队长　（旁白）我说今早上咋穿也不合适呢？

春　兰　你忘了，去年秋播的时候，你带鹦鹉寺小麦科技组来我们村儿参观，你丢了
　　　　东西。

田　青　丢了什么？

春　兰　脚印儿！

田　青　（高兴地）这么说，这鞋真的是给我做的？春兰我感激你！（深鞠一躬）

春　兰　（四看无人，羞涩）你看看鞋里还有东西没有？

田　青　（翻看）是纸条儿？（忙打开念）"田青，我爱你！"

　　　　〔春兰不好意思地把纸条一把抢过。

田　青　这是真的吗？

春　兰　不相信，还是我配不上你？

田　青　不不……（冷静下来）

春　兰　田青，我刚才说的那些话都是我凭着最大勇气才说出来的！

田　青　春兰，那我也把心里话，掏给你吧！

　　　　（唱）春兰啊！听了你贴心话儿一句句，

　　　　　　　感谢你一片真心好情谊。

　　　　　　　咱二人三年来共风雨，

　　　　　　　心相通意相投你知我也知。

　　　　　　　只是我生在五谷庄稼地，

　　　　　　　娘儿俩过生活家境不富裕。

　　　　　　　春兰哪，谁不知春兰姑娘有志气，

　　　　　　　论人品说工作全村里数第一。

　　　　　　　为人怎能单单想自己，

　　　　　　　怎能让你到我家受委屈！

春　兰　（唱）你把话儿说到哪里去，

　　　　　　　说什么嫁到你家受委屈。

　　　　　　　家境好坏我不在意，

　　　　　　　你何必考虑东来顾虑西。

　　　　　　　人若有志，鹏程万里，

　　　　　　　天高海阔，无限生机。

　　　　　　　好生活靠你我共同争取，

　　　　　　　贵在志同苦乐相依。

　　　　　　　你再说委屈我可要生气……

田　青　（着急地）别，别，我不说了，我不说了……

春　兰　（嗔怪地）那，你该怎么说呢？

田　青　我说……只要你愿意，我就一百个愿意。

春　兰　愿意什么呀？

田　青　（接唱）我愿……我愿……

春　兰　愿意什么呀？

田　青　（接唱）愿我们结成一对心贴心的好夫妻！

　　　　〔春兰不好意思地扭过脸去。田青走近她。

田　青　（轻声地）春兰，自打我妈见了你以后，总是夸你好。咱俩这事儿要让我妈知

　　　　道了，她保准乐得合不上嘴。对，我这就回家告诉妈一声去。

春　兰　田青，你也得到我们家去，叫我妈看看你呀？

田　青　我明天去好吗？

春　兰　一言为定！

田　青　（刚要跑下）咳呀！我的鞋？

春　兰　田青，鞋！

田　青　这不！

〔春兰笑。田青穿鞋后跑下。

春　兰　再见！（转过头来，深情地自语）多好的人哪……

〔柳队长上。

柳队长　人是不错呀！

春　兰　爸爸？您……（羞涩地用双手不断地拍打柳队长）

柳队长　别不好意思了，你们刚才这一出，爸爸我看了个满眼儿。

春　兰　爸爸，您看行吗？

柳队长　田青，好小伙子！就说这两年，不是你们在一起搞试验，咱俩村儿的产量能像热水锅里插温度表，"噌，噌"地往上蹿吗？这小伙子，棒啊！（竖起大拇指）回头跟你妈说保准你妈她也同意。

春　兰　爹！我想明天到田青家去看看田大妈。

柳队长　对对对，这你不能空手去啊，爹我给你称点点心，你等着。

〔柳队长欲去庙会，春兰正欲回家，五婶和小寡妇从石桥上走下。

五　婶　春兰，你别走。（转对柳队长）老头子，你也等等，我有桩好事跟你念叨念叨。

柳队长　（走上石桥）我这有重要任务。（径直走下）

五　婶　这个死老头子！

春　兰　（近前拉起五婶）妈，咱回家吧，我也和您念叨一件事儿。

五　婶　你除了"千斤白""万斤黑"的，没啥正经事儿。你先认识认识，这是鹦鹉寺的你表婶。

春　兰　表婶。

小寡妇　哎哟。真是女大十八变，越变越好看。要不是你妈引见，表婶我都不敢认了。

五　婶　春兰哪，你表婶给你说亲来了。

春　兰　（一怔）说亲？妈，您别让表婶为我费心了……

五　婶　这叫啥话？春兰，你表婶给你说的这个人可不错呀。

春　兰　妈,不错我也不要。

五　婶　你别跟妈犯犟了。打你嘎码儿一落生,我就哄着你说:"好丫头,快快长,长
　　　　大了,挑个女婿把福享,吃白面,穿大氅,高跟鞋,咯当咯当响……"

春　兰　妈,我不爱听。

五　婶　爱听不爱听先凑合听着。反正一句话,妈就是给你找个能挣钱的。这农村的
　　　　小伙子,就是俊出朵花来呀,咱也不要!

小寡妇　我说春兰,表婶给你保的这门亲哪,是掉在地上摔不坏的铁饭碗儿。

五　婶　对呀!

　　　　(唱)小伙子他在城里当工人,

　　　　　　　人可靠跟你表婶还沾亲。

　　　　　　　每月的工资十拿九稳,

　　　　　　　样样胜过咱庄稼人。

春　兰　妈!

　　　　(唱)不是女儿犯犟劲,

　　　　　　　您的话句句不对我的心。

　　　　　　　我不图什么工资十拿九稳,

　　　　　　　庄稼人不该嫌弃庄稼人!

小寡妇　(唱)庄稼人怎比大工人,

　　　　　　　汗珠子掉地八瓣分。

　　　　　　　土里刨食多穷困,

　　　　　　　风吹日晒受苦辛。

五　婶　(接唱)大工人不经风雨肉皮儿嫩。

小寡妇　(接唱)庄稼人常摸粪土长大皴。

五　婶　(接唱)这样的亲事"瞎子丢鞋"哪儿去找。

小寡妇　(接唱)春兰姑娘怎能不动心。

春　兰　(接唱)我的婚事不劳旁人来过问,

　　　　　　　　也不请谁当媒人!

小寡妇　五婶子,你闺女给我来个唐山烧鸡,大窝脖儿!

　　　　〔柳队长恰好来到桥上。

柳队长　春兰,你看(举起),点心还有好酒。

小寡妇　哟,到底是当队长的,又称点心又买酒。

五　婶　我看这日子你是不想过啦。

柳队长　咦,话不能这么说。闺女的终身大事,一辈子就这一回,还不该喝两盅?

五　婶　你知道了?

柳队长　知道了,你看这门亲事咋样?

五　婶　太好了呗,可咱闺女好像还不大乐意。

柳队长　(转对春兰)春兰,你又变卦了?

春　兰　(轻声地)爹,我妈说的是县城的一个工人。

柳队长　有这事儿?

春　兰　我跟田青,心铁了!

五　婶　(误解地)铁了心就算成了。

柳队长　爹做主,明天相家!(递点心)

春　兰　好,就这样。

五　婶　对!

柳队长
　　　　(同时地)妥了! 哈哈哈……
五　婶

〔小寡妇、春兰同笑。

——灯暗

第二场　相　亲

〔二幕外。

〔秋兰身穿涤纶服,脚蹬半高跟皮鞋,新烫的发,手拎小提包上。

秋　兰　(唱)秋兰我到县城把临时工当,

　　　　　　三个月变成了卷毛儿姑娘。

　　　　　　"钟山"牌手表戴在手腕儿上,

　　　　　　猪皮面儿皮鞋不亮也光。

走路就像风摆柳，

脸蛋儿好像秋海棠。

就凭我这俊模样儿，

找个工人对象理应当。

只可惜三个月合同期满，

又回到腻死人的僻壤穷乡。

一朵花怎么能插在牛粪上，

人的青春不久长，我要细思量。

〔春兰提网兜内装点心上，秋兰、春兰二人相遇。

秋　兰　姐姐！

春　兰　秋兰你回来了？

秋　兰　刚下汽车。

〔春兰拉住秋兰，把她转了一圈儿，上下端详。

秋　兰　姐姐，怎么了？

春　兰　秋兰，你到县城才当了几天临时工，就打扮成这样儿！往后，别把脑子都用在穿戴上，也该踏踏实实学点真本事啦。

秋　兰　姐姐，你这一套，落后了。抽空儿你也到县城里看看，哪个姑娘不打扮得像朵花似的？

〔陈二丙子手提大油暗上。

春　兰　（玩笑地）哟，这么说，我们秋兰如今也像朵花了？

秋　兰　（索性双手叉腰，左右转身作姿）你看我像朵什么花？

陈二丙子　（猫腰看看）像狗尾巴花！

秋　兰　（嗔怒的）二叔你可真坏，怪不得都快四十的人了，还没搞上对象！

陈二丙子　秋兰，眼下你二叔是个有枝没叶的光杆儿，可这能怪我吗？都怪那些年"四人帮"搞的，弄得社穷队穷人也穷。如今党中央下来文件了，要领咱们治治这穷气儿。等咱这富起来，说不定你二叔也找上一个小辫儿！

秋　兰　你想找个小辫儿？（略想）我给你介绍一个。

陈二丙子　那二叔念你一辈子好，女方长的咋样啊？

秋　兰　梳一个小辫儿，穿着小皮鞋，走起道儿来"蹬儿蹬儿"的。

陈二丙子　嘿，够精神哪。

秋　兰　不光精神,还爱哼哼歌哪。

陈二丙子　那好呀,女方叫个啥名儿?

秋　兰　叫朱正芬儿。

陈二丙子　朱正芬,春兰,你听这个名,还挺雅致的。

　　　　〔春兰、秋兰二人笑。

陈二丙子　秋兰你笑啥呀?

春　兰　(扑哧笑了)二叔,她捉弄你哪!

陈二丙子　捉弄我?(想)朱正芬儿,这"朱"是老母猪,"正芬儿"是挣工分儿,好你

　　　　个秋兰哪!绕弯把你二叔骂了!

　　　　〔陈二丙子欲追秋兰,秋兰忙躲春兰身后。

春　兰　二叔饶她这回吧。

陈二丙子　看春兰面上。要不然,我这一块二毛钱的大油,全蹭你身上。

秋　兰　朱正芬……

春　兰　秋兰,你先回家,我到一个同志家去看看。

秋　兰　同志?

春　兰　跟咱妈说,一会儿我跟那个同志来咱家,随便准备点儿饭。

秋　兰　嗯。

陈二丙子　春兰,你去吧,她说不周到我跟你妈说。

春　兰　朱正芬……

　　　　〔春兰微笑着点头下。

秋　兰　(狐疑地)咳!不对呀,我姐这是上哪个同志家去了?

陈二丙子　别傻不唧唧的。哪个同志?你未来的姐夫呗。

秋　兰　(惊喜地)哎呀,我姐有对象了啦?

陈二丙子　听说是鹦鹉寺小寡妇给牵的线儿,准是今天双方相家呗!

秋　兰　(急)早知道这样,叫她换上我这身衣服啊。(挥手喊)姐姐——,姐姐——,

　　　　姐……

陈二丙子　别喊了,把春兰叫回来她也不穿这一身儿,快给你妈送信儿去吧。

秋　兰　喂!二叔,你什么时候跟朱正芬相家呀?(跑下)

　　　　〔陈二丙子追下。

　　　　〔二幕启,五婶家。

〔青砖瓦舍，窗明几净。屋内摆设井井有条。地中间放着方桌方凳，白灰墙上
贴着杨柳青年画和一九七九年挂历。有一门通内室，挂着漂亮的绣花门帘。

五　婶　（唱）大丫头顺顺当当相家去，

乐得我心里没法提。

等一会儿郝姑爷就来家里，

我忙把饭菜准备齐。

刚去集上买了肉，

回来忙着收拾鱼。

又洗菜来又淘米，

忙得我脚跟离了地皮。

我备下焦熘肉片咸鸭蛋，

百叶素鸡红烧鱼。

摆上两瓶"渔阳"酒，

鸡汤里再把香油滴几滴。

酒菜儿是又香又脆的花生米，

外带着大盘菠菜拌粉皮。

一桌饭菜红红绿绿，

不能让城里人看咱太小气。

过来人都知道当妈的心理，

疼姑爷儿就是疼闺女！

〔五婶喊："秋兰！秋兰！"秋兰拿件大花衬衫出。

秋　兰　妈，叫我干啥？

五　婶　做啥呢？

秋　兰　裁衣服呢。

五　婶　咳哟，我说秋兰哪！一会儿你姐就领郝同志来相家了，你也不帮妈干点啥！

秋　兰　行，我也得换件新衣裳啊。

五　婶　做啥去？

秋　兰　换衣裳。

五　婶　哈，傻丫头，你姐姐相亲，你打扮啥呀？

秋　兰　那也不能让人家看我像个"老坦儿"呀！

五　婶　二丫头啊,妈看这件挺好的。

秋　兰　妈,我姐夫的人头儿长的咋样儿?

〔柳队长走进。

五　婶　人头儿?(见柳队长)二丫头,你瞧着了吗?看见你爸的脸盘儿,就看见你姐夫了!

柳队长　是够好看的,你这是哪的事,(对五婶)你瞧瞧,这新姑爷没来,你那眼就笑成一条线儿。等姑爷来喽,你还不得把眼都笑没啦?

五　婶　(自语地)哟,挺大脑袋没眼,那不成了"四喜丸子"啦?

柳队长　就怕你有眼也不识真假人。

五　婶　(认真起来)咋着,我不识真假人?郝同志这个铁饭碗儿,不就是我给闺女找的?

柳队长　你一口一个郝同志,兴许这个同志还真不错!

五　婶　郝同志嘛,还能错得了?

〔春兰进屋。

春　兰　妈,爸。

〔春兰从内室出。

五　婶　春兰,咋这么快就回来了,那姑爷呢?

柳队长　是啊,那田……

春　兰　(忙使眼色)那天还早,他进村先上地里看庄稼去了。

秋　兰　进村不来家,看庄稼干啥?

五　婶　你懂个啥?姑爷来相家,不看庄稼,人家知道你们生产队办得咋样,社员收入咋样儿?

柳队长　叫你一说,咱这姑爷还是细心人儿。

五　婶　那可不。春兰,你跟妈说说,他的家咋样儿,中意不?

春　兰　妈!

(唱)他的家房宽又干净,

独门小院人又清。

高堂只有老母在,

没有姐妹和弟兄。

五　婶　太好了,老人咋样儿啊?

春　兰　（接唱）老人慈祥明事理，

更知把这儿媳疼。

我一去她老忙前又忙后，

还要把见面礼儿塞我手中……

五　婶　那就收下呗！

秋　兰　是啊，那你还不收下？

春　兰　（接唱）初见面怎好就收礼，

让人家看咱重财不重情。

柳队长　这话对！

五　婶　（横柳队长一眼）对个屁！反正早晚得给。

秋　兰　姐，他这个人咋样儿啊？

春　兰　（接唱）若把这个人来问，

年纪虽轻有心胸。

满面红光体格好，

有一对儿发亮的大眼睛。

文化水平也不浅，

三年前也是个高中生。

他还特别把咱农村爱……

五　婶　（一愣）咋着，他爱农村？

春　兰　（自知失言）他，他……（略想，接唱）

他爱咱农村人老实又厚诚！

五　婶　噢，春兰，你刚才说的妈都明白了，老头子，大丫头相家来个开门红。

秋　兰　少说两句，快着去吧，别让人家挑了理。

五　婶　对，对。（欲出）瞧，我二丫头透透灵灵的鬼呀！走！

　　　　〔田青正好走进。

春　兰　妈，这就是他。

田　青　大婶，大叔。（行礼）

柳队长　（热情的拉住）快坐，快坐……

五　婶　快请坐吧。头回生，二回熟，到这就跟到家一样。秋兰，先叫大哥吧。

秋　兰　（点头）大哥。

〔田青还礼。

五　婶　秋兰，快跟妈端菜去。

春　兰　妈，我去吧。

五　婶　今天用不着你！（拉过春兰小声地）春兰，还是妈的主意正吧？那天，你还不乐意呢。今天乐意了吧？（对秋兰）二丫头，学着你姐姐点儿。

秋　兰　（不好意思地）妈……（推五婶进内室）

柳队长　田青啊，咱是庄稼人，咱还得说点庄稼话儿。去年底中央召开了三中全会，党中央多关心农业发展哪，多盼望咱农民早点富起来呀，咱可把生产搞上去给咱党中央争口气呀！

田　青　我俩跟您老是一个心气。

柳队长　那就好，你进村看咱麦苗长势咋样啊？

田　青　我看长势挺好，就是靠东边有两块地苗尖开始发黄了。

柳队长　嘻，肥力不够哇，缺少点氮肥，可眼下队里没有啦。

田　青　不要紧，大叔，先从我们队弄点，过了麦收咱们再算。

柳队长　那敢情好。

春　兰　一会赶大车，我们俩拉一趟。

柳队长　咳！你看三年两块地需要多少斤哪？

〔五婶端一盘菜上。

田　青　我看先拿一千吧……

柳队长　就这么着喽。

五　婶　（连忙地）别这么客气，别那么客气……（转柳队长）我说你老糊涂啦，哪有刚见面就要这么大价儿的？

柳队长　这我比你清楚，你忙乎你的去吧。

五　婶　这个死老头子！（对田青不自然地笑笑）来来来，你快坐。（又入内室）

〔五婶和秋兰各端一盘菜上。

春　兰　爹，那氮肥的事儿，就这么定了……

柳队长　就这么定了。

〔五婶忙放下菜盘。

五　婶　定了，定了！（对田青）从现在起呀，大婶改口叫你姑爷啦。二丫头叫你姐夫吃饭。

秋　兰　姐夫，吃饭吧。

田　青　大叔，今天我还有事，改天再来吧……

五　婶　饭菜都准备好了，咋不吃就走呢？

柳队长　姑爷准是有事，不回去要影响工作。

五　婶　有这邪乎？

田　青　（从书包取出一个纸包）大叔，这个就给您留下吧。

五　婶　（抢先接过）姑爷有这份心，我就不客气啦，啊！

春　兰　妈，我跟他出去一趟，一会儿就回来。

五　婶　去吧，去吧，现在呀兴这个。

　　　　〔田青，春兰下。五婶等送至门口。

五　婶　（转身对柳队长）丫头爹，你说咱这姑爷，嘿，他咋这么棒呢！（拍腿一挑大拇指）

柳队长　你相中了？

五　婶　相中了。

柳队长　好，好。

五　婶　这纸包沉甸甸的，少说也有四五百块。

秋　兰　妈，还不快打开看看。

五　婶　你急个啥？（小心翼翼地打开纸包，一下子愣住）啊？麦粒！

柳队长　你拿过来吧！

五　婶　（有气地）你说这个人，定亲送麦粒，当你岳母是老母鸡哪。（欲扔）

柳队长　这是改良的新麦种！

五　婶　咋的？他也喜欢摆弄这麦种？

柳队长　他不光喜欢哪，他还是内行呢。

五　婶　他不是城里的大工人？

柳队长　他是鹦鹉寺的小麦技术员，他叫田青！

五　婶　啊？田青？

柳队长　哈哈哈……

秋　兰　妈，咱们上当了。

五　婶　（气急）咳，哎哎哎，小春兰你这小"嘎贝儿"的。放着挣毛的她不要，偏要这穷庄稼小子，可气死我喽！

（唱）死丫头胆子真不小，

　　　气得我火冒八丈高。

　　　二丫头！（转身抄起鸡毛掸子）

　　　快把你姐姐给我找……

秋　兰　嗳。（欲出）

柳队长　（厉声地）给我回来！

　　　〔吓得秋兰止步。

柳队长　（接唱）叫声老婆子你别炸毛。

　　　　　田青他勤劳憨厚品质好，

　　　　　你想变卦白操劳！

五　婶　咋着，我白操劳？（掸子把敲在桌上，"叭！"地一声）

　　　（接唱）老头子你说话口气还不小，

　　　　　想跟我比试比试你还差几招。

　　　　　谁不知道我的脾气暴……

秋　兰　（接唱）妈妈你小心犯了血压高。

　　　　　亲事不成就罢了……

柳队长　胡说！

　　　（接唱）我主的亲事谁也管不着。

　　　　　我看田青好好好！

五　婶　（接唱）我看他土包子糟糟糟！

柳队长　（接唱）我不信你这羊上树。

五　婶　（接唱）我不信你耗子敢叼猫。

柳队长　（接唱）我的闺女归我管。

五　婶　（接唱）我的丫头你管不着。

柳队长　（接唱）我要管。

五　婶　（接唱）你管不着。

柳队长　老婆子，

　　　（同唱）不给我台阶下。

五　婶　老头子，

　　　惹急了我可要动刀！

〔柳队长抄起面杖,五婶拿起掸子,二人隔着桌子互相吓唬着。

秋　兰　(忙喊)爹!妈!快来人哪,打起来了!

〔陈二丙子跑上。

陈二丙子　哎呀,你们老两口子咋搞起武斗来了!

五　婶　(对陈二丙子)二丙子你说这丫头是不是我生的?

陈二丙子　(对五婶)哎呀,那还有错。

柳队长　是你生的,是我养活的。

陈二丙子　(对五婶)五婶子,连你也是老队长养活的……

五　婶　哎呀,你待着你的吧。

陈二丙子　你把我挂在房梁上,也得讲理不是?

五　婶　我不管姓王姓李,反正我闺女不嫁给高粱花子脑袋。

柳队长　你当初嫁了我,就许春兰嫁给田青!

陈二丙子　五婶子。

五　婶　你躲开!(对柳队长)好哇,你这个死老头子,我告诉你,春兰这码事要是成了哇,我管你叫爹。

柳队长　我告诉你老婆子,春兰这码事要是不成,我管你叫……咳!

〔陈二丙子站在五婶、柳队长中间,无法劝解的晃晃脑袋。

——灯暗

第三场　退　亲

〔前场次日上午。

〔二幕外。五婶内喊:"二丫头,你磨蹭啥,快走!"五婶和秋兰上。

五　婶　(唱)小春兰吃了秤砣铁了心。

秋　兰　(唱)死心眼偏要嫁给庄稼人。

五　婶　(唱)当娘的亲自给她把婚退。

秋　兰　(唱)叫姐姐从此死了这份儿心。

　　　　　妈呀, 到了田青家, 这亲你打算怎么退呀?

　　　　　〔五婶说不出话。

秋　兰　你快说话呀?

五　婶　咋退? "先礼后兵", 软的不行, 我就让他家锅底儿朝天。

秋　兰　那多不体面, 传出去也不好听啊。

五　婶　那你说咋退?

秋　兰　叫我说呀, 咱找田青他妈要条件儿, 和和气气, 把这门亲事给他要黄了。

五　婶　咳呀! 你这主意太好了不是, 走啊, 可都该要啥妈不知道哇。

秋　兰　什么贵要什么, 越贵越好。

五　婶　行。

秋　兰　妈, 快走吧。

五　婶　走。咳哎!

　　　　　〔陈二丙子背半口袋化肥上, 正与五婶相撞, 二人坐地。

五　婶　我说咋又碰上了你这丧门神啦?

陈二丙子　你吵了一宿, 咋还这么大精神儿呢, 娘俩这是去哪儿呀?

五　婶　(没好气地)找田青他妈算账去。

陈二丙子　没过门的亲家奶奶算得啥账呀?

五　婶　我们家的事你少管!

　　　　　〔五婶一拉秋兰衣角, 一努嘴, 拉秋兰欲下。

陈二丙子　(咽口唾沫, 仍在说)五婶子, 要我说这事儿呀, 那是你办得不对。那农村小
　　　　　伙子你瞧不起, 闺女一大就往城里送, 一来二去, 那农村不成了光棍窝了?

五　婶　我说你是吃河水长大的, 管得倒挺宽。(与秋兰下)

陈二丙子　(略想)哎呀不好, 这娘俩一去, 非把田家闹翻天不可。我还得给柳队长送
　　　　　个信去, 说走就走! (把口袋一背, 大步奔下)

　　　　　〔二幕启: 田青家。

　　　　　〔陈设朴素, 但很整洁。屋角的长案上放着育种的盆罐, 麦苗碧绿。墙上挂着
　　　　　奖状。

　　　　　〔田大妈戴老花镜在做针线活。

田大妈　(唱)都说儿大对象不好求,

　　　　　　　这一回我可算哪盼出了头。

田青儿和春兰把婚订，

一时间我脑门儿少了那几道沟。

乐得我呀一夜没睡算计了一宿，

喜得我呀泪珠儿滴湿了炕枕头。

我们家这几年光景不够，

四破五的土房也早该修。

我只怕媳妇她贪图彩礼要个没够，

哪曾想她是个通情达理的好丫头。

我只盼着大红喜字贴门口，

从今后一家人和和美美一步一层楼。

为儿媳做新衣情深意厚，

这真是喜从天降鹊落枝头。

〔五婶和秋兰上。

五　婶　二丫头叫门。

秋　兰　妈，您怎么知道这是田青他们家？

五　婶　破门楼，没有树，房子没塌凑合住。一看这穷劲儿，没旁人儿，叫门去。

秋　兰　（叫门）田青在家吗？

田大妈　谁呀？（忙下炕出门）你们是？

五　婶　我先来个自我介绍吧，我就是柳春兰的妈。

田大妈　（热情地）哎呀，这可是大水冲了龙王庙，一家人不认一家人啦。哈哈哈……

五　婶　（旁白）谁跟她是一家人？

田大妈　这是？

五　婶　春兰的妹妹秋兰，秋兰哪，快叫大妈。

秋　兰　大妈。

田大妈　闺女呀，快坐下吧。

五　婶　你儿子呢？

田大妈　又忙他的工作去啦。她大婶子，你老成全了田青的亲事，可得好好地谢谢你呀！

五　婶　……我不……

田大妈　我知道，您哪不嫌我家穷。往后家里有什么活儿，就叫田青去干，您哪就当多个儿子。

五　婶　嘻，我是说……

田大妈　您哪别说了，昨天田青回来呀都给我学啦，有您这个干脆响快的老人疼他们，可真是他们的福哇！（倒水）

五　婶　二丫头哇，妈张不开嘴呀，快给我开个头儿。

田大妈　来喝碗水。

秋　兰　大妈，眼前农村姑娘出嫁的风气，您知道不？

田大妈　知道，知道，像春兰这样的闺女不多呀。

五　婶　她大妈呀。虽然眼下兴这个婚姻自由，可还得爹妈作主。咱们定亲，也得有个条件呀。

田大妈　条件？那您就说吧。

五　婶　她大妈呀！

　　　　（唱）咱一不要虚来二不要谎，

　　　　　　　随大流就行了可别铺张。

　　　　　　　女儿过门要把新房住，

　　　　　　　我要一层四破五的、老檐橼子、四大明山、青砖红瓦漂白灰的、洋灰地的、子口门的、玻璃窗的、宽敞锃亮的大瓦房。

　　　　　　　黄花松的大立柜，

　　　　　　　穿衣镜子挂在墙。

　　　　　　　酒柜橱桌要打好，

　　　　　　　再买一对樟木箱。

　　　　　　　"鸽子"牌自行车要上一辆，

　　　　　　　闺女探家才便当。

　　　　　　　你再买一个上边抻下边蹬、缝衣的机器可要上海产，

　　　　　　　好让闺女做衣裳。

　　　　　　　十个灯的半导体要一个，

　　　　　　　听完气象听"二黄"。

　　　　　　　要几件新衣也在理上。

　　　　　　　冬有冬服夏有夏装。

　　　　　　　呢子大衣双排扣，后中缝的要上一件。

牛皮面儿的皮鞋，四个眼的、半高跟的、露脚豆儿的、羊毛里的、黑的、白的、黄的、蓝的各要一双。

涤纶裤褂儿要三套。

尼龙的袜子高腰、矮腰、单丝、双丝深色、浅色，（看秋兰伸出四个手指）来上那四十双。

再挂上一笔养儿账，

不能把二十年的老本儿全赔光。

闺女养了这么大，

那个吃喝穿戴可让我这当妈的把脑筋伤。

单说这穿——

冬天棉的，夏天单的，这个袄儿，那个褂儿样样为她想。

再说这吃啊——

吃的干的，喝的稀的，

苦的辣的，酸的甜的，

她是花钱又吃粮。

咱不打利润不算奶水账，

要上这一千块应当不应当？

田大妈　（苦笑地）对！

　　　　（唱）应当应当全应当，

　　　　　　这番话说得我是透心凉！

　　　　　　你要的价码太高我们攀不上，

　　　　　　庄户人哪来的这成堆的洋钱换您这大姑娘。

五　婶　（唱）那咱就算黄！

　　　　　　他大妈呀话不说不透，灯不挑不明。这码事就算清了，从此往后，你儿子愿找谁找谁，我闺女爱挑谁挑谁，咱是刀切豆腐两面光。

田大妈　（忙上前）他大妈呀，我再劝您老一句吧，咱们做爹娘的，也得为两个孩子想想啊……

五　婶　我呀，我就为我的两个孩子想的呀。你嫌我们春兰的价码高哇，我跟你实说了吧，等我二丫头出门子的时候哇，我要的呀比这还多呢。

秋　兰　妈，快走吧。

五　婶　（欲走又停）对了，有件事我得说清楚，这两天哪，有个大工人正等着我们春兰相亲呢。你们田青啊从今以后不准再找春兰。

〔五婶话音未落，春兰、田青手拉手走进。

春　兰　妈。

五　婶　（一见气极）大闺女家家的还跟人家小伙子手拉手？我和你爹结婚这么多年了，都没好意思来这个。那回呀我掉菜窖里头上不来，他才拉我一把。小春兰哪小春兰你可给我现眼现到家喽！（气得两手捶腿）

秋　兰　姐姐，你太惹妈生气了。

田　青　大婶呀，我跟春兰的事，您昨天不是说定了吗？

五　婶　（斜了一眼）我昨天说定了，今天不许说退？领了结婚证还许离呢！

春　兰　（耐心地）田青他人老实、田大妈一副热心肠，他们不会亏待我。像这样人家，您说有哪点不好？

五　婶　哪样都不好，他们村穷，家穷，人也穷！

春　兰　现在穷，往后就不会变富吗？您跟我说过，当初您跟我爹成亲连被子都是借的……

五　婶　（更气）好你个小春兰啊，你跑这揭我老根来啦？好！你今个当着他们娘俩的面，你给我说不乐意。（立逼地）说！

春　兰　（闭口不语）……

田大妈　（对春兰，痛心地）春兰哪！看样子亲事成不了啦，你就说吧……（拭泪）

春　兰　大妈。

秋　兰　说呀？

五　婶　说！

春　兰　（把心一横）好，我说！

　　　　（唱）我说上一句还是"我同意"！

　　　　　　此心不变此志决不移。

　　　　　　我情愿跟上田青去耪大地，

　　　　　　我决不作棒打鸳鸯两分离。

五　婶　（接唱）你活活要把妈气死……（昏死过去）

〔春兰，秋兰忙扶。

春　兰　（喊）妈！

秋　兰　（喊）妈！

田　青　（喊）大妈！

田大妈　她大妈！（忙掐"人中"）

　　　　〔五婶猛得坐起。

五　婶　（接唱）这门亲事我至死不依！

　　　　　　　　二丫头，拉你姐姐快走。

　　　　〔秋兰上前去拉，春兰搂住田大妈和田青不肯走。五婶上去推开田大妈，欲
　　　　揪春兰却抓住秋兰拼命打，听秋兰叫，才撒手。

五　婶　二丫头，上！

　　　　〔五婶、秋兰二人向春兰扑去，田大妈忙护春兰，被五婶推坐。田青去扶母
　　　　亲，秋兰去拉春兰，春兰闪身挣开，秋兰摔倒在地。五婶举手欲打，柳队长
　　　　上，大喊一声"给我住手"！五婶吓了一跳，一屁股坐在秋兰肩头上。

柳队长　（冲五婶和秋兰）你们跑这给我丢人来了，你们给我回家。

五　婶　老头子，这事儿呀还别跑这你充能耐。小春兰今天不吐口，我就死在这
　　　　儿了！

柳队长　你给我走！

　　　　〔柳队长去拉五婶，春兰往外推五婶，秋兰往后拉春兰，田青上来劝柳队长。
　　　　五婶死不肯走，柳队长向她脚上狠踩了一脚，秋兰被柳队长拉下。

五　婶　好你这死老头子，你这招还真绝，我豁给你了！

　　　　〔脱下一只鞋向门外打去。

————灯暗

第四场　替　亲

　　　　〔前场两日后。

　　　　〔二幕外。春兰挎书包上。

春　兰　（唱）我妈强迫我退亲，

闹得全家乱纷纷。

劝我把终身许郝认,

春兰不是那种人。

公社通知我和爸爸去开会,

上午就要离开村。

抽空给田青写了一封信,

把实情告诉他,劝他耐心。

怎奈开会时间紧,

哪里去找送信的人?(发现地)

咦?看那边地里好像是陈二叔。(喊)

陈二叔——

〔陈二丙子内应声,扛锄上。

春　兰　二叔,我跟我爹要去公社开会,想求您去鹦鹉寺,给田青送一封信。

陈二丙子　行喽,把信交给我,开会去吧。(接信)

春　兰　哎!

陈二丙子　春兰,开会也不是搞对象,咋这急呀?

春　兰　(嗔怪地)二叔。(下)

陈二丙子　(叹息)要说田青配春兰,这是多好的一对儿?五婶偏叫人家退亲。还有鹦鹉寺那小寡妇!

〔向左侧一指,小寡妇正好走上,听到一愣。

陈二丙子　不嫩也不老,改嫁就完了,管这闲事做啥。

小寡妇　二兄弟。

陈二丙子　(吓了一跳)哈哈哈,是嫂子呀?你这是做啥去呀?

小寡妇　郝认上春兰他们家相亲去,我去送个信。

陈二丙子　嫂子,这闺女一大你就往城里送,这农村小伙子都打光棍。这可不咋的呀。

小寡妇　嗐,不都怪咱农村穷嘛。

陈二丙子　你是眼皮厚,没看透。如今不是"四人帮"的时候了,这农林牧副渔都上了劲,过不多久,咱们这不也富起来了?

小寡妇　对对,到那天嫂子我也给你介绍一个……

陈二丙子　(连忙地)那你说那话是真的?

小寡妇　谁糊弄你,谁是秃尾巴小狗,照你这个岁数,大姑娘找不上,找个嫂子我这样的行吗?

陈二丙子　(喜出望外)嫂子,听你这句话,我比喝二两酒还过瘾。嫂子,往后你有啥力气活儿,就叫我一声。

小寡妇　行。

陈二丙子　(猛地想起,忙叫)嫂子! 你看!

〔小寡妇复上。

陈二丙子　(从口袋掏出布票)我这还有一丈七尺三布票,你用得着你就拿着……

小寡妇　(接过)那我就不说谢了。有话改天再说啊!(下)

陈二丙子　好,好!(目送小寡妇走远,自语地)我陈二丙子,今天是出门见喜了是咋的?

　　　　(唱)听他话好像是对我有意思儿!

　　　　　　我和她配成对儿也够意思儿!

　　　　　　猜不透真和假呀是啥意思儿!

　　　　　　别闹个人票儿两空可没意思儿!

〔陈二丙子把锄一扛,晃着脑袋,思索着欲下,猛地想起。

陈二丙子　上鹦鹉寺,得朝那边走!(一拍脑袋朝相反方向下)

〔二幕启:五婶家。

〔秋兰对着镜子,手拿着半截香头,吹了一下香灰。

秋　兰　(唱)秋兰我点炷香吹亮了火,

　　　　　　熏一颗美人痣漂亮的酒窝。

　　　　　　女孩子家爱打扮并不算错,

　　　　　　我不学姐姐她只懂干活。

　　　　　　她不知选对象如同挑货,

　　　　　　挑错了不管换有苦难说。

　　　　　　我和妈到田家把亲退过,

　　　　　　为的是姐姐她免受折磨。

　　　　　　没想到她反来责怪于我,

　　　　　　说什么爱打扮无理想等于白活。

　　　　　　她有她的理,

　　　　我有我的辙。

　　　　庄稼人一生抱锄柄，

　　　　大工人一天就是两块多。

　　　　有道是人挪活树挪死，

　　　　何必死守这穷窝窝！

　　　　　〔秋兰失手，香火烫伤了下巴，大叫起来。

秋　兰　哎哟！哎哟！……妈！

　　　　　〔五婶连忙从室内走出。

五　婶　刚消停会儿，你又叫唤啥？

秋　兰　（指烫伤处）您看看，您看看哪……

五　婶　哟，咋都烫出燎泡来了。

秋　兰　妈，您为啥净偏向我姐。

五　婶　哟，啥事儿我又偏向你姐啦？

秋　兰　那我姐姐怎么在这里有痦子，我就没有？

五　婶　我的丫头，你姐姐那是天生的，也不是妈给熏的呀。

秋　兰　（瞧瞧镜子）叫我说呀，熏的比天生的还好看！

五　婶　（没好气地）行！那你就熏！

　　　　　〔小寡妇上。

小寡妇　（边说边进屋）娘俩熏臭虫哪？

　　　　　〔秋兰连忙扭过脸去。

五　婶　（支吾地）熏啥臭虫啊，春兰哪从集上买了点香草想熏熏衣裳。她表嫂子，您
　　　　快坐坐。

小寡妇　坐坐。

五　婶　有事呀？

小寡妇　五婶子，我是给您添高兴来了。县城的郝同志今天就来和春兰见面儿。

五　婶　（急）今天？她表婶子，春兰跟他爹去公社开啥麦种会啦！

秋　兰　是育种科研会。

五　婶　反正是开会，得几天才能回来。

小寡妇　哟，这可咋办？人家好不容易来一趟，要是白白地回去，这亲事儿别再吹
　　　　了哇。

五　婶　（急地抖手）你说这事儿，不该你顺心，你就顺不了心。二丫头，你给妈出个鲜灵主意。

秋　兰　给我姐姐相亲，又不是给我相亲，我有啥主意呀？

小寡妇　（计上心来，一拍手）他五婶子，鲜灵主意我没有，倒有个馊主意。

五　婶　那我听听。（与小寡妇耳语）好，好！（转对秋兰）二丫头，今天这事，你可得帮妈个忙。

秋　兰　（不解）我？

五　婶　听妈告给你。（和秋兰耳语）

秋　兰　（惊）啊，让我替姐姐相亲？我可不干，我可不干！

五　婶　我二丫头最听妈的话啦！

秋　兰　衣服能替做，相亲哪有替的？不干，不干！

小寡妇　（忙上前）二姑娘啊，这没啥难的。前些年你不净演小两口儿这个，小两口那个的？你就再装着一回，行吗？

秋　兰　（撅嘴不言）……

小寡妇　（略想）这么着吧，等郝认给了定礼，先给秋兰买件时髦衣裳。

秋　兰　（顿时转喜）真的？

小寡妇　表婶子给你作保。

五　婶　这行了吧。

秋　兰　那我就试试。

五　婶　对喽，这才是妈的好丫头呢。

秋　兰　妈，我换那件"出口转内销"大花褂子去。

五　婶　快去吧，快去吧。

　　　　〔秋兰跑入内室。

五　婶　她表婶子，郝同志头次上门，我也换件衣裳。（欲走）

小寡妇　你这件就蛮好。

五　婶　那我就梳梳头。（对镜梳头）

　　　　〔郝认上。

郝　认　（念）县城当个三级工，

　　　　　不知亲事成不成。

　　　　（叫）这是柳春兰同志家吗？

小寡妇　（忙答）是呀是呀。五婶子，人家来了！

小寡妇　五婶子，我来引见。

郝　认　贱姓郝，郝认。

五　婶　不好认，下回我们也认识了。

小寡妇　（脱口而出）这是秋兰他妈……

五　婶　（连忙地）春兰他妹妹叫秋兰，我是俩闺女的妈。

　　　　（瞪了小寡妇一眼）

郝　认　噢，大婶。（行礼）

小寡妇　五婶子，叫春兰出来见见吧。

五　婶　行。（对内室）春兰哪，你出来一下！

　　　　〔秋兰内应：咳！我来了。内唱

　　　　咱学那样板戏来个"亮相"！（上，亮相）

小寡妇　（忙捅郝认一下，接唱）

　　　　快看看貌似天仙的漂亮姑娘。

郝　认　（慌乱中不知所措，接唱）

　　　　初见面不知如何把话讲……

　　　　（上前）春兰同志，你好！（伸出手）

秋　兰　（握手）你好！

五　婶　（唱）刚见面就拉手可真大方！

秋　兰　（接唱）替相亲我更须装模作样。

五　婶　（接唱）二丫头见识宽不羞又不慌。

小寡妇　（接唱）郝认你看这闺女怎么样？

郝　认　（接唱）人漂亮，又大方，下颌儿的痦子更添光。

秋　兰　（接唱）走上前来忙把烟来让……

　　　　　　　　请抽烟。

郝　认　（用手轻轻一拦，接唱）

　　　　我郝认烟酒不动，谢谢姑娘。

秋　兰　（接唱）不吸烟我再把香茶捧上……

　　　　　　　　请喝茶。

秋　兰　谢谢！

（接唱）姑娘的好情意定要报偿！

〔郝认，秋兰相视一笑。

小寡妇 （对五婶，接唱）看他俩一言一语有来有往。

五　婶 （接唱）别闹个假戏真唱那可太荒唐！

秋　兰 郝同志，别客气，随便坐……

五　婶 （对秋兰）行了行了，没你的事了，靠边站着吧。

　　　　我说郝同志，你在哪做事呀？

郝　认 县农林局。

五　婶 有多少级？

郝　认 我在那修理农业机械，没养鸡。

秋　兰 嗐，我妈是问你每月工资开多少？

郝　认 噢，工资加上杂七杂八的凑一块儿小七十块。

　　　　〔五婶忙把秋兰拉到一旁。

五　婶 闺女，你看咋样？

秋　兰 钱拿的还可以，就是年纪有点大。

五　婶 年纪大怕啥呀，年纪大知道疼人。（转对郝认）我说郝同志，双方见面了，你
　　　　是啥意见哪？

郝　认 （腼腆地）只要大婶满意，春兰同志愿意，我更乐意。

五　婶 既是响快人儿，咱就不用绕弯儿啦。如今青年人搞对象，讲究交人交心。这
　　　　心思咋样，感情薄厚，可不能光动嘴呀。

小寡妇 （对郝认轻声地）听见这话儿了吧？这么漂亮的闺女，人家不能白送，你总
　　　　得给点东西表示呀。

郝　认 （对五婶）大婶，那您就说吧。

五　婶 （拉秋兰到一旁）丫头，你说还是我说？

秋　兰 您说吧。

五　婶 还是照方吃炒面？

秋　兰 妈呀，炒面可不能吃了。咱们到田青家，是为了把亲事要黄了；今儿个咱们
　　　　是该要的都要到了，还得把亲事要成了。

五　婶 哎哟，我可不敢打这个保票……

秋　兰 妈，这么办，您看我的手势，往便宜东西上琢磨。

五　婶　（转对郝认）往便宜上要，行行。郝同志啊，那我们就说了。你最好拿本记着

　　　　　点，省得忘喽。

郝　认　（在小寡妇的示意下）好，好。（掏出本子和笔）

五　婶　（唱）我那郝同志啊，

　　　　　　　闺女让我当代表，

　　　　　　　行与不行，你慢慢推敲。

　　　　　　　要多了吧，显咱嘴儿大不太好，

　　　　　　　要少喽，又好像你的感情太薄。

　　　　　　　咱本着节约的精神儿要上几件。

　　　　　　　结婚后你们又能用得着。

　　　　　　　咱先要——（见秋兰指手）

　　　　　　　噢噢噢，要一副细白线的线手套……

　　　　　　　闺女她细皮嫩肉手太娇。

秋　兰　（拉过五婶）妈，不是！（忙指手腕）

五　婶　（接唱）噢噢噢，明白了，她要块天津出的"海鸟"小手表。

秋　兰　（连忙地）妈，是"海鸥"的！

五　婶　（接唱）海鸥的呀，海鸟的呀，就是那海螃蟹的能差几毫！

　　　　　　　她还要……（见秋兰指衣服胸前）

　　　　　　　玻璃扣子要一套。

秋　兰　（急）妈，不是！（忙拉衣角）

五　婶　（接唱）噢噢噢，她是要涤纶裤袄，外带毛衣要全毛。（见秋兰两脚做蹬车状）

五　婶　（接唱）他要双胶皮鞋好练赛跑。

　　　　　〔秋兰指手。

五　婶　（接唱）再要芭蕉扇儿在手中摇。

　　　　　〔秋兰指嘴，示意要自己说。

五　婶　（接唱）你还要个大口罩？

郝　认　（惊）啊？

小寡妇　（惊）啊？

秋　兰　（接唱）妈妈你要了个糟，糟，糟！

五　婶　（对秋兰）你不是让我往便宜东西上要吗？

秋　兰　那也不能要胶皮鞋、芭蕉扇、大口罩哇。您别要了，我说吧。

五　婶　行，怪妈跟不上形势。（转对郝认）郝同志呀，这回你可拿本好好记着点。

秋　兰　（唱）姑娘我身板儿不太好，

　　　　　　　　再加上自幼我妈把我娇。

　　　　　　　　又怕冷来又怕热，

　　　　　　　　劳累过度爱扭腰。

　　　　　　　　因此我要一层新房白灰套，

　　　　　　　　红砖铺地免得潮。

　　　　　　　　电镀的折叠桌椅来一套，

　　　　　　　　立柜咱要质量高。

　　　　　　　　姑娘生来胆子小，

　　　　　　　　被面儿窗帘儿别绣那老虎猫。

　　　　　　　　缎子被褥要装丝棉套，

　　　　　　　　铺盖太硬我睡不着。

　　　　　　　　缝纫机是必不可少，

　　　　　　　　缝缝做做少疲劳。

　　　　　　　　自行车轻便二六为最好，

　　　　　　　　免得搬不动来够不着。

　　　　　　　　茶具、烟具、暖瓶、花瓶少不了，

　　　　　　　　再备下香脂、香皂、香水、牙膏一律全要"美人蕉"。

　　　　　　　　太出圈儿的咱不要，

　　　　　　　　电视机买不买以后再瞧！

五　婶　（接唱）我闺女要的高，高，高！

　　　　　〔五婶一拍大腿，一挑拇指。郝认忙记，不自觉地蹲在椅上。此时不自觉地出
　　　　　　口长气，站在了椅子上。小寡妇连忙把他拉下。

郝　认　（自语地）我的妈呀！（忙擦汗，不知怎的，连头发都竖起了一撮儿，

　　　　　（接唱）他娘儿俩口若悬河赛放炮，

　　　　　　　　要得我六神无主心里毛！

五　婶　（接唱）俗语说"买卖不成仁义在"，

　　　　　　　　要不成请您另把对象挑。

小寡妇 （连忙地）郝认,这个茬口儿,你心眼可得活点儿呀,过这个村可没这个店
　　　　儿啦。

郝　认 （把心一横,牙一咬,脚一跺）大婶,那好吧。

　　　　（接唱）一切一切我全应了,

　　　　　　　　这彩礼容我三次交。

五　婶 好吧。（接唱）

　　　　从今后你就把我岳母叫,

　　　　郝姑爷一言为定别动摇。

　　　　第一批彩礼后天要送到,

　　　　咱们是送完杏儿就交桃儿!

郝　认 好吧,岳母,我走啦……

五　婶 （忙送）郝姑爷,慢走啊,慢走……

　　　　〔郝认一下撞到门框上,笔记本掉在地上。

五　婶 郝姑爷,撞坏没有哇?

郝　认 没有,没有。（捂头下）

　　　　〔五婶发现笔记本落在地上,忙拾起。

五　婶 （忙喊）郝姑爷! 郝姑爷——你的本。

——灯暗

第五场　断　亲

　　　　〔二幕外。

　　　　〔前场两日后。田青慢步走上。

田　青 （唱）田青我心烦乱,意沉沉,

　　　　　　想不到与春兰订亲又退亲。

　　　　　　她曾托陈家二叔来送信,

　　　　　　劝慰我遇事莫急要耐心。

我二人情丝万缕割不断,

三年来风雨与共情意深。

为什么昨日里忽然起疑云,

说春兰两天之前相了亲。

那男方是工人叫郝认,

传得是有鼻有眼难辨假何真。

春兰啊,

莫非你言说开会却是假,

为的是怕我伤感娘伤心。

我却愿这个传闻才是假,

都怪我听风是雨起疑云。

我只求早和春兰见一面,

倾吐肺腑需知音。

〔郝认上。他两手提着手提包、点心盒、鞋盒、服装盒等,满头大汗,步履艰难。

郝　认　同志,这是鹦鹉寺吗?

田　青　是鹦鹉寺。同志,你是下乡送货的吧?

郝　认　我是来找我表婶儿魏宝娟的。

田　青　噢,是送礼的?

郝　认　不,她给我介绍了一门儿亲,今天领我去过彩礼。

田　青　是我们鹦鹉寺的?

郝　认　不,是龙凤桥的。

田　青　(引起注意)龙凤桥谁家的?

郝　认　她姓柳,叫柳春兰。

田　青　(惊)啊? 您贵姓?

郝　认　我姓郝,郝认。

田　青　你跟柳春兰见过面吗?

郝　认　前天在她家相的亲。人挺热情,行动大方,长的也漂亮,她下颌那颗痦子长的也是地方……(发觉一高兴说多了,忙问)咦,你认识她?

田　青　不不,不大熟,只是前几年在一个科技小组工作过……

郝　认　(忙上前握手)哎呀,你是春兰的同志,也就是我的同志。等我们办喜事儿,一定请你喝喜酒。

田　青　（强作镇静）谢谢。

郝　认　说定啦！（下）

田　青　（唱）原想是假却是真，

春兰果然另订亲。

此时再找她会面，

岂不搅动她的心？

〔田大妈拿件新衣上。

田大妈　（见田青呆立）田青。

田　青　（心堵茫然，没有听见）……

田大妈　田青！

田　青　……（发现）妈，是您？

田大妈　孩子，你脸色不好，是不舒服了吧？

田　青　没……没有。（强作笑容）妈，您找我有事？

田大妈　妈给春兰做了件衣服，笨手笨脚，可这是妈的一份儿心，抽空给她送过去。

（欲递衣）

田　青　（为难的）妈，不用了吧？

田大妈　（狐疑地）怎么啦？

田　青　（怕伤妈心）没什么！妈。

田大妈　田青，怎么有话跟妈还不说？

田　青　（无奈地）妈，春兰她果然订亲了，今天就过彩礼。

田大妈　春兰是个好孩子，她这是叫她妈逼得万不得已呀。田青哪，咱可不能怨恨人

家春兰哪！

田　青　妈，您放心，我会处理好这事的。

田大妈　那就好，田青，跟妈上供销社，给这件衣裳挑几个漂亮的玻璃扣子送给春

兰，就当妈的一份贺礼吧，跟春兰也算没有白认识一场，走。（用衣角拭泪）

田　青　（心酸地）妈，走吧……（扶田大妈下）

〔二幕启：龙凤桥头。景同第一场。

春　兰　（内唱）开会一去四天整，

〔春兰上。手拿纱巾，边舞边唱。

春　兰　（上，唱）春风送我上归程。

　　　　　　　　　似闻流水高声笑，

　　　　　　　　　但见桃花色更浓。

　　　　　　　　　水有情来花有情，

　　　　　　　　　我也有一缕别情系心中。

　　　　　　　　　田青啊!

　　　　　　　　　我知你在把我等，

　　　　　　　　　再等片刻就相逢。

　　　　　　　　　这一回我先开口谈育种，

　　　　　　　　　我看你诉不诉说离情。

　　　〔春兰信手从路旁采下一朵花，放在鼻子前深深一嗅，闭上了眼睛，好像在品味爱情生活的甜美。徐徐睁开眼睛。

春　兰　（接唱）一股香气沁肺腑，

　　　　　　　　　为什么倔强的姑娘也多情?

　　　　　　　　　连我也说不清!

　　　〔小寡妇上。

小寡妇　春兰，春兰，春兰!

春　兰　咳哎，吓我一跳，您又赶集来了?

小寡妇　我的傻侄女，表婶这些天跑前跑后，都是为了你呀。

春　兰　（不解的）为我?

小寡妇　是呀，上回我说的那个县城的大工人郝认，前两天来你们家相亲，你妈一眼

　　　　就看中了。今天人家带一大堆东西给你过彩礼来了……

春　兰　给我过彩礼?（一思索就料到了八九成）

小寡妇　是啊，是啊，不出一个月，不出一个月表婶就该喝你的喜酒啦。

春　兰　（胸有成竹的微微一笑）嗬，连日子都给我定好了?

小寡妇　定了，你快回家看看吧。（笑着奔下）

春　兰　（又气又怨地）我妈精明了一辈子，老了，老了，怎么净办傻事儿呢?

　　　　（唱）天底下怪事儿有多少，

　　　　　　　我们家也出了特号大新闻。

　　　　　　　那郝认跟我没见过面，

他倒和我相了亲。

成婚的日子也定好，

我还不知谁去做新人。

只说是妈呀，妈呀，你叫我说你什么好，

刚过五十就变成糊涂的人。

女儿的心愿你不问，

拉来一个就让我成亲。

春兰我做事嘎嘣脆，

不是软面儿捏成的人。

我即刻去把田青找，

我二人今天登记就结婚！

〔春兰欲去，恰遇田青走上，热情的奔过去。

春　兰　田青！

田　青　（心烦意乱，不知该说什么）……

春　兰　来，坐下（拉田青同坐），我跟你商量个事儿。

田　青　（马上又站起）春兰，不用商量了……

田　青　（费了好大劲才说出口）只要你能生活得幸福，我……我什么都愿意。

春　兰　（高兴地）我的好田青——（扑上去抱住田青的双臂）

田　青　（吓得连忙躲开）别，别……今后可别这样啦……

春　兰　为什么？

田　青　你已经是定了亲的人了……

春　兰　（明白地）他也把我相亲的事儿信以为真了！

田　青　春兰，听说今天就是你的喜日子，我是给你道喜来了。（本能地抱着小包袱按老规矩作揖）

春　兰　（强忍住笑地也作揖）那好，咱们同喜啦。（转身笑着旁白）真是个傻瓜！

　　　　（唱）他以为我们二人情已断，

　　　　　　哪知道姑娘的心牢牢地把他拴！

田　青　（接唱）眼见他一提结婚笑红了脸，

　　　　　　哪知道这失意的滋味儿苦又咸！

春　兰　（接唱）我更爱田青对我痴心一片，

田　青　（接唱）如今是负心的女子痴心的男。

　　　　　　　我成了剃头的挑子一头热，

春　兰　（接唱）他像那暖水瓶热在心里边。

田　青　（接唱）到如今我不该半吞半吐又半咽，

春　兰　（接唱）早应该落地开花开门见山！

田　青　春兰！（捧出新衣，接唱）

　　　　　我妈他缝件新衣作贺礼，

　　　　　粗针麻线你留待以后穿。

春　兰　好吧。（接过来，接唱）

　　　　　多谢大娘心一片，

　　　　　结婚之日我定把它穿。

田　青　（失望地）她就这么冷冰冰地收下了！（接唱）

　　　　　这双新鞋我也还给你，（递鞋）

春　兰　行啊。（接过鞋，接唱）

　　　　　你不穿我就留给新郎官！

田　青　（接唱）这回算全完！

春　兰　你说我什么时候去登记好？

田　青　（为难地）你们领结婚证，怎么问我呀？

春　兰　征求征求意见嘛。

田　青　（无奈地）叫我说，越快越好。

春　兰　你看今天怎么样？

田　青　行！——

春　兰　既然你同意了，咱们走吧！（拉田青就走）

田　青　（惊慌地）……你跟我？（一指自己的鼻尖）

春　兰　我不跟你跟谁？

田　青　（更加不解地）你不是跟郝认订亲了吗？

春　兰　（逗趣的大声）郝认？谁叫郝认？

　　　　〔郝认正好走上。

郝　认　（彬彬有礼地）我叫郝认。（见是田青）哟，熟人啦，你也来龙凤桥啦？

田　青　（不好意思地）啊，啊……

郝　认　（见状）噢，我明白啦。（一指田青，有一指春兰）你们是……哈哈哈……

田　青　（急忙旁白）怕碰上偏碰上，这有多不好！

春　兰　（上前）郝同志，咱们也认识认识，我叫柳春兰。（伸出手）

郝　认　（下意识地）噢，噢……（刚一握手，明白过来，忙撒手）啊？您，您……贵姓？

春　兰　我姓柳。

郝　认　您……您叫……

春　兰　我叫柳春兰。

郝　认　（诧异地看，又用力眨着眼睛上下打量）我这眼是怎么啦？（转对田青）同志，这位柳春兰同志的父亲是不是柳队长？

田　青　（也莫名其妙地）是啊。

郝　认　（又问）她母亲大家都叫五婶儿？

田　青　对呀。

郝　认　哎呀我的妈呀，我怎么像做梦似的呀？……（头一晕，身子直晃悠）

田　青　（忙扶叫）同志，同志，这是怎么回事儿呀？

郝　认　你问我，我问谁去。

春　兰　郝同志，听说你和柳春兰相了亲，怎么还不认识我呢？

郝　认　我是跟柳春兰相了亲，可是你又不是你！

　　　　〔春兰和田青会心的相对一看。

田　青　（顿现笑容）是秋兰？……（春兰一旁点头）

郝　认　二位，二位。千万别误会，我可不知道你们的内幕，想硬插一杠子，这是都怪我表婶。（彬彬有礼地）春兰同志，那就请你转告我表婶一声，我带来的东西，让她给我暂时收存，我白跑这两趟也没什么，就当"体育锻炼"了。你们二位什么时候办喜事，需要我帮忙，尽管找我。联系地点是，县农林局农机科机械队第二小组组员郝认！

田　青
春　兰　谢谢你。

郝　认　不客气！（转身双手一背，径直走下）

田　青　（情不自禁地握住春兰手）春兰，这回是满天乌云全散了，咱们登记去吧。

春　兰　噢，现在你倒着急了？

田　青　（腼腆地）嘿嘿……

春　兰　田青，你先回你们大队开介绍信，回头到你们公社登记处等我。

田　青　唉。（转身欲走）呀！我的鞋！

　　　　〔春兰示意，田青提起包袱，走进春兰。

田　青　咱不见不散哪！

　　　　〔田青下。春兰正欲回家。

柳队长　（内喊）春兰！春兰！（上）

春　兰　（忙上前）爹！

柳队长　春兰，你妈办的这是啥事儿。

春　兰　爹，您不用生气，我打算今天就跟田青去登记。

柳队长　对！登记，你妈也就白闹腾了。（出示信）咱没要彩礼，爹没陪送，今天就是
　　　　好日子，走，爹给你送亲！

　　　　〔父女欲下，幕内传来五婶喊声："春兰她爹！春兰她爹！"五婶跑上。

五　婶　站住！丫头爹，你领着春兰干啥去？

柳队长　你刚才不是连哭带喊，叫我催春兰去登记去吗？

五　婶　那登记咋往村外走？

柳队长　田青家住鹦鹉寺，不打这走打哪儿去？

五　婶　咋的，跟田青登记？老头子，那郝姑爷的事儿，你叫我咋办？

柳队长　爱咋办就咋办。（领春兰下）

五　婶　（忙喊）你给我回来！你给我回来！（见无人应，自语地）这个老东西，他是
　　　　跟春兰串通一气想活活气死我呀！我可不活啦……

　　　　〔小寡妇上。

小寡妇　他五婶子，这是咋了？

五　婶　咋了咋了，白折腾了，春兰跟田青登记了。（拍腿哭喊）我可没有活路了
　　　　哇……啊，啊，啊！

小寡妇　（眼珠一转）五婶子，咋没活路，这活路不就在眼前摆着吗？

五　婶　（马上不哭了，连眼泪也没有）她表婶子，活路在哪儿啊？

小寡妇　她五婶子，那天郝认来家相亲，相的是谁？

五　婶　秋兰哪。

小寡妇　对呀，那天我一看他俩就有意思，这不正好吗？

〔五婶急走。

小寡妇　五婶子你做啥去？

五　婶　（乐得两手一拍，自语地双手合十礼拜）她婶子，你这一说我想起来了，那天我看郝认跟秋兰那还有意思。谢天谢地，救命菩萨是我的二丫头！

——灯暗

第六场　成　亲

〔二幕外。

〔前场半月后。

〔秋兰手擎花旱伞上。郝认提旅行包随上。二人边走边唱。

秋　兰　（唱）旅行结婚好喜欢，

郝　认　（唱）债务压身重如山。

秋　兰　（唱）这一回上天津可开开眼，

郝　认　（唱）到天津咱逛逛动物园……

秋　兰　逛动物园？那有啥意思呀！

郝　认　有意思！（唱）

　　　　（唱）看一看——

　　　　　　　孔雀开屏金灿灿，

　　　　　　　百鸟争鸣花草鲜。

　　　　　　　金丝猴子熊猫眼，

　　　　　　　再看看狗熊打秋千！

秋　兰　（唱）这些我都不爱看！

　　　　　　　咱先到商场转一番。

郝　认　（旁唱）又要花钱！

秋　兰　（唱）百货大楼买一件真丝缎，

　　　　　　　劝业场再买一件花衬衫。

南京理发店烫个"飞腾"式，

再照个合影像感情要自然。

郝　认　（旁唱）我心里不坦然！

秋　兰　（唱）再尝尝——

"狗不理"包子味道窜，

"耳朵眼"的炸糕香又甜。

"十八街"的麻花嘎嘣脆，

"全聚德"的烤鸭味道不一般。

郝　认　（旁唱）钱包得掏干！

秋　兰　（看看表）认，要到点了，快买票进站吧。

郝　认　好！

秋　兰　郝认你看我穿这身坦不坦儿？

郝　认　不坦不坦儿！

〔秋兰给郝认整理一下衣服，挎上胳膊，郝认苦笑随下。

〔二幕启。

〔一个月后。

〔五婶家。陈二丙子挎个大篮子上。

陈二丙子　（数板）五婶子的丫头嫁出门儿，

今天他们回家门儿，

请我采买跑细了腿儿，

鲜鱼水菜不用走后门。

说着笑着走进门儿，

（迈步进门，喊）五嫂子！东西买回来喽！

五　婶　嗳！（忙从屋出）

陈二丙子　（转数板）你看我买的有门儿没有门儿。

五　婶　我看看。

陈二丙子　（样样取出）这是长寿面，这是富贵鱼，这是百岁菜，这是红粉皮！

五　婶　我说二丙子，你咋没买肉？

陈二丙子　哟，忘啦，我再跑一趟。（走出几步又回）五嫂子，我看集上有个大猪头，

拼个盘儿凑个菜儿的好玩意儿！

五　婶　嗨,闺女回门是喜事儿,买个猪头你当是上供呢咋着?

陈二丙子　我不是为你省钱嘛。我说五嫂子,你今儿个回来的是大闺女还是二闺女?

五　婶　是二丫头跟姑爷。

陈二丙子　春兰,田青他俩咋不来呀?

五　婶　(有气的)要是他俩呀,我啥也不准备!

陈二丙子　(自语地)要不是他俩呀,今天这个菜也买不好!(走下)

　　　　〔春兰和田青提着点心和酒上。

春　兰　(在门外喊)妈!

五　婶　哟,秋兰他们回来了!

　　　　〔五婶迎到门外,见是春兰、田青,笑容立刻不见了。

五　婶　(冷冰冰地)是你们俩呀?(转身回屋背脸坐下)

春　兰　(亲热地)妈,这是给你买的点心。(放桌上)

　　　　〔五婶瞟了一眼转身坐另一侧。田青把酒放桌上。

春　兰　妈,这是我给爹买的两瓶酒。

　　　　〔五婶眼皮也没抬,转向又一侧。田青把酒放桌上。

春　兰　妈,听说妹妹今天回来,我们来看看她……

五　婶　来去随便,有话在先,我可不管饭。

春　兰　(依然满面笑容)妈,队里生产挺忙,我们待不住,等妹妹回来说句话就走……

五　婶　随便吧。

春　兰　(大声地)妈,那我可走啦……

　　　　〔五婶仍不理。春兰和田青相视一笑,二人蹑手蹑脚藏在桌后。

　　　　〔陈二丙子喊着:"五嫂子!"提菜篮上。

陈二丙子　(一包一包递过)这是猪肝,猪肚,大肥肠儿……

五　婶　咋全是现成的呀?

陈二丙子　现成的省柴禾不是?你看,还有这个……(从篮内提出个大猪头)

五　婶　你到底买了个大猪头。

　　　　〔五婶和陈二丙子不禁笑了起来。

　　　　〔桌后的春兰和田青也笑了起来。

五　婶　(闻笑声)你俩没有走哇,快给我出来。

　　　　(把春兰、田青拉出)

田　青　（行礼）二叔。
春　兰

陈二丙子　嗨，要知你们俩来，我就不买这个啦不是？

　　　　　　（指手中的猪头）

春　兰　二叔，听我爹说，他要给你介绍个对象。

陈二丙子　女方叫个啥名呀？

春　兰　叫魏宝娟？

陈二丙子　魏宝娟？（想了想，晃晃脑袋）好你个小春兰哪，前些天秋兰跟我闹着玩
　　　　　　儿，要给我介绍个"猪挣分儿"；今儿个你又要给我介绍个魏宝娟，这喂饱
　　　　　　了一圈还是猪不是？（说着提起猪头欲追春兰，春兰忙躲）

田　青　（忙拦）二叔，这回是真的啦，我们鹦鹉寺的小寡妇，她就叫魏宝娟。

陈二丙子　（惊喜）她叫魏宝娟。

　　　　　　〔陈二丙子不觉手中的猪头险些落地，被田青接住。

陈二丙子　（连忙地）她同意啦？

　　　　　　〔小寡妇拿件新作蓝制服上。

小寡妇　（忙答）同意啦！（进屋）

陈二丙子　嘿嘿，宝娟儿呀，咋刚说你，你就来了呢？

小寡妇　给你送衣裳来啦，快穿上试试。

春　兰
　　　　　　快给二叔穿上。（帮陈二丙子穿衣）
田　青

　　　　　　〔陈二丙子穿后见制服长的出奇。

陈二丙子　再长点就成了"布拉吉"啦！

众　　　（笑）哈哈……

小寡妇　一丈七尺三我全都给你做上啦。（掏出个红绒"喜"字戴头上）走，起结婚
　　　　　　证去。

陈二丙子　嗳。

　　　　　　〔小寡妇、陈二丙子欲下。

五　婶　（忙上前）她表婶子，给你们道喜啦。

小寡妇　同喜，同喜。（对陈二丙子）走！（拤陈二丙子下）

五　婶　（笑着自语）哈哈……这事多有意思，穷光棍儿一个子儿没花，娶了个大花枝

儿！哈哈，这事可真有意思儿！（转眼见春兰、田青立刻板起面孔坐到一旁）

春　兰　（偶见地上菜篮）田青，咱们把菜收拾收拾去。

田　青　嗳。（春兰、田青拾起菜篮猪头等下）

五　婶　（忙拦）哎，你们放下吧，快放下……

（自语地）这俩孩子软硬不吃，刀枪不入，你拿他俩真没法儿。

〔秋兰满面怒容地走进。

秋　兰　（噘着嘴喊）妈！

五　婶　（喜出望外地迎上）秋兰，你回来啦……

〔哪知秋兰把小皮包一下扔出老远，鼻子一酸，嘴一撇，抽泣起来。

秋　兰　（唱）我那害了我的……妈呀！

五　婶　别哭啦！你姐姐你姐夫都来了，你要是哭，叫他们笑话咱们娘俩儿，有话慢慢说。

秋　兰　（接唱）未曾说话心酸痛，

叫声妈呀你可把我坑。

五　婶　你这叫啥话呀，妈咋坑你啦?

秋　兰　（接唱）你以为郝认多富有，

三批彩礼要得凶。

五　婶　妈不是为你嘛。

秋　兰　（接唱）为办彩礼借债足有一千五，

旅行结婚又花了二百挂零儿。

新婚后高兴了三天整，

可欠下的债呀，

只怕三年也还不清。

到现在我才像大梦初醒，

急得那郝认他眼也红、牙也疼，就差着没发疯！（又“呜……”哭了起来）

五　婶　（焦急地自语）你说这丢人现眼的事儿，咋全叫我赶上了呢！

〔春兰、田青相继上。

春　兰　（见状，忙劝慰秋兰）妹妹，你别哭啦，有话慢慢说。

秋　兰　（边抹眼泪）妈呀，要不，我把那些零七八碎儿的都卖给你吧。

五　婶　卖给我？

秋　兰　您给一千。

五　婶　啊？（吓得跌坐地上）春兰你听了吗？她不是要钱，是要妈的命啊！

春　兰　妹妹别着急，欠下的债咱慢慢想办法。

秋　兰　还有啥办法。要不，要不，我就跟他离婚！（又哭）

五　婶　（又吓一跳）啥？刚结婚就离，我可跟你丢不了这个人。再说，离了再嫁，那也成了"二婚头"了不是？

秋　兰　妈，不离，您又有啥好主意呀？

五　婶　叫我说，你就嫁鸡随鸡，嫁狗随狗吧……

秋　兰　啊？（哭喊起来）我死去，我不活了……

　　　　〔春兰连忙拉住秋兰，安抚她坐下。

五　婶　（用衣襟擦泪）二丫头哇，你可不能往窄道上想啊，你要有个三长两短，叫妈可咋活呀。

春　兰　（唱）劝妈妈且不要愁出了病，

　　　　　　　妹妹你也不必把眼哭红。

　　　　　　　郝认他朴朴实实的，爱劳动，

　　　　　　　只要是人可靠不分工农。

　　　　　　　庄稼人为什么厌弃庄稼汉，

　　　　　　　细想想其中情理通不通？

　　　　　　　有人说嫁工人有了"铁饭碗"，

　　　　　　　嫁农民一辈子要受穷。

　　　　　　　为什么不看看农村远景，

　　　　　　　现代化的农业靠咱建成。

　　　　　　　就说是嫁了一个"铁饭碗"，

　　　　　　　夫妻之间没感情也是一场空。

　　　　　　　依我说结亲别看穷和富，

　　　　　　　情投意合乐在其中！

　　　　　　　别着急啦，为你的事，你姐夫到城里给你打听了一下。

田　青　是呀！妹妹，郝认他是厂里挺不错的小伙子。

　　　　（接唱）郝认他学农机大有作用，

妹妹你也是高中生。

称得上郎才女貌两般配，

就应该携手同奔好前程！

五　婶　怪我怪我全怪我，这办彩礼欠下债不能怪郝认只能怪咱哪。

春　兰　那就听咱妈的。

五　婶　听我的？你妈现在是没有辙啦。

秋　兰　姐姐、姐夫，你们说的都对，可欠下的债怎么办哪？姐姐！我和郝认已经卖
　　　　了不少了，卖到现在连个住处都没有了……（啜泣，擦泪）

五　婶　咋的，连房子都卖了？

秋　兰　卖了房子还差五百多块哪。妈呀，你给我想办法吧。

五　婶　我的小姑奶奶，五百块是多少你知道吗？就是五个一百块呀……（伸出巴掌）

　　　　〔田青和春兰示意后取出钱来。

田　青　妈，这正好是五百块，您先收下吧……

春　兰　妈，这是田青他们娘俩儿夏收预分的钱。

田　青　您老收下吧。

五　婶　（感动地）田青啊，春兰你们结婚，我没花一文还跑到你们家去连哭带嚎。现
　　　　在我倒向你们手背儿朝下，叫我这脸往哪搁呀！

田　青　妈，我们不是外人，都是您的女儿，妹妹有了困难能不管吗？

春　兰　妈，您快收下吧。

五　婶　（接钱，感动地）田青啊，你丈母娘在你眼前是破棉袄没里（理）儿呀，我给
　　　　你赔个不是吧……（说罢欲跪）

田　青
　　　　妈！……（忙扶）
春　兰

　　　　〔秋兰一见大笑。

五　婶　（嗔怪地）你倒笑了，等你爹回来，我这老倭瓜还不知咋挨搓呢。

　　　　〔队长边喊："春兰他妈！"边上。

　　　　〔五婶连忙躲到春兰和田青的身后。

柳队长　欧。（发现地，一把拉住五婶）你给我出来吧。

　　　　〔五婶苦笑着用手遮脸，不敢吭声。

柳队长　春兰妈，我问你，县城的郝大工人好不好？

五　婶　（心虚地）你问的是郝认哪，他好是好，就是……就是……

柳队长　就是啥？

五　婶　就是……他也是个穷光棍儿。

柳队长　告诉你吧！

　　　　（唱）南关大队我早去过，

　　　　　　　队干部已把实情说。

　　　　　　　都怪你要彩礼郝认把家破，

　　　　　　　他俩人欠下债一千还要多。

　　　　　　　卖了房我看日子怎么过，

　　　　　　　也只有叫他俩往庙儿台上挪！

秋　兰　（急）妈呀，我爹叫我蹲庙台而去，我可不去！（哭）

柳队长　（大声地）秋兰！

秋　兰　（吓得不敢应声）……

柳队长　郝认呢？

秋　兰　他……他还在外边树荫凉儿底下蹲着哪。

柳队长　田青，叫你妹夫去。

　　　　〔田青应声下，片刻，领背着铺盖卷儿的郝认上。

　　　　〔郝认见势，未敢进屋，转身又蹲到了舞台角上去。田青把郝认拉进。

郝　认　（怯怯地）岳父……岳母……

柳队长　秋兰！

秋　兰　妈，我不去。

五　婶　春兰哪，你替妈跟你爹求个情儿去。

春　兰　我不去！

五　婶　好丫头。

春　兰　爹！我妈妈和妹妹都知道错了，我又常不在家，就让妹妹、妹夫搬过来吧，

　　　　日后对你也有个照顾呀！

五　婶　哎呀，你看我这大丫头主意多好哇，我咋想不起来呢？

柳队长　等你想起来黄花菜都凉了。

五　婶　春兰哪，快帮你妹妹收拾屋子去。

柳队长　……去吧。

秋　兰　妈! 我爹真好。

〔田大妈喊着:"亲家母!"上。刚欲迈腿进门。

五　婶　(见田大妈,用手向她一指)嘿!

〔田大妈被吓得转身跑下。五婶小跑追下,把田大妈拉上,进屋。

田大妈　(以为五婶又要犯脾气,不知该说什么)……

五　婶　(不好意思地)亲家母啊,我给你赔不是啦……(拱手赔礼)

柳队长　老皇历别翻啦。大喜的日子,你看!(指)

〔这时春兰和田青、秋兰和郝认,双双并肩站在一旁。

柳队长　(指春兰、田青)这是一喜!(指秋兰、郝认)这是二喜!

〔陈二丙子领小寡妇,戴着红花,举着结婚证书,高喊着:"等一等,我们这还有一喜!"奔上。

柳队长　好,三喜临门,咱们到东屋喝喜酒去!

〔在欢快的乐曲中,春兰挽田大妈,由柳队长陪下。

〔田青、五婶边说边笑下。

〔陈二丙子和小寡妇挽胳膊美滋滋地下。

〔大幕闭。只有郝认留在幕外的右角。

郝　认　(苦笑着)我这倒插门的女婿,给插到外头了!

〔秋兰和春兰突然撩开大幕,露出头来。

秋　兰　(喊)认!

春　兰　(喊)妹夫!

春　兰
　　　　(同喊)喝酒去!
秋　兰

〔春兰和秋兰拉郝认跑到大幕中间欲入。

〔五婶突然撩开大幕左角,露出头来。

五　婶　(大喊一声)哒!

〔春兰、秋兰、郝认被突来的喊声吓住。

五　婶　(笑着)这屋啦!(让三人进)

〔乐队起尾声。

〔全剧终。

村南柳

　　小柳村有诗意，村南柳林处，男女有传奇。男子柳成林，女子杨秋菊，两小无猜有情义，凭着蝉儿递信息，你中有我，我中有你，双双盼早早结连理。

　　一阵暴风雨，吹得劳燕两分离，谁料早年间，秋菊父亲留字据，秋菊早年许柳根，只因两家有情意，柳家催嫁娶，一声婶侄，惊天动地。

　　秋菊嫁柳根，柳根染病机，夫妻难有甜蜜蜜。好个柳成林，单身未曾娶，实盼望破镜重圆有佳期。

　　婆婆生恶意，装神弄鬼打秋菊，秋菊无路走，河边将这死寻觅，幸好成林急赶到，救下秋菊，有情无理留下春消息。

　　多年过后，秋菊儿子知秘密，认下亲爹，一出人间悲喜剧。

　　此剧在中华人民共和国文化部主办的"振兴评剧交流演出"中获"优秀编剧奖"。

村南柳

故事梗概

南柳村，芳草地，村南柳林密，赖贫穷却显得山乡偏僻，地旷人稀。

男子柳成林，秀姑杨秋菊，暗暗心相许，几多情愫揉进红色纱巾里，把个情怀托寄！

恨突来风雨，催得莲花难并蒂，秋菊她未嫁成林许柳根，侄媳叔聘。有情人一墙之隔愁无际。

车轮慢，唢呐急，鞭炮声声催嫁娶，成林受托哭写喜，夫妻拜天地，情人双飞翼。苦苦听，"婶侄"相呼，惊天动地。

天公怒，阴云布，野草荒山羊肠路。灶前油葫芦，床前病丈夫，好端端人做活寡妇。

丈夫染疾疴，阳气甚不足，床上无工夫。求子香火事难成，生慈得婆婆招巫。

求神驱鬼烧符，活人受尽皮肉苦，秋菊逃向茫茫处。呼情人，呼丈夫，临死也难打招呼。

情未了，缘未足，成林来相救，泪眼道尽相思苦，有情一瞬无约束，亢奋如燃，纯情复苏……

一日情种，十月怀胎，婴儿落草喜是灾。

村头风言风语，婆婆疑哉怪哉。秋菊自然心路窄。柳根心里怜，丈夫心里爱，怜之爱之怎安排？

心腹事，当说明白，难说明白，怕说明白。

一方举措犹豫，一方独自徘徊，柳根他心如乱麻解不开。只见秋菊守贞，孤身难捱，未曾见与人私通，暗中往来，谁人心歹，凭借水酒问明白。

叔侄误会，秋菊将始末说开，情长理短，柳根不怪。自忏悔打痛侄儿不应该。手牵情侣，殷殷盼有情人破镜重圆，铁树花开。

"及时雨"，点点落，乡民夸赞好政策。南柳村，猪肥，马壮，人阔。

青年柳成荫，俏女郑水灵，两厢爱慕，不用旁人撮合。成林和秋菊，独抱琵琶弹心事，苦苦相思无解脱。

柳家传奇，亏得"凉药"说因果，成荫听之，牵动心魄，静静思，爹娘无过错。有情人等不得天发落。

拆除隔院墙，两家成一舍，成荫喊声爹，爹娘激动打哆嗦。

老少配，合欢曲，苦辣酸甜道离合，短笛声远，乡野飘歌。人间真情，汇成爱河！

人物篇（以出场先后为序）

柳成荫　南柳村青年。

柳　根　柳成荫父亲。

柳成林　柳成荫生身父亲。

杨秋菊　柳根妻。

七奶奶　柳成荫奶奶。

郑乾坤　南柳村"治保主任"。

小凉药　郑乾坤妻。

郑水灵　郑乾坤女儿。

石三香　巫婆。

第一场　两代柳下情

〔幕启。村南小柳河旁，一株细柳树下，年轻时的杨秋菊和柳成林在交谈。

〔伴唱："村南柳，南柳村，纷纷下说柳家人。嫁柳恨柳偏是个人远天涯近，细说来哪少得欲种情根？唱一出男女缠绵的事，只求个戏假情真。

柳成林　秋菊，你看，三年前咱一块栽的河柳，都长这么高了。

杨秋菊　树高人也高。成林你比前年高了一头。

柳成林　高了一头？

杨秋菊　可不，你可别再长了，再长……那一丈七尺三布票可不够用了。

柳成林　……我不长了，往顸了憋，憋成个"山东大汉"！

杨秋菊　哎哟！你……（害羞）

柳成林　秋菊，有句话早想对你说，要说啥……你心里明镜似的……

杨秋菊　成林，我……我也有句话要对你讲……

柳成林　（急促地）你快讲！

杨秋菊　你听……

　　　　〔柳林中传来"思啊——思啊——"的蝉声。

杨秋菊　它替我说了！

柳成林　它也替我说了。（顿刻）秋菊，你说咱"二合一"成不？

杨秋菊　只怕一个字耽搁咱……

柳成林　因个穷？民歌唱得好："酒杯成米不嫌你穷，实心实意赛金银。"只要你不嫌
　　　　我就中！

杨秋菊　成林，昨天郑乾坤对我说——

柳成林　他说啥？

杨秋菊　他说我爹娘临死的时候给我寻了个主儿！

柳成林　（惊呆地）哪村的？

杨秋菊　就是咱南柳村。

柳成林　哪户人家？

杨秋菊　是你们柳家。

柳成林　我们柳家？（大笑）不会。除了我，柳家只有我的一个"病篓子"四叔没娶上
　　　　媳妇，这咋会？

杨秋菊　（痛苦地）郑主任说，我就是许给了你四叔柳根！

柳成林　（惊恐万分）啊，这会是真的？

杨秋菊　成林，爹娘死的时候我还不记事。我好怕！我好怕……起风了……

柳成林　秋菊，别离开我！

　　　　〔狂风大作，二人想拥到一起，狂风却使劲地将他们吹开。他们的呼喊声被
　　　　风声淹没。二人越离越远，最后人影消失了。

　　　　〔风停了。细柳变成了粗柳。柳发新枝，小柳河边一片春色。

　　　　〔郑水灵生气地上。柳成荫随后跟上。

柳成荫　水灵，咱们恋爱三年了，你咋说翻脸就翻脸呢！

郑水灵　咱俩的事，让我再考虑考虑吧。

柳成荫　哎哟，我的上帝，咱俩"拉钩"讲的，再有十天零十六个小时就结婚，我现在
　　　　是度日如年！水灵，有啥你直说，别用软刀子锯人好不好？

郑水灵　成荫,你对你堂兄弟真的了解?

柳成荫　他看着我长大的!能不了解?堂兄一个人,老来没个依靠,我才想在咱结婚的那天,拆除隔院墙,两户成一家。

郑水灵　这……这个打算和你娘谈过吗?

柳成荫　那还用谈?多个儿子尽孝心她能……

郑水灵　(厉声地)别说了!

柳成荫　(不解地)你?

郑水灵　你知道,原来我爹为啥反对咱的婚事?

柳成荫　为啥?

郑水灵　你问你娘好了!

柳成荫　你今天这是咋了,讲啥事都说半截儿咽半截儿?水灵,究竟为啥?你该对我说个明白!

郑水灵　我说不明白!你问我爹去!(扭头转身跑下!)

柳成荫　水灵——水灵——

　　　　(唱)全消失了良辰美景,

　　　　　　一霎时地冷天昏。

　　　　　　为什么水灵她说了无情话?

　　　　　　为什么道缘由须问母亲?

　　　　　　母亲她苦煎熬半世孤零,

　　　　　　堂兄他守残灯只影单身。

　　　　　　难道说母亲她有私情藏隐?

　　　　　　难道说成林兄不是正经人?

　　　　　　水灵她弦外音使我生疑问,

　　　　　　成荫我心绪如麻乱纷纷。

　　　　〔柳前不远处,出现七奶奶魂影,又令冉冉而至。

七奶奶　(念)早离生死路,

　　　　　　人间重返魂。

　　　　　　孙子——

柳成荫　是奶?您不早离人世了吗?

七奶奶　(唱)不怪罪隔辈人两不相认,

二十年前奶奶我黄土埋身。

九泉下不死心长夜不困,

夜更深人寂静我仔细留神。

凭借着水色星火萤火银辉辨脚印,

依靠着鸡鸣狗吠冰窗雪地看指纹。

盯着咱的家,盯着柳家门,

看门闩得紧不紧,

瞧门外有没有人,

看有谁暗中野合待黄昏!

门前百步村杨柳,我更盯着你娘的脚后跟。

柳成荫　您为啥要盯着我娘?

七奶奶　(唱)看你娘——

行得正不正,

做得稳不稳,

乱没乱分寸,

有没有外心!

柳成荫　奶奶,您做得太过分了!

七奶奶　(唱)细说来奶奶我做得不过分,

俗话说知人知面不知心。

留神看这二十年她还算能忍,

非是个不清不白不洁不贞!

柳成荫　那您还不是错怪了我娘?

七奶奶　(唱)老虎还能不打盹?

我认定她不是规矩人。

她至少有一回情理不顺,

做丑事辱门风现眼丢人!

柳成荫　那会与谁?

七奶奶　(唱)是非多是私下论,

谁会明讲人偷人?

柳成荫　这么说,这个闷葫芦我终也解不开了?

七奶奶　（唱）大海再深也有底，

去问你丈人郑乾坤。

他当了多年"治保主任"，

我料他有所知来有所闻。

成荫哪——

虽说奶奶入了土，

坟前还望祭扫人。

一日你们拜天地，

夫妻对对去柳林。

给你爹坟头添新土，

给奶奶将那纸钱焚。

来无声去无影魂灵隐退——

柳成荫　（唱）空留下千疑问愁一人！

〔七奶奶幽灵隐去。

柳成荫　这不会是真的，不会是真的！可这真情我该去问谁呢？

〔灯光渐收。

第二场　隐痛暗滋生

〔当代。郑乾坤家。

〔郑乾坤正饮烈性白干儿。

郑乾坤　（唱）喝闷酒，生闲气，

这个社会姓"资"姓"社"我怀疑。

从"大跃进"到"风雷激"，

我这个"治保主任"说二不能一！

才几时破了老规矩，

真乃是十年河东十年河西。

现如今"两性关系"没关系，

"作风问题"没问题。

风气差我郑乾坤无能为力，

费心的还是公安局。

〔小凉药穿着入时，踩着现代乐曲的节奏上。

郑乾坤 （学赶牲口调）吁！吁——刚吃了几天的饱饭就不知道姓啥了，瞎蹦达啥？

小凉药 你懂啥？这叫现代"迪斯科"。

郑乾坤 什么他妈的迪斯科，别学城里人，在舞台上把衣服都跳没了，剩个"简易包装"还跳呢！

小凉药 你看你这思想……

郑乾坤 你思想开化！我告诉你，西方有个"性"的国家刚解放，那地方穿"三点式"都热，你去那边"自由化"去吧！

小凉药 你胡说些啥？我学学现代舞，图个心理年轻有啥不好？

郑乾坤 图个心理年轻干啥？还惦记寻个小白脸儿"搞破鞋"咋着？

小凉药 你别满嘴喷粪！

郑乾坤 说实话，我真怕你在我这二锅头里兑农药！

小凉药 犯不着！别喝了二两"猫尿"就胡说八道！

〔郑水灵上。

小凉药 水灵，你哭啥？

郑乾坤 哼，"洗脚水"还不少呢！

郑水灵 娘，成荫他……

郑乾坤 （十分敏感地）啊，好哇！（抄起"三鞭酒"欲下）

小凉药 （厉声地）站住。干啥去？

郑乾坤 我要教训那小子，水灵一天不与他结婚，他要是动手动脚也是流氓！

小凉药 没问个缘由胡说啥？都是前几年"抓积极""斗争"落下的后遗症。

郑水灵 爹，他没欺负我。他是要柳成林到他家养老。

小凉药 （一震）啊？两院成一家？

郑乾坤 水灵，你的立场是——

郑水灵 我不同意！

郑水灵 娘——

（唱）我是个"干白净"的大闺女，

对成荫可说是爱情专一。

早听说成荫娘有着外遇，

也耳闻柳成林不太规矩。

若是两家成一体，

我怎能背着黑锅作儿媳？

郑乾坤　有理！

小凉药　（唱）杨秋菊柳成林原是"一块玉"，

是贫穷阻碍了他们成夫妻。

到如今秋菊守寡终未嫁，

成林单身未娶妻。

全凭着好政策日子富裕，

有情人终成眷属是个好时机。

郑乾坤　大白天你撒的哪家子癔症？

〔小凉药欲走，郑乾坤拦住。

郑乾坤　你吃错药了？此事一露，非同儿戏，风言风语，无根无据；人命官司，惊天动地，苦了闺女，伤了女婿，你！你！你不死脱层皮！

小凉药　听蝲蝲蛄叫别种地了，我找成荫去！

郑水灵　妈，您别去了。刚才我对成荫说，有啥事要问的，要他来问我爹。

郑乾坤　要闹地震吧？你们都有点反常呢？（一甩袖子走下）

郑水灵　爹，你去哪？

郑乾坤　我找点耗子药掺着酒精喝！（下）

〔郑水灵追着下。

小凉药　想寻短见？哼，恐怕没那个气性！

〔柳成荫上。

柳成荫　婶。

小凉药　成荫，快进来。和水灵闹翻了？

柳成荫　婶，我总觉得这里有啥蹊跷的事。

小凉药　这，成荫，事赶到这里了，你要信得过我，我把以往的事说给你听。

柳成荫　婶，您说吧。

小凉药　这事说来话长，说啥的都有。

柳成荫　都说啥？

小凉药　有人说你柳根爹死得不明……

柳成荫　啊？

小凉药　有人说你奶奶是你娘气死的……

柳成荫　这？

小凉药　有人说他们是乱伦！

柳成荫　婶，您别说了，这还不够吗？

小凉药　成荫，你要挺起来，容我把话说完。

柳成荫　人们还说啥？

小凉药　说柳成林杨秋菊这一对够惨的！

柳成荫　（惊愕地）他们俩……

小凉药　更惨的是他们的儿子……

柳成荫　（有悟地）谁是他们俩的儿子？

小凉药　他们的儿子……只知谁是娘，不知谁是爹，只能呼唤娘，不能认下爹！

柳成荫　（痛苦地）婶，我……我好糊涂！

小凉药　成荫，婶要对你说个明白，这事没啥瞒着你的，也没啥瞒着众人的。那是，

　　　　三十年前的事了……

　　　　〔灯光渐收。

第三场　风雨惊鸾凤

　　　　〔距前场三十多年前。

　　　　〔柳根家。七奶奶烧香。

七奶奶　（唱）七奶奶我这辈子就信命，

　　　　　　　都说我命硬。

　　　　　　　梦里白虎伴青龙，

　　　　　　　早克死了丈夫留下歹名声。

　　　　　　　我儿子柳根根不硬，

他是春困秋乏夏打盹儿，

冬仨月睡不醒，

身子骨发微总遇小灾星。

喜今日儿成亲了我心头病，

愿喜神冲瘟神——

柳氏家门降福星。

（正叩头，猛听得身后一声响，扭头看）

〔柳根摔碎药锅，走上。

柳　根　娘，我不作这门亲！

七奶奶　柳根，你咋不知道媳妇是好的？

柳　根　您不知我这伤寒肺气肿不好治？咱该为秋菊想想！

七奶奶　为她想想？你一病十年，我没黑夜没白天地伺候你十年，可娘不能伺候你一辈子啊，你咋不为自个想想？

柳　根　我？早死早省心！

七奶奶　你省心？娘是半截子入土的人啦，湿窝倒干窝，拉扯你容易吗？你尽过一天的孝吗？

柳　根　还不是怨我这扣不去的病！

七奶奶　娘就是恨你这病，才给你娶媳妇！

柳　根　娘，那也要女方自愿。我没和秋菊登记并炕，法律上不中！

七奶奶　谁说没登记？郑乾坤主任在公社是脚面水——平蹚！他和公社干部酒杯一打把式就给你办了结婚证。

〔郑乾坤上。

郑乾坤　七奶奶，我就办了这点事，还值得您挂在嘴边儿？

七奶奶　我一辈子也得念你好！

柳　根　郑主任，这可不对！毛主席不总是苦口婆心地劝我们不要糊弄人吗？

郑乾坤　柳根，我这个"治保主任"做了秋菊的工作，告诉她，你们柳家对他们杨家情分不薄啊！

七奶奶　是呢！秋菊娘瘫炕上五年，哪一年不扰咱几皮缸高粱？为给他爹买个薄皮棺材，咱把祖传下的唐三彩都卖了。还不是念她家与咱家是姑表亲？秋菊爹还算有人心，临咽气时在白纸上写了黑字，要他的女儿嫁给你！

柳　根　恩是恩,情是情,你们不退亲,我、我喝"六六粉"!

七奶奶　这嘎嘣儿的,拿他当人他偏往牲口棚跑!

郑乾坤　柳根,别犯犟!说句原则吧,这共产主义早实现晚实现与你有直接的责任,

　　　　娶了媳妇把病养好,参加大炼钢铁,是革命的需要!

柳　根　(不服气地弯腰捡药锅碎片)咳……

郑乾坤　七奶奶,您别生气,只要他尝着媳妇是啥味儿就好了。

七奶奶　郑主任,快把村干部都请来!

郑乾坤　哎。(哼着)"五八年呀嘛呼嗨……"(下)

　　　　〔石三香扭着上。

石三香　(唱)两小联姻父母定,

　　　　　　迎亲送亲当天红。

　　　　　　我的七奶奶您真是好命儿,

　　　　　　您这儿媳妇白白净净、水水灵灵,

　　　　　　一捏出水赛芙蓉。

　　　　　　这真是三面红旗风吹动,

　　　　　　柳家门遇上了红鸾天喜星。

七奶奶　石三香,可把你这个"大宾"给累坏了!

石三香　七奶奶,您这是说哪儿去了?一会儿新媳妇就要进门了,咱快催柳根穿衣服。

　　　　〔鼓乐吹打。杨秋菊背着身子,踏着沉重的步子上。

杨秋菊　(唱)乱心绪的鼓声乐声,

　　　　　　惹人烦的深红浅红。

　　　　　　裂人心的说声笑声,

　　　　　　搅人肠的悲情苦情。

　　　　　　早春寒雨催心冻,

　　　　　　我似那一片柳絮任飘零。

　　　　　　泪水描容心沉重,

　　　　　　梦里边也曾走过这一程。

　　　　　　原打算六十六步止,

　　　　　　偏偏是六十八步停。

　　　　　　秋菊今嫁东墙柳,

　　　　　　　侧耳听西墙柳下有啼声。

　　　　　　〔又是一阵鼓乐吹打。

　　　　　　〔杨秋菊一步三回头,艰难地进了柳根家。

石三香　新娘到,新郎请——

　　　　　　〔柳根身穿粗布衣,十分呆滞地拄着棍子站在院中。

石三香　连理合枝,鸳鸯交颈。一床两好团圆梦,没二话,给毛主席来个三鞠躬。四
　　　　　壁生辉,五谷丰登,六六大顺,七夕日牛郎遇上织女星,八碟八碗喝喜酒,
　　　　　十月柳门得后生。夫妻洞房进,宾朋后院请。

　　　　　　〔宾朋离去。柳根突然晕倒,杨秋菊急上前扶住,柳根将她推开。

柳　根　别靠近我,我这病传染!

　　　　　　〔柳成林为柳根家挑水上,在院外停住。他放下扁担,用衣袖在脸上擦着,不
　　　　　　知脸上的是汗水还是泪水。

柳成林
　　　　　（同唱）有情的有情的,偏是个离异,
杨秋菊

柳　根
　　　　　（同唱）婚配的婚配的,却是个陌生!
杨秋菊

柳　根
　　　　　（同唱）悲在我心中!
杨秋菊

柳成林　（唱）人间何事堪愁痛?

　　　　　　　　相思苦种无收成。

　　　　　　　　心沉沉娶媳妇做了白日梦,

　　　　　　　　意冷冷大红喜字泪眼中!

　　　　　　〔担水进院,隐下。

柳　根　秋菊,妹子——

　　　　　　〔杨秋菊一愣。

柳　根　难为你了!

　　　　　（唱）秋菊呀你将心儿静一静,

　　　　　　　　我唤妹妹你莫吃惊。

　　　　　　　　虽说咱婚姻事有约为证,

　　　　　　　　我柳根可不是糊涂虫。

咱二人强婚配那将大不幸,

只招来异梦同床唤错名。

你此时的心迹我自然懂,

村南头有你那父母坟茔。

(掏出旧时秋菊爹留下的婚约,唱)

违父愿你的心是难平静,遵父命你有这难言苦衷!

(撕碎婚约,唱)

主婚不能父母定,

恩情不能抵爱情。

你我从此称兄妹,

柳根有幸承照应。

早早晚晚我是短命,

你另许他人要从容。

秋菊呀我的妹妹呀你答应不答应?

杨秋菊　(声泪俱下,唱)柳根哪你好实诚。

〔柳根丢下手中的棍子摔倒。杨秋菊上前将他扶起,掸去他身上的尘土。

杨秋菊　柳根,我啥也不想了……啥也不说了……我死心和你过日子!

柳　根　不! 这不能……不能!(咳嗽不止)

杨秋菊　我扶你去床上歇一会儿。

〔柳成林挑水复上。

七奶奶　哎哟,我这傻孙子,闷着头将这盆盆罐罐全担满了!

石三香　秋菊,你看谁来了?

七奶奶　秋菊,快叫侄子。

〔柳成林一震,扁担从肩头滑落。

石三香　成林,快叫婶子——

〔杨秋菊欲吐难吐,柳成林欲呼难呼,突然,他们走近一步,机械地颤声呼

唤——

柳成林　婶子……

杨秋菊　侄子……

〔音乐骤起。

〔灯光渐收。

第四场　中夜叩门轻

〔二十多年前。柳成林家。

柳成林　（唱）冬去春来寒未消，

　　　　　淅沥沥细雨打柳梢。

　　　　　苦天寒总盼春来早，

　　　　　柳发新枝又不忍瞧。

　　　　　那细雨是我的泪水天上掉，

　　　　　那新枝抽出我离恨一条条。

　　　　　秋菊呀！

　　　　　自那日我撕心裂肺把你婶子叫，

　　　　　三年来凄风苦雨声声点点心头敲。

　　　　　一桌两碗虚为伴，

　　　　　夜不掩门空相邀。

　　　　　几度心灰寻上吊，

　　　　　想起你秋菊我的心动摇。

　　　　　可怜你水难挑来夫难靠，

　　　　　心伤长夜苦萧条。

　　　　　我若是轻生一了百了，

　　　　　生逼你走上独木桥。

　　　　　盼相见频相呼心如刀绞，

　　　　　静悄悄暗地里我为你把心操。

　　　　　栽葡萄我将这秧儿往那院挑，

　　　　　攒零钱给你家割斤肥肉膘。

　　　　　卖口粮给四叔买几斤中草药，

　　　　　还不是疼你秋菊我才吃得消。

求只求两心皎皎相依靠，

成林我不枉人世来一遭。

看起来我这痴情要痴到老，

也只好寒锅冷灶、缺粮少药、残灯冷照、长宵短觉、坎坎坷坷、孤孤单

单、一日日地熬（哇）！

秋菊，隔着墙我对你说的这番话你听得见？……

要是这墙化成淡淡的夜雾该多好！秋菊，这时候我真想你呀！……

〔隔壁，杨秋菊亦在辗转。

杨秋菊　成林，一晃三年了，虽说我铁了心和你四叔过日子，可我整日像失了魂似

　　　　的，心里边硬是丢不下你。此时我也想和你见一面……

柳成林　（希望破灭地）咳，一道厚厚的墙，如隔一座山，咱俩咋会这时相见呢？

　　　　〔杨秋菊竟出现在柳成林的眼前。

杨秋菊　成林，你……老多了……

杨成林　秋菊，你瘦多了……（指屋内的一袋粮食）这袋棒子，我打算明早给你送去！

杨秋菊　我多啃些柳芽、树皮，把肚子糊弄饱了就行，可四叔离不开药哇！

杨秋菊　（伤心地）你只顾帮着我们，你自己瘦得眼眶都塌陷了……（哭泣）

柳成林　秋菊，别哭！咱今晚见面不易，你该笑，你该笑啊！……

杨秋菊　我该笑？

柳成林　是，三年没听见你的笑声了，还记得那年在柳河边吗？你那小元宝嘴一笑，

　　　　把个柳莺给气飞了。

杨秋菊　（酸楚地一笑）那都是过去的事了。成林，我要劝你一句。

柳成林　劝我啥？

杨秋菊　成林……要是有个女人看上你，你就快点儿成个家吧！

柳成林　虽说咱俩的事不能"水倒流"了，可我还是情愿这样等下去，似乎觉着心里

　　　　与你做个伴就知足。

杨秋菊　（感激地）成林，我该是你的。成林……你要喜欢我……就抱抱我吧！

　　　　〔屋里起了一团雾。烟雾中传来杨秋菊那甜脆的笑声。烟雾眨眼消失了。杨秋

　　　　菊随着烟雾而消失。柳成林下意识地奔向墙壁，摸着那厚厚冷冷的墙壁，心

　　　　里无限怅然。

柳成林　柳成林，你胡乱想个啥？（那粗大的手朝脸上打去，随后捂头哭泣）

〔有人敲门。柳成林急用衣袖拭泪。小凉药挺着胸脯上。

小凉药　（小声地）成林兄弟——

柳成林　（开门）是嫂子？有啥急事吧？

小凉药　有事。你乾坤大哥又被薯干酒给撂倒了，我呀，心烦！才来你这儿。

柳成林　嫂子，三星正南了，你有啥事？

小凉药　（热情地）嫂子今天优待你，给你送……（指胸前）

柳成林　（惊慌地）嫂子，你喝酒了吧。

小凉药　（嗔怪地）谁喝酒了？我给你好东西吃！（说着背过身解衣扣）

柳成林　（着急地）嫂子，你再这样，我可生气了！

小凉药　（转身亮出花手绢包着狗肝）兄弟，你看……

柳成林　（走近前）狗肝？嘿嘿，嫂子，这狗肝用手绢包来不就得了，还非要揣在怀里干啥？

小凉药　你的胃口不好，还不是怕你吃凉的消化不了？

柳成林　（感动内疚地）嫂子，我……

小凉药　咳，我家的老牙狗和一个母狗在桥头闹腾，郑乾坤看见了说这影响"社会治安"，一镰刀把我家的牙狗砍死了！气得我骂他：要是为了"社会治安"早该把你劁了！

柳成林　（不忍吃狗肝）这狗死得惨哪！

小凉药　成林兄弟，嫂子这几年待你咋样？

柳成林　那还用说，比亲嫂子还好……

小凉药　嗯。我想给你划拉个人儿。

柳成林　我哪儿配呀！

小凉药　（凑近前）我不蒙你，是有人看上你了……就是二婚的……

柳成林　二婚三婚咱不嫌。

小凉药　太地道了！

柳成林　就是一件，她就是长得和秋菊一模一样，咱也不要。

小凉药　（一惊，真诚地）咳，前两年为了给秋菊你们俩撮合，我没少去乡里告状，也挨了郑乾坤的鞋底儿，可没顶事……现在，秋菊铁心和你四叔过日子了，你还扔不下她呀？

柳成林　婶子，我是做了心病了，可医心病无良药哇……

小凉药　无良药？兄弟，要寻良药我这有！

柳成林　（苦笑）你……

小凉药　对喽！有了我这副良药哇，保准你一剂解千愁，喝水也长膘哇！

柳成林　嘿嘿，哪会有这样的良药哇？

小凉药　咋没有？这良药嘛，就在你的面前。

柳成林　（大悟地）啊？

小凉药　（温存地）嗯，你有没有心思要？

柳成林　（生气地）嫂子，你？太过分了！

小凉药　我的兄弟呀——

　　　　（唱）你嫂子虽风流可是高格调，

　　　　　　　心里话存两年今日往外掏。

　　　　　　　见秋菊你们人情不似初时好，

　　　　　　　恐怕是空有上梢无下梢。

　　　　　　　我打算蹬了乾坤和你好，

　　　　〔郑乾坤一副醉态上，在门外偷听。

郑乾坤　（唱）半夜里找媳妇警惕性高！

小凉药　一提郑乾坤，我这眼泪一对对地掉！

郑乾坤　（旁白）李三娘打水——够苦的！

小凉药　你知他是咋把我欺到手的吗？

郑乾坤　崴了！

小凉药　他请我去他家，给我讲"治安条例"，在白糖水里掺了"猪闹圈"的药，我喝

　　　　了之后，稀里糊涂地许给了他。你说他缺大德不？

郑乾坤　不缺德。

小凉药　就是郑乾坤在窗外听着我也敢这么说，我宁跟蝎子亲嘴也不愿和他混了！

　　　　成林，求求你，你就要我吧。（使劲扳着柳成林双肩，哀求着）

　　　　〔郑乾坤破门而入。

郑乾坤　（厉声地）柳成林，你犯法了！

柳成林　我犯啥法了？

郑乾坤　（结巴地）你，你，你！强奸我……我媳妇！我要告你！

小凉药　挨告的该是你！（站到柳成林身边）

郑乾坤　（走近小凉药，抬手就是一掌）呸！盐卤、绳子、刀，咋死自己挑！

〔灯光渐收。

第五场　情根浑相并

〔二十多年前。

〔杨秋菊给柳根熬药，由于劳累，晕倒在地。

柳　根　（惊慌地上前）秋菊，秋菊！

杨秋菊　（醒）啊……

柳　根　秋菊，摔坏了没有？

杨秋菊　没……没有。

柳　根　（恼恨地踢翻药锅）你别熬着药了，我不吃！不吃了！

〔杨秋菊急蹲下捧起洒在地下的药渣放回锅中，手被烫。

柳　根　你的手……

杨秋菊　不碍事。

柳　根　别捧了！就当是我喝了……

杨秋菊　（真诚地）可你没喝呀！（含泪）这是副新方子，我巴不得这一副药就治好你的病啊！

柳　根　（心疼地将她被烫的手捂在怀里）我，我死不死活不活的，为啥断不了这口气呀？我活着有啥劲？不如死了好哇！

杨秋菊　柳根，别这样……

柳　根　你没白天没黑夜地伺候我这个病人，看把你瘦得……这不活耽误你吗？

杨秋菊　（委屈地）你……别说这些……

柳　根　（诚恳地）秋菊，我多想硬朗起来，可……我不能！（嘶声地）我不能！（使劲地捶打自己的腿）

杨秋菊　柳根，别这样……你这样儿，病啥时候好哇？

柳　根　是，我要养好病，不能死，我死了咋报你的恩哪！秋菊，做我这儿，来，让我好好地瞅瞅你。（柔声地）秋菊，我不着急了……你也别着急了。说句实话，

　　　　　要是没有你呀……我……早喂蝲蝲蛄了……

杨秋菊　柳根,有你这颗心,我……(稍顿)快喝了这药,我扶你去炕上睡一会儿。

柳　根　哎。我听你的……我听你的。

　　　　〔杨秋菊扶柳根进内屋,下。

　　　　〔七奶奶和石三香上。

石三香　瞧我这兄弟媳妇,炕上炕下可真能干!

七奶奶　她表嫂,我可不是夸海口,我这儿媳妇京东八县少找。

　　　　〔杨秋菊复上,她从未听七奶奶夸过自己,此时感到吃惊。

七奶奶　(唱)儿媳妇在家是个顶梁柱,

　　　　　　　　一个人早早晚晚忙忙碌碌辛辛苦苦进进出出。

　　　　　　　　我这个人脾气不准行初一就十五,

　　　　　　　　儿媳妇吃得轻担得重大言语儿都不出。

　　　　　　　　伺候个瘫丈夫没晌没午,

　　　　　　　　拿出那箱底钱给我买桃酥。

　　　　　　　　该知足得知足,

　　　　　　　　是柳家前世积德娶了个好媳妇。

　　　　　　　　虽说是样样称心尚有不足,

　　　　　　　　盼孙子急得我眼长眵目糊。

　　　　　　　　今日里再求表嫂显神术,如了缘我送你一斗荞麦二斗谷三斗芝麻四斤棒骨再搭一个大茶壶!

杨秋菊　娘,您也不必夸我,我有句话要劝您老人家,都是新社会了,怎么还信神信鬼的,要是为治柳根的病,咱该南北二庄求名医才是。

七奶奶　(笑)儿媳妇,你表嫂是来给你捉邪治病的。

杨秋菊　我有啥病?

七奶奶　三年不生养,这不是病吗?

杨秋菊　病不在我这儿,要不,咱去大地方检查检查。

七奶奶　你给我住嘴!

　　　　(唱)心中无鬼邪难入,

　　　　　　　　你还七个八个不在乎?

　　　　(数板)半辈子我烧香算命把卦卜,

李汉雪剧作选

十个瞎子九个九——

都说我脚后跟走路像打鼓，

不见重孙子我入不了土，说柳根赖瓜结好籽儿——

（接唱）子孙满堂老来福。

倒霉的病人怕胀肚，

骡骡子偏偏不会涮犊儿。

除妖孽你要吃皮肉之苦，

为的是咱柳家不做绝户。

石三香　待我烧符。

杨秋菊　表嫂你？

石三香　（腔调突变，煞有介事地）谁是你的表嫂？烧符一道上达天，烧符二道来神仙。天上诸神，地上百岁，土龙太岁，天狗麒麟，请你们跑步到我这儿！

〔整个屋子一片漆黑，唯有石三香的身影显着荧光，她捧着棒槌，跳起"霹雳舞"。幕内伴着怪叫声，气氛恐怖。

石三香　各位天尊神将，杨秋菊婚后三载，不曾有孕，必是群妖作孽，百鬼缠身！（低声念咒语）有鬼捉鬼，有怪捉怪……（大声地）好哇！恶鬼附在秋菊身上，看打！（挥起棒槌朝杨秋菊打去）

〔杨秋菊奋力抵御，冷不防被一棒打倒。

石三香　好——鬼魂隐去。七奶奶，您想得贵子不易，她乃是个"石女"！

杨秋菊　石三香，你胡说。

石三香　我胡说？那好。你要说自己不是"石女"，就跟这棒槌打个赌！

杨秋菊　（惊呼）啊？不，我就是死，也不听你的摆布！

七奶奶　哈哈，好大的邪劲儿，照死打她！

〔石三香发现屋里有个阴影。

石三香　（惊恐地）啊！真的有鬼！有鬼——

〔阴影朝石三香逼近。

七奶奶　还不用棒槌打它？

杨秋菊　（下意识地察觉到什么）不能打——

七奶奶　（厉声地）快打！

〔石三香挥棒打去，杨秋菊欲挡不及，阴影"哇"的一声倒下。

七奶奶　我点上灯，看看是啥怪物！

　　　　〔石三香揭开被子，吓得挺了腿。

七奶奶　（举灯近看）啊？柳根，我的儿子——（灯落地）

杨秋菊　（痛呼）天哪！

　　　　〔灯光全灭。

　　　　〔灯光复亮。舞台成田野夜景。

　　　　〔杨秋菊踉跄朝南跑去。

杨秋菊　（唱）急冲出旧宅院魂飞何处？

　　　　　　　夜如墨四野空万木萧疏。

　　　　　　　鬼是人人弄鬼鬼惊心触目，

　　　　　　　进无路退无路泪眼模糊。

　　　　　　　〔村南柳树下。杨秋菊左右徘徊。

杨秋菊　（唱）柳根——

　　　　　　　我配与你虽违缘身从未属，

　　　　　　　好歹你是我床前丈夫。

　　　　　　　今见我受屈辱难相助，

　　　　　　　拼一死替做鬼魂舍头颅。

　　　　　　　柳根你大不该走此绝路，

　　　　　　　纵然是我不幸你也无辜。

　　　　　　　成林哪——

　　　　　　　你此时为个啥不来光顾？

　　　　　　　不知我无依无靠一身孤？

　　　　　　　只觉得天倾地窄人无路，

　　　　　　　秋菊我不求一死待何如？

　　　　　　　成林哪——

　　　　　　　诀别时你该送我一段路，

　　　　　　　莫等到黄泉碧落坟前哭。

　　　　　　　捧一捧生我育我的家乡土，

　　　　　　　看一看唤我招我的家乡途。

　　　　　　　摸一摸长长绿柳伤情物，

洗一洗留在脸上的泪与污。

一叩头,对父母,

终前遗愿今辜负。

二叩头,对丈夫,

临死没法打招呼。

三叩头,对成林,

衷肠未吐难瞑目。

四叩头,对乡亲,

秋菊有过对不住:

污了家乡水,

染了家乡土,

惊了兄妹侄女婶子叔叔……

祝家乡小雨润畦长出摇钱树,

望乡亲苦心劳作早得幸福!

（木然向前一株弯柳走去,欲自尽）

〔柳成林迎声奔至。

柳成林　（呼喊着）秋菊!秋菊!（拦住）

杨秋菊　（清醒过来）成林你……你为啥要救我?为啥要救我?

柳成林　秋菊你为啥要死?为啥要死?

　　　　〔二人相抱痛哭。

杨秋菊　（双手攀住柳成林粗壮的臂膀）成林……成林……哪怕我再活一天,我也是你的!是你的!

　　　　〔月色朦胧。柳成林紧紧抱住杨秋菊,二人依偎着的身影如诗如画般地隐失在细柳丛中。

　　　　〔灯光渐收。

第六场　人恕天不容

〔二十多年前。柳根家。

七奶奶　人留后辈草留根，虽说我盼来了隔辈人，但我起了疑心。那一夜，石三香一
　　　　棒槌，差一点要了我儿子的命，打这后我儿子柳根炕上拉炕上尿卧床不起，
　　　　偏偏这十个月后，我见着了孙子。我疑心孙子是个外秧儿野种儿，疑心我儿
　　　　媳妇做了瞒天过海的事。

杨秋菊　娘，您唠叨啥？

七奶奶　我的嘴，爱唠叨啥就唠叨啥！不单是唠叨，急了我还要杀人哪！

杨秋菊　娘，别说了，让村干部听见不好。

七奶奶　我这"砍头疮"都长满了脖子，还怕有人崩我？谁崩我谁浪费二两铜。

　　　　（边说边走出家）

杨秋菊　天阴得发沉，您别出去了。

七奶奶　我的腿，爱去哪儿就去哪儿。

杨秋菊　娘，今个儿是您孙子的"百岁"，饭都做得了。

七奶奶　我不饿。这屋子好闷，我要去劝劝他。（一出门，惊喊）哎哟，天要漏了，雷公
　　　　要下界了，雷公快下界吧！人若隐私，雷电有目。快找那作孽的人算账吧！

　　　　（出门，下）

杨秋菊　（唱）婆婆说话好似那雷鸣电闪，

　　　　　　　一阵阵激起我心中的波澜。

　　　　　　　问自心我不悔柳下一念，

　　　　　　　可说是与成林再生良缘。

　　　　　　　虽无愧却滋生一种负罪感，

　　　　　　　好难熬十个月风天雨天。

　　　　　　　丈夫他憨实善良见肝胆，

　　　　　　　我不想私情半点将他瞒。

　　　　　　　有心将事情话语说当面，

　　　　　　　生怕这六月飞雪人情寒。

　　　　　　　倘若是黄连吞进心头烂，

更怕他心里揣摩增负担。

露真情担心叔侄结仇怨，

明真伪更怕婆母生祸端。

那一宵带来了痛苦无限，

幽幽的往日愁不似今番。

成林在心头，

丈夫在面前，

秋菊我怎个能够脚踏两只船？

成林心里爱，

丈夫心里怜，

秋菊我怎能够一人成两全？

这真是船至江心难靠岸，

说实情难保全秋菊心不偏。

（心绪烦乱地低头思忖）

〔柳根从内屋出。

柳　根　秋菊。

杨秋菊　（一惊）咋着，你今天能站起来了？

柳　根　心里有你支撑着，我好像病全好了。今个儿是孩子"百岁"，把成林请过来
　　　　一块儿吃。

杨秋菊　请成林？

柳　根　对。我还烦人买了一坛散酒，你快去请他。

〔杨秋菊疑惑地应声下。

柳　根　（唱）见秋菊脚步轻轻已走远，

我这里心乱如麻搅一团。

几年来我待媳妇恩人看，

漫长夜从未欢爱一瞬间。

月明柳暗私生子，

谁会与她共缠绵？

那夜听她梦中唤，

惊我柳根心怅然。

　　　　　　　她唤成林泪滴枕上，

　　　　　　　我不敢轻信梦中言。

　　　　　　　口说不信心盘算，

　　　　　　　秋菊的行为在眼前。

　　　　　　　她从未离我半步远，

　　　　　　　又怎会人约黄昏柳河边？

　　　　　　　猜成林未看出半点破绽，

　　　　　　　未闻见夜犬声人影窗前。

　　　　　　　心中的疑云驱不散，

　　　　　　　只得赖以梦中言。

　　　　　　　这口气柳根实难往下咽，

　　　　　　　出家丑不能十指攥空拳。

　　　　　　　水酒一杯我壮壮胆，

　　　　　　　问他个明明白白我死也安然！

　　　　　〔柳成林提一包中药上。

柳成林　（唱）未进院门心震颤，

　　　　　　　那一夜夜短情长、情长理短、短短长长的愁无边！

　　　　　　　与四叔一墙分两院，

　　　　　　　做侄儿该为他将这愁分担。

　　　　　　　与四叔见一面来少一面，

　　　　　　　我不当在四叔心头抽一鞭！

　　　　　　　到如今我不吐实情心忧患，

　　　　　　　盼四叔心宽阔恕我直言。

杨秋菊　快进屋吧。刚才你四叔让我请你来家里一块儿吃饭呐。

　　　　　〔柳成林进屋。

柳成林　四叔，您病好些了？

柳　根　你看，我不是站得很稳吗？快坐，酒温好了，四叔给你斟上。

柳成林　四叔您……

柳　根　来，这几年你帮了四叔，四叔没啥补情儿的，就唱四叔的一杯酒吧。

柳成林　四叔，我……不会喝！

李汉雪剧作选

柳　根　今日是喜日子，你该喝！来，咱爷俩干一杯！

杨秋菊　（关心地）柳根，你弱得不行，就别喝了。

柳　根　不，我少用。（与柳成林碰碗）

　　　　〔柳根端起粗瓷碗喝下半碗，杨秋菊、柳成林看得惊呆。

杨秋菊　柳根……

柳　根　啊？我喝得痛快。成林，四叔求你一件事……

柳成林　（有预感地）啥事？

柳　根　这孩子……还没个名儿。你有文化，就给你这小兄弟起个名吧。

柳成林　这？（伤感地）四叔，这孩子……哦，我这兄弟叫……叫柳成荫吧。

柳　根　柳成荫，柳成荫？哈哈哈……这名儿好！来，咱爷俩再干一碗！

杨秋菊　柳根，我知道，你喝的是闷酒！

柳　根　我……

柳成林　四叔，你有话就说吧！

柳　根　不。没啥说的，咱爷俩喝酒！

杨秋菊　（强夺酒碗）不行！你不能毁了身子，要问啥，你说吧！

柳　根　那，容我给成林斟满酒。

杨秋菊　（着急地）成林不会喝酒哇！

柳成林　秋……啊，婶子，让四叔给我满上。

　　　　〔柳根给柳成林斟满酒。

柳　根　成林，这酒满不满？

柳成林　满。

柳　根　四叔问你话你瞒不瞒？

柳成林　（已意识到）不瞒。

柳　根　四叔问你，这孩子……（有口难言，"哇"地哭了起来）

柳成林　（扑通跪下）四叔，我……不是人！

柳　根　（将酒泼在地下，强支撑着身体）你！你！你——你欺我病？你欺我软？你
　　　　欺我瘫？我也是男子汉！

杨秋菊　柳根，这不怪他！

柳　根　（埋怨地）秋菊，他欺负了你，你当时这手攥豆腐呢？

杨秋菊　（痛苦不堪）你别说了……

柳　根　（发火地）我要说，成林哪！你白吃那么多咸盐……

杨秋菊　你容我原原本本明明白白地诉来呀——

　　　　（唱）你只知我二人一夜缠绵事，

　　　　　　　却不晓他与我倾心好多年。

　　　　　　　是穷神将我们活活拆散，

　　　　　　　是契约使我们难团圆，

　　　　　　　那一夜他救我免一死，

　　　　　　　我二人爱火未熄又复燃！

　　　　　　　事过之后我自埋怨，

　　　　　　　我一人伤得两心残。

　　　　　　　得了成荫结苦果，

　　　　　　　扰得三人做人难。

　　　　　　　求丈夫对成林留下情面，

　　　　　　　抵得一死我心甘！

　　　　　　　（抓起剪刀欲刺自己，被柳根夺过来，将剪刀扔出窗外）

柳　根　（扶起柳成林，唱）

　　　　　　我只说你们烈火干柴生邪念，

　　　　　　谁料知有情人只隔一块砖，

　　　　　　可悲我睁眼瞎视而不见，

　　　　　　今日里冷语无情我心不安。

　　　　　　成林哪——

　　　　　　成荫是你嫡亲子，

　　　　　　我也盼晚有儿女孝膝前。

　　　　　　秋菊呀——

　　　　　　你是我心中的日头给我温暖，

　　　　　　没有你我柳根哪会有今天？

　　　　　　虽说咱几年相处情匪浅，

　　　　　　讲爱情砍的没有镟的圆。

　　　　　　自知我乍然站立非是病好转，

　　　　　　恐怕是苦命人命短将辞人世间。

　　　　　　这未了缘缘未了人愁鬼怨，

　　　　　　趁我在你二人破镜重圆。

杨秋菊
柳成林　（同声）不！

　　　　〔柳根病体难支，杨秋菊、柳成林上前急扶。

　　　　〔七奶奶喊着"小贱人"上。

七奶奶　（唱）"砍头疮"要将我的脖子砍，

　　　　　　临咽气我要来个鬼难缠。

　　　　　　小贱人——

　　　　　　快抱出孩子让我相相面，

　　　　　　你别胆小站在我身边，

　　　　　　人若有私神电都有眼，

　　　　　　我料你欺天不易也难将人瞒！

　　　　　　这孩子是不是我柳家根蔓，

　　　　　　你快说坦白从宽抗拒从严！

杨秋菊　（一惊）啊？

七奶奶　你快说真话，要不雷劈了你！

柳　根　（下意识地护住妻子）是我的，都是我的！

　　　　〔霹雳一声，惊天动地，七奶奶猝然倒地，却又神奇地站起来。

七奶奶　（接唱）儿媳妇哇——

　　　　　　水不能回头山不能转，

　　　　　　配了夫妻要死心塌地到百年。

　　　　　　先前的皇帝都立牌匾，

　　　　　　讲的是从一而终节义双全。

　　　　　　免不了柳根他有个三长两短，

　　　　　　先君子后小人我有言在先，

　　　　　　若守寡保贞洁莫把心变，

　　　　　　免是非嘴要严来门也要严。

　　　　　　别学那鞋底光常把门串，

　　　　　　要守孝红红绿绿的不能穿！

赶集上店别贪晚，

躲开男人要避嫌。

倘若你溜墙根钻草垛偷情养汉，

别怪我阴魂不散与你没完。

（两眼一翻死去）

〔柳根、柳成林、杨秋菊木然。雷雨大作。

〔石三香上。

石三香　（大嚷）村南的柳树被雷劈了！发大水了！

柳　根　（惊慌地）不好！发大水了，快，你们抱着孩子往村北高坡上跑！

〔柳成林上前欲背柳根。

〔柳根拒绝，颤巍巍地溘然倒下。

〔灯光急收。

第七场　离异人心冷

〔当代。

〔郑乾坤家。郑水灵和柳成荫在交谈着。

郑水灵　过去的事你知道了？

柳成荫　知道了，听了这段往事，我真想大哭一场。我悄悄地来到人世间，一落草儿
　　　　就背上了"私生子"的罪名。他是我的父亲，可我叫了他多年的哥哥，他是
　　　　我娘的丈夫，可娘要唤他侄子，苦苦痛痛纠葛了他们三十多年，他们依旧熬
　　　　着盼着！他们盼个啥？他们的心我明白。就是得不到人们的宽容，也要得到
　　　　我对他们的理解，更希望我能……

郑水灵　我理解你的心情，可你要知我的难处，这码事别说我父亲极力阻拦，就是咱
　　　　有千张口在众人前也说不清楚！说不准几辈子人都会背上黑锅！

柳成荫　水灵，为了我，你受点委屈行不？

郑水灵　我可不愿咱这家庭不清不白的……

柳成荫　不清不白？你在指责谁不清不白？指责我？我娘？我爹？水灵，没想到你

穿着"大趋势"的衣服,心里却……这是个纯金戒指,我既然还爱着你就送给你,你要是对我凉了心就悄悄地将它扔掉……(转身跑下)

〔郑水灵欲追又止,沮丧地发脾气,见自己身上穿戴的都是柳成荫给买的,便一件件脱掉,最后发现贴身衣服也是他买的,欲脱不能,便伏在桌子上哭了起来。

〔郑乾坤随小凉药上。

郑乾坤　(见屋内衣服零散于地,警惕之心顿起)啊?我早就会猜到会有这严重后果。我和那小流氓拼了!

郑水灵　爹,他没欺负我,是我自己扔的。

郑乾坤　他来这儿说啥了?

郑水灵　他要认他的父亲,还要让两个老的结合。

郑乾坤　嘿,真有"当代意识"呀!

小凉药　水灵,妈好心劝你几句,做女人的要得如意的男人不易呀,说句牙碜的话,你妈我算是白来一世呀!

郑乾坤　(低头喝闷酒)又她妈来忆苦了!

小凉药　我们混了多半辈子,就有一句共同语言:"咱吃饭吧,唉"就这一句。看看现在这年轻人自由恋爱,妈恨不能再托生托生!水灵,社会往前走了,你可别犯傻,成荫做得对,要是因为这个你失去了他,日后你要后悔一辈子!

〔郑水灵点头,弯腰捡起衣服。

郑乾坤　别听你妈的,她不是正经货!

小凉药　我咋不正经了?是做贼还是养汉了?

郑乾坤　那一年大半夜你去光棍子柳成林的家,你……你会不清楚?

小凉药　清楚!那天夜里我是找了他,可我是光明正大想和你离婚和他恋爱。人家不愿意,我这心也就静了,有啥见不得人的让你攥住把柄了?

郑乾坤　谁解裤子不背人呀!说句碍口的话,咱水灵是我的,还是"八国联军"的,我还不知上哪儿查档案去哪!

郑水灵　(惊愕地)啊?(急奔下)

小凉药　(厉声地)郑乾坤!(突然声调低了下来)咱俩离了吧!

郑乾坤　(伤感地)嘻,咱俩一锅里吃饭也二十多年了,我也觉着咱俩之间缺了点啥,缺共同语言?那是扯淡!两口子说话肯定赶前错后,有问有答,咋会缺"共同语言"！必是我整天抓斗争，忘了给老娘们挠痒痒……

小凉药　（欲生怜悯又止，下决心地）日后有啥针线活我帮你做，咱好离好散。（下）

郑乾坤　凉药——凉药——（顿有一种失落感，极虔诚地）上边的最高领导，我郑乾坤在这说话，你们通过"监测卫星"肯定听得见！领导啊领导，我郑乾坤当了二十多年的"治保主任"，咋连个媳妇都保不住呢？

〔灯光集收。

第八场　团圆月朦胧

〔当代。

〔柳成荫家。

〔幕启。杨秋菊暗地里给柳成林做新衣。

杨秋菊　（唱）小柳河已解冻燕来雁去。

　　　　春风染绿十里堤。

　　　　窗前柳抽新枝逢了及时雨，

　　　　喜我儿快成亲已定佳期。

　　　　看他们好亲热甜甜蜜蜜，

　　　　秋菊我观柳思柳心难平息。

　　　　柳啊柳——

　　　　月光下你像人儿窗前立，

　　　　你不言不语将头低。

　　　　你将泪水化柳絮，

　　　　你凭蝉儿递信息。

　　　　有人说人情自会慢慢淡下去，

　　　　一晃三十年我仍丢不下你！

　　　　看起来还魂草根扎我心里，

　　　　寒来暑往唯有情难移！

〔柳成林提着几条鱼，脚步轻轻地进屋。

柳成林　秋菊!

杨秋菊　这是你养的鱼吗?

柳成林　对,鱼塘里一下网,能打上一万斤鱼,这一回我是卖大碗茶的看见河——都是钱哪!

杨秋菊　瞧把你乐的! 这下能赚多少?

柳成林　净落,两万!(从衣兜掏出钱)这是五千,拿着,给成荫办喜事用。

杨秋菊　(感慨地接过钱)五千……两万……那个鬼年月工分值八分钱。好光景因个啥没早来点呢……

柳成林　(感伤地)是啊,这光景早点来就好了!

杨秋菊　来,这是我给你做的西服。穿上!

柳成林　哎。

杨秋菊　(闻出酒味)你喝酒了?

柳成林　嗯。

杨秋菊　你平日滴酒不沾,今天……哦,必是鱼塘丰收高兴的?

柳成林　不是……

杨秋菊　那是为成荫的婚事心里畅快?

柳成林　时候还早……

杨秋菊　那你为啥喝酒!

柳成林　(鼓起勇气)秋菊,有句话想和你说……要说啥你心里明镜似的……

杨秋菊　(背对着柳成林)难道你说要三十年前的那一句?

柳成林　(期望地攥起杨秋菊的手)对。是柳蝉替咱们说的那一句。

杨秋菊　(急抽出自己的手)不,这不可能。也不能……不能。

柳成林　(猛地蹲下,抱住杨秋菊双膝)秋菊,三十多年了,我这心碎了又整,整了又碎,等啊等啊,等到了今日,咱俩的那颗破碎的心该拼并在一起了! 秋菊,你就答应我吧! 你是我的,是我的……

　　　　〔杨秋菊紧闭着双眼,苦痛地长长地出了口气,眼睛睁开了,却未言语。他的眼前出现了七奶奶的幻影。

七奶奶　天哪! 作孽呀! 你们原来是一对乱伦男女! 咋着,你们还想往一个牲口棚里跑? 好哇,你们快来个"二八月闹猫",我也开开眼! 哼,这丑事到底没有瞒住我,没有瞒得了众人,更没有瞒住老天爷!

杨秋菊	（惊恐地挣开柳成林）啊？不！成林，我求求你，你快忘了我吧！……把我们娘俩都忘了吧！
柳成林	你？……不。这不是你的心里话！
杨秋菊	是心里话……
柳成林	（惶惑不解地）你？你咋会说出这……这绝情的话呢？
杨秋菊	成林，咱若成亲，众人说东道西，你能顶住这"刀子雨"？
柳成林	人嘴两张皮，任他们说去！
杨秋菊	就算能挡住众人的口，那郑家会咋想？
柳成林	脚正鞋不歪，任他们说去！
杨秋菊	众人可以不管，亲家话可以不顾，可你的亲生儿子他能相信你？他能理解你？他能认了你？
柳成林	这……
杨秋菊	成林，咱俩的事容易吗？
柳成林	（理解地）秋菊，我……难为你了。你别记恨我，谁让咱有着今世的缘分呢？咳，细掂量咱早年的那一夜也够金贵的。（自慰地）得了，咱俩不是天天见面吗？何必求……儿子不认我，我不难他，也不心寒，总算这些年我这当爹的也尽了心。成荫该办喜事了，咱俩谁也别抛下谁，早早晚晚的彼此心照应吧。只要儿女好了，咱俩啥愁也没了。秋菊，你说是不？
杨秋菊	（扑进柳成林怀里）别说了！……我做梦都盼咱儿子他能……
	〔柳成荫上。他慢慢地走近柳成林，猛地将柳成林抱住。
柳成林	（无比激动地）爹——
伴　唱	"村南柳，南柳村，
	柳下合欢柳家人。
	爱柳嫁柳偏是个路远黄昏近，
	细说来哪少得欲种情根？
	了一桩男女双双愿，
	暗祝福佳偶成真！
	〔幕徐落。
	〔全剧终。

李汉雪剧作选

用象征主义表现手法, 提升戏剧主题的蕴含

　　飞起的红纱巾, 飘落的红纱巾, 犹如跳动的火苗在空中荡来荡去, 纱巾落下之后, 叠化成结实英俊、稚态可掬的男孩——一个"野合"的私生子, 戏剧的主题通过红纱巾得以清晰地揭示。

　　红纱巾首先出现在青年女子的胸前, 使戏剧主题悄然入画, 它象征一对青年男女至纯至美的爱情。柳成林和杨秋菊在村南的柳林处出现, 他们的相爱如一泓秋水般纯净, 有着柳绽鹅黄的纯洁, 有着风旋柳丝般的柔情。他们编织着玫瑰色的花篮, 慢慢地走近对方, 在爱河中流淌着温馨。

　　然而生活是残酷的, 戏剧主题随着剧情的推移逐步深入, 一对有情人没有走到一起, 心上人偏偏嫁给了仅一墙之隔的病汉子柳根叔。这是由早年的一纸契约引发的悲剧。于是红纱巾又出现了, 出现在一个沧桑的牌楼前, 它倾诉着悲剧的源头, 是封建包办的婚姻直接葬送了美好的爱情。一对有情人悲怆惊呼: "婶子, 侄子", 四个字叠声呼喊, 石破天惊, 泪雨如注。

　　当杨秋菊的悲剧继续延展的时候, 剧情将柔弱的女子逼上了绝路, 柳根这个病汉子元气大伤, 与杨秋菊"漫长夜从未欢爱一瞬间", 偏偏寡妇婆婆大使淫威, 让巫婆百般凌辱杨秋菊, 杨秋菊逃出柳家大院, 奔向小柳河边, 她步入人生的绝境, "别了家乡的土, 染了家乡路, 惊了兄弟姐妹婶子叔叔……" 红纱巾在柳枝上摇荡, 象征着爱情的火花即将熄灭。这时, 昔日的情人出现在杨秋菊的面前, 生死不惧, 还怕什么, 于是在小柳河边, 两个有情人完成了情长理短的"野合"。

　　柳树的象征寓意, 通过柳意、柳絮、柳觞, 多元视角, 抒发诗情画意。

　　《村南柳》, 剧名就是一幅工笔画。

　　柳丝长长, 柳蝉声声。男女青年柳林中倾诉衷肠。春雨润无声, 两代柳下情。

　　"原打算六十六步止, 偏偏是六十八步停, 秋菊今嫁东墙柳, 侧耳听西墙柳下有

啼声。"

婚姻的错位造成了现实悲剧。

"冬去春来寒未消,淅零零细雨打柳梢,苦天寒总盼春来早,柳发新枝不忍瞧。那细雨是我泪水天上掉,那新枝抽出我离恨一条。"

这是男子汉柳成林内心孤寂的真实写照。

月色朦胧,柳成林紧紧地抱住杨秋菊,二人依偎的身影如诗如画般隐失在细柳丛中。

这一笔写有情人在绝境之中人的本欲复苏,将人性还原本色。

"小柳河已解冻燕来雁去,春风染绿十里堤。窗前柳抽新枝逢了及时雨,喜我儿快成亲已定佳期,看他们小夫妻甜甜蜜蜜,秋菊我观柳思柳心难平息。"

"柳啊柳,月光下你像个人儿窗前立,你不言不语将头低,你将泪水化柳絮,你凭着蝉儿递信息……"

迟开的玫瑰能否了结一生的遗憾,依然没有答案。

"村南柳,南柳村,柳下合欢柳家人,爱柳嫁柳便是个路远黄昏近,细说来哪少得欲种情根?"喊了多年"小兄弟"的儿子柳成荫最终认了爹。悲喜剧终了团圆,皆大欢喜。

古牌楼提升主题的立体表象。

厚黑沉重的"贞洁牌楼"强化了戏剧主题的内蕴,背景画面和春柳的盎然形成反差,不和谐,就是本剧主题的表象。当人和人的自然性与所处的社会环境形成反差、背反,又无法协调时,悲剧便产生了。本剧虽说是"大团圆"结尾,但是那个耸立云天的厚重牌楼却向人们展示着一种原始和悲凉,剧中这两位鬓发苍白,历经人生磨难的老人,青春岁月被网状的天体吞噬,留给人们多维度的遗憾。但人生的旅途又有谁不留下大大小小的不幸和遗憾呢?

本剧运用象征主义的表现手法,强化了戏剧主题,使这出戏产生了强烈的视觉冲击力和感染力,成为戏剧中的精品。

(本文作者,许瑞生,一级编剧兼导演,中国作家协会会员,中国戏剧家协会、天津电视艺术家协会副主席,享受国务院专家津贴,曾任天津人民艺术剧院院长。主要作品:《唐人街的传说》《蛐蛐四爷》等话剧编剧和导演,以及《杨光的快乐生活》《如烟旧事》《政府官员》《村南柳》等二十多部电视剧。获国家最高编剧奖——金狮奖,以及国家级十四项大奖。)

九九艳阳天

　　村书记史凌云，在一阵鞭炮声中下了台，这使她迷惑不解，村里的老党员九叔来到她家，直言不讳地指出了她下台的原因，这几年她只顾自己发家致富，慢慢淡忘了乡亲们。

　　史凌云知错改错，决心从哪跌倒的再从哪爬起来，可丈夫谷清泉希望史凌云离开史家庄，县里有个企业点名要史凌云担任要职，史凌云却一口回绝。

　　村里的饮料厂交给了史万千，他竟然在短短的几个月使厂子的效益翻了两番。史凌云调查得知，史万千从中捣鬼，竟然将地下水直接灌入矿泉水瓶内，史凌云揭发并阻止，与史万千成了冤家对头。

　　史凌云以一个普通党员的身份参与村里的各种活动，并拿出资金帮助村里的困难户，慢慢得到了村民的认可。

　　又是一年芳草绿，史凌云再一次通过选举，当上了史家庄的村书记。

　　此剧获"天津市第四届戏剧节优秀剧目奖"。

九九艳阳天

史凌云　45 岁，史家庄原村支部书记。

老九叔　68 岁，史家庄老党员。

谷清泉　48 岁，史凌云丈夫。

史永峰　55 岁，现任史家庄村书记。

史万千　38 岁，史家庄村民。

翠　嫂　52 岁，永峰妻。

二老蔫　35 岁，史家庄村民。

谷春艳　20 岁，凌云女儿。

史秋明　22 岁，永峰之子。

妙　香　32 岁，老蔫媳妇。

惠　兰　36 岁，史万千之妻。

第一场

〔时间：当代。

〔幕启伴唱

　　　凉风索索，

　　　缺月弯弯，

　　　史家庄百姓"民告官"，

　　　民意难违需改选，

　　　改选后史大丫头丢了官。

史凌云　（唱）掉乌纱未搽胭脂红了脸，

　　　　　只觉得空旷旷——

孤单单！

〔幕内传来鞭炮声，谷清泉上。

谷清泉　凌云，你听——一伙人见你这村书记下了台，放起了鞭炮了，挑头的就是史万千！

史凌云　清泉，压一压火中不？

谷清泉　这是明地欺负咱，我能搂得住火吗？

史凌云　搂不住火你又该咋着？

谷清泉　咋着？我？我要买它一车鞭炮，雇用"小工"放它三天三宿，非要气气他们不行！

〔谷清泉欲走，被史凌云喊住。

史凌云　回来！你跟乡亲们叫哪家子板哪？

谷清泉　乡亲们？哼，乡亲不亲哪！

〔鞭炮声隐去。

史凌云　我也搞不明白，我咋把乡亲们伤得这么苦？

谷清泉　那还不明白？在史家庄，咱养着几辆车，大把大把地赚钱不说，还盖起了五间大瓦房，有的人急红眼了！

史凌云　事情不这么简单，这么多人联手告我的状，是我引起了众怒。

谷清泉　啥众怒？这叫墙倒众人推，破鼓万人捶？……

史凌云　清泉，虽说我下了台，可咱心里边不要不干净……

谷清泉　这句话我正要对你说呢，当个村书记有啥香香占？无官一身轻，你呀，家里一待，伺候丈夫，疼爱女儿，比啥都好！

史凌云　我可不愿意待在家里当你的花瓶！

谷清泉　我知道你心里挺别扭，可你也要想开些，你这个村书记下了台，总不能再寻思上台吧？

史凌云　可我要明白我到底栽在哪儿了？

谷清泉　你看你，又在较真了，凌云，我谷清泉劝不了你，又有谁能劝你呢？

史凌云　清泉，我知你晚上要签一笔合同，那就让我自个静一静好吗？

谷清泉　那好吧，我先去办事，你可别钻牛角尖了！

〔谷清泉下。谷春艳随恋人史秋明上。

谷春艳　（掏出纸条）娘，给您这个——

史凌云　这是啥？

谷春艳　都有谁告您的状，纸条上写得真真的！

史凌云　你这样做图的啥？

谷春艳　图的啥？"君子报仇，十年不晚"！

史凌云　你这是在胡闹！

谷春艳　娘？

史凌云　……这时侯，我真想把那些告我的人都请到家里来当面锣对面鼓地指出我的短儿，哪怕被人家骂一顿心里边也痛快！

谷春艳　娘，您的想法可真怪。

史秋明　春艳，你不懂婶的心思……

谷春艳　秋明，你别咬甜嚼脆的，我娘下了台，你爸当了村书记，兴许你也是个"告状专业户"！

史秋明　告状咋了？大伙告得有理！……为啥这么多人告婶下台？还不是婶当官当久了，只想自个忘了乡亲，没了人缘？

史凌云　（先是一愣，后镇静超脱地）好！干脆！秋明你坐，婶跟你好好聊聊——

〔史秋明欲坐，春艳冷不防抽空了椅子，秋明摔在地上。

谷春艳　史秋明，想坐我家的板凳，你没长这个屁股！

〔史秋明哼的一声不甘示弱地下。

史凌云　春艳，你咋把秋明轰走的，咋把他请回来！

谷春艳　不！

〔谷春艳下。

史凌云　（唱）心中隐痛难排遣。

心中苦闷不堪言。

清泉他口口声声把乡亲埋怨，

女儿她恩恩怨怨心头缠。

凌云我苦苦涩涩心烦乱，

自言自语自问天！

原来的史家庄光秃秃一片，

乡亲们赖以清贫生存难。

凭着我史大丫头八年的苦干，

史家庄发生了巨大的变迁。

土房变瓦房，

荒山变绿山，

石头变宝贝，

泉水变财源。

女儿不远嫁，

光棍配婵娟。

史家庄一展春风百姓欢——

乡亲们也曾夸我凡人不凡！

未曾想短暂辉煌昙花一现，

史凌云成了被告的官？

凌云我一身豪爽是个女中男子汉，

怎经得骤然失落一瞬间？

一张纸条沉甸甸，

百思不解心怅然！

明明知水酒一杯倍伤感？

还欲求一杯水酒解愁烦。

伴　唱　哎哟哟失民心失了官哀哉可怜！

〔老九叔上。

老九叔　大丫头——

史凌云　九叔，快请坐——这么晚您老来有事呀？

老九叔　九叔专此来看看你——

史凌云　九叔可是稀客，好几年了，我的家您一个脚印也没送……

老九叔　还不是你家的门槛儿高？

史凌云　您老说笑话了，是九叔生了大侄女的气。

老九叔　不，是大丫头你生了九叔的气，人家在你面前是灶王爷上天——好话多说，可你九叔呢？见面就是劈头盖脸地数落你！九叔把你伤了！

史凌云　不！您大侄女如今唱了"走麦城"，这节骨眼您老来看我，还得说咱爷俩不截心！来，我敬九叔一杯——

老九叔　别介！九叔不喝，也不让你喝！大丫头喝闷酒伤身哪！

史凌云　九叔？

老九叔　大丫头，你九叔生来就是直肠子，今晚上来也不会赏给你几句好听的！

史凌云　那好，我也有一肚子话要对九叔说呢——

老九叔　痛快，你讲——

史凌云　史家庄原来咋样？

老九叔　穷得不能再穷了！

史凌云　自打我史大丫头当了村书记又是咋样儿？

老九叔　一步到了小康！

史凌五　村办企业——

老九叔　红红火火，

史凌云　村民收入——

老九叔　大大增加；

史凌云　就说我给村里戳起来的饮料厂——

老九叔　每年纯利五百万！

史凌云　咱史家庄成了全县第一村儿，

老九叔　你史大丫头成了全县的大红人儿！

史凌云　可为啥我今个落到这种地步？

老九叔　马失前蹄，你该问问自己！大丫头，你可别怪乡亲们成群结伙地告你的
　　　　状啊！

史凌云　大伙都告我啥？

老九叔　告你啥？村里的蝴蝶泉饮料厂运输的活你家承包了，一包就是八年，你们家
　　　　是赚足了，可别的家里的"小四轮""三崩子"没有拉脚的活，在自家的院
　　　　子里闲放着你知道不知道？

史凌云　这？……

老九叔　你家盖的大瓦房，青石红砖琉璃瓦，一盖就是五间，站在高坡上，史家庄的
　　　　犄角旮旯你看得真真的，可你睁着眼愣是看不见，二老蔫为给孩子治病，抹
　　　　着眼泪卖了怀驹的枣红马，可到了还是耽搁了孩子！

史凌云　（震惊地）这？

老九叔　你穿的是高档名牌儿，吃的是生猛海鲜，喝的是名酒洋酒，坐的是"奥
　　　　迪""皇冠"。你要是普通老百姓，"先富起来"没得说，可你不是普通的老

百姓,你是史家庄一千八百口的村书记!咱村里有穷有富,有苦有乐,你这村书记不够格呀!一来二往的你把乡亲们得罪了,年长日久地你把乡亲惹急了——

老九叔　（唱）才引出这一场波澜哪——

奉承话听多了——

发现不了自个的短儿。

官架子端大了——

百姓的意见听得不耐烦。

小轿车坐惯了——

不知行人的苦。

当官当久了——

少了"准则"清官也会变脏官!

别忘了老百姓是水,

当官是船,

水能载舟也能翻船。

大官小官都是人民把你推选,

小官大官都要把百姓装在心间。

明白人不用细指点,

从来泪水不值钱。

大丫头哇,你要思改过,心胸宽,敬乡亲,爱家园,

作一个好村民来好党员——

凭着那赤子心多做奉献,

能换回这鱼水真情重返人间!

〔史凌云撕碎纸条。

史凌云　九叔,我史大丫头从哪跌倒的,就从哪爬起来!

老九叔　好,九叔等的就是你这句话!来,九叔讨扰你一杯水酒,咱爷俩干——

史凌云　谢九叔!

〔二人碰杯。

〔灯光急收。

第二场

〔时间：紧接前场。

〔地点：史凌云家。

〔史凌云打电话。

史凌云　喂，金老板吗？您好！我有个打算想和您念叨念叨，是这样的，我们村饮料厂呢，原来用的是外地塑料瓶，利润大不说，质量还经常出问题，我想个人投资为村里办个制瓶小厂，希望得到您的帮助！……好，痛快，有您这句话，我这心里就有底了，等我戳起这个厂子，请您剪彩！好！再见。

〔二老蔫上。

二老蔫　嫂子找我有事？

史凌云　嫂子想当面给你赔个不是，裉节上我没有帮你忙……耽搁了孩子……

二老蔫　（伤心地）"贼走关门，雨过泼街"，说这些有啥用？

史凌云　老蔫兄弟，你这怀驹的枣红马卖给谁了？

二老蔫　卖给果香岭的我表兄了。

史凌云　（掏出钱）给，用这钱赎回你这枣红马——

二老蔫　这？

史凌云　别这个那个的，嫂子帮你一把应该，这枣红马拴在院中，年年怀驹，不愁没有零花钱。

二老蔫　那我就先掖着？

史凌云　掖着！老蔫兄弟，有码事嫂子想求你当个领头雁——

二老蔫　啥事儿？

史凌云　我想把明村的闲散人合聚一块，由我投资办个制瓶厂，优先考虑一拨人进厂——

二老蔫　考虑哪拨人？

史凌云　就是告我史大丫头的那拨人！

二老蔫　啊？

史凌云　咋着信不过嫂子？

二老蔫　大伙把你告倒了，你不但不记恨大伙，还要用实招给大伙办事儿，这不是太阳从西边出来吗？

史凌云　老莺兄弟，大伙告我不假，是不是大伙告得对？

二老莺　平心而论，大伙告得对！

史凌云　这不结了，大伙告得有理，是我史大丫头错了，我不记恨这些人，反倒感激这拨人根节上在思想上帮了我，我要为乡亲们办点实事，这难道奇怪吗？

二老莺　看得出嫂子肚量挺顶的，既然你有这份心思，那我就在这些人中间下点"毛毛雨"，摸摸他们的心气儿？

史凌云　好我等你的回话。

二老莺：中。

　　　　〔二老莺下。

　　　　〔谷清泉上。

谷清泉　凌云——

史凌云　看你，眼眉都会笑了，有啥喜事？

谷清泉　县旅游局在莲花湖搞个"水上度假村"，旅游局的梁局长要聘你去当经理！

史凌云　这是真的？

谷清泉　（递过聘书）这还有假？你看——

史凌云　（接聘书激动地）梁局长咋会想到让我干这个差事？

谷清泉　还不是他在咱乡当党委书记时对你印象好？凌云，你要当了老板，咱家的那几辆卡车立马变换成大旅游轿，这一下咱可是卖大碗茶的看见河了——都是钱哪！凌云，麻得利儿的，快去应聘！

史凌云　清泉，你立马回县城，代我特别谢谢梁局长，虽说这是个天上掉馅饼的好茬口。可眼目前的我不愿意离开史家庄——

谷清泉　不愿离开史家庄？别忘了你只是个普通村民，窝在这图个啥？

史凌云　清泉，你该明白我的心思……

谷清泉　凌云——

　　　　（唱）咱本是山乡儿女土生土长，

　　　　　　　我也知这世界需要热心肠。

　　　　　　　人世间求个人情有来往，

　　　　　　　苦只苦咱与乡亲隔堵墙。

　　　　　　　那么多人告了你的状，

八年的村书记你白当。

村里边又罢免你这厂长，

清泉我出出进进脸上无光。

一纸聘书带来了无限希望，

拨开咱心头乌云见阳光。

凌云你解脱烦恼再得志，

何必要一厢情热把苦酒尝？

史凌云 （唱）劝清泉静下心来想一想，

凌云我字字句句话衷肠。

我也曾孤闷难当自愁怅，

我也曾暗自神伤心彷徨；

我也想寻求解脱离故土，

我也想施展作为奔异乡。

九叔他语重心长将我劝，

我心中再一次打开了天窗。

他劝我失落当中要自醒，

自醒之时求自强！

虽说是好机遇人人向往，

凌云我一方热土心不凉。

我只想站在这希望的田野上，

依恋这桃花盛开的地方。

一个女人学作太阳不作月亮，

有一分热来发一分光。

我虽是普通村民和乡亲们一样，靠着这普普通通、

平平常常，豁豁亮亮，大大方方——

与乡亲高高兴兴奔小康？

谷清泉 哦，你待在史家庄不走，到底想干点哈？

史凌云 我正要和你商量这码事呢，我打算个人投资办个制瓶厂，并要把告我状的人

收厂里当工人。

谷清泉 哈！哈！哈！

李汉雪剧作选

史凌云　你为啥这样笑?

谷清泉　我笑你变成了一个戴红领巾的孩子,凌云打赌好不?

史凌云　打赌?

谷清泉　对! 你想办"制瓶厂"要是有人给你捧场的话,我愿意把咱家这几十来万拿出来作为建厂资金,如果大伙没人给你捧场,你就乖乖地去当这"水上度假村"的老板,你看咋样?

史凌云　人心都是肉长的! 我不信我的心思没有人理解! 赌就赌,咱俩来个三击掌!

谷清泉　好! 谁要是说了不算,谁就是老娘们!

史凌云　清泉,我叫春艳去请永峰大哥了,你出外买点菜,中午留永峰哥喝酒。

谷清泉　好吧。(谷清泉下)

　　　　〔史永峰随翠嫂上。

翠　嫂　丫头妹子——

史凌云　翠嫂,永峰大哥快请坐——

史永峰　大丫头,招呼我过来有啥事?

史凌云　我呢,想自个掏钱办个制瓶厂,也就是咱蝴蝶泉饮料厂下属的一个分厂您看咋样儿?

史永峰　这? 好事是好事,不过我拿不准。

翠　嫂　嗨,大丫头你看见了吧,你永峰大哥一辈子没打过响挡子,一动真格的就看出他是卖烧饼不拿干粮——吃货,武大郎卖烧饼——人软货囊!

史永峰　我说你少说几句没人把你当哑巴卖喽!

翠　嫂　你这个村书记真是不顶饿,

　　　　翠嫂我比你见识长。

　　　　我劝你不会念经休当和尚,

　　　　想当好书记你别窝囊!

　　　　想窝囊这个书记你别干,

　　　　改行去卖棉花糖。

　　　　大丫头好端端心思需要你捧场,

　　　　你看你吱吱扭扭,吞吞吐吐,粘粘乎乎遇事你就"鬼打墙"。

　　　　当书记就要办事干脆说话亮,

　　　　潇洒一把走四方!

史永峰　说完了？

翠　嫂　说完了！

史永峰　痛快了？

翠　嫂　痛快了！

史永峰　你痛快了就好，可大丫头想办这个厂子就没这么痛快！

史凌云　永峰大哥，我自个掏钱为村里戳起个厂子，我可是一片好心哪！

　　　　〔二老蔫随史妙香上。

妙　香　好心？我看你是黄鼠狼给鸡拜年——没安好心！大丫头，你刚才给老蔫的那些钱退给你，我们可不为几个钱让你当枪使。

史凌云　老蔫兄弟，这是咋回事？

二老蔫　嫂子，你想办个厂子，优先招用告你的人进厂，我跟你们说了，他们的脑袋都晃得跟这拨浪鼓似的……

翠　嫂　大伙为啥摇头？

妙　香　秃子头上的虱子——明摆着的事，她这是刘备摔孩子——收买人心！想画个圈让大伙跳，跳进来她就要变着法地再整那些告状的人。

史凌云　妙香，不要把人心看得这么歹，我史大丫头拿出钱来想办这个小厂，是想助咱村饮料厂一臂之力，也是为乡亲多点进项，绝没有别的心思。

　　　　〔史万千上。

史万千　大丫头。别玩你这把戏了，我今儿个到你家就是要对你说，你想优先雇用告你的人进厂，天底下谁见过以德报怨的好人？你这样做无非是想借着办厂，当个厂长，笼络一帮子人，想在史家庄有一寸立足之地，然后想法用你的小厂拆饮料厂的台，一旦成了气候，重新坐上史家庄第一把金交椅！

史永峰　够了！乡里乡亲的谁也别把话说绝喽！

史万千　永峰书记，你和大丫头是儿女亲家这大伙都知道，捞干的说您可别搭官台唱私戏。妙香，回厂——

妙　香　（欲下招呼二老蔫）老蔫，回家——

　　　　〔史万千、妙香、老蔫先后下。

史永峰　大丫头，你看见了吧？我这话要是说后头就不值钱。

翠　嫂　大丫头，我们先回去了？

　　　　〔史永峰、翠嫂脚步极轻地下。

〔史凌云心中苦闷难以发泄。

〔谷清泉提拎着酱货上。

谷清泉　凌云——

史凌云　别理我，烦着呢！

谷清泉　你这是？

史凌云　（泪目盈盈地走近清泉。声音极低但字字有力地）清泉我真的是为乡亲们好哇，大伙咋不理解我呢？

〔灯光渐收。

第三场

〔时间：距前场数日后。

〔地点：史永峰家。

〔史永峰兴致勃勃地上。

史永峰　我说相好的，我得喝两盅——

〔翠嫂端着一盘小辣椒手持一瓶酒上。

翠　嫂　好，把特别的"爱"（指酒）给特别的你——

史永峰　辣子就酒一口顶两口儿！

翠　嫂　看你欢喜得比新娶媳那一天还高兴，这是因为啥呀？

史永峰　因为啥？史万千这小子有道乎儿，这个月饮料厂、矿泉水的产量翻了一番！他还把厂子粉刷一新，还在厂子门口竖起大牌子，写了八个大字——

翠　嫂　写了啥？

史永峰　"厂兴我荣，厂衰我耻"。

翠　嫂　嗨，整本是放屁苗庄稼——走形式。

史永峰　啥话到你的嘴里咋就变味呢？自打史万千走马上任当了厂长，这产量翻了一番，还给工人们发了高奖金，这难道是走形式？我早说过史万千是个"人精"，生在大地方能搞人造卫星，我这眼珠子有水儿——

翠　嫂　我呀，木头眼镜——看不透。我给你煮饺子？

史永峰　那敢情好,饺子就酒,咋喝咋有。

〔史永峰饮酒,史凌云上。

史凌云　(唱)前几日秉心迹却遭人非议,

　　　　　　又发现饮料厂出现问题。

　　　　　　按理说顾及嫌疑我当回避,

　　　　　　可眼看着饮料厂潜在着危机。

　　　　　　来到这史家门前几分犹豫,

　　　　　　这个意见我究竟提不提?

　　　　　　饮料厂关系着全村人利益,

　　　　　　有问题我看在眼里心里着急。

　　　　　　为乡亲直言相谏需要有勇气——

〔打定主意进门。

　　　翠嫂——

翠　嫂　(端饺子复上)哎——来——

　　　　(唱)快与你永峰哥就着饺子喝"大曲"。

史凌云　哟,这是啥日子口哇,大哥喝得跟关公似的?

史永峰　还不是因为饮料厂的产量翻了一番? 史万千这小子有点能耐!

〔史万千上。

史万千　永峰书记,您别夸我,没有您搂我的后腰,没有群众的大力支持,我史万千

　　　　就是浑身是铁能打几个钉啊? 说实的,这里头也有大丫头嫂子的功劳——

史凌云　哟,万千,你这是在撵我走啊?

史万千　哪能啊,这饮料厂最初是你戳起来的,能说你没功劳吗? 再者说这几天我到

　　　　县政府、工商、税务、环卫转了一圈儿,好家伙,到哪个部门都有人问起你,

　　　　看来你的路子是贼野! 兄弟我能力有限,水平很凹,节骨眼上还需大丫头你

　　　　给予支持。厂子赚了钱人人有份!

　　　　(递给凌云红包)给—— 一万元,买一双袜子穿——

史云峰　大丫头,万千给你,你就接着——

史凌云　万千兄弟,别怪大嫂脸硬,这钱我绝对不收。

史万千　一点面子也不给?

史凌云　还是那句话,无功不受禄!

史万千　好吧，你实在不收我也不硬塞，厂里还有事，我先走了——

史永峰　不喝两盅了？

史万千　（看看饭桌）这也太朴素了，改日在"一招鲜"酒楼我做东，专吃南韩空运过来的"龙虾"，大丫头嫂子，千万赏脸一同坐坐白白不要——（史万千下）

史永峰　真是人不可貌相，要说你够能的可万千比你还能，头一个月就把产量翻一番。

史凌云　大哥，明村的饮料厂，还是原来的那拨人马的连轴转这月产量也不能翻一番哪！

史永峰　那他的产量咋搞上去的？

　　　　〔史秋明上。

史秋明　就是把蝴蝶泉的泉水减少处理工序就往瓶里灌——

翠　嫂　哦，就这样翻一番呀，这不是麻子敲门——（坑）人到家吗？

史凌云　永峰大哥，饮料厂要搞好，是要凭着过硬的"拳头产品"在市场上竞争，万千这样做，是在砸咱厂子的牌子！

史秋明　爸，凌云婶说的都是事实。

史凌云　大哥，您可别捂着盖着。

史永峰　大丫头，村里人祖祖辈辈都喝这蝴蝶泉的泉水，身子骨都挺结实。再者说，史万千也对我讲了，少几道"处理工序"是保证咱这矿泉水是"纯天然"……

史凌云　大哥，您就这么相信他说的话？

史永峰　我把厂子交给他，就该信得过他。

史凌云　那您该管的也要管哪？咱村的乡亲买了假农药。弄得一年果树没结果，咱哪能也搞假货坑人呢。

史永峰　（唱）你的话自然有道理，

　　　　　　　可给我史永峰出了难题。

　　　　　　　来不来你别给我出难题。

　　　　　　　史万千一门心思抓效益，

　　　　　　　工人的收入奖金也不低。

　　　　　　　这样的开头实属不容易，

　　　　　　　我这个村书记——

　　　　　　　哪能够指手画脚说东道西？

　　　　　　　再者说，前些日子大伙告你还没消气，

你怎好又跟万千闹 "分歧"？

史凌云 （唱）大哥说得不在理，

饮料厂潜在着一场危机。

弄不好厂子垮台一赔到底，

该管就管别迟疑。

翠　嫂 （唱）大丫头说得蛮在理，

当书记不能和稀泥。

合理竞争树正气，

当不了书记你即早 "稍息"。

史永峰 （唱）树老焦梢叶子稀，

人老弯腰把头低，

茄子老了一包籽儿，

黄瓜老了一层皮。

都怪老哥哥脑筋老，

当不了这个村书记！

史凌云 大哥，我这是好心好意地劝您。您看您还跟我赌气了？

史永峰 不是我跟你赌气，实不相瞒，史万千把厂子的产量翻了一番，乡里把材料

汇报到上边了，上边要树咱村的饮料厂为村办企业典型，"胡乡" 也在夸史

万千——

史秋明 夸他啥？

史永峰 夸他——

思想解放有 "开拓力"，

团结同志有 "凝聚力"，

以身作则有 "号召力"，

分析问题有 "洞察力"，

举止潇洒有 "吸引力"，

言语不俗有 "说服力"，

用这样强有力的干部肯定能发展 "生产力"！

史凌云 大哥，树立一个典型，培养一个人都要从实处着手，这一批伪劣假冒的矿泉

水危害很大，我要以我个人身份出现，告诉原来的客户，不要上当受骗。

史永峰　你？大丫头，我的好兄弟媳妇，这事你少掺和中不？

史凌云　往小处说，饮料厂也有我的一份利益，往大处讲，我是个党员，眼里不揉沙
　　　　子，您要是睁着眼不管，我逐级往上边反映！

史永峰　你？好吧，你反映吧，这是你的权利，可我史永峰要撂给你一句话，你史大
　　　　丫头在史家庄伤人可不少了，你再"掺和事"再得罪人你想想你在史家庄还
　　　　待吗？

史凌云　大哥——

　　　　〔灯光急收。

第四场

　　　　〔时间：紧接前场。

　　　　〔地点：史家庄村头。

　　　　〔史永峰在村头急得团团转。

史永峰　（念"扑灯蛾"）

　　　　史凌云，史凌云，反映情况得罪人！

　　　　史永峰，史永峰，闹得里外不是人！

　　　　〔史凌云急上。

史凌云　永峰大哥，饮料厂的一伙人围着我们家门口不散，这是干啥？

史永峰　你呀，捅了马蜂窝了。

史凌云　我不掺糠不加水的反映情况犯啥忌了？

史永峰　犯啥忌了，你往上边乱插一杠子不要紧，上边派人来调查了，这样一来抓乡
　　　　镇企业的胡乡长弄得挺被动，"胡乡"把我还臭撸了一顿。

史凌云　我知道我这样做是会得罪一些人的，可我完全是为乡亲们的利益着想啊！

史永峰　你有一堆的道理，那就当面和那伙人讲吧！

史凌云　大伙都在气头上，我张得开嘴吗？

史永峰　这不结了？硬碰硬地打嘴仗，只能落个尴尬。我让秋明找史万千了。

　　　　〔史万千、妙香上。

史万千　永峰书记，您找我？

史永峰　万千，厂子里的一些人堵在大丫头家门口，这是干啥？

妙　香　有的人存心不良，想搞垮饮料厂，大伙急了。

史永峰　妙香，问你呢吗？你插啥言儿呀？

史万千　史书记，我也劝大伙有事说事，别这么干，可大伙就是不听！为这个厂子都
　　　　停产了……

史永峰　咋着停产了？

史万千　我这个厂长干不了！您换能耐人吧！

史永峰　万千，你这"前三脚儿"踢得不错，咋想撂挑子？

史万千　不是我不愿意干，有的人是锯锅戴眼镜——专找我的茬儿呀？

史凌云　万千兄弟，我知你这话是冲着我来的，我史大丫头可不是想成心与你作对，
　　　　我是巴不得你把厂子办好，可眼睁着你这思路不对头！就说矿泉水产量翻
　　　　一番的事吧，你这个做法瞒得过别人，还能瞒得过我史大丫头？

史万千　瞒不过你又该咋样？我史万千直接把泉水变成了钱，那得说我有本事！

史凌云　你说这话也不脸红？饮料厂创出个牌子不易，不能在咱的手里垮掉哇！

史万千　垮掉？告诉你吧，垮不了，你看到的只是厂子效益、工人奖金，要比你在位
　　　　时高得多！哈！哈！哈！

妙　香　对喽！万千厂长你这么能，有的人嫉妒你，这肺快气炸了！

史凌云　（厉声地）你们这种能法，末了是要把厂子引向绝路！

史万千　我说大丫头——

　　　　（唱）不要早早下结论，

　　　　　　　有道是能人后面有能人；

　　　　　　　虽然说能人背后有人弄，

　　　　　　　细说来弄不倒的是真能人！

　　　　　　　眼下你史大丫头不得人心，

　　　　　　　万千我这个一厂之长深得人心。

　　　　　　　你既然是普普通通老百姓，

　　　　　　　何必要咸吃萝卜淡操心？

妙　香　（唱）被大伙轰下台不咋带劲，

　　　　　　　别再想旱地洋葱不死心！

史永峰　你们这一唱一和干啥？眼里还有我这个书记吗？万千，劝说那帮人离开大丫头家门口，该上班上班——

史万千　要大伙上班？我的老书记呀，工厂停产，我急得上槽牙都肿了，可大伙说了，要他们回厂上班，只有一个"条件"——

史永峰　啥"条件"？

史万千　一是要让史大丫头当众道歉，二是要她不要妨碍我们推销产品。

史永峰　大丫头，你看……

史凌云　这个条件我不依，我史大丫头有理敢见皇上！

史万千　那好哇，给你台阶不下，那就让大伙坐在你家门口待着吧。别忘了我的厂子停产一天，你要赔我八万！

妙　香　对！看她史大丫头有多大的家底往里赔！

　　　　〔二老蔫上。

二老蔫　妙香，在这掺和啥？

妙　香　哟，谁的裤裆没缝好，把你给露出来了？

二老蔫　你敢拐弯骂我？我一脚踢你个"十"字儿！

　　　　〔二老蔫与妙香扭打，史万千上前保护妙香，被二老蔫一拳揣得踉踉跄跄。

史万千　二老蔫，你敢打我？

二老蔫　粘糕掉豆你找拍！史书记，（掏出钱）堵在大丫头门口的那伙人三勾有两勾儿是史万千用钱用雇的！给！我二老蔫不缺这几十块钱花！

史永峰　万千，有这种事？

史万千　二老蔫诬陷我，这厂长我不干了！妙香，走——

　　　　〔史万千，妙香下。

二老蔫　万千，你把我媳妇给"日本"了，我跟你没完！

　　　　〔老蔫追下。

史永峰　大丫头，你瞅瞅，咱村里是二奶奶看报——乱了行啦！你就冲老哥哥我，当着那一伙人的面说一句软话中不？

史凌云　我不冲着您，我是冲着咱史家庄，冲咱乡亲，我就是倾家荡产，也要一竿子插到底！

史永峰　这么说你还要往上告？还要捅更大的娄子？

史凌云　这一回反映情况，连大哥你一块反映？

史永峰　哎,还要把我一勺烩? 我不贪不占地你反映我啥?

史凌云　反映您糊涂官,糊涂作,糊涂事,糊涂办!

史永峰　大丫头,我今个才看清你是个啥人哪!

　　　　(唱)自打我史永峰走马上任,

　　　　　　　我把你史大丫头看作自家人。

　　　　　　　村里边人多嘴杂我不相信,

　　　　　　　我曾说大丫头办事我放心。

　　　　　　　到如今我恍然大悟看得准,

　　　　　　　大丫头你嘴巴不对着心。

　　　　　　　你盯住了史家庄权力心不死,

　　　　　　　史家庄一潭清水你搅浑!

　　　　　　　到如今我打开天窗说亮话,

　　　　　　　你史凌云不是书记少操心!

　　　　〔永峰欲下。

史凌云　大哥,您去哪儿?

史永峰　(委曲求全地)你不给大伙道歉,我去给大伙磕头,脑门儿上磕出血来我也认! 谁让我是个窝囊书记呢! ……

史凌云　(痛苦地)……永峰大哥,您老别弯下这个腰,您跟大伙说吧,我史大丫头再不掺和饮料厂的事了,我离史家庄远远的……

史永峰　大丫头,我也明白让你给那伙人道歉那是难为你,你呢,心眼活泛点,别再较这个"真"了,大哥我豁出去这张老脸给你找个台阶下就是了……

　　　　〔史永峰下。

史凌云　(长叹一声)咳!

　　　　(唱)一声叹惋苦情难尽,

　　　　　　　惊惊看远山隐隐,近岭昏昏,乌云阵阵,山风阴阴,

　　　　　　　雷电轰鸣日月冷,惊涛骇浪天地浑,

　　　　　　　浑浑听——

　　　　　　　无声泪雨愁煞人!

　　　　　　　孤身孤影孤零零,

　　　　　　　独对大山话悲辛;

凌云我丢官免职自思忖，

下决心重新起步重做人。

学那大山心胸阔，

不与百姓结怨深。

不惜重金拒应聘，

不忍乡亲再清贫。

谁曾想呼唤乡情彼岸远，

到如今举步维艰难做人。

只觉得芳草天涯无归路

也只好别情依依离山村。

苦只苦足动身动心未动，

仿佛见山不留人水留人。

山风迎面拦住我，

山柳低头暗伤心；

山草青青情铺路，

山泉声声唤凌云。

离不开清清冽冽的山泉水，

舍不得实实在在的众乡亲。

忘不了曲曲弯弯的山乡路，

驱不散缠缠绕绕的大山魂。

山水牵情泪眼湿润，

凌云我不愿离开娘家人。

痛只痛拳拳之心无人识，

罢罢罢易志他乡觅知音。

〔谷清泉头上缚着纱布同女儿谷春艳上。

谷春艳　娘，堵在咱家门口的那些人用石块砸碎了咱家的门窗，我爸他额头也让他们人给"开了"……

谷清泉　凌云，这一切你都看见了，咱在史家庄站不住脚了！有码事我还瞒着你呢……

史凌云　啥事？

谷清泉　"水上度假村"的聘书我没还给梁局长……

史凌云　那好。我去应聘！

谷春艳　娘，您真好！

〔老九叔上。

老九叔　大丫头，我和永峰劝走了堵在你家门口的那些人，你们三口子回家吧！

史凌云　九叔，我要离开史家庄了……

老九叔　离开史家庄？

史凌云　对！这一回谁也拦不住我！

老九叔　好哇，大丫头……你出息了！我呢，再也不说了……你走吧走得远远的……

　　　　走了之后别再回来……

〔场上僵持，灯光急收。

第五场

〔时间：紧接前场。

〔地点：史凌云家。

〔史凌云穿着不俗拿着"大哥大"上。

史凌云　喂，刘主任吗？日本工人疗养团今儿个晚到咱"度假村"住宿，初订五天，

　　　　"八卦园"中的那两所别墅给他们留着！好，下午四点，我赶回去——

〔谷春艳、谷清泉上。

谷春艳　哟，爸，您瞧，我娘太"帅"了。

谷清泉　你娘这一打扮，还真有点"大老板"那派头！

谷春艳　娘，你当"度假村"老板每月工资多少钱？

史凌云　两千块。

谷清泉　这两千块"含金量"高哇，春艳，出外买点酱菜，咱们美美地撮一顿给你娘

　　　　接风——

谷春艳　哎。

〔谷春艳欲下。

〔万千娘、惠兰上。

谷春艳　娘，大奶奶和惠兰婶来了——

　　　　〔万千娘进门就给史凌云磕头。

史凌云　大婶，您老这是干啥？有啥话慢慢说——

万千娘　我儿子万千把厂子搞垮了，家里的值钱物件都让上边给拉走作抵押了。我儿媳妇惠兰一看这个心脏病又犯了，医院大夫说赶紧开刀，要不人就耽搁了，我问开刀得多少钱，大夫说得一万，我一听这心里头就没缝了……

史凌云　婶子，您甭往下说了，您来我这啥个心思我也明白，我们一定"抄把手"给惠兰治病！

惠　兰　娘……我这病不治了……咱跟大哥大嫂借这么大数的钱，日后用啥还家呀？

史凌云　惠兰妹子，心里边别像韭菜似的那么窄，这钱有就还，没有就不还！

谷清泉　春艳，把咱那活期存折带上，随你惠兰婶去医院——

　　　　〔谷春艳随惠兰欲下，史万千急上。

史万千　史大丫头，你丫头养的！没有你往上边捅，我史万千"栽"不到这份上！

万千娘　万千！你说的是人话吗？脚上有泡自个走的，凭啥把仇记在大丫头身上？

史万千　娘——

万千娘　（给了万千一掌）呸！你还有脸叫娘啊？

　　　　（唱）你不傻不傻不往好道上走，

　　　　　　　愁得老娘白了头。

　　　　　　　到如今你媳妇得了重病难医救，

　　　　　　　我们娘俩手中无钱难应酬。

　　　　　　　危难时大丫头伸出一双手，

　　　　　　　我们娘俩好似阴天见了日头。

　　　　　　　他们夫妻恩德无量情深厚，

　　　　　　　偏偏你恩将仇报不知羞。

　　　　　　　万千哪——

　　　　　　　今儿个为娘要把话说透，

　　　　　　　你手捂着胸口想一想你咋栽的跟头？

　　　　　　　想一想你的娘没得过你一天的济，

　　　　　　　想一想你媳妇背后眼泪没少流；

　　　　　　　想一想你两岁的儿子刚刚会走，

　　　　　想一想咱这贫困的家庭几时里熬出头？

　　　　　今日里儿有过失娘心中好难受，

　　　　　惠兰她不止泪水难分忧。

　　　　　娘盼你栽了跟头当醒悟，

　　　　　别让娘空等空盼难消愁！

史万千　娘——我一定重新做人！

惠　兰　万千，听媳妇一句话，当面对大哥大嫂认个错儿——

史万千　（悔恨地）清泉哥，凌云嫂子——

史凌云　万千，甭说了，知错改错就是条汉子，抓紧时间，送惠兰进医院！

惠　兰　谢谢大哥的救命之恩！

史凌云　说别的是"序儿"，快去医院。

　　　　〔众人下，万千走至门口处，脚步又停了下来。

谷清泉　万千兄弟，还迟疑着干啥？

史万千　我没德性，把一个好端端的厂子搞垮了，饮料厂贴了封条，挨了重罚，赔个

　　　　大窟窿！凌云嫂子，清泉哥你们夫妻俩想想辙，救救这个厂子吧！

　　　　〔史万千说完下。

史凌云　咳，饮料厂这一下伤了"元气"了……

谷清泉　凌云哪，你既然离开了史家庄，就别动这心思了……

史凌云　最初的饮料厂是我戳起来的，到了这份上，我这心里边不是个滋味儿。

谷清泉　可这怨不上咱们！当初你不是没劝过他们，可他们愣是不听！为了"反映

　　　　情况"，你还得罪了一帮子！眼下饮料厂赔了、垮了，数过二百吊钱的人，谁

　　　　也不会上前接这"烂摊子"！凌云，你可记住了，就是皇上二大爷求你来，你

　　　　也别耳软心活。

　　　　〔史永峰，老九叔上。

老九叔　大丫头在家吗？

史凌云　九叔，永峰大哥，你们爷俩请进——

　　　　清泉，快沏茶——

老九叔　别沏茶，坐不住，我这心快蹦出来了……

史永峰　大丫头，饮料厂"崴泥"了！

史凌云　（发作地）饮料厂"崴泥"了！饮料厂"崴泥"了与我有啥关系？

史永峰　大丫头，我知道你说的是气话，悔当初我不该不听你的劝哪！

史凌云　（伤感地）您说这些不觉得晚了吗？当初我恨不得把心掏出来让大伙看哪！当一帮人堵在我家门口时，我的眼前一片漆黑，那时候我的心真的凉了……我这样离开史家庄心里也不好受！好些日子我像个没娘的孩儿……要不是冲着丈夫、女儿，我不会再回史家庄的！……咳，嘴上这么说了，可心里边呢，像丢了魂似的当我进了村口时，这心里边真不知是个啥滋味儿，真怕见到旁人……现在，我还说这些干啥？

〔轻轻擦眼角的泪。

史永峰　大丫头——

　　　　（唱）大哥我当面给你认个错，

　　　　　　　那一日我不该把绝情的话儿说。

　　　　　　　到如今饮料厂遇上塌天祸，

　　　　　　　大丫头你无论如何帮乡亲们想辙。

谷清泉　（唱）我夫妻也痛心工厂败落，

　　　　　　　凌云她委之重任难推脱。

　　　　　　　村里事自梦自圆自筹措，

　　　　　　　凌云她事外之人不掺合。

老九叔　（轻声地）大丫头——

谷清泉　（轻声地）凌云——

老九叔　（重声地）大丫头……

谷清泉　（重声地）凌云……

史凌云　（唱）九叔他怀着期待望看我，

　　　　　　　清泉他心中阻拦不好明说。

　　　　　　　凌云我到底应该怎样做？

　　　　　　　十字路口难抉择。

谷清泉　（唱）凌云你心中有数前前后后地想，

　　　　　　　清泉我心中有话明明白白地说：

　　　　　　　饮料厂陷入困境，

　　　　　　　度假村生生勃勃；

　　　　　　　饮料厂负债累累，

　　　　　度假村盈余多多；

　　　　　饮料厂人心不整，

　　　　　度假村地利人和；

　　　　　饮料厂能躲就躲，

　　　　　度假村机遇难得。

　　　　　凌云你切不可头脑一热，

　　　　　冒着风险背黑锅！

　　〔二老蔫急上。

二老蔫　　九叔——永峰大哥——

老九叔　　饮料厂一垮，人心慌慌的，不少的乡亲们要背包握伞地离开史家庄——

史凌云　　老蔫兄弟，快拦住大伙，不要离开村子，大伙这节骨眼一走，那人心就散了，饮料厂可就彻底垮了！

二老蔫　　我没法子拦住大伙，说空话不饱人哪，饮料厂是史家庄的摇钱树，乡亲们指望着它算计着眼前和长远的日子，可是没想到这摇钱树变成了歪脖树，该娶媳妇的没钱娶媳妇了，想盖房的盖不了房啦，不少的乡亲们都流了眼泪呀！

老九叔　　大丫头，别怪九叔又提这陈芝麻烂谷子的事儿，史家庄人甭管大辈小辈平辈都喊你大丫头，你这个名是咋来的你忘了吗？那一年枣树开花时你落了草儿，你娘把你生下来流血过多离开了人世，你又摊上个睁眼瞎的爹，细说来打一小你就是个"苦孩儿"呀，乡亲们为了把你拉扯大，有口奶呢就给你一口奶吃，有一碗饭呢就给你一口饭吃。你三岁那年，我对你九婶子说，孩子懂事了，别老是丫头丫头的叫了，就该给她起个名儿。你九婶子说，就叫大丫头，这孩子是大伙的闺女，没薄没厚，谁要喊一声大丫头哇，就让她进谁的家！就这样你吃百家饭，穿百家衣，乡亲们好不容易才把你拉扯大呀！……这些你都忘了？

老九叔　　（唱）别怪你九叔说话苛刻，

　　　　　　　　有道是人各有志志不可夺。

　　　　　　　　大丫头你当了老板本无过错，

　　　　　　　　全家追求富有更不该受指责。

　　　　　　　　可咱是个党员本该一腔火热，

　　　　　　　　自个对自个要求要严格！

想当年你四叔为保护乡亲面对屠刀不示弱,

对山谷喊一声乡亲们来世再会气壮山河!

到如今没有那枪林弹雨少了那惊心动魄,

需要咱党员关键时显示出好品德。

你也是喝蝴蝶泉的泉水长大的,

乡亲们对你口中有怨情不薄。

饮料厂受挫折乡亲们把泪落,

需要你与乡亲同步同心、同心同德挺过这个坎儿爬过这个坡!

史凌云　（唱）危难时似闻乡亲呼唤我,

我怎能只顾自己的安乐窝?

造物无私人间皆春色,

东风不冷好山河。

凌云我一点一滴实处做——

何愁真情无寄托?

九叔,永峰大哥,你们别着急,我史大丫头辞去老板的职务,拿出我家的所有积蓄,和清泉一道接过这个厂子。

谷清泉　凌云?

史凌云　别说了,我是个党员,就得自个儿认吃亏!就这么定了!

史永峰　（激动地）大丫头,我代表中共史家庄党支部,代表史家庄一千八百口乡亲们,给你鞠躬了!

〔灯光急收。

第六场

〔时间:距前场三年后。

〔地点:史家庄村头。

伴　唱　山青水绿天蓝蓝。

满川花讯又三年。

　　　　　高高村碑村头立，

　　　　　才停锣鼓有余欢。

　　　　〔大理石金字的村碑立在村头。

　　　　〔史永峰、老九叔、翠嫂、史秋明、二老蔫、妙香有说有笑的聚结在村头。

史秋明　（走至碑后念碑文）史家庄位于盘山脚下，清乾隆年（公元 1732 年）建村，因史家大户人丁两旺而起名。

老九叔　这块大理石的村碑真有气派。

翠　嫂　是啊，这可是咱史家庄人顶高兴的事！

　　　　〔史凌云上。

史凌云　乡亲们，又有一码高兴的事——

老九叔　有啥喜事？

史凌云　清泉参加滨海市饮料食品交易会，他打来了电话说，咱村的"蝴蝶泉矿泉水"获得了"国际银奖"，很有希望打进俄罗斯市场！

　　　　〔场上又是一片欢乐。

史秋明　国际市场一拓开，咱史家庄明年就能成为"亿元村"！

史永峰　靠着蝴蝶泉的泉水，咱史家庄一茬比一茬人活得滋润，咱这蝴蝶泉可真的成了幸福泉了。

史凌云　九叔，永峰大哥，乡亲们，我有个想法想和大伙谈谈——

史永峰　有啥想法你说。

史凌云　咱村的饮料厂搞得挺红火，我脑子里的想法越来越大我有个建议，一是通过各级领导的支持，获得一大笔的贷款；二是靠咱大伙集资，把咱这村办企业扩大成县级企业，这样一来，周围邻村的男女青年就会有机会来饮料厂上班，厂子获利后邻村的乡亲们也跟着沾光！

妙　香　你们看看，大丫头又出"馊点子"，史家庄人还怕钱多了"烧手"咋着，要是办成了县里的厂子，那可是一块元宝八下分了！

史万千　我表态，凌云嫂子这个想法很地道，真要是能兑现，咱史家庄人办了一件功德千秋的好事！

二老蔫　好事是好事，我只是有个担心，饮料厂效益好，家家户户都有了"存项"儿，要是让大伙把掖在兜口的钱再掏出来，恐怕是件难事呀！

史凌云　永峰大哥，您是咋想的？

李漢雪劇作選

史永峰　我？我正要问问你呢，咱村的饮料厂是"细水长流"，大伙儿呢吃穿不愁，

　　　　小日子得得的，你咋又冒出这个想法呢？

史凌云　永峰大哥，乡亲们——

　　　　（唱）蝴蝶泉涓涓泉水流不断，

　　　　　　　史家庄步步小康合家欢。

　　　　　　　山里人站在高处看得远，

　　　　　　　看得见山外山来天外天；

　　　　　　　旱店村缺少水脉连年干旱，

　　　　　　　瓮安屯大山阻隔贫穷依然；

　　　　　　　凤凰岭弯曲着一群光棍汉，

　　　　　　　金银坡秃岭荒山少财源。

　　　　　　　邻村的乡亲们境遇未改变，

　　　　　　　凌云我看在眼里心不安！

　　　　　　　史家庄人需要把爱心来奉献，

　　　　　　　求的是十里八村心相连。

　　　　　　　虽说是扩大企业有风险，

　　　　　　　怀揣着乡情不畏难。

　　　　　　　共享阳光人间暖，

　　　　　　　共同富裕天地宽！

翠　嫂　我说秋明他爹，大丫头这想法不赖，就等你一句话了——

史永峰　（唱）大丫头哇——

　　　　　　　听人劝，吃饱饭，

　　　　　　　大哥说话不拐弯儿。

　　　　　　　不惹麻烦没麻烦，

　　　　　　　不招埋怨没埋怨；

　　　　　　　不担风险少风险，

　　　　　　　不背包袱没负担。

　　　　　　　九九归一一句话，

　　　　　　　肥水不流外人田！

史秋明　咳，这哪是村书记呀？整个是老棺材瓢子！

史永峰　秋明,当着这么多人就这样说你爹?

老九叔　永峰啊! 我大孙子秋明说得对! 你还挂不住脸了? 我呀,有话也不摽馊了,

　　　　今儿个要当众批评你——

　　　　(唱)永峰你这个书记有点"疲软",

　　　　　　　说出话没板眼让我心寒。

　　　　　　　虽说咱史家庄日月更新天地变,

　　　　　　　没有党的好政策哪会有今天!

　　　　　　　人间沧海朝朝变,

　　　　　　　咱不能在一亩三分地上绕圈圈。

　　　　　　　山沟里有朝阳的有背阴的睁眼看得见,

　　　　　　　穷的穷富的富咱心里边不坦然。

　　　　　　　史家庄人要学得有远见,

　　　　　　　帮助那落后村改变面貌理所当然!

史永峰　我说当家的,你说那大丫头这个想法好?

翠　嫂　(坚决的)好!

史永峰　二老蔫儿,你看大丫头这思路可行?

二老蔫　可行!

史永峰　史万千,你看大丫头这一步棋走得妙?

史万千　妙!

史永峰　我说儿子,你丈母娘这话在理?

史秋明　在理!

史永峰　咳,看来我这脑瓜是跟不上趟啊!

　　　　〔谷春艳,谷清泉上。

谷清泉　凌云,在交易会上我见看了宋县长,也和他谈了你的想法,宋县长听了很高

　　　　兴,他准备亲自跟你谈谈!

史秋明　有县长给咱撑腰,这事更好办了!

　　　　〔惠兰扶着万千娘上。

万千娘　大丫头,听说你要把咱村的厂子办得更大?

史凌云　我只是有这么个想法,才对大伙谈,您这耳朵咋这灵啊?

万千娘　惠兰听到了你的话音儿之后呢,她跑回家就朝我要存折儿,我听了这个信儿

李漠雪剧作选

啊，心里边更豁亮。自打你救了惠兰，我就悟出个理，这世面上，你说金子珍贵，你说银子珍贵？不介！说到了还是一个"情"字珍贵！

惠　兰　凌云嫂子，办厂子需要大伙投资我们支持，给——这是我家的存折！

〔众鼓掌。

史永峰　咳，我这不净是脑瓜跟不上趟啊，整本是一块挡道的砖哪！乡亲们哪，我有句话跟大伙说说，我呢，自打当了这个村书记，一眨眼四年了，按理说呢，我也没啥大不是，可没啥大不是不中啊，村里的几码漂亮的事，都是大丫头挑头干的！咱村这个饮料厂呢，不假，是赚了钱了，可大伙看见了，大丫头没时没响地干，这人瘦了一圈呀！这人哪，都是骨头掺肉长的，都懂得情来情往，大丫头和乡亲的心里边贴近了。这些日子呢，许多乡亲们又联名写信，要求大丫头"二次出山"，重新当这村书记！乍开始呢，我听到这个信儿呢心里边酸不几儿的，后来我想通了，这人怂怂一个将怂怂一窝，一个村没有一个顶戗的干部，老百姓也跟着倒霉！（十分轻松地）捞干的说，思想上跟不上趟别挡道，所以说，我声明——"主动让贤"！

〔大伙鼓掌。

翠　嫂　太棒了！跟你呀多半辈子了，就这码事你办得漂亮！

老九叔　大丫头，乡党委领导也跟我谈了心，村党支部研究要重新改选村书记，大伙也赞成你重新挑起这个担子。大丫头，当着乡亲们的面你表个态吧？

谷清泉　凌云，既然大伙信得过你，你就干吧！

史凌云　（激动无比地）乡亲们，我该对大伙说些啥呢？有句话在我心里边撂了两年了，今儿个才得空当着大伙说。最初我当这村书记也是乡亲们推举的，可我的脚印走得不正，有违乡亲们的心愿，今儿个在这呢（哽咽地）我给乡亲们道个歉！（调整情绪激昂地）今儿个呢，大伙再次推举我当村书记。我史大丫头一定团结好身边的党员，见湿见干地为乡亲们干实事儿！

（众鼓掌）有一天清泉对我说，凌云哪，咱家的大瓦房真的属于咱吗？我明白他这话的意思，既然大瓦房不是属于咱的。咱就把它奉献出来派上用场。今儿个我要对乡亲们说，明儿个一早儿，我家的瓦房就挂上村委会的牌子。

伴　唱　鼓声动，锣声喧，

龙翔凤舞百姓欢。

韶光暖人春无限，

又是九九艳阳天！

〔全剧终。

徐流口

　　这是根据真人真事创作的一出评剧。

　　路，是戏剧的主题。

　　路是徐流口几代人追逐的梦。

　　山村通往山外的路，几代人没有修成，使徐流口人流下了许多辛酸泪。

　　当代村书记秦玉合，一个复员军人，靠着党的好政策，靠着人民的努力，修成了路，修成了致富路，修成了引凤路，修成了小康路。

　　当时的场面令人难忘：

　　开山的，放炮的，后面背着炸药的；

　　有说的，有笑的，后面还有喊号的；

　　有老的，有少的，后面背着撒尿的；

　　有喊的，有干的，轻伤不下火线的；

　　挥锹的，抡镐的，推车有如小跑的；

　　山前的，山后的，都是艰苦奋斗的……

　　如今的徐流口，成了远近闻名的生态村，村书记秦玉合是一面光彩夺目的旗帜，带领着父老乡亲走向新时代。

　　本剧获第五届中国评剧艺术节"优秀剧目奖"等多项大奖。

徐流口

人物篇（以出场先后为序）

秦玉合　52岁，徐流口村党支部书记。

宋春红　50岁，秦玉合之妻。

石　川　66岁，徐流口村民，老党员。

山　花　12岁，张山林的女儿。

吴　桐　33岁，徐流口村委会委员。

金彩凤　30岁，吴桐之妻。

景彩霞　50岁，徐流口村民。

石大娘　70岁，徐流口村民。

山　根　40岁，徐流口村民，秦玉合表弟。

男女村民若干人。

第一场　迎凤曲

〔幕启：一弯新月。一个女孩荡着花篮秋千。女童声伴唱（无乐队）

伴　唱　弯弯的月亮像条船，

　　　　船儿弯弯变花篮。

　　　　花篮秋千山妞妞荡啊——

　　　　荡来荡去荡个圆。

〔时间：当代。

〔地点：徐流口村村头。

〔幕启：今天是老光棍徐山根成亲的日子，徐流口的乡亲们兴高采烈地来到村头。景彩霞高声招呼着大伙。

秦玉合　（呼喊着）乡亲们，新媳妇快到山下了。

众应声　新媳妇快到山下了。

秦玉合　大红轿子抬出来——

众应声　大红轿子抬出来。

秦玉合　乡里乡亲齐出动——

众应声　乡里乡亲齐出动。

秦玉合　咱给山根娶媳妇。

众应声　咱给山根娶媳妇。

秦玉合　抬轿子喽——

吴　桐　秦书记,你这脚一瘸一拐的行吗?

秦玉合　行吗?为了让咱村少一条光棍儿,多一个媳妇,一个轿子里抬十个我都抬
　　　　得动!

景彩霞　(学广东话)好感动,好感动的喽。

　　　　〔众乐。

景彩霞　你说了啥?说真的,山根的媳妇娶不到家我这心里边悬着。

山　林　我也是捏着一把汗哪。

金彩凤　山林,挺大的爷们儿这心眼儿别跟韭菜叶儿似的,一会儿新娘子到村口了,
　　　　担的什么心呐。

秦玉合　好吧。不让大伙担心。哥几个起轿——

　　　　〔众演唱"抬轿歌"。

秦玉合　抬轿喽——

众　唱　打起鼓来敲起锣,

　　　　抬起这花轿乐呵呵。

　　　　红红的绸子是一团火,

　　　　高高的嗓门儿一路歌。

　　　　铁打的肩膀背不驼,

　　　　山里的汉子娶天鹅。

　　　　头顶着日头心里热,

　　　　花轿上了凤凰坡。

　　　　轿子抬稳不颠簸,

　　　　心里边叨念着"弥陀佛"。

一旦媳妇娶到手，

白干老酒大口喝。

嘿哟嘿哟喝——

嘿哟嘿哟喝——（轿子下）

景彩霞　我说，咱书记带着爷们儿娶媳妇去了，山根的新房布置好了吗？

金彩凤　布置好了。山根娶媳妇，正好桃花开，满山遍野一片红。

石　川　红红的喜字贴门口儿，请帖送到大伙的手。

景彩霞　听说新娘子名叫小桃红，小脸蛋不搽胭脂自然红。

金彩凤　快别忽悠了，新娘子要唱洞房赞，老少光棍儿都眼红。

石　川　真是百鸟来朝凤，我要高高兴兴喝几盅。

山　林　闹洞房三天没有大小辈儿，今天我要唱"急急风"。

景彩霞　哟，大伯子要逗兄弟媳妇，你可真不知脸红。

山　林　是呀。桂花给我提个醒儿，我不能只顾高兴，忘了文明。

金彩凤　山根，今儿个晚上别喝酒，你懂不懂？

山　根　不太懂。

金彩凤　纸糊的灯笼你该心里明。

山　根　这？

景彩霞　还装傻充愣呢？优质优生。别生个傻不愣瞪噌。

〔众乐。

宋丹红　行了，一会儿新娘子快到家了，咱哪，好好地给山根操持操持。

景彩霞　对。贴喜字的贴喜字，放鞭炮的放鞭炮。你们看，娶亲的花轿来了，大家唱

　　　　起来，扭起来，动起来——

〔众载歌载舞地唱

锣鼓敲打"单出头"，

男女老少来村头。

百鸟朝凤唱小曲儿，

脚踩着鼓点有劲头儿。

凤落梧桐凤点头，

光棍汉娶上俏丫头。

乡亲们迎娶好媳妇，

一番心喜在心头,

乡土的秧歌扭一扭啊,

喜字绒花戴满头。

娶媳妇,接盖头,

入洞房,不知羞,

恩恩爱爱到白头,

混他个孩子老婆热炕头儿。

〔秦玉合与汉子抬花轿复上。

景彩霞　山根,快快快,轿子到了,还不赶快煽情。

山　根　咋煽情啊?

景彩霞　咋煽情? 是乜是傻呀? 背媳妇回家!

众　　　对。背媳妇回家!

〔山谷回声:"背媳妇回家"——

秦玉合　乡亲们,别逗了!

宋丹红　嘿,你这个大书记呀,该严肃时不严肃,不该严肃时你倒严肃了。这娶媳妇
就是乐呵事,你咋不让大伙开心呢。想当初你娶我的时候,你背着我绕村头
三圈儿,还说你那天头发梢儿上都是劲儿。

〔又是一阵欢乐。

秦玉合　乡亲们。你们让我乐,我乐不起来,捞干的说吧,新媳妇没娶来……

石大娘　这是为啥?

秦玉合　新媳妇半路上变了心思……

霍翠兰　因为啥散了?

秦玉合　只为一个字——

张大伯　哪个字?

秦玉合　路。

众　　　路?

秦玉合　在咱这地方有个顺口溜——有女不嫁徐流口,穷富好说路难走。人家姑娘越
往山上走,看着咱村里的山路颠颠簸簸的,心里边越是窄巴,转身回去了。

景彩霞　嗨,快到了手的媳妇,飞了。(心酸地)我真受不了刺激呀。

秦玉合　山根,老大哥对不住你呀。

石大娘　玉合,这不怪你,咱徐流口连一条像样的道儿都没有,本村的姑娘翅膀硬了

　　　　都往外飞,还怪人家外村的姑娘不来呀?

　　　　(唱)朵朵白云绕山头,

　　　　　　　山里人盼路盼了几十秋。

　　　　　　　想过去一块山石压胸口,

　　　　　　　徐流口无路人人愁。

　　　　　　　无有路风天雨天难行走,

　　　　　　　无有路上山下山磕破头。

　　　　　　　无有路求富不成穷相守,

　　　　　　　无有路水果熟了烂成粥。

　　　　　　　无有路他乡女不嫁徐流口,

　　　　　　　无有路光棍汉尝着苦石榴。

　　　　　　　路啊路——

　　　　　　　多少人做梦盼着有路走,

　　　　　　　多少人梦醒愁复愁。

　　　　　　　今日里山根断亲我心里好难受,

　　　　　　　咱山村到几时铁树开花有了盼头。

伴　唱　山里的汉子真窝火,

　　　　喜酒变成苦水喝。

　　　　眼看着天鹅头上飞过,

　　　　飞走了妹妹苦了哥哥。

　　　　铁打的汉子好失落,

　　　　心里边委屈不好说。

　　　　山根哪,好难过,

　　　　泪眼望着凤凰坡。

　　　　凤凰不落无宝地,

　　　　哎哟哟我的村书记你得想个辙。

秦玉合　大娘说得对。乡亲们说得对呀——

　　　　(唱)迎亲路上亲事断,

　　　　　　　都只因上山不易下山难。

乡村没有摇钱树，

拴心留人实在难。

山中无路难行走，

村中无路难变迁。

徐流口有山有水有条件，

有土有地有资源。

只因乡村太封闭，

看不见山外青山天外天。

要想富，先修路——

你富我富大家富；

山路长，山路宽——

大路朝天百姓欢。

大伙别泄气，

大娘别心酸。

玉合当众许下愿，

困难再大腰不弯。

修好了山路大家走，

摆脱贫苦换来甜！

石　川　玉合，我明白你的意思。你说咱徐流口要想有日子好过，这重中之重是开山修路？

秦玉合　对。要想富，先修路。山根，哥几个，乡亲们，这人活一世，就得争口气，就是今天咱娶亲不成，咱乡亲们也不能灰溜溜地回村。

石　川　玉合，依着你咋办？

秦玉合　乡亲们——

（唱）花轿里面有遗憾，

花轿里面有辛酸；

花轿里面有希望，

花轿里面有光环。

酸甜苦辣任挑选，

咱把这希望抬上山。

景彩霞　好，秦书记，是爷们儿。姐们儿听你的。

山　根　对。听秦书记的，咱抬轿！

〔众载歌载舞演唱。

男儿有泪不轻弹，

依山傍水天地宽。

山路修成引凤路，

山中好汉配婵娟。

汗珠子掉地摔八瓣儿，

自古人生苦后甜。

俩横一竖咱干干干，

咱把这希望抬上山。

咱把希望抬上山！

〔灯光急收。

第二场　鸣凤谣

〔时间：紧接前场。

〔地点：徐流口村头。

伴　唱　山乡锣鼓震山村，

山里人说话有回音。

书记挑头修山路，

号召全村集资人。

左边要种摇钱树，

右边要放聚宝盆。

书记挑头当旗手，

还须麾下有能人。

"楚河""汉界"分两阵，

吵吵闹闹一条心。

〔金彩凤与吴桐前后上场。

吴　桐　彩凤，你别急，咱好好谈谈——

金彩凤　三两棉花——不好谈。

吴　桐　你呀，小心眼儿。

金彩凤　你呢，一根筋。

吴　桐　彩凤，秦书记带头捐款修路，是为咱徐流口的乡亲，咱不能牛蹄子——两掰。

金彩凤　修啥路呀？集啥资呀？我看是叫花子唱"莲花落"——穷开心。

吴　桐　彩凤，你这样说话欠尺寸。

金彩凤　我看你是泥堆的金刚——没有心。

吴　桐　彩凤，你该懂得这个理儿，夫妻合美山成玉，兄弟同心土变金。

金彩凤　吴桐，你是糊涂人，你可知我的一片苦心。为攒这几个钱，我是一分一分地嘴头上省啊，咱家这破瓦房，看着多堵心。真要是有个万八的，我也愿意集资，可咱眼下不是罗锅上山——钱（前）紧嘛。

吴　桐　就是为了富裕，秦书记才带着大伙修这条路哇。你这几个钱儿能下崽呀。

金彩凤　好了。我也不跟你争了，你有千条妙计，我有一定之规。捞干的说，我就是不集资。

〔景彩霞与众人上场。

景彩霞　两口子干啥呢？

金彩凤　打架呢。

景彩霞　平时两口子跟这吸铁石似的，今个咋犯吵吵啦。

吴　桐　为这修路集资的事。

景彩霞　要说这集资修路的事吧，前几天我是心火挺盛，可现在翻过来倒过去得一琢磨呀——我……我……

伴　唱　景彩霞呀这个女人，

　　　　隔衣服看见你的心。

　　　　风一阵来雨一阵，

　　　　翻手雨来覆手云。

　　　　河里的莲藕多心眼儿，

　　　　年轻的寡妇爱多心。

　　　　寡妇思春也思富，

　　　　　节骨眼儿上有私心。

　　　　　说话带刺难接近,

　　　　　刀子嘴来豆腐心。

景彩霞　你们算是把我研究透了。你们看,山根来了——

　　　　〔山根无精打采地上。

李金芝　山根,咋跟这霜打了似的。

宋春红　是呢。还不敢正眼儿看婶子啦。

景彩霞　谁说不是呢,挺大的爷们儿学腼腆了。

山　根　你们别拿我开心好不好。

　　　　〔秦玉合上。

秦玉合　谁拿山根开心呢?

景彩霞　是秦大书记您哪。

秦玉合　我拿山根开心?

景彩霞　可不是嘛。山根做了个相思梦——

山　根　做梦娶媳妇——我想得美。

景彩霞　山根做了发财梦——

山　根　今想富,明儿想富,三十晚上还穿棉裆裤。

景彩霞　今儿个秦书记要带咱修条路——

山　根　老寿星骑牛——没路(鹿)。

　　　　〔众光棍儿演唱"光棍歌"。

　　　　(唱)山有峰来谷有坡,

　　　　　　　光棍儿和尚有话儿说。

　　　　　　　进门一双鞋,

　　　　　　　出门一把锁;

　　　　　　　夜里看着灯,

　　　　　　　灯也看着我。

　　　　　　　旁边没有说话儿的,

　　　　　　　眨巴眼儿看着扑灯蛾。

　　　　　　　一个人吃饱了全家都不饿,

　　　　　　　一个人吃饱了连狗都喂了。

梦中的情人解不了渴，

心中的偶像是别人老婆。

推头的担子一头热，

梦里边寻找女儿国。

一个穷字惹得祸，

赖汉子别想配天鹅。

秦玉合　（激动地）别唱了！你们扯脖子唱，你们知道做父母的心情吗？

光棍群　（无声）……

秦玉合　（抑制住情绪）乡亲们，看着你们这帮光棍，做父母的心痛，乡亲们窝火，咱
　　　　徐流口人不能断了香火！我想了，咱村从村北修路——

众　　　从村北开路。

秦玉合　山路修到凤凰坡！

众　　　凤凰坡上鸟儿多。

秦玉合　修路修到相思岭。

众　　　相思岭上有奇景。

秦玉合　修路修到蝴蝶泉，

众　　　蝴蝶泉水分外甜。

秦玉合　修路修到长城下，

众　　　一段长城留佳话。

秦玉合　咱还要往前修——

众　　　书记，咱的山路修到哪儿？

秦玉合　修到哪？修到长城外面的各个村庄。

石　川　玉合，你的心思我懂了。村里有了路，咱就富裕了。

石大娘　村里一富裕，大伙有钱了。

吴　桐　有钱办大事儿，盖新房，娶媳妇。

宋春红　娶媳妇生孩子儿。好日子一辈传一辈儿。

秦玉合　对。咱这条路，是富裕路，是希望路，我给它起名叫引凤路！

众　　　引凤路。好！

景彩霞　嘿，白日做梦，有滋有味儿。

宋春红　彩霞，你别说话带刺儿。

景彩霞　宋大嫂，尊敬的书记夫人儿，你们夫妻真是枣木棍子——正好一对儿。

秦玉合　彩霞，有理儿摆理儿，有事说事儿。何必好话到了你的嘴里变了味儿呢。

景彩霞　打开天窗说亮话，我就说这修路集资的事儿。咱徐流口的人一辈儿接一辈儿，几辈人也有能耐人儿。咋着，人家都没有修好路，你秦玉合难道说有三头六臂？

金彩凤　对呀。依我看着哪是集资呀，纯粹是开心解闷儿。

宋春红　咋着，你说我们老秦修路是开心解闷儿？大伙听着，为了集资，我们老秦拿出两万块，这两万块干啥不好哇？

秦玉合　春红，你少说一句儿。

金彩凤　春红嫂子，你别生气儿。你们修路有心气儿，我们算计着小日子。打墙的板子分上下，百姓的思想有高低。

景彩霞　修路集资凭自愿，发号施令不合条文儿。

　　　　〔歌队伴唱

伴　唱　秦玉合你遇上难题儿，

　　　　为民办事伤脑筋儿。

　　　　村里有这么一批人儿，

　　　　小农意识扎下了根儿。

　　　　过日子算计着长流水儿，

　　　　几两银子攥手心儿。

　　　　这些人讲得现得利儿，

　　　　集资修路皱脑门儿。

　　　　九九归——一个穷字儿，

　　　　缺少了见识少了精神儿。

秦玉合　（唱）我也与乡亲交一交心！

秦玉合　乡亲们，咱徐流口为啥祖祖辈辈受穷？说实的就是缺少一条通往山外的路，乡亲们困在大山里，思路窄了，见识短了。乡亲们知道，我秦玉合是个复员军人，在部队开车，复员了买了车搞了几年运输，城里边大地方咱见过，富裕的山村咱也见过，本来我有钱赚，有好日子过，有孩子老婆热炕头儿，可见了乡亲们依然过着穷日子，我这心里边压了一块好重好重的石头。大伙推举我当村书记，是要我当好带头羊，领着乡亲们脱贫致富，不是要我跟乡亲们一块受穷！可咱要过上好日子，就是要修好一条山路——

石大娘　玉合说得对。玉合，你的话说到我心窝儿了，为了村前的这条路，我盼了整整四十年了。

秦玉合　石大娘？

石大娘　记得那是六月初八，我的闺女得了急症，火烧眉毛要送城里的医院抢救啊，可那时正赶上连雨天，村外的路根本走不出去，眼看着孩子就不行了，乡亲们顶着大雨深一脚浅一脚地往外抬，没想到刚走到半路上……

秦玉合　大娘——

石大娘　好窄好窄的山路啊——

　　　　（唱）想当年悲情苦景今犹在，

　　　　　　　年迈人一声号啕好悲哀。

　　　　　　　娘养女儿二十载，

　　　　　　　如似鲜花心头开。

　　　　　　　懂事的女儿娘疼爱，

　　　　　　　谁曾想弯弯的山路将儿掩埋。

　　　　　　　我心头喊一声传到天边外，

　　　　　　　娘的好女儿你几时能归来？

　　　　　　　到如今虽然已隔几十载，

　　　　　　　年迈人想女儿心如刀裁。

　　　　　　　玉合呀——

　　　　　　　我这里不多不少五十块，

　　　　　　　大娘的心事你明白。

　　　　　　　修好了山路造福万代，

　　　　　　　让咱的父老乡亲早早富起来！

秦玉合　大娘，您老别伤心，我秦玉合一定带着乡亲们修好这条富民路！

伴　唱　山坡有阳也有阴，

　　　　好言好语暖人心。

　　　　心灵自有回音壁，

　　　　集资大会感动人。

　　　〔众边舞边唱莲花落

一年冬尽不觉又是一年春,

莲花落,莲花落,哩哩莲花哩哩莲花落。

只见那侄子喊婶婶,

老娘唤千金;

寡妇叫光棍儿,

姑爷喊连襟儿。

男男女女,老老少少,有银的添银,有金的献金,有一分来添一分——沸腾的人群沸腾的小山村。

宋春红 （唱）天有日月星,

人有精气神儿。

春红我不戴金来不配银。

与丈夫唱一出天仙配,

捐出钱来为乡亲——

我们家捐两万!

石 川 （唱）老汉办事有尺寸,

心气儿胜过年轻人。

卖了肥猪一百五,

卖公鸡得了九块零一分。

不听这公鸡打鸣儿照样能早起,

乡亲们不富裕耽搁子孙。

我捐一百五十九块零一分。

一光棍 （唱）人群里跳出一光棍儿,

冬季里大葱不死心。

本来相亲需要五百块,

光棍我打定主意暂时不相亲。

一旦修好了引凤路,

耽搁不了娶媳妇好时辰。

我捐五百!

吴 桐 （唱）虽说夫妻没谈拢,

吴桐我吃了秤砣铁了心。

梧桐需要梧桐雨，

凤凰展翅凤鸣春。

当场捐出三千整，

回家再哄心上人。

我捐三千！

〔乡亲们捐款的声音起伏跌宕。

〔突然静止。

〔一群天真孩子的声音

山杏儿我捐五毛，

山花儿我捐三毛。

山臻儿我捐一毛。

山秀儿我捐五分。

秦玉合　（激动地）谢谢乡亲们。谢谢乡亲们！

伴　唱　天上的东风追彩云，

地上的白马赶麒麟。

村民跟着书记走，

创建文明生态村！

今日修好引凤路，

不愁明日喜盈门。

〔天幕上出现了大红色的捐款光荣榜。音乐骤起

秦玉合　（激动地）谢谢乡亲们。谢谢乡亲们！

〔灯光急收。

第三场　绘凤图

〔时间：距前场数日后。

〔地点：徐流口凤凰坡。

〔幕启：呈现村民热火朝天的劳动场面。众村民边舞边唱。

众　唱　一二三啊，三六九啊，

　　　　　劳动的号子吼一吼啊，

　　　　　党员跟着书记走啊，

　　　　　书记牵着群众的手啊，

　　　　　干群会战徐流口啊。

　　　　　开出大道朝前走啊——

　　　　　山里乡亲求富有啊。

　　　　　开出了大道朝前走啊，

　　　　　山果山珍出了口啊。

　　　　　开出了大道朝前走啊，

　　　　　大把的银子到了手啊。

　　　　　开出了大道朝前走啊，

　　　　　光棍成亲喝喜酒啊。

　　　　　开出了山道朝前走啊，

　　　　　欢乐的秧歌扭一扭啊！嘿哟，嘿哟……

　　　　〔吴桐倒下。

众　　　吴桐——

一光棍　吴桐哥，你咋了？

吴　桐　哥几个别担心，我没事儿。

一光棍　啥没事儿呀，昨天夜里我听窗根儿了——

众　　　咋着？你窥探人家隐私？

一光棍　没那么严重。前几天吴桐哥带头捐款，彩凤嫂子没点头，你们猜怎么着？

众　　　怎么着？吴桐哥跪搓板了？

一光棍　那倒没有，反正我们嫂子与吴桐哥一上炕，嫂子就给他个后脑勺儿。吴桐哥
　　　　也是个犟牛脖子脾气，今天早上肚子里没垫底儿，就上山了。

众　　　空肚子干活儿？

吴　桐　哥几个别担心，我没事儿！

　　　　〔石大娘上。

石大娘　啥没事儿呀，这人是铁，饭是钢，一顿不吃饿得慌。来，把这个吃下去。

众　　　荷包蛋？谁给做的？

石大娘　羊肉饺子清炖鸡，知冷知热自己的妻。彩凤做的！

一光棍　大伙看见了吧，彩凤嫂子对吴哥说了，要问我爱你有多深，月亮知道我的心。

〔众乐。

众光棍：咳。

石大娘　咋着？一会儿的工夫哥几个咋打蔫儿了？

一光棍　开山修路，修路开山，啥时候光棍配婵娟啊？

众　　　谁说不是呢，越想心里越寒酸哪。

〔景彩霞上。

景彩霞　我看出来了，这和尚庙想着尼姑庵了。

一光棍　彩霞来了。你看我们哥几个开山修路，半天见不到一个女人，你这一来，也许哥几个能提起精神来。

景彩霞　倒霉德性。一群饿狼似的，见到你们我心里发怵。

一光棍　别介，彩霞，只要你一放电，我们哥几个就灿烂。

景彩霞　我能让你们灿烂？

光棍群　能。

景彩霞　我咋样能让你们灿烂呢？

一光棍　彩霞，我们大伙的嫂子，听说你早年在县评剧团待过，会唱"十八摸"……给哥几个来来？

众　　　给哥几个来来？

〔秦玉合上。

秦玉合　哥几个，别拿彩霞开心。彩霞，他们要你干啥？

景彩霞　要我干啥？要我唱一段"十八摸"。

秦玉合　胡扯。咱搞精神文明，哪能唱这个。

景彩霞　秦书记，我还真想给弟兄们唱一唱。

光棍群　太 OK 了。

景彩霞　不过，我有个条件——

众　　　啥条件你说？

景彩霞　我要书记跟我唱对儿戏。

秦玉合　那不行。我不能跟你唱"粉的"。

景彩霞　我说秦书记，你别一本正经好不好，来，兄弟媳妇跟你说一句悄悄话。

一光棍	大伙看见了吧，兄弟媳妇跟大伯子说悄悄话呢。
景彩霞	别起哄。秦书记，嫂子可来了，你敢不敢跟我唱？
秦玉合	你还别激我，唱就唱！

〔宋春红担着挑子上。

宋春红	老秦，你敢唱。
秦玉合	我敢唱，好媳妇你看我敢唱不敢唱，哥几个听着——
景彩霞	（唱）摸一摸大伙心气儿想解渴儿，
众	没错儿。这是第一摸。
秦玉合	（唱）秦玉合摸着石头要过河。
众	不错。这是第二摸。
景彩霞	（唱）摸一摸鼓板唱小曲儿，
秦玉合	（唱）要唱新媳妇韩素娥呀。
众	太好了，这是第三摸。
景彩霞	（唱）有心给丈夫把新衣做，
秦玉合	（唱）一摸粗布只有三尺多。
众	这是第四摸。
景彩霞	（唱）有心给丈夫煮饺子，
秦玉合	（唱）摸一摸火炉儿是凉的。
景彩霞	（唱）有心跟丈夫亲热亲热啊，
秦玉合	（唱）一摸被窝儿像冰坨儿。
景彩霞	（唱）摸一摸手绢掉下相思泪呀——
众	（唱）摸一摸油灯想嫦娥。
景彩霞	（唱）摸一摸大辫儿好羞涩，
秦玉合	（唱）摸一摸胸口心事多。
景彩霞	（唱）摸一摸情哥哥心头热，
秦玉合	（唱）摸一摸蜜姐姐俩酒窝儿。
景彩霞	（唱）哥几个心思摸得透，
秦玉合	（唱）光棍汉子盼老婆。
一光棍	彩霞，整点荤的。
景彩霞	啥？整荤的？要整点荤的，书记你来——

宋春红　老秦，别失身份！

秦玉合　（数唱）我唱光棍李二扯，

　　　　　　　　偷看寡妇晒被窝。

　　　　　　　　偷看一眼得了病，

　　　　　　　　浑身刺痒不想吃喝。

　　　　　　　　找个大夫去看病。

　　　　　　　　大夫直言把话说，

　　　　　　　　小光棍内有虚火得了肝病，

　　　　　　　　桌面上再也别想来荤的！

　　　　　　〔众乐。

一光棍　秦哥可真行，绕来绕去，把咱给戏耍了。

　　　　　　〔歌队起唱。

伴　　唱　山望水来水望山，

　　　　　　开创新路有狂欢。

　　　　　　应知人生不平坦，

　　　　　　突然障碍横眼前。

众歌队　你是谁？

一光棍　你们不知我是谁，大名没人叫，小名叫石头。

众歌队　大伙都在修路，你为啥要成挡道的石头？

一光棍　石头挡道，挡道石头？我跟你们说吧，一会我要变成茅坑的石头。

宋春红　茅坑的石头又臭又硬啊？

一光棍　此言极是。书记大人，徐流口的村民小石头给您跪下了。

秦玉合　石头，有话直说，为啥要这样啊？

一光棍　秦书记，你欺人太甚，小民只好打软腿儿给您跪下。

秦玉合　我怎么欺负你了？

一光棍　你挖我家的祖坟，坏了我们石家的风水——

秦玉合　坏了你家的风水？

一光棍　对。昨天我请个风水先生看了看我家的坟地，那个先生说了——

景彩霞　睁眼的先生说啥了？

一光棍　先生说了，此处祖坟发贵地，前朝后拱又藏风，一朝动土坏龙穴，石家晚辈要受穷。

秦玉合　石头，你年纪轻轻的，咋信这个呢？

一光棍　我不信这个信你呀？你挑头修路，坏了我家的风水，我坚决不干！

秦玉合　坏了你家的风水？这里名叫落凤坡，名字多好哇，可落凤坡上没有落凤凰，

　　　　只有一桩桩的苦情悲情啊……

　　　　〔女歌队演唱"落凤坡的歌"

　　　　落凤坡，落凤坡，

　　　　几多情话难诉说。

　　　　女儿离开落凤坡，

　　　　飞向金窝恋草窝，

　　　　女儿出嫁想父母，

　　　　早春余寒盼惊蛰。

　　　　女儿离开落凤坡，

　　　　妹妹出嫁为哥哥，

　　　　彼此换亲尝苦果，

　　　　清纯女子受折挫。

　　　　女儿离开落凤坡，

　　　　抗婚不成无奈何，

　　　　歪脖树下走绝路，

　　　　饮恨黄泉无寄托。

　　　　女儿来到落凤坡，

　　　　一个穷字心阻隔，

　　　　最苦情侣成怨偶，

　　　　白天梦里恨哥哥。

　　　　落凤坡前不落凤，

　　　　乡村无有欢乐歌。

秦玉合　石头，别忘了，你都三十多了，还是个光棍儿。

一光棍　不假。可我不听你忽悠。你非要修路，就让这铲土机从我的身上开过去。

秦玉合　石头，别胡闹！开这引凤路，是咱徐流口人共同的心愿，你想阻拦，你问问

　　　　乡亲们答应不答应！

一光棍　我小石头光脚的不怕穿鞋的。

　　　　〔石川老汉上。

石　川　石头，别胡闹！

一光棍　二爷，您这胳膊肘往外拐呀？别忘了，这石家的祖坟也埋葬着您先父的遗骨！

石　川　这个我明白。可咱秦书记带着乡亲开创引凤路，是造福后代的好事。先祖在，天人合一，他们和我们是一个心思。玉合呀？

秦玉合　二叔，您老有话就说？

石　川　玉合，说实的，挖了石家的祖坟，我这心里边也是不静，这不，我带来了一坛散酒，你稍候一会儿，我祭完了祖宗，你们再动土不迟。

秦玉合　二叔，听您老的，为了徐流口的乡亲有好日子过，我秦玉合也给石家的祖上行个礼。

石　川　玉合，二叔着实地佩服你！来，石家的子孙往前站——

　　　　〔歌队演唱"安魂曲"

伴　唱　把酒祭天，

　　　　心境哀哀。

　　　　石家后人，

　　　　一拜二拜连三拜——

　　　　敬先祖思哉悠哉。

　　　　看我子孙，

　　　　观我老宅，

　　　　依然是一穷二白，

　　　　愧先祖愁哉痛哉。

　　　　今日书记，

　　　　大度明快，

　　　　筑巢引凤，

　　　　好行为美哉壮哉！

　　　　敬祖祭祖，

　　　　神安天台，

　　　　愿先祖保佑龙脉，

　　　　徐流口富贵牡丹次第开！

秦玉合　石家列祖列宗，今徐流口书记秦玉合先行一礼，以示敬意。再行一礼，以托哀思。徐流口人经风云变幻，百年沧桑，虽是春种秋收，苦心劳作，但清贫依旧，落后依然，仅光棍就有百余人，穷神困扰，人心凋落，徐流口的后人愧对先祖。今应天时，顺民意，倡团结，行长远，开拓引凤路，以求脱贫致富，男儿娶妻，女子嫁郎，徐流口人繁衍有旺，香火永继，望石家先祖，施以恩泽，神佑百姓，以得一方咸宁，百姓大安！今放炮三响，送石家先祖移灵。魂其勿惊，万古如兹。呜呼哀哉！

　　　　〔开山炮三声。

　　　　〔众欢呼雀跃。

众歌队　开山了——

　　　　放炮了——

　　　　修路了——

　　　　凤凰坡呀凤凰坡，

　　　　栽种这梧桐人心活。

　　　　梧桐化作相思树，

　　　　相思树下唱情歌。

　　　　哎哟俏妹妹，

　　　　哎哟情哥哥，

　　　　捏一块黄泥捏咱两个。

　　　　做一对夫妻好快活。

　　　　哥哥身上有妹妹，

　　　　妹妹身上有哥哥。

一村民　秦书记——不好，有个哑炮。

秦玉合　在哪儿？

一村民　就在落凤坡前的柿子树下。

宋春红　不好。景彩霞去了那采蘑菇。

秦玉合　我去排雷——

众　　　不，危险！

秦玉合　你们闪开，咱徐流口女人比金子还珍贵，排除哑炮，救出彩霞！

众　　　秦书记——

〔哑炮响。

众　　　秦书记——

〔传来秦玉合的回声："我没事儿！"

宋春红　（双手合一）阿弥陀佛——

〔众大笑。

〔场上顿时静了下来，传来布谷鸟的声音。

〔音乐淡起。

〔灯光渐收。

第四场　离凤调

〔时间：距前场数日后。

〔地点：相思岭下。

伴　唱　年年企盼芳草绿，

年年企盼桃花红。

不怕这细雨蒙蒙轻轻落，

就怕这旱天打雷第一声。

山里人编织希望的梦，

希望的种子无收成。

修路修到相思岭，

有情山水也动容。

〔金彩凤与吴桐先后上。

吴　桐　彩凤，你真要急急地下山？

金彩凤　不下山这日子能过吗？

吴　桐　彩凤……

金彩凤　山林，你要说啥？

吴　桐　村里传开了，说咱俩要分手。

金彩凤　村里人要说啥咱拦不住。

吴　桐　彩凤,你能不走吗?

金彩凤　不能不走。

吴　桐　为啥?

金彩凤　你该明白。一场大雨,将咱家的房子冲坏了。

吴　桐　一场大雨,将修好的山路冲没了。

金彩凤　房子坏了。

吴　桐　山路没了。

金彩凤　积蓄没了。我只好走了。

吴　桐　你要回娘家?

金彩凤　娘家这几年变化大,我先到那里赚几个钱吧。

吴　桐　彩凤,你这一走,咱家就不像个家了。

金彩凤　吴桐,你以为我离开这个家心里边好受哇?

吴　桐　彩凤,虽说这次刚修好的路被风雨冲垮了,可有秦书记做主,咱会有好路
　　　　的,会有好日子过的。

金彩凤　(激动地)别说了!(停顿)这路在哪儿?这好日子在哪儿?吴桐……我看
　　　　不到啊?吴桐,我也有句话要对你说——

吴　桐　你说。

金彩凤　老秦是个好书记,更是个打着灯笼难找的大好人。虽说咱的捐款打了水漂
　　　　儿,咱哪,打折了胳膊袖里吞,从咱的嘴里不能吐出个怨字来。

吴　桐　彩凤,我这通情达理的好媳妇。你这样灰心丧气地离开徐流口,老秦要是知
　　　　道了该有多伤心啊?

金彩凤　那咱就瞒着他。你就说我回娘家住些日子。

吴　桐　彩凤,可我还是舍不得你走啊。

金彩凤　我不走,跟你守着喝西北风啊?

吴　桐　彩凤,这些年让你受苦了——
　　　　(唱)咱夫妻几十载相依为伴,

　　　　　　苦日子熬过一年又一年。

　　　　　　受尽了千般苦你无悔无怨,

　　　　　　指望着好日子比蜜还甜。

　　　　　　谁曾想一场天灾违人愿,

谁曾想新路毁于一瞬间。

身前身后难打算，

眼睁睁媳妇要下山。

媳妇下山谋生路，

吴桐此时难阻拦。

这一走不知几时能见面，

动情处男儿有泪也轻弹。

彩凤啊——

吴桐平时无积攒，

这三百三十三块三毛三给你作盘缠。

甭管你走多远要回家看看，

咱二人凭君传语道平安！

金彩凤 （唱）流泪眼对流泪眼，

彩凤心中如刀剜。

夫妻生活几十载，

细细品来是个缘。

有心不下山，

日子过得难；

有心下山去，

身后多挂牵。

泪盈盈我把丈夫看，

不忍清贫咬牙关。

吴桐哪——

这些零钱我不要，

买个坎肩及时穿。

四季冷暖你自照看，

当心你的胃口寒。

吴　桐 （唱）莲爱藕来藕爱莲，

不怕胃寒怕心寒。

叫一声媳妇你慢些走，

　　　　吴桐把你送下山。

伴　唱　一步一回头，

　　　　两步泪涟涟，

　　　　三步四步心挂念，

　　　　五步六步情绵绵，

　　　　七步八步惊战战。

　　　　九步十步行路难。

　　　　急忙回头相拥抱，

　　　　相思岭上哭皇天。

　　　　〔秦玉合与山花急上。

秦玉合　彩凤，你等一等——

金彩凤　秦大哥？

山　花　娘，您要是走了，我怎么办呢？娘，秦大伯说了，路一定能修好，您不离开
　　　　我们行吗？

金彩凤　山花……

秦玉合　彩凤，你真的要下山？

金彩凤　回娘家住些日子。

秦玉合　彩凤，别瞒我了。一场暴风雨冲垮了修好的路，我这个当书记的心里边有
　　　　愧呀。

金彩凤　秦大哥，别这样说，这天灾有谁能抗拒得了呢？

秦玉合　不。如果咱真的把徐流口变成生态村，咱就能战胜恶劣的自然环境。

金彩凤　这么说大哥是要劝我不下山？

秦玉合　不。今日大哥要劝你下山——

吴　桐　咋着？老秦，你要劝她下山？

秦玉合　对。我要她带着希望下山！

金彩凤　带着希望下山？

秦玉合　彩凤，你看——（从衣兜中掏出一把酸枣）

金彩凤　小酸枣？这就是大哥你说的希望？

秦玉合　对。

　　　　〔女歌队演唱"酸枣歌"。

伴　唱　（唱）小酸枣儿粒粒酸，

想起旧事好心酸，

那年嫁给山里汉，

酸枣开花花满川。

悄悄话心头儿暖，

情歌唱得月儿圆。

哥赞妹——

一眸春水照人暖，

两个酒窝儿盛着甜。

妹赞哥——

哥是家中顶梁柱，

妹妹要做向日莲。

只叹男儿困大山，

女人推磨转圈圈。

贫穷难唱团圆曲，

衣单不耐五更寒。

流泪眼对流泪眼，

不提酸枣不心酸。

秦玉合　彩凤，你别心酸，我告诉你一个好消息。

金彩凤　啥好消息？

秦玉合　小酸枣能嫁接成甜甜的大枣儿。

吴　桐　小酸枣能嫁接成甜甜的大枣儿？

金彩凤　啥地方嫁接成了甜甜的大枣？

秦玉合　就在你的家乡。

金彩凤　我的家乡。

秦玉合　对。村委会决定，让你去老家学会这门技术，技术学成后回到徐流口，彩凤，
　　　　咱徐流口一千八百口的乡亲拜托你了！

金彩凤　咳，乡亲们的愿望我不能违，可谁知道这是不是一个梦呢？

秦玉合　彩凤，把心放宽敞些，咱徐流口人会有好日子过的。眼前的路会越走越宽！

金彩凤　越走越宽？秦书记，你别劝我了。徐流口的路在哪儿？徐流口的路被冲垮

了，百姓积攒的几个钱没了，我只好回娘家了！

〔金彩凤径直而下。

吴　桐　彩凤，你慢走。（随下）

山　花　妈妈，我要你——（追下）

〔歌队演唱

伴　唱　一场暴雨，

　　　　一场雷鸣，

　　　　一场山洪，

　　　　将那山路冲个空。

　　　　暴雨冲散了乡亲的梦，

　　　　我怨天公太无情！

秦玉合　（唱）有心修好致富路，

　　　　　　致富不成反受穷。

　　　　　　一场暴雨成劫难，

　　　　　　乡亲心里冷冰冰。

　　　　　　有心修好引凤路，

　　　　　　指望凤凰落梧桐。

　　　　　　今日彩凤下山去，

　　　　　　离鸾别凤两伤情。

　　　　　　有心修好前程路，

　　　　　　前程渺茫辨不清。

　　　　　　乡亲积蓄成泡影，

　　　　　　百姓哪有好心情。

伴　唱　一阵阵雨来一阵阵风，

　　　　一阵阵痛来一阵阵惊。

　　　　心儿悠悠化曲径，

　　　　老娘身影好朦胧。

秦玉合　娘——

玉合娘　玉合我儿——

伴　唱　瞧见老娘心好痛，

　　　　　　　山之骄子放悲声。

　　　　　　　娘啊娘——

　　　　　　　玉合与娘道苦情。

秦玉合　　自打娘亲离世后，

　　　　　　　乡亲待我如亲生。

　　　　　　　众人选我当书记，

　　　　　　　我献丹心报乡情。

　　　　　　　暴雨冲垮引凤路，

　　　　　　　山乡难唱光明行。

　　　　　　　今日玉合心沉重，

　　　　　　　泪眼空望早霞红。

玉合娘　　（唱）玉合我儿莫心痛，

　　　　　　　莫让泪水湿眼睛。

　　　　　　　我儿自小心肠热，

　　　　　　　我儿自小有性情。

　　　　　　　娘亲望见儿身影，

　　　　　　　相思岭上苦折腾。

　　　　　　　我儿累得双腿肿，

　　　　　　　我儿累得红眼睛。

　　　　　　　我儿受累不喊苦，

　　　　　　　我儿受苦娘心疼。

　　　　　　　儿的心思娘最懂，

　　　　　　　我儿一心为百姓，

　　　　　　　百姓有那定盘星。

　　　　　　　还望我儿挺一挺，

　　　　　　　人间自有大光明。

　　　　　　　打点精神重起步，

　　　　　　　山乡自有好前程。

秦玉合　　娘，我听您的。

玉合娘　　玉合我儿，娘走了。

秦玉合　老娘慢走——

　　　　　〔玉合娘影失。

宋春红　玉合?

秦玉合　春红。

宋春红　你在这儿想啥呢?

秦玉合　我的心事你该懂,路被冲垮了,我对不住乡亲们!

宋春红　玉合,心里边别憋屈,乡亲们能理解你。

秦玉合　可这一场山洪毁了乡亲的希望,冲走了乡亲们的血汗钱呐。春红……

宋春红　玉合,你别这样……

秦玉合　咱家还有多少钱?

宋春红　你心里该有数儿,只有你这两年的抚恤金了。

秦玉合　零的整的算到一块有多少?

宋春红　五千多。可那是留给你治这脚病的。

秦玉合　捐出来修路。

宋春红　不行。你的脚再不治可要截肢呀。

秦玉合　只要能修好路让乡亲们迈开双脚脱贫致富,我就是锯掉双腿也值。

宋春红　玉合?

秦玉合　(高声地)春红,我求你了!

宋春红　(理解地)玉合,我听你的!

　　　　　〔夫妻相抱而泣。

伴　唱　草上说话路人听,

　　　　　玉合说话百姓听。

　　　　　书记一心为百姓,

　　　　　乡亲哪能不知情。

宋春红　玉合,你看——修路的大军又来了——

秦玉合　啊?乡亲们又来了。

宋春红　徐流口人,好样的。好壮观的修路大军哪——看他们来了——

　　　　　〔响亮的小军鼓声。

　　　　　〔乡亲们踩着鼓点上。气势磅礴。

　　　　　〔歌队演唱

李漢雪劇作選

伴　唱　一二三哪，三六九啊，

书记带头一声吼啊。

百姓跟着书记走啊，

修好了大道求富有啊——

（数板儿）开山的，放炮的，后面背着炸药的；

有说的，有笑的，后面还有喊号的；

有老的，有少的，身后背个撒尿的；

凿石的，打眼儿，胆大的拿着雷管儿的；

有喊的，有干的，轻伤不下火线的；

动员的，请战的，后边跟着送饭的；

挥锹的，持镐的，推车有如小跑儿的；

有男的，有女的，后边跟个送水的；

有苦的，有累的，枕个麻袋就睡的；

山前的，山后的，都是艰苦奋斗的！

（接唱）一二三哪，三六九啊，

书记带头一声吼啊。

百姓跟着书记走啊，

修好了大道求富有啊——

〔行军节奏，地动山摇，构成大势！

〔灯光急收。

第五场　引凤辞

〔时间：距前场数日后。

〔地点：月夜下的蝴蝶泉。

伴　唱　修路修到蝴蝶泉，

清清泉水响潺潺。

书记双腿病情重，

乡里乡亲心挂牵。

〔秦玉合的妻子宋春红上。

宋春红　（唱）心牵挂，心挂牵，

急得春红心不安。

玉合连日拼命干，

安营扎寨在深山。

乡亲频频将他劝，

玉合就是不下山。

不下山，怎么办，

真让春红左右难。

山上的工棚望得见，

天边的月亮透冷寒。

堪怜丈夫病情重，

怀揣着毛衣泪潸潸。

〔秦玉合拄着拐上。

秦玉合　春红，你又来了。

宋春红　你的腿病成这样儿，我在家里能坐得住吗？

秦玉合　你在家里坐不住，我在这心也悬着呢。

宋春红　你悬着什么心呐？

秦玉合　春红，我悬的什么心，你该知道。这引凤路修到了蝴蝶泉，咱村的光棍汉就
　　　　动了姻缘。春红，咱两口子相会在蝴蝶泉，你呀，唱喜不唱忧，我秦玉合听
　　　　见了喜事，这腿兴许立马就好呢。

宋春红　如果真的能那样，我就给你说几件喜事儿。这几天咱徐流口可说是四喜临门。

秦玉合　哪四喜呀？

宋春红　村东的谷万利相亲了。

秦玉合　一喜。

宋春红　村西的石有余定亲了。

秦玉合　二喜。

宋春红　村南的秦双喜娶亲了。

秦玉合　三喜。

宋春红　村北的田坤奇成亲了。

秦玉合　好。真是四喜临门哪。春红，来，陪我喝几盅。

宋春红　玉合，你可忌酒多年了。

秦玉合　我是忌酒多年了，可我当时说的话我没忘，我秦玉合说过，徐流口的老哥们少哥们结婚，我都要喝上它几盅。

宋春红　这么说你今日特别高兴?

秦玉合　不是特别高兴，是相当高兴。

宋春红　那好。媳妇我也跟你喝几盅。

秦玉合　忒好了。春红，咱可不净是喝酒，村里的这几个哥们成亲的细节你得跟我说透喽。

宋春红　那好。这几个光棍成亲，一人一台戏。

秦玉合　好，那我就听听你这四出戏——（歌队表演）

宋春红　（唱）开篇咱唱第一喜，

　　　　　　　万利的婚事有传奇。

　　　　　　　只因他制作粉条获专利，

　　　　　　　网上登了他的消息。

秦玉合　哟，真中，万利还上网。

歌队唱　（唱）俗话说拉锯就有沫儿，

　　　　　　　常言道起网就有鱼。

　　　　　　　外村姑娘田美丽，

　　　　　　　主动出击相女婿。

　　　　　　　谷万利，田美丽，

　　　　　　　两人一见投脾气。

　　　　　　　男有情来女有意，

　　　　　　　立马成了"一块玉"。

秦玉合　嘿，比我当年搞对象还急。这喜酒咱喝。

宋春红　（唱）再说咱村第二喜，

　　　　　　　定亲乐坏石有余。

　　　　　　　李村的姑娘白如玉，

　　　　　　　依靠红娘把亲提。

歌队唱　石有余利用山坡养山鸡，

　　　　发家致富靠山鸡。

　　　　白如玉穿着布拉吉，

　　　　送给有余照相机。

　　　　男婚女嫁是契机，

　　　　火速定亲是良机！

秦玉合　好。我真替有余高兴。来，咱干！

宋春红　（唱）接着咱唱秦双喜，

　　　　　　　这个后生了不起。

　　　　　　　利用泉水种大米，

　　　　　　　大米成了珍珠米。

　　　　　　　有个姑娘本姓米，

　　　　　　　眉清目秀无人比。

　　　　　　　害了相思爱双喜，

　　　　　　　好像老鼠爱大米。

秦玉合　太好了。我再喝一盅。

宋春红　别喝高了。

秦玉合　没事。喜酒多喝人不醉。你接着讲讲这田坤奇。

宋春红　（唱）田坤奇，六十一，

　　　　　　　心气儿好比二十一。

　　　　　　　外村的老太六十七。

　　　　　　　想嫁老田做夫妻。

　　　　　　　夕阳情意甜蜜蜜，

　　　　　　　眉目传情红了脸皮。

　　　　　　　田伯说我没有银来没有玉，

　　　　　　　为啥你上门招女婿。

　　　　　　　老太说只因你村有个好书记，

　　　　　　　发家致富有阶梯。

　　　　　　　迟早你村能富裕，

　　　　　　　我乐意好男好女二合一。

秦玉合　好。田大伯这把年纪还动了姻缘，真是天大的喜事。我再喝一盅。

宋春红　玉合，这喜事我跟你说了一车了，今天我上山，可不是给你唱喜歌来了。

秦玉合　春红，你的心事我懂。

宋春红　你不懂。你呀，哪样都好，就是改不了这犟脖子脾气，双脚都肿成了这个样儿，你还不下山哪。

秦玉合　春红，你别着急，这引凤路修到了蝴蝶泉了，这个地方地势险要，我实在脱不开身哪。

宋春红　玉合——

　　　　（唱）轻声细语唤夫婿，

　　　　　　　我有意见对你提。

　　　　　　　你哭喊着要当村书记，

　　　　　　　老婆儿孩跟着你受委屈。

　　　　　　　当书记你捐了咱家的积蓄，

　　　　　　　当书记你一年四季不得休息。

　　　　　　　家里的大事小情你不管，

　　　　　　　为村里忙忙碌碌跑东道西。

　　　　　　　你不该自己的生日都忘记，

　　　　　　　更不该忘了自己是残疾。

　　　　　　　作女人心比那针尖儿细，

　　　　　　　为修路你脱了一层皮。

　　　　　　　今见你双脚肿胀难着地，

　　　　　　　春红我看在眼里心着急。

　　　　　　　玉合呀，我说的一腔话都是为了你呀，

　　　　　　　今日里不下山我可不依！

伴　唱　（唱）夫妻相见蝴蝶泉，

　　　　　　　又是喜来又辛酸。

　　　　　　　喜的是开山修路有进展，

　　　　　　　愁的是玉合双脚要致残。

　　　　　　　女人是泉水，

　　　　　　　男人是大山。

水儿围着山儿转，

一对夫妻一世缘。

好言一句三春暖，

对春红说出肺腑言。

秦玉合　（唱）修路修到蝴蝶泉，

玉合感慨有万千。

徐流口只因没有路，

祖祖辈辈生存难。

落凤坡情人生离散，

相思岭心偶梦难圆。

蝴蝶泉彩蝶飞得远，

长城下四处是荒山。

一分钱难倒英雄汉，

怨不得地来恨不得天。

党的政策好温暖，

大山深处有光环。

伴　唱　书记本是一座山，

百姓本是一处泉；

泉水围着山儿转，

书记正直是靠山。

秦玉合　（唱）我是村里的领头雁，

我是铺路的一块砖。

蝴蝶泉处攻坚战，

百姓团结攥紧拳。

玉合是个男子汉，

脚踩地来头顶天。

手拄拐杖能站立，

此时玉合不下山。（玉合欲倒，宋春红忙搀扶）

伴　唱　一根拐杖直又弯，

丈夫扶着媳妇肩，

媳妇情愿作拐杖，

夫妻支撑好大的天。

宋春红　玉合，你真的不听媳妇劝？

秦玉合　春红，这工地离不开我呀。

宋春红　玉合，咱夫妻多年，从没有红过脸，有件事我也瞒了你好多天了。

秦玉合　啥事瞒着我？

宋春红　玉合你看——（掏出化验单）你再不及时治疗，这双腿真的要保不住了。玉合，我求你了！

〔宋春红给玉合下跪。

〔秦玉合晕倒。

宋春红　玉合——

〔众乡亲上场。

众　唱　秦书记——

〔歌队演唱

书记病倒蝴蝶泉，

百姓得知心挂牵。

轻轻走近低低唤，

滚滚热泪湿衣衫。

书记是咱希望的星，

书记是咱幸福的船。

人心需要人心换，

抬着书记忙下山。

抬书记走到相思岭，

相思岭上春意浓，

老少行人相护送，

山上尽是红灯笼。

抬书记走到落凤坡，

落凤坡前百姓多。

深深祝福多沉默，

月下流动多情的河。

唤一声书记你慢慢走，

乡亲们有话对你说。

徐流口需要你规划，

民心需要你撮合。

山树等待早结果，

光棍等着娶老婆。

好公仆暖得人心热，

你这杆大旗不能折！

装满了真情盛满了酒，

盼书记归来咱一块喝。

众　人　秦书记，你早点回来——

〔山谷回声。几个光棍拿着手电筒，几束灯光照亮夜路。

〔灯光渐收。

第六场　还凤歌

〔时间：距前场数日后。

〔地点：徐流口村头。

伴　唱　又是一年芳草绿，

又是一年杨柳青。

青山绿水徐流口，

今有乡村四扇屏。

〔歌队演唱"四季歌"。

春风杨柳又一春，

长城脚下景色新。

山川喜迎桃花讯，

山民成了画中人。

夏季花开蝴蝶泉，

泉水潺潺拨琴弦。

泉水流入池塘内，

又养鱼儿又养莲。

秋叶染红相思岭，

满山枫叶满山红。

种下相思结情偶，

种下梧桐听凤鸣。

冬季白雪古长城，

银龙飞翔振雄风。

小村因此生灵动，

情同今古月长明。

伴唱蓝蓝的天啊清清的水呀，

柔柔的杨柳淡淡的风。

风吹那山歌飘山外，

句句声声都是情。

思乡情，

恋土情；

寻根情，

爱国情；

夫妻情，

姊妹情，

干部群众鱼水情，

诗情画意慢慢地融，

融出一个太阳红。

〔秦玉合上。

秦玉合　（唱）山有情来水有情，

我也有一缕情思在心中。

看今日徐流口有了好光景，

乡亲们多富有其乐融融。

单有一事挂心上，

　　　　　金彩凤未回村我的心事不轻。

　　　　　痴痴地盼来静静地等，

　　　　　盼彩凤早归来我睁大了眼睛——

伴　唱　好书记，好心情，

　　　　　他为百姓办事情。

　　　　　他与乡亲成一体，

　　　　　两袖清风心透明。

　　　　　〔金彩凤上。

金彩凤　（唱）离开了徐流口心里不静，

　　　　　思念女儿想梧桐。

　　　　　看今日徐流口有了好光景，

　　　　　彩凤我归心似箭步匆匆。

　　　　　看见了玉合书记村头等，

　　　　　彩凤我别样情怀心沸腾。

秦玉合　彩凤——

金彩凤　秦书记——

秦玉合　彩凤，总算把你给盼回来了。

金彩凤　秦书记，当年是我不好，匆匆下山，让你伤心了。

秦玉合　不。一个穷字困扰了乡亲多少年，我这个当书记的想起来脸红啊。今天不一样了，咱徐流口变成了农业生态村！

金彩凤　我在电视上看到了，看到了咱徐流口的变化，看到了乡亲们的笑脸，也看到了你秦书记的高大身影。

秦玉合　我的身影并不高大，高大的是乡亲们，是他们创造了历史，创造了奇迹。

金彩凤　书记说得对。如今咱徐流口是道路硬化，乡村绿化，环境净化，真像一个大花园。

秦玉合　没错。彩凤，我给你一个惊喜。你家盖上了新房。

金彩凤　我家盖上了新房？这是真的？

秦玉合　是真的。前些日子吴桐找我要房基，我说中。我拣最好的地界批给他盖房，那是个依山傍水又朝阳的地界。我对吴桐说了，现如今你吴桐手头富裕了，新房也盖上了，就该吹箫引凤了。我的话音没落，吴桐哭了……我知道他的心里悬挂的是你，不知他的心曲你听见了没有……

金彩凤　（动情地）我听见了，我听见了。书记，老大哥，说实的，我有好多的地方对
　　　　不住他。书记，咱这就回村。

秦玉合　慢。彩凤，今天是个好日子，连你一共有四个人家娶媳妇。

金彩凤　四个人家娶媳妇？

秦玉合　对。我让村委会的干部扎四个花轿，动用三十二个大老爷们儿，从村东、村
　　　　西、村南、村北把新娘子抬进村。

金彩凤　大哥，你用轿子抬别人吧，我可不坐。

秦玉合　不中。你当时嫁给吴桐的时候，骑个毛驴来到了徐流口，委屈你了，今天你
　　　　还是个农业专家，乡亲们盼你眼圈都红了，我们得用八抬大轿抬你回村。

金彩凤　看得出秦书记你特别开心。

秦玉合　不是特别开心，是相当开心。彩凤，你看，乡亲们都来了。

　　　　〔众上。

景彩霞　（邪乎地）哎哟，我的彩凤姐姐，你真想死我了。（变脸）是吴桐大哥说的。

　　　　〔众乐。

秦　川　今天真是个好日子。

石大娘　谁说不是呢。村里今天文化广场剪彩。大家请秦书记讲两句好不好？

　　　　〔众应声叫好。

秦玉合　我该说点啥呢？我要说省里的领导亲临我村视察，我们村的党员干部还有
　　　　乡亲们受到了极大的鼓舞，白书记的讲话给了我们巨大的力量。白书记说，
　　　　徐流口的精神，就是我们党的老的传统精神，"自力更生，艰苦奋斗"这八个
　　　　字在徐流口党员干部群众身上得到了吸取和发扬光大，我们有了这种精神，
　　　　文明生态村创建工作再大的困难都能克服！

　　　　〔锣鼓声。叫好声，掌声响成一片。

秦玉合　我们要在市委、市政府的领导下，继续发扬自力更生，艰苦奋斗的光荣传
　　　　统，用我们的双手，把徐流口建设成一个以古长城和温泉水库为一体的社会
　　　　主义文明生态家园。我们的目标一定能实现！

众　　　（喝彩）好。

秦玉合　好。乡亲们，今天咱村的喜事一件接着一件。今天四对儿男女喜结良缘。咱
　　　　村的鼓乐队得分成四拨儿，去村东、村西、村南、村北接新娘。

秦　川　乡亲们，听书记的，分四路纵队。麻利地把媳妇接到家，省得再跑了。

〔众乐。

〔锣鼓敲打。众歌队演唱

众演唱　锣鼓敲打去村东，

凤鸣朝阳谢东风。

栽上梧桐引彩凤，

修上大道聚财星。

锣鼓敲打去村西，

山里山外传信息。

发家致富靠科技，

招商引资靠通衢。

锣鼓敲打去村南，

欢乐海洋跑旱船。

居住环境大改变，

山村变成大花园。

锣鼓敲打去村北，

山美水美人更美，

精神文明人陶醉，

希望伴着彩云飞。

〔场上静止。

〔圆圆的月亮。起儿歌

伴　唱　月儿闪闪挂天边，

天边的月亮玉成山。

玉山上妞妞甜甜地唱——

唱来唱去大团圆。

〔全剧终。

家有九凤

古城春色，听雨楼前，烟花燃放过大年。初家七凤，支教五年，游子归来合家欢。九凤眼尖，惊奇发现，七凤怀孕裙带宽。就此论是非，姐妹各一端。虚戈为戏起波澜。

七凤有情，情系大山，七凤归城音信断，一方无语一方怨。五凤始作俑，棒打好姻缘。无奈何，七凤再嫁杨为健。染指流年情境变。

时过一年，七凤、卫平重相见，心语交流，冰心释然。卫平得癌症，七凤多爱怜，声声劝哥哥，古城去看病，春雨沐旱莲。

七凤回城里，对众话辛酸，七凤夫妻有离间，可赞初老太，凭借三杯酒，激活杨为健，奉献大爱心胸宽。

卫平痊愈，心恋大山，听雨楼中春盎然。这真是，人间真善美，天籁唱主旋。

此剧获第七届中国评剧艺术节"优秀剧目奖"。

剧本获 2007—2008 年国家舞台艺术精品工程现实题材"优秀剧本奖"。

家有九凤

（现代评剧）根据高满堂同名长篇小说创作

李汉云　贾文琪　编　剧

人物篇（以出场先后为序）

初老太　饱经沧桑的老女人，九个女儿的母亲。

大　凤　老实厚道。

二　凤　雍容富贵。

三　凤　性格尖刻。

四　凤　心地善良。

五　凤　时事精英。

六　凤　热情朴实。

七　凤　重情重意。

八　凤　追逐时尚。

九　凤　清纯女孩。

杨为健　粗犷奔放。

卫　平　书生气质。

第一场

伴　唱　依依杨柳淡淡风，

　　　　家有九凤落梧桐。

　　　　喊一句老娘心潮涌，

　　　　唤一声女儿泪纵横。

娘与女儿说心事，

女儿和娘道心声。

花间同唱和谐曲，

凤鸣朝阳满天红。

〔时间：二十一世纪初。除夕夜。

〔地点：古城。听雨楼。

〔姐妹们挂红灯。

初老太　过年了！

〔众姐妹的呼喊声："过年了，娘——"

初老太　（高声答应）哎——

（唱）闺女喊娘老娘应，

庭里门外笑出了声。

初大凤　大凤叫金凤——

（唱）金光灿烂金鸾喜，

初二凤　二凤叫银凤——

（唱）银光闪闪天地清。

初三凤　三凤叫玉凤——

（唱）玉树琼花落玉凤，

初四凤　四凤叫翠凤——

（唱）翠凤鸣春入画屏。

初五凤　五凤叫祥凤——

（唱）龙凤呈祥生奇景，

初六凤　六凤叫福凤——

（唱）喜满乾坤福满庭。

〔初老太接过六凤、七凤手中的灯笼。

初老太　七女儿叫桂凤——

（唱）桂子飘香引来凤，

初八凤　八凤叫桐凤——

（唱）凤落梧桐百鸟鸣。

初九凤　九凤叫龙凤——

（唱）龙飞凤舞春涌动。

初老太　（唱）来来来我的闺女们（呐）——

　　　　　　　唱一出《凤还巢》，品一杯女儿红（啊）。

〔杨为健上场。

杨为健　（内唱）咱们老百姓，

　　　　　　　今儿个真高兴。

〔杨为健提着礼品盒出现在院门处。

〔听雨楼内飞笑声。

众姐妹　（惊喜地）杨为健？

杨为健　（唱）问一声靓丽的姐妹你们好，

众姐妹　谢谢——

杨为健　（唱）再给那慈善的干娘鞠一躬！

初三凤　大过年的，鞠躬不算完，给老娘拜年、磕头。

众姐妹　对。拜年、磕头。

〔杨为健磕头。

初老太　行了，行了。看我这孝顺的儿。

杨为健　老娘，这是大闸蟹，这是高丽参，还有野生海参，全是孝敬您的。

初老太　谢谢小杨子。

杨为健　不用谢，您老没儿，我就是您的亲儿子。七凤还没回来？

初五凤　哟，小杨子，来我家套近乎儿，敢情是惦记着七凤呢。

杨为健　嘿嘿，我有这心也没这胆儿。

初六凤　有这心就好，日后我给你们撮合撮合。

杨为健　六凤姐姐，咱俩可是一个单位的，你可别东来顺火锅——拿我开涮。

初六凤　谁拿你开涮哪，我是认真的。不相信六姐？

杨为健　相信，相信。那我就静候佳音。

初二凤　这小子还认真了。

〔众乐。

初老太　小杨子，在家吃吧。

杨为健　不了老娘，春节这档口我的水产公司正忙。给老娘和众位姐妹拜年，我走了。

〔与场上人打招呼下。

初大凤　娘，饭菜做得了，咱吃饭吧？

初大凤　娘？您怎么了？

初四凤　大姐，娘的心事你还不清楚？七凤去了勒河执教，一去就是五年。娘心里头
　　　　挂念的是七凤。

初老太　还是这四丫头心细呐。自打七凤去了勒河执教，我的日子是一天一天地数
　　　　啊。这个老七，生来就倔强，离家五年，连家里的一个脚印儿都没送，有朝
　　　　一日她要是回来，我要痛痛快快地骂她一顿不可。

初三凤　娘，大过年的您别老牵肠挂肚的，我猜老七今年又回不来了。行了行了，大
　　　　家吃饭去吧！

初老太　打住。你们听——你们仔细地听，没错儿，是老七的脚步。老七她回来了！

初大凤　娘，您不是撒癔症吧？

初老太　谁撒癔症了。你们别愣神儿，那是老七的脚步，老七真的回来了。

初九凤　娘，您想七姐想得都说胡话了，我都饿了，快吃饭去吧！

　　　　〔七凤上场。

初七凤　（唱）扬春风飘瑞雪古城依旧，

　　　　　　　七凤我游子归来喜心头。

　　　　　　　喜的是与娘亲姐妹重聚首，

　　　　　　　讲述那五年风雨塞外春秋。

初七凤　娘！

　　　　〔老太太和众姐妹上。

初老太　这是哪家的妞啊？我还不知道你是初七凤，臭丫头。

初七凤　（扑进娘的怀抱）娘——

初老太　（唱）儿抱紧娘的怀呀，

　　　　　　　娘攥住儿的手啊，

　　　　　　　母与子热血热泪一块流。

初七凤　（唱）五年来行云随着日月走，

初老太　（唱）五年来儿行千里母担忧。

初七凤　娘亲，

初老太　女儿，

同　唱　母女俩重相见咱唱喜不唱忧！

〔众姐妹开心地笑。

初老太　老娘知道你在勒河吃了不少的苦。（掏出红包）这里边是五个红包，拿着吧，
　　　　一年一个，一共五个，我都给你攒着呢。

初七凤　娘。

初老太　小九儿，怎么这样看着你七姐啊？

初九凤　七姐肚子圆圆的，像个大西瓜，要我看呐，一准儿是有小孩儿了！

初老太　九儿，别胡说。

初九凤　我没胡说。不信你让七姐解开棉衣。

初老太　老七，你别过意，小孩的屁股醉汉的嘴，没干没净的。

初七凤　娘……

初老太　闺女，难道说？

初七凤　娘，九妹说的是真的！

初老太　是真的，那说出大天去，那我也不信呐！

初七凤　（慢慢解开棉大衣）是真的……是真的！

〔众惊。

初老太　都别闹了！你们一惊一乍地这都是干什么？那什么事也瞒不过我的眼睛，
　　　　老七自小儿就有准主意，她呀，在外边找个可心的人儿，没打娘一个知字，
　　　　没打姐妹们一个知字，简单成亲，喜事新办了。老七，你娘我说的是对吗？

初七凤　娘，我没成亲！

初老太　啊？

伴　唱　一霎时平地风波响惊雷，

　　　　听雨楼前天地黑！

初大凤　（唱）七凤我的好妹妹你可遭了罪，

　　　　　　你快说那个流氓他是谁？

初二凤　（唱）大姐别犯"诬陷罪"，

　　　　　　听妹妹细说真情敞心扉。

初三凤　（唱）依我说两人相好准般配，

　　　　　　麻的利儿快结婚妇唱夫随。

初四凤　（唱）对对对，生下女儿叫小惠，

　　　　　　生下男孩儿叫雄飞！

初五凤　（唱）事情复杂要面对，

讲清原则辨是非。

初六凤　（唱）别听五姐空理论，

好姻缘自然是棒打不回。

初八凤　（唱）好时尚讲的是理解万岁，

瞄准的帅哥就得追！

初九凤　（唱）七姐姐快快生下小宝贝，

我们俩一块儿画个向日葵！

初老太　够了。你们这鸡一嘴鸭一嘴的都有完没有？老七，你给我过来！

　　　　〔初七凤走近老娘。

初老太　男的叫啥名儿？

初七凤　叫卫平。

初老太　哪的人？

初七凤　山沟的。

初老太　干啥工作？

初七凤　自聘教师。

初老太　转正了？

初七凤　没有。

初老太　没转正，本人成分，农民。老七啊？捞干的说吧，城乡结合我不同意！

初七凤　您不同意我同意。

初老太　不行。

初七凤　不行也得行。

初老太　不中。

初七凤　不中也得中。

初老太　我问你，咱家谁做主？

初七凤　您做主。

初老太　这不结了吗？

初七凤　婚姻我做主！

初老太　你做主？一个姑娘家在听雨楼生下孩子这算是哪一出啊？这孩子你给我

打掉！

初七凤　（声音低沉但有力地）娘，姐妹们，我初七凤没干下贱事，我要和卫平结婚。这孩子我不打掉！

　　　　〔众姐妹分两大阵营分别喊着："打掉！""不打掉！"

初大凤　别喊了！看娘——

众　　　娘——

　　　　〔初老太昏厥。

　　　　〔众姐妹扶住初老太。

　　　　〔灯光急收。

第二场

　　　　〔时间：紧接前场。

　　　　〔二幕外。初五凤、大凤和二凤；三凤、四凤和八凤从两侧上，相遇。

初三凤　大姐你们干什么去？

初大凤　老七失踪了，我们在找她。四处打听没消息。

初二凤　是的，再不见踪影我们要登寻人启事了。

初五凤　你们姐仨干啥去了？

初四凤　买乌鸡和党参熬汤。

初五凤　明白了。……不找老七了。老四，你要能见到老七，请你把我的话转告她，有事说事，为什么要不辞而别突然蒸发呢？

初三凤　道理很简单，你鼓动老娘非要打掉老七的孩子，出于一个母亲对孩子的保护。

初五凤　三姐，你别指责我。想起老七办的这事，我就想起了俄国诗人莱蒙托夫的诗：

　　　　在那大海上浅蓝色的云雾里，

　　　　有一片白帆在闪耀着白光。

　　　　……

　　　　它寻求什么？

　　　　遥远的异地，

　　　　他抛下什么？

在可爱的故乡。

异地——农村，故乡——城市。放着城市生活不享受，非要去那穷乡僻壤受罪，我真不知道她是怎么想的。

初八凤　怎么想的，情根深重，情缘难了。和有情人办快乐事，自然而然。

初二凤　得了吧。我看他们呀，有缘相遇，无缘相聚；有幸相知，无缘相守！

初五凤　得，老娘招呼咱们哪，咱进家吧——

第三场

〔二幕启

〔地点：听雨楼。众姐妹议论

初老太　现在开会，全体起立。

众姐妹　娘，我们都立着呢。

初老太　咳，这老七把我给气糊涂了。老四来了没有？

初四凤　娘，我在这戳着呢，您的眼神真差劲。

初老太　什么？我眼神差劲？老四，你现在可是大人物了，我对你得刮目相看了，我一打盹儿你就用手推车把老七弄到了你家里去，你这是啥目的？

初四凤　娘，我的心事您清楚。

初老太　我不清楚，你现在当着众人的面倒是说说，让我们也长长见识。

初四凤　娘——

（唱）别怪七凤不应允，

　　　　引掉孩子痛断心。

　　　　孩子是娘心头肉，

　　　　娘是孩子生命根。

　　　　四凤我婚后多年无儿女，

　　　　不见儿女不死心。

　　　　七凤她生下孩子我抚养，

　　　　我待他胜过那亲生母亲！

初老太　我说老四啊，平时你是知情达理的，今天咋掰不开心缝儿了呢？还生下孩子
归你养着，我知道你成天吃大药丸子求子心切，可你想过没有，老七把孩子
生下来，那咱们老初家成什么人家了？老三，你具体表个态。

初三凤　好，当众表态，我支持老七。大家想一想啊，老七为什么不做掉这个孩子？
肯定是对孩子他爹有很深的感情，不，是爱情，不是流氓胡搞。我的主意是
请孩子他爹来一趟，谈一谈，成个家就完了，事情就这么简单！

初老太　你这个意见是狗屁，烘臭。大伙没闻到臭味吗？老大，你闻到没有？

初大凤　（没有立场，屈服老娘的威力）闻到了，是有点臭。

初老太　老二，你闻到没有？

初二凤　（婉转地）老三说话欠考虑。

初五凤　（反击三凤）她本来说话就不经过大脑。

初老太　老五，你讲。

初五凤　（唱）我要严肃地讲啊，这确实是个问题——

　　　　　　　既然是出了问题就不要回避，

　　　　　　　解决问题既不能含糊也不能偏激。

　　　　　　　分析问题要利用辩证唯物主义，

　　　　　　　要一分为二，不要合二为一。

　　　　　　　是认识问题是原则问题，是作风问题，还是品德问题，

　　　　　　　具体问题要具体分析，

　　　　　　　分析问题的最终目的是解决问题。

　　　　　　　这大问题，小问题，

　　　　　　　大问题里套着小问题。

　　　　　　　总而言之，言而总之，这问题出来了就要处理，

　　　　　　　若不处理老问题会引发出来新问题。

初老太　（插话命令式地）哪这么多的问题呀，整点具体的！

初五凤　说一千道一万就是一句，

　　　　劝老七打掉孩子莫迟疑！

　　　　〔初老太带头鼓掌，响起稀稀拉拉的掌声。

初四凤　娘，打掉胎儿不是个小事儿，依我看您和七凤好好谈谈心，这盐从哪儿咸，
醋从哪儿酸，问出实情再做决定也不晚。

李汉雪剧作选

初老太　老四一提醒儿，我觉得她说的在理。你们先退下，我和老七破棉袄——聊聊
　　　　（撩撩）。

〔众姐妹退下。

初老太　老七，老七出来吧，你们姊妹九个当中，我最高看、最放心的就是你，可我
　　　　没想到把这天戳个大窟窿的也是你！这盐从哪儿咸，醋从哪儿酸，你把细
　　　　情给娘说说。

初七凤　（稍微停顿）……他叫卫平，是勒河人，我俩在一个学校教书，执教第五年，
　　　　大雪封山，学校断粮了，我们只好冒着风雪去县里运粮，半路上，我饿昏了，
　　　　从山冈子上滚了下来……

　　　　（唱）兴安岭的春天冷，

　　　　　　　兴安岭的积雪深，

　　　　　　　那一晌寒风袭来雪纷纷——

　　　　　　　昏迷中女儿遇狼群！

　　　　　　　是卫平背着我脱险境，

　　　　　　　七凤我绝处逢生当感恩！

　　　　　　　从此后我们二人越走越近，

　　　　　　　爱得纯来爱得真。

　　　　　　　恩人情人相融化，

　　　　　　　融化了热血融化了魂。

　　　　　　　今日七凤回城里，

　　　　　　　学校中留下他一人！

　　　　　　　我的娘啊娘啊——娘啊娘啊

　　　　　　　女儿求娘一声允，

　　　　　　　留下卫家一条根！

初老太　（唱）我的七凤啊——七凤啊

　　　　　　　非是我当娘的心肠狠，

　　　　　　　咱母女推心置腹谈谈心。

　　　　　　　看我女儿花开一朵长得多滋润，

　　　　　　　巴不得我的女儿早定终身。

　　　　　　　知我儿自小刚强身影正，

也晓得卫平是个好心的人。

这样的好人该尊敬，

可要做女婿我不称心。

为何老娘不如意，

只因为卫平他是个农民。

倘若与他成婚配，

日后你要操碎了心。

七凤啊——我的傻闺女呀，

你的娘我一生生来本本分分，

那个姐妹们口碑好邻居有所闻。

你若是未婚先孕传出去，

唾沫星子淹死了人。

老七呀——老七呀，

这男婚女嫁讲缘分，

情是情来恩是恩。

老娘的话语你要细思忖，

切不可一时气盛耽搁终身！

〔众姐妹复上。

初老太　好了好了！你们听好喽，经过我仔细调查，我已经了解到了实情。(加重语气）但是，这孩子还是得给我打掉。听雨楼不能留下这个不明不白的孩子！老七，你还年轻，要走的道儿还长着呢，你现在恨我，二十年后你还得谢我。来跟娘走！

初五凤　七凤，你看，我的介绍信都开了，快随娘去医院。

初七凤　我不去。

初老太　老五，你别管。(一脸冰霜地）老七，你这是在一步步地挤兑娘啊……

众姐妹　娘——

初老太　老七你给我听好了，你娘我活了一辈子，没混出个什么名堂来，可就混出了这么点高贵的东西,(拍双膝）它就在这儿！旧社会给地主当丫头我没跪过，文革造反派拉我上台给你爹陪斗，我也没跪过！如今牙掉了，背驼了，头发白了，可就这儿溜直！今天为我闺女，我……给你跪下了！

〔初老太扑通下跪。

初七凤　（无奈、苦痛、抽泣地）娘！

〔母女相抱，失声痛哭。

〔灯光渐收。

第四场

〔时间：紧接前场。

〔二幕外。

〔卫平和初五凤从两侧上。

卫　平　同志，跟您打听一下，听雨楼怎么走？

初五凤　听雨楼？（警觉地）你找谁？

卫　平　初桂凤。

初五凤　（立刻觉察到）你是卫平吧？

卫　平　对。您是？

初五凤　我是她五姐。

卫　平　（兴奋地）太好了。五姐，快领我去见桂凤吧。

初五凤　先不忙。我先跟你谈谈——

卫　平　好。

初五凤　卫平，一看你这个人就是有思想、有道德、有品位、有智商、有理想、有抱
　　　　负、有坚强革命意志的好同志。

卫　平　五姐，您过奖了。

初五凤　卫平啊，你和我们家老七的爱情故事我听了，细节也知道了，总的感觉是情
　　　　节真实、细节感人、催人泪下、如诗如画……

卫　平　五姐，您太理解我们了！

初五凤　卫平，我跟你说一件爆炸性的新闻你挺得住吗？

卫　平　五姐，您要说啥？

初五凤　我要说，我们老七结婚嫁人了。

卫　平　这不可能。绝不可能。

初五凤　卫平,冷静些,你听我说。怎么不可能?有什么不可能?七凤腆个肚子进了家,能在听雨楼生下不明不白的孩子吗?这不可能。七凤回来后,我给她在事业单位找个好工作,放着城里优越的工作不干跟你回穷山沟这可能吗?不可能。城里有个与七凤年岁相当优秀的男子,是个水产公司的老板,有小楼、有轿车、有钞票,放着年轻老板不嫁,非要嫁给你这个农民,这可能吗?绝不可能。

卫　平　即使不可能,我也要见桂凤一面。见了她把话说清楚。

初五凤　说清楚?人家处在如胶似漆甜蜜浪漫的漩涡中,你非要在他们亮丽的风景线上增添一道阴影吗?卫平,你爱一个人就要能给她幸福。你想想,真要是桂凤嫁给你,除了贫穷你还能给她什么呢?

卫　平　……(稍加沉思)好吧。五姐,既然她找到了幸福,我就不打扰桂凤了,我应该祝福她。我这有封信,麻烦您给桂凤吧。

初五凤　哎,这就对了。我的眼睛告诉我,你绝对是一个超凡脱俗的好人。

卫　平　那,我回了。

初五凤　好。慢走。(把信放在衣兜内,望着卫平的背影有感地)凄美的故事,美丽的谎言。

　　　　〔二幕启:古城小花园一角。一处长椅上。

初七凤　(唱)眼前是东南的风,

　　　　　　眺望那西北的云;

　　　　　　心想着那山那水那情那景那个人。

　　　　　　卫平啊——

　　　　　　我给你写过四封信,

　　　　　　苦之苦大山阻隔无回音。

　　　　　　我在梦中呼唤你,

　　　　　　孩儿落草喊父亲。

　　　　　　亲人不在心无助,

　　　　　　多盼望背靠大山稳住心。

　　　　　　我此时有怨有痛也有恨,

　　　　　　难道说意中人变成绝情人?

含泪水自己给自己写封信,

自己劝慰自己的心——(朗诵地)

阴云密布的世界,

寂寞惆怅的天空,

山盟还在,锦书难寻,

无望的等待变成冰冷的利刃,

无休无止地切割着我的灵魂……

叶落了风凉了卫平啊(内心凄凉地)我不再想你了……

(接唱)咬咬牙忘却那昨日星辰!

〔初六凤领着杨为健上。初六凤让杨为健藏在花园一角。

初六凤　七凤——

初七凤　六姐,你约我来这里有事?

初六凤　七妹,六姐刚好有话跟你说。别傻老婆等汉子了。再说了,他也不值得你等。

初七凤　为什么?

初六凤　为什么? 你自己拖个孩子孤独无助,他有胳膊有腿儿的跑到哪里去了? 他是个不负责任的男人,是个绝情的男人!

初七凤　可他?

初六凤　他什么? 他是个农民,你是城里人。他不敢来家里求婚,这样懦弱的男人真的不值得你爱。

初七凤　咳。六姐,你别说了。

初六凤　七凤,你是好强的人。六姐我劝你一句,退一步海阔天空。

初七凤　退一步? 我不明白你的意思。

初六凤　我是说,这么多年,有一个人悄悄地爱着你,而且爱得你发烫。

初七凤　你是说杨为健?

初六凤　你的第六感觉真好。杨为健这个人挺有意思,你支教五年,他一年给你写十二封信,五年就是六十封信。

初七凤　可我一封也没收到。

初六凤　乐子就在这儿呢,他没敢发给你,却把信捧在手里,像品酒一样自己给自己朗读,从中获得美的享受。痴情不痴情!

初七凤　不可思议。

初六凤　可以理解。我的七妹呀——（唱唐山皮影风格）

（唱）杨为健是个绝好的人，

眼睛不大挺有神。

行事做事讲诚信，

言谈话语很斯文。

大大方方富富态态很本分，

嘻嘻哈哈乐乐呵呵很开心。

七妹你要嫁给他，

他能把你敬为神。

没事你就偷着乐（吧），

三口之家多温馨。

只要七妹你同意，

六姐给你当媒人！

初七凤　（摇头）……

初六凤　怎么？不同意？

初七凤　我现在是有了别人孩子的女人，恐怕人家会嫌弃的。

〔杨为健急忙从花丛中走出来。

杨为健　我不嫌。不嫌！

初七凤　（不满意地）六姐，你们这是干什么？

初六凤　七妹，要怪就怪六姐我吧！这都是我安排的，你们好好聊聊，我哪凉快上哪

待着去——（六凤下）

杨为健　七凤。

初七凤　坐吧。

杨为健　这孩子我抱着吧！

初七凤　不用，孩子见生人会哭的。

杨为健　不会。孩子见到面善的人不哭。不信你看！你看不哭。是吧。

初七凤　（冲杨为健一笑）刚才我和六姐的话你都听到了？

杨为健　听到了。七凤，别怪我说话粗鲁，那个卫平不够这一撇一捺！

初七凤　一撇一捺？

杨为健　不是人！七凤，跟我过吧，我会好好儿待你的。

初七凤　你不觉得我们之间太仓促吗？

杨为健　仓促？七凤，你去北边执教五年，我杨为健暗暗地等了你五年。

初七凤　可你从来没对我表白过。

杨为健　可能是相貌一般吧，缺少自信。不敢表白。这是真的。

初七凤　可今天你为什么敢表白了，是不是我有了外人的孩子低人一等？

杨为健　不是。真的不是。七凤，我告诉你，改革开放后，我自己办起了水产公司，干了几年，我成功了。如今我很有自信地对你说，你眼前的杨为健是个屁股后面挂铃铛——响当当的男子汉。虽然我长得丑，但我外刚内柔。七凤，这孩子我一定将他当成亲生儿子，你就答应我吧。

初七凤　还是容我考虑考虑吧。

杨为健　七凤，咱俩瓜熟蒂落，水到渠成，你还考虑个啥呀。

　　　　（唱）多年来我将妹子痴痴地等，

　　　　　　　真好似旱苗出土盼春风。

　　　　　　　听雨楼你是一只美丽的彩凤，

　　　　　　　去乡下你增添了几分豪情。

　　　　　　　你我二人好有一比，

　　　　　　　你是月亮我是星。

　　　　　　　星星跟着月亮走，

　　　　　　　小日子会有开门红。

　　　　　　　虽说我性格粗鲁说话生硬，

　　　　　　　可我能撕心裂肺将你疼。

　　　　　　　多年来我待老娘忠心耿耿，

　　　　　　　姐妹们中间我有好名声。

　　　　　　　叫七凤且莫生隐痛，

　　　　　　　有我这重情的汉子将你照应。

　　　　　　　且莫说有了孩子是不幸，

　　　　　　　娶了你带犊儿媳妇我很光荣。

　　　　　　　我们的未来不是梦，

　　　　　　　咱俩成亲会有一个温馨的好家庭。

初七凤　（唱）杨为健话语实在触我心动，

七凤我一腔冰雪暗消融。

到如今怀揣婴儿已是不幸，

也只好心随杨柳嫁春风。

初七凤　走，我跟你回家！

杨为健　这么说你同意了？

初七凤　还嫌我说的话不明白？

杨为健　明白。儿子回家。

　　　　〔杨为健欲走。初六凤复上。

初六凤　媒人媒人，怎么你们成了眼里就没人啦？

杨为健　多谢六姐。

初六凤　你们打算怎么办？

杨为健　怎么办？喜事新办，下午登记，晚上并炕。

初六凤　杨为健，你盼儿子心切。

杨为健　儿子现成儿的。

　　　　〔三人开心地笑。

　　　　〔初九凤搀扶着初老太上。

初老太　这是什么事呐这么热闹？（有感地）人哪，说来也怪，早些时候啊我拼死觅活的非要七凤打掉孩子，可孩子一落草，我这心哪，立刻软了。看来人怕见面哪。小杨子，丑话说头里，我七闺女可不是"半价处理"。

杨为健　娘，您老放心，我一定会好好地待七凤，只是怕她日后有了出息瞧不起我呀。

初老太　哪能呢。百年修得同船渡，千年修得共枕眠。这夫妻一场，谁也不能小看谁。

杨为健　哎呀！我就爱听您说话！

初老太　来，让姥姥看看咱们这个带把儿的！

杨为健　姥姥看看我们。

初老太　哟，尿啦。

初七凤　娘，孩子没有名儿呢，您给起个名儿。

初老太　起个名儿？蛤蟆逮蚊子——张口就来。叫黑虎。

杨为健　黑虎？好名儿。杨黑虎，叫姥姥。

初老太　（嗔怒地打了下为健）去，才出生就会叫姥姥，那不成了哪吒啦？

杨为健　杨黑虎，我儿子！

第五场

〔时间：距前场一年后。

〔西北地区某山村小学门前。

〔初七凤和卫平对唱

初七凤 （唱）只身向西北，

卫　平 （唱）泪眼望东南。

初七凤 （唱）往事如烟难回首，

卫　平 （唱）心曲隐微倾吐难。

初七凤 （唱）一晌情缘牵两处，

卫　平 （唱）南枝向暖北枝寒。

同　唱 怕相见苦相见求得一见，

　　　　明我心鉴他心冰心释然。

卫　平 初七凤？

初七凤 ……谢谢你还认识我。

卫　平 真没想到，你今天会来这儿。

初七凤 来北方开商品洽谈会，顺路看看这里。

卫　平 来，学校里面坐一会吧。

初七凤 不。还是在这块石头上坐一会儿吧。（二人相背而坐）这块石头有我们之间的故事，你忘了吧？

卫　平 没有。那一年春天，青石上长满了野花和嫩草，我们坐在青石上，彩蝶飞旋在我们中间，我便想起了梁简文帝的诗句："复此从风蝶，对对花上飞，寄予相知者，同心终莫违。"

初七凤 相知、同心、莫违……多美的诗句，多美的誓言哪。可今天水枯花谢，物是人非。我们彼此变得陌生了……

卫　平 （声音很低地）……你为什么要这样说呢？

初七凤 你让我怎样说？回城后我给你写了四封信，而且是挂号信。你收到了吗？

卫　平 ……收到了。

初七凤 那你为什么一封信都不回？

卫　平　（难以说出隐衷）我……

初七凤　一个女人拖个笨身子回到家，遭到家里人的冷漠、疑问、疏离……那时我眼前的天快塌了，我在心里边含着泪水喊你，卫平，你在哪？你在哪呀？我当时多么希望你出现在我的面前安慰我，保护我！……可你，吝啬得连一封信都不给我回。更别奢望你去城里找我了……

卫　平　七凤，我去了城里找你了——

初七凤　你去了城里？

卫　平　对。半路上见到了你五姐。

初七凤　我五姐？

卫　平　对。她对我说你结了婚，而且婚后很幸福。

初七凤　你怎能轻易听信五姐的话呢？为了咱五年的感情，你就不该见我一面吗？

卫　平　我想见你，可被五姐拦住了。她说我不要妨碍你的幸福……我听了她的话真的退却了。

初七凤　我在什么情况下结的婚你知道吗？回到城里以后，哪怕能接到你的一封信，也不会做出这最后的选择。

卫　平　谁说我没给你写过信，我写了，我用心写了一封沉甸甸的信，让五姐转给你。

初七凤　让五姐转给我？……她没有转给我。

卫　平　没有转给你？

初七凤　没有。能告诉我你在信中写了些什么？

卫　平　没有写很多的话，只写一句——让你尽快地忘了我……

初七凤　尽快地忘了你？卫平，你为什么要说出这样的话呢？是懦弱，是自卑？还是绝情？……

卫　平　都不是！

初七凤　（激动地）那到底是为什么？你说，你说呀？

卫　平　这是一年前的诊断证明。（无奈地将诊断证明递给七凤）……

初七凤　（眼睛湿润惊呆地）啊？……卫平，我误会你了，出了这样的大事，你不该瞒着我，更不该躲着我，遇上这样大坎儿，我该为你分忧，为你解愁，为你分担痛苦……

卫　平　让你分担痛苦，这不公平。

初七凤　……现在想来，我也有过失，你我之间正因为缺少了执着，而失去了一切。

卫　平　（如释重负转换话题）不，不提了。你现在还好吗？

初七凤　还好。我嫁给了杨为健，他人很好，很有能耐，自己戳起了水产公司。

卫　平　（稍加停顿）那……孩子？

初七凤　很好。虎虎实实的，哎，我衣兜有他的照片，你看看？

卫　平　太好了，我看看。长得像你，太好看了。

初七凤　杨为健待他像亲儿子一样。

卫　平　那就好。那就好啊。

初七凤　你近日身体怎么样？

卫　平　身子越来越软。血液病，不治之症。自己揣摩着属于我自己的时光不多了。

初七凤　卫平，不能这么想，坚强起来，坚强能战胜一切！

卫　平　好。那我坚强地对你说，七凤，今天能见到你，我觉得心里面又明亮起来。
　　　　只要你很幸福，你哥哥我就是现在闭眼了也没有遗憾了。

初七凤　卫平。

卫　平　七凤。

初七凤　卫平哥——

卫　平　妹子——

　　　　（唱）丝丝的西北风越刮越冷，

　　　　　　　卫平我身处绝境暗伤情。

　　　　　　　与七凤重相见我真高兴，

　　　　　　　顿觉得一洗乌云见天晴。

　　　　　　　我多想沐浴春风去疾病，

　　　　　　　帮孩子寻找希望的星可我不能——

　　　　　　　也只好心随落叶自凋零。

初七凤　卫平哥，你别哭。

卫　平　不哭，不哭，我知道，你最讨厌男人掉眼泪了。（转换情绪地）七凤，人这辈
　　　　子遇上有缘人不易。你可要珍惜你们的感情。

初七凤　我懂，卫平哥，跟我回家吧。

卫　平　（不解地）跟你回家？

初七凤　对。卫平，看了这个诊断证明我在想，这里的医疗条件不好，你还是随我去
　　　　城里，让大医院的专家医生会会诊为好。

卫　平　不用了。我的病不会轻易治好的。

初七凤　只要有一线的希望咱就绝不放弃。

卫　平　不，我不能跟你走。

初七凤　（唱）我的卫平哥呀——

　　　　　　　我此时知你的心情很沉重，

　　　　　　　容七凤对你倾吐肺腑情。

　　　　　　　五年中咱经历那风风雨雨，

　　　　　　　你曾说咱带着几分豪气度人生。

　　　　　　　虽说你此时得了绝症，

　　　　　　　也有人战胜病魔绝处逢生。

　　　　　　　卫平哥呀——

　　　　　　　空空的小木屋阴阴冷冷，

　　　　　　　向阳的听雨楼暖暖融融。

　　　　　　　我家里九个姊妹九只凤，

　　　　　　　九颗爱心把你照应。

　　　　　　　老娘待你如亲生子，

　　　　　　　七凤敬你如长兄。

　　　　　　　杨为健性格豪爽人品正，

　　　　　　　你二人喜怒哀乐能沟通。

　　　　　　　全家人翘首相望将你等，

　　　　　　　咱兄妹追逐着希望光明行！

卫　平　我？还是不能跟你走。我离不开这些孩子们……

初七凤　为了这些孩子你也要振作起来！

卫　平　七凤……

初七凤　过几天孩子要放假了。到时候我来接你。卫平哥，你多保重，我走了。

伴　唱　一句句，一声声，

　　　　　山谷里传来暖暖的风。

　　　　　情侣从此成兄妹，

　　　　　有情天地能包容。

　　　　〔灯光渐收。

第六场

〔紧接前场。

〔听雨楼。

〔杨为健在家中心中郁闷。独自饮酒。

杨为健　（唱）七凤她大学毕业步步高就，

　　　　　　　为健我缺少文化难交流。

　　　　　　　更恨她喜新不厌旧，

　　　　　　　到北边看卫平她故地重游。

　　　　　　　我夹在中间好难受，

　　　　　　　这日子过得我他娘的真怵头！

〔初七凤端着洗脚水上。

初七凤　为健，别喝这冷酒了，来泡泡脚吧。

杨为健　初七凤，大处长，谢谢你的好意。我不想泡脚，就想喝酒。

初七凤　你哪来这么大的肝火，是不是上夜大遇上难题了，我估计你学英语单词就是一大关。但你要有信心，抽空我来帮你。来，洗脚。

杨为健　初七凤，你别折磨我了，我不想泡脚，心里边闷得慌。

初七凤　闷得慌？为什么？

杨为健　为什么？你心里明白。

初七凤　我不明白。

杨为健　你这次西北之行挺好？

初七凤　挺好，过两天人家就来谈投资了。

杨为健　没上别的地方转转？

初七凤　去了勒河。我在那执教五个春秋，途经那里，不去看看，心里边空落落的。

杨为健　异地五年，有感情儿。没去看看卫平？

初七凤　见到他了。他还在那个学校里。为健，你可别多想。

杨为健　我不多想？我怎么能不多想，他是黑虎的亲生父亲，你是黑虎的亲生母亲，你们俩在一块儿感情能碰不出火花来吗？谈孩子了吧？谈未来了吧？谈你们三口什么时候合家团圆了吧？

初七凤　杨为健，你说话太离谱儿了！

杨为健　我说话离谱？你看看你的眼睛，眼睛怎么肿了，哭的吧？牵肠挂肚了吧？难舍难分了吧？柔情刻骨了吧？万刀难断了吧？

初七凤　（高声地）杨为健，你不要无端猜测！（克制自己的情绪）为健，是我不好。我没跟你说清楚。卫平他出事了。

杨为健　出事了？

初七凤　他得了血液病，现在的身体都很难支撑了。

杨为健　怎会是这样呢。真是悲惨人生。

初七凤　为健，我想征求一下你的意见。

杨为健　不用你征求，我知道你的心思。咱本着人道主义精神咱给他寄点钱去。

初七凤　不，我想把他接过来。

杨为健　你说什么？

初七凤　把他接过来。

杨为健　什么？我们三个人一起住？

初七凤　为了给他治病。

杨为健　好，理由很充分。要是那样你们三口儿可真的团圆了，好啊，来吧。不过你们得先把我给杀了！要么你给我吃点药让我傻了，要么……剜了我的眼睛，让我又聋又哑。你不要欺人太甚！他来了你让我怎么活？还给不给我一点活人的面子？你死了这份心吧，没商量！

〔杨为健径直而下。

〔众姐妹簇拥上来。

初大凤　你们又吵架了？

初七凤　姐妹们，卫平得了绝症，我想接他来听雨楼帮他治病。也想听听你们的看法。大姐，你先说吧？

〔姐妹议论各有想法。

初大凤　（唱）七妹妹她内有虚火脑瓜儿一热，

　　　　　　要接卫平使不得。

　　　　　　旧日的情人来家里，

　　　　　　听雨楼难免炸了窝。

初三凤　（唱）七凤妹妹心肠热，

重情重义没的说。

初二凤　（唱）夫妻间就怕"第三者"，

　　　　　　　不明不白不好说。

初四凤　（唱）这有什么不好说？

　　　　　　　超常之爱好品德。

　　　　　　　卫平处在危难处，

　　　　　　　帮上一把很值得。

初七凤　五姐，你有思想，你表表态？

初五凤　（唱）你不问我，我也要说，

　　　　　　　对与不对呢你掂量琢磨。

　　　　　　　我把卫平比作水，

　　　　　　　我把小杨比作火，

　　　　　　　这个这个……水火能相容么？

　　　　　　　铁三角是一道难解的几何。

初七凤　（唱）五姐的无情话语激怒了我，

　　　　　　　妹妹我今天将你指责。

　　　　　　　卫平他人到古城遭你冷落，

　　　　　　　寄来的信件你暗地隐藏，这是为何？

　　　　　　　和卫平彼此误会是你惹得祸，

　　　　　　　和卫平未能成亲是你相阻隔。

　　　　　　　你的一套怪理论那是胡扯，

　　　　　　　五姐你所作所为缺少品格！

初五凤　（唱）我做的这一切都是为了你而不是为了我——

　　　　　　　你们看，咱娘来了，为了不让咱老娘生气，咱撤！

　　　　　〔众姐妹下。

　　　　　〔初老太上场。

初老太　（接唱）哎哟哟是何人将我的闺女气得直哆嗦？

初老太　老七，自己因为什么郁闷呢？……小杨儿上哪去了？

杨为健　娘，我在这痛苦呢。

初老太　别痛苦。来，过来。我说老七，我和小杨整两盅。

初七凤　娘，您平时可不喝酒的。

初老太　平时不喝酒今天想喝。

初七凤　好吧，那我包的现成的饺子。

初老太　饺子就酒，越喝越有。

初七凤　还有两个甜辣椒。

初老太　辣子就酒儿，一口顶两口儿。

初七凤　看来您真的想酒喝了。

初老太　没错儿。麻利点儿！

　　　　〔七凤下。

初老太　小杨儿，我想跟你喝两盅，给我个面子？

　　　　〔杨为健未应声低头斟酒。

初老太　这就对了。小杨儿，为了接卫平的事你们吵架了？对不对？

杨为健　七凤的这个想法跟您老说了？

初老太　说了。你的态度是？

杨为健　……咳，让我怎么跟您说呢？

初老太　你不用说，老七这个主儿，别看上了大学，当了处长，还是没有长进，她要
　　　　是跟我们老七女婿比，那是步枪打飞机——还差一大截儿呢。

　　　　〔初七凤端菜复上。

初七凤　娘，我的事您别管。

初老太　你的事儿？你的事我才懒得管呢。你还是个处长，说话就这点水平儿？还你
　　　　的事儿？这是你一个人的事吗？是你们两个人的事儿！两个巴掌拍到一块
　　　　儿出一个响儿。这个理儿你不懂？

初七凤　好，我不懂，您懂。您说吧。

初老太　老七女婿，那我就说几句，咸了淡了你可别挑理。

杨为健　您说吧，我愿意听您说话，您说话公平。

初老太　（唱）叫一声好女婿你别不高兴，

　　　　　　　咱娘俩喝几盅小酒道心声。

　　　　　　　酒中自有好滋味，

　　　　　　　老娘我敬你第一盅。

杨为健　干，娘，您为啥敬我酒啊？

初老太　（唱）老娘我今日为何把你来敬？

　　　　　　　只因为你对七凤有恩情。

　　　　　　　那日子七凤离家入困境，

　　　　　　　遇上你杨为健她绝处逢生。

　　　　　　　你不嫌又不弃收留她们母子，

　　　　　　　这辈子我敬你的好人品行。

杨为健　娘，您看我还行？

初老太　岂止是行，是忒行了！

　　　　（唱）只因你自小失母爱，

　　　　　　　吃苦受难少人疼。

　　　　　　　你懂得苦海挣扎不容易，

　　　　　　　你懂得救人危困是君子之风。

　　　　　　　你懂得我敬别人人敬我，

　　　　　　　你懂得好人自有好名声。

　　　　　　　来来来我的好姑爷呀——

　　　　　　　咱娘俩喝上这第二盅！

杨为健　干！

初老太　（唱）我这里把姑爷连连吹捧！

初七凤　娘，您少喝点！

初老太　（唱）转身来对闺女严厉批评。

　　　　　　　七凤你说话太生硬，

　　　　　　　好心眼说不清来道也不明。

　　　　　　　我晓得黑虎他爹得了绝症，

　　　　　　　我晓得卫平对你有恩情。

　　　　　　　你要把卫平把他接家里，

　　　　　　　三人相处不轻松！

　　　　　　　你细细想来卫平他也大不幸，

　　　　　　　得了绝症的他孤身一人无照应。

　　　　　　　我的闺女的心事我自然懂，

　　　　　　　危难中帮他一把也在情理中。

初七凤　娘，就冲您说的一句公道话，我再给您添一道菜。（下）

初老太　小杨子，趁着七凤不在，老娘给你讲个传奇故事？

杨为健　娘，您讲？

初老太　看见我这九个闺女了吧？长相有啥特点？

杨为健　有啥特点？一只凤凰一个样。

初老太　感觉挺棒（小声地）实话告诉你，你可得给老娘保密。

杨为健　那一定。

初老太　（极小声地）我的九个闺女都不是我亲生的……

杨为健　老娘，您老喝多了吧。

初老太　我没喝多。她们都是我收养的。

杨为健　您收养的？

初老太　对。千真万确。

杨为健　（心灵受到极大的触动）老娘。您太伟大了！简直就是东方的"圣母玛利亚"！

初老太　瞧你说的。

杨为健　（唱）岳母她一席话仁者心动，

　　　　　　　两杯酒，两杯酒浇得我热血沸腾。

　　　　　　　大丈夫亮心胸立竿见影，

　　　　　　　说出那真情话掷地有声。

　　　　　　　娘，接卫平，我同意。

初老太　（唱）见姑爷敞开心扉我真激动，

　　　　　　　老娘我要与你（呀）连干三盅！

初老太　小杨子，你放心，卫平接过来，让他跟我住。不扰你们。

杨为健　不，您老这地方窄巴。上我家住。娘，您老放心，您让七凤去接卫平吧。卫平
　　　　来了，我一定好好待他！

初老太　（拍拍杨为健肩膀，赞赏地伸大拇指）好，这份子的！真给力！

众姐妹　（复上）爷们儿！

伴　唱　石榴开花慢慢红，

　　　　　杨柳发芽渐渐青。

　　　　　自古好事多磨难，

　　　　　一晌阴雨一晌晴。

〔灯光渐收。

第七场

〔时间：距前场数日后。

〔卫平上。看着鱼缸愣神儿。

卫　平　（唱）窗棂外飘进来凉凉的秋意，

卫平我独自一人伤感迷离。

是七凤接我来到这有情天地，

初家人好心待我我深受感激。

谁曾想安宁的日子无几日，

瞧得见他们夫妻情感有间离。

细想来我不该来到这里，

到如今我是难割难舍难走难离。

伤感时少不了自言自语，

瞧见那银草鱼声声叹息。

鱼啊鱼我把这心里话儿说与你，

真盼着鱼儿你心有灵犀。

你要是艰难活着我也不放弃，

你要是离开人世我止住呼吸！

但愿得你支撑我来我安慰你，

支撑我这绝境之人生命有转机！

〔初七凤轻轻地上。

初七凤　卫平哥，你在看什么呢？

卫　平　我在看银草鱼呢。

初七凤　多漂亮的银草鱼啊！

卫　平　这种银草鱼非常奇怪，一群鱼里总有一条生命力最顽强的，它可以越过严冬

　　　　一直活过去。

初七凤　你说得对。因为它有一颗顽强的心。它的心里总有一个希望。（转身看为平）
　　　　为平哥，你在想什么？

卫　平　（支吾地）呃，我没想什么……

初七凤　不，你在想，只要这鱼儿活着，你就能活着，你和鱼儿一块期待着春天。

卫　平　看来，什么也瞒不过你。可我的生命不能像鱼儿一样顽强……

初七凤　卫平哥，你别灰心。医院的检查结果出来了，没有你说得那么严重，杨为健
　　　　的公司很有钱，我们一定帮助你治好病。你要在家里好好地静养。

卫　平　静养？七凤，我有一句话要对你说，我不在你家住了。

初七凤　为什么？

卫　平　不为什么，看，（指一个旅行包）东西我都收拾好了。

初七凤　你不能走。

卫　平　我一定走。

初七凤　我绝不让你走。

卫　平　说什么我也得走。

初七凤　你死活要走，能说出理由吗？

卫　平　（情急之中用英语和七凤对话）是因为我的到来，让你们夫妻产生误会，产
　　　　生矛盾，这理由还不够吗？

初七凤　身正影正，光明正大，你怕什么呀？

　　　　〔卫平和七凤英语对话时正巧杨为健上场。

杨为健　（高声咳嗽）我来了——

初七凤　你回家高声咳嗽干啥呀？

杨为健　这是我的家，连咳嗽都不行了，我有我的自由。我不在家，你们拉拉扯扯、
　　　　藏藏躲躲、黏黏糊糊、卿卿我我……呦，还英语对话了？什么的干活？隐
　　　　私？猫儿腻？让我大大的听不明白？（胡诌）你们"色拉油"okok地相好？

初七凤　杨为健，你闭嘴。

杨为健　我闭嘴？我不闭嘴，我张开火盆似的大嘴，喝酒去！

　　　　〔杨为健下。

初七凤　杨为健——（欲追杨为健被初老太唤住）

初老太　七凤，你给我站住！老七，你没看透小杨儿，小杨办了件惊天动地的事。

初七凤　惊天动地的事？

初老太　银草鱼。

初七凤　银草鱼?

初老太　你家鱼缸里的银草鱼一条条的死去,杨为健又从市场上一条条的买回来,趁着卫平睡觉的时候偷偷放在鱼缸里,所以卫平总会见到一条活着的银草鱼。老七,你这么聪明就悟不出这个理儿吗?

初七凤　(一惊)娘,这是真的?

初老太　老七,你的心太粗了。

〔初七凤追下。

卫　平　大娘,是我误会了杨为健。

初老太　知道就好。我早说过,我这个七姑爷,刀子嘴,豆腐心。卫平,你看外边的天气多好呀,咱娘俩出去散散步。

卫　平　哎。

初老太　卫平,有谁问这是啥亲戚呀,你就说你是我的儿子。孩子,说实的,我这一辈子,九个姐妹,就是没儿子,你说把我给急的,竟然给小老九儿起名叫龙凤。哈哈哈!

〔卫平挽着初老太下。

〔杨为健和初七凤同上。

杨为健　不在家陪着卫平,找我干什么?

初七凤　醋坛子。(眼睛里释放出柔情)咱娘都跟我说了,说你从市场上买银草鱼偷偷的放在鱼缸里。为健,(温柔的目光)……你真是个好人!

杨为健　我的大处长,你别这样,我没享受过这"处级待遇"。

初七凤　(真情地)为健哪——

　　　　(唱)原谅我大不该将你责怪,

　　　　　　咱二人凭借明月抒情怀。

　　　　　　为健你悄然施出无限爱,

　　　　　　盼卫平枯木逢春二度梅开。

　　　　　　只凭着这一举我为你喝彩,

　　　　　　大丈夫本应有宽广胸怀。

　　　　　　与卫平校园相处有数载,

　　　　　　同牵手风雨多年志不衰。

　　　　　　我也曾以身相许将他爱，

　　　　　　苦只苦姻缘错过不再来。

　　　　　　到如今我与他同视亲兄待，

　　　　　　好兄妹可说是清清白白。

杨为健　（插话）七凤，我信你！

初七凤　（唱）谁曾想人生之路生意外，

　　　　　　卫平他身染绝症头难抬。

　　　　　　只因为浓浓的纯情深似海，

　　　　　　因此我千里迢迢将他接过来。

　　　　　　鼓励他遇上坎坷不言败，

　　　　　　激励他战胜病魔驱阴霾。

　　　　　　姐妹们四下春风以诚相待，

　　　　　　看得出他放松心情笑逐颜开。

　　　　　　为健哪——为健哪，

　　　　　　你性格直爽又直率，

　　　　　　你勤劳致富是个人才。

　　　　　　你对我倾注了一腔爱，

　　　　　　对黑虎胜似亲生无限关怀。

　　　　　　这样的好丈夫很有光彩，

　　　　　　咱夫妻今生今世不分开。

　　　　　　夫妻争吵无障碍，

　　　　　　为健你不必费疑猜。

　　　　　　心里有话讲明处，

　　　　　　自有深情能表白。

　　　　　　自知人在情常在，

　　　　　　咱夫妻同步同心奔向未来！

杨为健　七凤！

　　　　（唱）我这里侠骨柔肠唤七凤，

　　　　　　咱夫妻潇潇洒洒度人生。

　　　　　　海到天边天做岸，

山登绝顶人为峰。

春光只有一分在，

咱应唤它三日晴。

卫平他身患绝症处逆境，

我若是袖手旁观太绝情。

妻她肝胆相照情意重，

感召我，感召我心潮澎湃气如虹。

大丈夫心胸开阔万马奔腾任驰骋，

我夫妻同声相应同心同德同心协力救卫平！

初七凤　为健！

杨为健　七凤！

〔简洁的红绸舞。

〔灯光急收。

第八场

〔时间：距前场数日后。

〔地点：听雨楼。初老太对着丈夫的遗像交流

初老太　老头子，趁着家里边安静我跟你唠几句磕儿。（感慨地）自打卫平来咱初家治病，两个多月的工夫，我这头发也白了许多。这人呐真是几起几落，你就说卫平吧，初来咱家时，病得一阵风就能把他吹倒，得了绝症谁也没想到他会挺过来，你说咋着？在咱老七和杨为健，还有其他姐妹的帮助下，硬是把他给救活了。你说惊奇不惊奇！

众姐妹　娘，到点了！

初老太　现在开会。

初五凤　大家静一静，让我们以热烈的掌声欢迎老娘作报告。

初老太　报告谈不上，今天呐，咱们的会议精神只有一个。老五，你的脑子好，知道娘的会议精神吗？

初五凤　娘，根据我的逻辑思维推敲，娘看着卫平刚出院，身子骨虚，想让卫平多待些日子，好好地恢复身体。

初老太　行。有脑子。但是，你只说对了一半！

众姐妹　娘，您是不是想不让卫平走了！

初老太　这回你们可算说对了！娘就是这个意思。

初大凤　娘，您的想法可真"前卫"。

初老太　不是娘的想法前卫，是娘赶上了这好世道儿娘转了脑筋。你们知道，老七起初想嫁卫平，我不乐意，就是嫌卫平是个农民，可眨眼的工夫，在城里工人农民分不清了。进城的农民有了钱也能买汽车，买大别墅，也能办城里户口，所以说呀，咱给卫平先来个"农转非"，先给他找间屋子安顿下来，接着给他找工作，等等，等等。你们都有什么想法快说说！

〔杨为健悄悄地上。

初三凤　我的"蛋糕房"可以考虑。

初四凤　我的"中草药医药开发公司"可以接纳。

初八凤　我的"美容店"可以聘请。

杨为健　众位姐妹听我说一句。卫平这个人有文化，人品正，智商高、准爷们儿、很靠谱。我的水产公司接纳他。月工资三千！

〔众姐妹鼓掌。

初老太　好。为健的话在板。我看这样吧，咱们今天哪，咱想方设法把卫平留下来！

〔卫平上。

杨为健　大伙注意了，美丽的银草鱼游过来了。

初老太　（兴奋地走上前）卫平，你过来，让大娘好好看看你。嘿，红光满面的，多文气啊！真是个男子汉！

初老太　卫平，你的姐妹们都在，大娘有事和你商量，这也是姐妹们的心愿。让你在这城里扎下根儿，尽心尽意地当娘的儿子，不知你乐意不乐意？

卫　平　没有姐妹们的关怀，没有为健他们夫妻俩的帮助，没有老娘的掏心窝子的劝慰，就没有我卫平的今天。听雨楼给了我第二次生命，我不会忘记这个家！

初老太　这么说，你同意不走了？

卫　平　娘，我还是得回去。山里的那帮娃娃，像小燕儿似的盼着我回去呢。在这养病的这些日子，山里的娃给我寄来一百一十九封信呐。

初老太　一百一十九封信，又是个九字。信上写的啥？

　　　　〔话外音：山里的枫树红了，山里的果子红了，卫老师，快回吧。我们想你……卫老师，快回吧，我们想你……

初老太　孩子，你的心思娘懂了，虽说你人在听雨楼，可这心哪早飞到生你养你的家乡了。记住娘的话，不管你走多远，这听雨楼也是你的家！

卫　平　娘——卫平永远是您的亲儿子！（言语梗塞跪地谢恩）

初老太　听了卫平的这句话，看见这一百一十九封信哪。我的心里咯噔地颤了一下，听雨楼的故事我要讲给你们听。晚清的时候，你们的太爷是个举人，盖了这所新宅。你们太爷有墨水，字眼深，特别喜欢杜甫的一首诗，"好雨知时节，当春乃发生，随风潜入夜，润物细无声"，所以呀，新宅起名——听雨楼。

　　　　〔杜甫的诗句作为伴唱。

初老太　老太爷不但喜欢杜甫的诗，更喜欢杜甫知民、亲民的这个人。房子盖成后，他老人家拿出大三间坐北朝南的正房当学堂，不收一个大子儿教古镇的娃娃们念书。古镇的晚辈人沾了大光啊。善门难开，善门难闭。到了你们老爹初本善这一辈，初家学堂不但招收古镇上的娃娃上学，还将流浪儿好心收养，让他们读书识字。所以说你们这姐九个先后走进风雨楼。……自打大凤、二凤来到听雨楼，我就和你们老爹发了誓，自己绝不生儿育女，把孤儿当成亲生待。

　　　　〔大凤和二凤怀揣感激之情呼唤老娘，走近老娘。

初老太　家有梧桐，树大招风，好名声顶风传十里。人们知道我初老太心慈面善，重男轻女的人不打招呼就把女孩放到我家的门口。听到婴儿的啼哭，我打开院门——小被子裹得是好好的生命，好好的生命送到我家的门口，这是我的造化。我要！（初老太走近三凤、四凤身边）后来古镇有了公办学校，有爹娘的孩子都走了，我把你们留下来省吃俭用拉扯你们读书。

初老太　那一年唐山大地震，老天收了好多孩子的爹娘啊，没爹娘的孩子路边的草啊，我和你们老爹二话没说写了挂号信，认领了五凤和六凤……

初老太　……又经过几年的时光，也是冬天的时节，你们老爹离开了人世。"五七"那天，我给你们老爹烧完纸回家时，门口又出现了三个流浪的孩儿。我让你们进了家门，把小脏手给你们洗净了，焐热了，没啥好的吃，就拿萝卜缨、白豆腐和杂合面裹疙瘩，给你们做"珍珠翡翠白玉汤"。进家的小凤凰能往外

　　　　　　轰吗？尽管日子艰难，我咬咬牙还是将你们留下了。

众姐妹　（感恩谢恩心潮激荡地）娘——

初七凤　（唱）感娘恩，谢娘恩，喊一声老娘心潮涌，

初老太　（唱）疼女儿，爱女儿，唤一声女儿泪纵横。

杨为健　（唱）喜春暖，笑春风，乐享受人间好美景，

同　唱　天有语，地有声，天地间大写一个情！

初老太　故事讲完了，春天也来了。来，咱送卫平远行。

伴　唱　听雨楼中听风雨，

　　　　　爱河流淌爱意浓。

　　　　　大爱无声成大美，

　　　　　大美之境日月明。

　　　　〔全剧终。

蓟州黄崖关，有一段古长城，古长城上有一寡妇楼，寡妇楼承载着一个传奇的故事。

福建泉州女子奇香，与河南兵将家眷十余人，来黄崖关探亲寻夫，不料众姐妹夫君因瘟疫而亡，姐妹们悲痛欲绝。阵痛之后，奇香率众姐妹，留守黄崖关，修筑楼台。

蓟镇明军守备杜志恒，先祖乃"残元势力"，枯心不死，竟与长城外鞑靼兵内外勾通，并在长城一处暗设"奸细洞"，被奇香丈夫江山秀知情，杜先加害于江，后加害于奇香。奇香身为女兵队总，为恩为情与蓟州总兵戚继光留下一段情缘佳话，为家为国谱写一首壮美悲歌。

古有孟姜女哭长城，这里有众姐妹修长城。蓟北雄关，巾帼长城，雄哉壮哉！

本剧荣获第五届中国评剧艺术节"优秀演出奖""优秀编剧奖"等多项大奖。

巾帼长城

（新编古装评剧）

李汉云　编　剧

人物篇（以出场先后为序）

奇　香　40岁，福建泉州女子。

云　娘　36岁，河南乡妇。

褚　芳　28岁，河南乡妇。

戚继光　58岁，蓟镇总兵。

辣　嫂　30岁，河南乡妇。

杜志衡　34岁，守备。

王夫人　56岁，戚继光夫人。

秦　川　36岁，云娘丈夫。

河南寻夫家眷数人。

第一场

伴　唱　青山绿水黄崖关，

　　　　峻谷奇峰锦绣川。

　　　　巾帼长城人称赞，

　　　　阳春白雪入管弦。

　　　　〔时间：明隆庆年间。

　　　　〔地点：蓟北黄崖关。

　　　　〔幕启：春三月，桃李竞放，莺飞草长。黄崖关下一条山路上，一群探夫的河南家眷载歌载舞，笑逐颜开。

奇　香　众家姐妹，快些走啊。

众　　　（应声）来了——

〔众姐妹走圆场。

辣　嫂　奇香姐姐，身轻如燕，像是长了翅膀。

奇　香　辣嫂快人快语，足下生风，恐怕这心呐，早已到了军营。

〔众姐妹作笑作一团。

奇　香　姐妹们一路上夸夫赞夫，余兴未绝，想咱姐妹一十二人，如似十二月的鲜
　　　　花，姐妹自比鲜花，表白心意，岂不是好？

辣　嫂　那就依了姐姐的主意。

奇　香　姐妹们一一道来——

〔十二姐妹边舞边唱。

奇　香　（领唱）一月水仙呈素装——

众　唱　二月迎春是海棠，

　　　　素水仙来浓海棠，

　　　　情人眼里都是双。

奇　香　三月桃花满山岗，

众　唱　四月牡丹浓艳香。

　　　　触景生情情未了，

　　　　两地相思心飞翔。

奇　香　五月石榴红似火，

　　　　六月荷花漫池塘，

　　　　心随秧苗节节长，

　　　　思念丈夫羡鸳鸯。

奇　香　七月葵花倾向日，

众　唱　八月桂花流芬芳。

奇　香　九月菊花吐鹅黄，

众　唱　十月芙蓉有余香。

奇　香　十一月山茶初开放，

众　唱　腊月寒梅斗寒霜。

一片痴情痴到底，

怨郎恨郎更爱郎！

奇　香　姐妹们坦露心声，实乃诗情画意。这正是佳山佳水佳风佳月千秋佳境，痴男痴女痴情痴意几对痴人。

辣　嫂　姐妹请看，远处来了一位先生——

褚　芳　然也。瞧身影像是我的丈夫。

云　娘　不然。看形态像是奴的丈夫。

玉　仙　非也。观神韵像是我的丈夫！

〔众姐妹争说是自己的丈夫。

奇　香　姐妹们莫要争吵。待一刻先生走近便知分晓。

〔杜志衡上。

杜志衡　众家姐妹辛苦。

奇　香　将军万福。

众姐妹　将军万福。

杜志衡　听姐妹口音，乃是河南人氏。

众　　　正是。

杜志衡　亦不尽然。在你们姐妹中间，我辨得出，有一位姐姐应是福建泉州人氏。

奇　香　将军因何识得民女姓名？

杜志衡　说来话长。杜某自小随戚元帅在南疆抗击倭寇，偶得风寒，多亏令尊大人医治，微身才得以康健。

奇　香　敢问将军大名高姓？

杜志衡　微身杜志衡是也。

奇　香　杜将军，姐妹们盼夫见夫心急若渴，烦将军快快说出这河南营现在何处？

杜志衡　这河南营么？

奇　香　将军因何话语吃吃？

杜志衡　众家姐妹，杜某不忍说出真情。

奇　香　将军直言无妨。

杜志衡　我若讲出实情，怕是众家姐妹难以支撑。

众　　　（惊呼）将军，到底出了何事？

杜志衡　燕赵今春，干涸少雨，蓟北之地，瘟疫恣行，众家姐妹的夫君丧命于瘟疫，身归九泉了。

奇　香　不。将军危言耸听，姐妹们不信。

杜志衡　姐妹们，杜某的话若不凭信，可见足下的新坟。因为是瘟疫缘故，已故士兵
　　　　的后事料理完毕，总兵大人便命我给士兵的家眷发函。众姐妹请看——河南
　　　　籍的士兵秦川、郝明、田成富、柳长春，福建籍的江山秀。还有十余处新坟。

　　　　〔晴天霹雳，山谷回响。

众　　　天哪！（众姐妹涌向坟头）孩儿爹、闺女他爸、丈夫、郎君——

　　　　〔杜志衡隐下。音乐骤起。

奇　香　（唱）哭一声悲哀，道一声悲哀，

　　　　　　　塌天大祸降下来。

　　　　　　　流泪眼对流泪眼，

　　　　　　　姐妹们同唱十三咳——

众　唱　姐妹们同唱十三咳。

奇　香　（唱）故人千里去，

　　　　　　　由此不再来；

　　　　　　　剪刀横心里，

　　　　　　　方觉泪难裁。

　　　　　　　苍天生成离离恨，

　　　　　　　顿觉得满山遍野一片白。

云　娘　（精神惝恍地）啊？我的夫君在前面的奈何桥边唤我，我的夫君在前面的奈
　　　　何桥边唤我，夫君，待我与你一同前往天堂。

　　　　〔云娘抬足迈向山谷深涧，奇香猛然抱住云娘。

奇　香　云娘，使不得！你的足下是万丈深谷。

云　娘　（神经清醒，顿惊）谢谢奇香姐姐救了我，可奇香姐姐，你为何要救我？为何
　　　　要救我呀！

奇　香　众家姐妹，擦擦眼泪，止住悲哀。听我奇香几句劝慰。姐妹的夫君染得瘟疫，
　　　　绝命九泉，姐妹们如遇塌天大祸，你心我心他心，痛不能支，就是寸心千断，
　　　　愁肠百结，也难唤回你夫我夫他夫。可咱上有父老，下有儿女，今后的路还很
　　　　长，咱还要坚强地活下去，坚强地活下去。来，众家姐妹，节哀顺变，为咱夫
　　　　君的坟茔添上新土。

〔众姐妹十指剜土。哭声一片。

伴　唱　呜呼一歌兮，歌已哀，

悲风为我从天来！

〔杜志衡与戚继光同上。

杜志衡　众家姐妹，戚总兵看你们来了。

众　　　叩见总兵大人。

戚继光　姐妹们免礼。众位姐妹，尔等千里而来，探亲寻夫，谁料他们因病而卒，我
们心同彼此，倍感悲痛。本将是这里的总兵，兵卒阵亡，我有差错，本当受
责。你们的亲人为国捐躯，命重泰山，我等深表敬意。众家姐妹有何要求，
尽管说来，本帅尽力而为。

褚　芳　戚大人，我姐妹夫君为国捐躯无可厚非，可我们这些丧夫姐妹无依无靠，该
如何打算？

杜志衡　姐妹们莫要担心，总兵大人讲了，发给你们足数的抚恤金和回家的盘缠，免
去你们的后顾之忧。

云　娘　奇香姐姐，你看咱如何是好？

奇　香　戚大人，这样说来我们的夫君死得其所？

戚继光　当然。壮士们为国殉难，可悲可泣，名留千古。

奇　香　姐妹们，咱们的夫君为国献身，魂驻异乡，咱姐妹此时离去恐怕是难以割舍
夫妻之情。依姐姐之见，两条路径，各有抉择，一是像孟姜女那样，哭倒长
城四十里，一是像宋朝杨家十二寡妇那样，国难之时，挺身征西。

褚　芳　奇香姐姐，你要姐妹留下来？

奇　香　姐妹们——

（唱）莫悲痛，莫伤心，

莫让泪水湿衣襟。

姐妹夫君已殉难，

塞北边关留英魂。

悲夫君壮志未酬身先去，

咱姊妹继承夫愿结同心。

留守边关不失志，

修筑长城见精神。

留得芳名铸青史，

奉献拳拳爱国心。

不知姐妹们肯不肯？

褚　芳　（唱）奇香姐一人代表姐妹心。

同　唱　奇香姐一人代表姐妹心。

戚继光　古往今来，几度春秋，还未闻女子有修筑长城之义举。巾帼英雄，继承夫志，

玉石精神，令人敬佩。谢谢诸位姐妹！杜守备——

杜志衡　在。

戚继光　安扎女营，发放戎装！

杜志衡　是！

奇　香　姐妹们，未换戎装，先着素服，祭奠夫君，以示哀思。

〔场上一色白服。

〔灯光急收。

第二场

伴　唱　三树四树梨花开，

山水留人十二钗。

群芳止住胭脂泪，

留守蓟北筑高台。

〔时间：紧接前场。

〔地点：黄崖关长城处。

〔伴随着音乐节奏，众妇女呈劳动砸夯场面过场。

奇　香　（领唱）高高抬起来——

众　唱　嗨呦嗨呦嗨——

奇　香　（领唱）重重砸下来——

众　唱　嗨呦嗨呦嗨——

奇　香　（领唱）固城基呦垒高台呀——

众　唱　修关隘呀采石材呀——

奇　香　（领唱）众金钗呀展风采呀——

众　唱　筑好长城守敌台呀——

〔姐妹下场。二幕启

〔云娘亡夫坟茔处。

云　娘　（唱）云淡淡，草纤纤，

清明时节离恨添。

丈夫坟头哭祭奠，

见不得落红点点斑斑片片残。

奇　香　哭一声我的夫啊——

咱黄泉碧落难相见；

云　娘　哭一声我的夫——

千呼万唤归来难。

奇　香　看一眼坟头添一抔土，

云　娘　点一炷清香化一缕烟。

奇　香　你可知为妻此时未走远，

云　娘　你可知为妻留守黄崖关。

同　唱　姐妹们将别样心情重打点，

众婵娟修筑长城不畏难。

实指望——

内外无征战，

四海永安然；

玉宇天风净，

平壤好耕田。

奇　香　夫啊夫咱人不相伴心相伴，

云　娘　夫啊夫咱今生结成生死缘。

同　唱　倘若是在天之灵有灵验，

盼夫君化作春风近妻前。

奇　香　云娘去向哪里？

云　娘　寻一棵小树，栽种丈夫坟头，小树如似云娘，日夜与夫相伴。（云娘下）

奇　香　好一片忠贞之心。

〔奇香焚烧纸钱。守备杜志衡上。

杜志衡　（唱）众家眷修筑楼台固城垣，

杜志衡遭遇梅雨天。

身在黄崖心似箭，

驻足城内望草原。

暗室亏心心不死，

悼念先祖祭残元。

昨日瘟疫人作孽，

今夜九泉鬼喊冤。

精神惝恍惧惊变，

心中隐秘怕昭然。

怕昭然本当暗打算，

我还须处变不惊多斡旋。

瞧得见奇香她以泪洗面，

杜志衡口蜜腹剑近婵娟。

奇香——

奇　香　杜将军因何来至此处？

杜志衡　听你啼哭，仁者心动。

奇　香　杜将军，我夫江山秀，自离家来至蓟北，已是多时，您是他的首领，我夫得病前后，可有一些细节消息？

杜志衡　是有一些消息。初始我以为江兄偶遇风寒，便为他倾囊买药，关爱有加，谁想是瘟疫缠身，不得医治，倒下了身躯。

奇　香　我家夫临终之时可有遗言遗物？

杜志衡　奇香，实不相瞒，这瘟疫流行，瘟逝之人的遗物俱焚，这遗言么，你夫君却是留有一二……

奇　香　我夫有何嘱咐？

杜志衡　他要你心智灵活，适者生存。

奇　香　心智灵活，适者生存？此话怎讲？

杜志衡　他要你绝处逢生，择夫另嫁。

奇　香　不可。我夫不会说出这样的话来。

杜志衡　依奇香之见，你的夫君要你终身守节从一而终不成？

奇　香　家夫尸骨未寒，奇香本当守节！岂能无情无义？

杜志衡　既然大姐一片痴心，杜某的话权当戏言，本将军告辞。

　　　　〔杜志衡悻悻地下。

　　　　〔云娘持小树唱情歌复上。

奇　香　云娘妹妹，怎有心情唱这情歌？

云　娘　奇香姐姐，方才有一事实在蹊跷，想我云娘，早年与秦川隔河对岸，对唱情歌，两有情愫，喜结良缘，今日我当口唱情歌，谁知大山那边竟然有人对应。

奇　香　真有此事？

云　娘　妹妹绝非戏言。不信你听——（唱，无伴奏）

　　　　蜘蛛结网在屋檐，

　　　　遇着狂风吹半边——

　　　　〔内传来深谷回声

秦　川　（内唱）狂风会吹我会补，

　　　　补来补去又团圆——

云　娘　呀？（惊喜地）奇香姐姐，你听见了么？

奇　香　听见了，果然关外的山谷中有人对歌。

云　娘　奇香姐姐，（激动万分地）我夫君没有死，他还活着。

奇　香　可这眼前的坟茔又是何道理？

云　娘　这？

奇　香　云娘，你丈夫绝境逢生，固然是天大的惊喜，可他因何去的塞外，不得而知。还须云娘自缄其口，莫要声张。

云　娘　姐姐所言极是。只是亲夫未死，构成悬念，为妻难以承重。

奇　香　城关内外，今成两隅。这里是新坟冷土，那厢是活人隐匿。城内是友，城外是敌，百端疑窦，还须解惑释疑。云娘妹妹，莫急呀莫急！

云　娘　云娘听姐姐的就是了。

　　　　〔戚继光微服上。

戚继光　二位姐姐在此。

奇　香　戚大人。

戚继光　奇香队总，烽火台进度如何？

奇　香　禀告大人，姐妹们同心同德，烽火台完工在即。

戚继光　烽火台工程至关重要。每临战事，一有军情便要点燃烽火，全线千余里半个时辰便能传递首尾，时速如闪电，声势似惊雷。

奇　香　禀总兵大人，民女编得一曲传烽歌，已在女子军营传唱。

戚继光　传烽歌？奇香队总，能否让本帅鉴赏一番呐？

奇　香　民女无才，只是激情之作，还望大人指教。

戚继光　那好，本帅着实地要听你编唱的传烽歌。

奇　香　女兵们。

众女兵　有。

奇　香　演唱传烽歌。

众女兵　是。

　　　　〔众女兵挥舞火炬，气势恢宏地演唱传烽歌

　　　　唱我传烽歌，

　　　　添我豪壮气，

　　　　唱我传烽歌，

　　　　展我旌旄旗。

　　　　一炷烽火腾空起，

　　　　二元抵阵情势急，

　　　　三台远映红天地，

　　　　四面风雷传信息。

　　　　五兵列阵击五鼓，

　　　　六合铁管破羌笛。

　　　　七星神箭天助力，

　　　　八万里长风冲太极。

　　　　九边重镇横戈燕赵地，

　　　　十方净域大明洪福与天齐！

戚继光　好。传烽歌气势恢宏，壮我军威。娘子铁军，名震边关。我发令让男子军营的战士也要学唱。

奇　香　戚大人请放心，尽管我们姐妹是一介女流，但敌人若有进犯，我们娘子军人披肝沥胆,坚守长城。

戚继光　巾帼女杰,士气壮哉。倘若敌兵犯扰,长城失守,铁蹄践踏,江山破碎,社稷临危,百姓苦难,前景不堪设想。

奇　香　戚大人所言极是。戚大人,奇香欲献上一策,不知可否?

戚继光　不知队长有何设想?

奇　香　奇香想在黄崖关内建筑"八卦城",旨在抵御关外骑兵进犯,这是民女拟设的一份图纸。

戚继光　好。难得你这拳拳之心。待我仔细研究再处理。本帅去前面查看军事,你们继续修城吧。

奇　香　总兵大人走好!

〔戚继光下。

奇　香　云娘,你在想什么?

云　娘　我?……

奇　香　是不是又在听关外的情歌?

云　娘　知我者,姐姐也。

奇　香　云娘,你看,(捡起一节松枝)这节松枝多么像一支响箭。

云　娘　像一支响箭?

奇　香　云娘,不知你在操练时这支响箭能射多远?

云　娘　姐姐,妹妹在家中与慈父学过射箭,而且技艺超群,射得又远又准,能射到城外的村庄快活林那儿。(忽然有悟地)姐姐,妹妹明白了。

奇　香　你明白什么?

云　娘　妹妹明白了姐姐的心思。姐姐是让我……

奇　香　嘘。小声些。当防草上说话路人听。

云　娘　云娘明白。

奇　香　明白就好。云娘,山风冷冷,妹妹身体虚弱,披上这件斗篷吧。

云　娘　多谢姐姐——

伴　唱　一缕斜阳照雄关,
　　　　石峰冷冷透余寒。
　　　　层层疑云布悬念,
　　　　几时风雨净尘寰?

〔灯光渐收。

第三场

〔时间：距前场数日后。

〔地点：戚继光军营处。

〔月色朦胧。幕启。王夫人在弹奏琵琶，因为心境不佳，琵琶旋律呈现幽怨之
声。杜志衡上。

杜志衡　夫人安好。

王夫人　杜守备来了，请坐。

杜志衡　谢夫人。

王夫人　天色已晚，你来有何事由？

杜志衡　天气转凉，下官托江南的乡亲捎来几件丝绸秋衣，望夫人笑纳——

王夫人　好吧，谢谢你的美意。

杜志衡　夫人，这里还有一点儿比丝绸沉重的礼物，这点金子银子也是下官孝敬您的。

王夫人　这就不必了。

杜志衡　夫人。恕下官直言，下官悉知，总兵大人心性正直，崇尚清廉，这固然可敬，
　　　　可这世人得靠金子银子安身立命，夫人，既然下官有这点心意，您还是收下
　　　　为好。

王夫人　你呀，本夫人真拿你没办法。

杜志衡　下官是个守备，耗子掀门帘儿——露个小脸儿，萤火虫的屁股——没有多大
　　　　的亮儿，夫人您不得生育，贵体如金，不要遗憾，我杜志衡就是你嫡亲儿子。

王夫人　得了。言语过激，便显得虚假了。

杜志衡　是。夫人近日心境不好，末将悉知。

王夫人　你如何晓得我的心情不好？

杜志衡　小的从您弹奏的琵琶曲中听出您的声声哀怨。

王夫人　杜守备，你我相知多年，看来我的心思是瞒不了你的。

杜志衡　那是自然。夫人，听说奇香女子呈上一份建议，要在黄崖关城内修建这八

卦城。

王夫人　一个寡妇有何高招修建八卦城，我看她是不知天高地厚！

杜志衡　谁说不是呢。不过话又说回来，这奇香女子可不是凡人。她佯装对元帅大人献计献策，实乃是借此接近总兵大人。

王夫人　有本夫人在此，我看她有何伎俩接近总兵大人。

杜志衡　夫人莫要激动，偏偏是总兵大人今日便要接见奇香。

王夫人　今日接见奇香？

杜志衡　千真万确！

王夫人　岂有此理！（王夫人愤怒地摔碎茶杯）

杜志衡　夫人，活人怕念叨，您看，奇香来了。

　　　　〔奇香上场。

杜志衡　夫人，这就是奇香。

奇　香　民女奇香拜见王夫人。

王夫人　奇香妇人，听说你面见总兵大人？

奇　香　禀夫人，是总兵大人约我来军帐中商讨建筑这八卦城之事。

王夫人　这样说来这修建八卦城的草图是你绘制的？

奇　香　是的，夫人。

王夫人　奇香妇人，总兵大人留下你们这些寡妇在此修城，你们得以安身立命也就该知足了，还别出心裁地要建什么八卦城，夫人我说的尖刻一些，你们的丈夫阴魂未散，一群寡妇大兴土木就不怕坏了这关隘的风水？

奇　香　夫人您？

王夫人　怎么？没听清楚？我说一群寡妇就不怕坏了这关隘的风水？

奇　香　夫人呐——

　　　　（唱）听此言不由人好不气愤，

　　　　　　　夫人您对我们姐妹大不尊。

　　　　　　　我姐妹失夫丧夫心悲痛，

　　　　　　　我姐妹因何做寡你当有所闻。

　　　　　　　是他们抛妻别子离故土，

　　　　　　　是他们为国为民献其身。

　　　　　　　姐妹们止住悲哀忍住泪，

姐妹们远离故土和亲人。

姐妹们奉献汗水和泪水，

姐妹们塞北边关扎下根。

姐妹们义举感动天和地，

姐妹们可敬可爱又可亲。

夫人你面对姐妹无怜悯，

持谬论说什么新寡招阴魂。

夫人您失德失敬失民意，

有负那九泉下为国献身的人。

望夫人检点行为自思忖，

且不得一人刺伤众人心！

杜志衡　大胆草民，竟敢犯上作乱，来人呐，将这奇香拿下——

戚继光　休得放肆！

　　　　〔王夫人愤然下。

奇　香　民女奇香拜见大人。

戚继光　免礼。奇香女子进帐中讲话。

奇　香　谢大人。

戚继光　奇香女子，你得八卦真谛，要筑这御敌城池，其中的谋略，本帅愿闻其详。

奇　香　秉大人，民女有此想法，也是受大人的"鸳鸯阵"和"三才阵"兵法启发呀。

戚继光　怎么？你也知晓我的"鸳鸯阵"和"三才阵"？

奇　香　民女悉知一二，只是不得深入，但因您的阵法启发，才有我这八卦阵的构想。

戚继光　本帅听你细细道来。

奇　香　大人早年抗击倭寇，今日蓟北守关，江南塞北，情境不同。想这鞑靼兵控弦铁骑，卷甲长驱，集中兵力，破坚而入，咱要修建八卦城，就是要以柔克刚，以静制动，使得敌人劲弓铁马不得长驱，困于迷宫，陷入绝境，尔后扬我军威，一举歼之。

戚继光　好。你的思路与本帅不谋而合。修筑这长城当是以守为重。本帅就是要采纳你的建议，在这黄崖关内修建八卦城以御外敌。

奇　香　民女构想若被元帅采用，当是平生幸事。

戚继光　本帅结识你这非凡女子，也是一段奇缘。

奇　香　大人爱国佑民，身心疲惫，积劳成疾，不得用酒。家父原是一带有名郎中，

民女随父多年，也掌握了许多汤头歌诀。这是一剂良方，望总兵大人采用。

戚继光　嗨，南北驱驰报主情，江花边月笑平生。一年三百六十日，多是横戈马上行。

镇守蓟镇多年，身心疲痛，壮志犹存。想不到奇香女子竟然知晓本帅的病情。

奇　香　观大人面相，肺部痨咳，这是必然。可心病隐痛，民女不知如何下药……

戚继光　怎么？你未曾玉指号脉，便知我重重心事？

奇　香　总兵大人——

　　　　（唱）见大人染疾疴心痛难忍，

　　　　　　　奇香我顷刻变成泪眼人。

　　　　　　　戚元帅为我全家解危困，

　　　　　　　奇家女千言万语当谢恩。

　　　　　　　敬大人历尽艰危保边境，

　　　　　　　慕大人南北征战踏征尘，

　　　　　　　仰大人力崇俭朴清风正，

　　　　　　　颂大人臣心如水爱黎民。

　　　　　　　愁元帅热入心营心郁闷，

　　　　　　　痛元帅半世生涯少知音。

　　　　　　　苦元帅别样情怀藏心底，

　　　　　　　悲元帅自将心愁赋诗文。

　　　　　　　元帅呀——

　　　　　　　身寒莫心冷，

　　　　　　　心冷自伤身。

　　　　　　　得气通经脉，

　　　　　　　急火扰心神。

　　　　　　　医身疾神通经络心境顺，

　　　　　　　去心愁高山流水会知音。

戚继光　（唱）聆听心语字字真，

　　　　　　　真情实感打动人；

　　　　　　　好女子——

　　　　　　　今日相逢乃天意，

沐浴春风万象新。

感谢妇人医心病，

微臣我以茶代酒敬知心！

奇　香　谢大人——

伴　唱　泪眼迷离浑视君，

如火情怀长似春。

好天良夜成佳境，

心曲应为天籁音。

〔戚继光与奇香持杯互敬。

〔灯光渐收。

第四场　暗门

〔时间：距前场数日后。

〔地点：黄崖关城前。

〔云娘上场，左顾右盼。

云　娘　（唱）得知丈夫潜入城，

又是心喜又心惊。

诚惶诚恐将夫盼，

〔秦川上。

秦　川　（唱）渴求相见忘死生！

云　娘　夫君——

秦　川　云娘——

云　娘　夫君，你是怎样进得关内？

秦　川　子夜寅时，是城外的鞑靼乡亲自搭人梯，帮我进城。

云　娘　你又是怎样的落魄城外？

秦　川　城外垒石，不慎失足。

云　娘　那杜守备为何说你染得瘟疫瘟逝？

秦　川　云娘，此事复杂，一言难尽呐。

云　娘　杜守备此人行为不端，却能在王夫人那里得宠。秦川，今日你入得关内，必
　　　　遭嫌疑，咱还是面见奇香姐姐，要她想个对策才是。

秦　川　奇香姐姐是何人？

云　娘　奇香姐姐，泉州人氏，千里寻夫，其夫溘逝。此人秀外慧中，为人厚诚，是她
　　　　展示松枝，为妻偶得灵犀，才有咱夫妻响箭传书，互得联系。

秦　川　咱二人快去见她。

云　娘　秦川你看，奇香姐姐来了。

　　　　〔奇香上场。

秦　川　秦川拜见姐姐。

奇　香　秦大哥免礼。你如何寄身关外，又如何进得关内？

云　娘　夫君，奇香姐姐是咱心腹之人，你何来何往，本当如实讲来。

秦　川　奇香姐姐，您的家夫大姓高名？

奇　香　家夫江山秀。

秦　川　江山秀？

奇　香　怎么？秦大哥认识？

秦　川　岂止是认识。江大哥与我相交甚密。

奇　香　相交甚密，那快说说实情。

秦　川　他他他，非是染得瘟疫溘逝，而是遭人暗害。

奇　香　（惊愕地）遭人暗害？秦兄如何知晓内情？

秦　川　姐姐，请看这百洞衣——（亮血衣）

奇　香　这件血衣，衣有百洞，洞中有血，血中有洞，奇香姐姐当认得这件血衣！

奇　香　（接过血衣，悲痛欲绝）这件衣衫，本是我一针一线为他缝做，如今衣在人
　　　　亡，衣染血痕，叫人百种疑惑，千般愁痛啊——

秦　川　奇香姐姐，莫要悲痛。

奇　香　秦大哥，我夫君因何而死，这件血衣又怎会落到你的手中，大哥你要讲个明
　　　　白才是。

秦　川　那日我与江大哥来到这太平寨修城，谁曾想江大哥走近城墙的一棵参天柏
　　　　下便中箭身亡。

奇　香　中箭身亡？何人放的毒箭？

秦　川　便是那守备杜志衡。

奇　香　他因何要加害于我夫？

秦　川　不得而知。江大哥中箭之后，深感不好，便把这件带血的衣服急忙脱下，并抄手用碎石将衣服戳穿成洞。

奇　香　将衣服戳穿成洞？这到底为何？

秦　川　秦川不知，秦川不晓哇！奇香姐姐，我只知江大哥性情率直，刚正不阿，大哥死于杜贼之手，必有缘由。

奇　香　那我便见那杜守备问个究竟。

云　娘　奇香姐，杜守备眼下正是春风得意，我们还要忍住悲愤从长计议呀。

奇　香　是。从长计议，总会水落石出！

（唱）一声霹雳，

　　　　石破天惊。

　　　　知情人儿心海翻腾——

　　　　恨仇人陷害忠良苍天不容。

　　　　哭我夫千呼万唤难苏醒，

　　　　危难时当防不测救生灵。

　　　　强忍着百般深仇万千痛。

　　　　走近前含悲忍泪唤秦兄。

　　　　秦兄啊——

　　　　你寄身关外因何故？

　　　　又如何甘冒风险潜入城？

　　　　细枝末节莫隐蔽，

　　　　——对姐姐诉实情。

秦　川　（唱）姐姐大义令人敬，

　　　　秦川直言道隐情。

　　　　那一日修城失足落深谷，

　　　　幸有那古藤缠身命悬空。

　　　　关外的鞑靼乡亲将我救，

　　　　多料理呵护有加见深情。

　　　　病愈后高高城墙难倏越，

意彷徨更有障碍在心中。

一介平民居关外，

难泯难灭思乡情。

堪喜那一曲情歌入峰谷，

秦川我舍生忘死闯进这黄崖关城。

奇　香　云娘，秦兄，你们今日相见本该是桩好事，可天不作美，恐怕你夫妻厄运难逃。

云　娘　姐姐此话怎讲？

奇　香　秦大哥知晓事情根底，杜贼怎能轻易放过大哥。

秦　川　云娘，为夫暂时下山，待这场风波平息之后再相聚不迟。

云　娘　事到如今，只好如此。夫君慢走。

〔秦川欲走，被杜志衡带兵拦住。

杜志衡　秦川留步！

奇　香　守备大人，这是为何？

杜志衡　今日秦川隐而复归，潜入关城，走脱了你秦川，可走脱不了我杜志衡。

奇　香　杜守备此话怎讲？

杜志衡　秦川，（唱）我的好兄弟——

自那时天有不测得瘟疫，

贤弟你生死未卜无消息。

无奈何虚设空冢将英灵祭，

杜志衡祭奠英魂泪欲滴。

论人情你我如似亲兄弟，

讲道理你越过关城惹人疑。

不对你施军法我违军纪，

要对你严处之我心碎如泥。

倘若是刀下留情我难脱干系，

量极刑杜某我心痛至极。

思前想后我该如何处理？

罢罢罢以身试法我舍身躯！

〔杜志衡挥剑欲结束自己。

秦　川　且慢！守备大人，秦川服罪便是。

奇　香	不知守备大人欲做何处置？
杜志衡	畏惧瘟疫，擅离职守，逃出城外，隐而复归，背弃大明，投其敌寇，当定死罪。秦川，既然你要认罪，那本官赐你三尺麻绳……
奇　香	杜守备不要滥杀无辜，秦川无罪。
杜志衡	秦川有罪，罪责难赦。
奇　香	秦川无罪，不该追究。
杜志衡	你有碍军务，也当严办。
奇　香	你危言耸听，民女不服。
杜志衡	赫赫军威，岂容你民女犯上！
奇　香	朗朗乾坤，岂容你恣意横行！
杜志衡	走，面见总兵大人。
奇　香	着。有理敢见皇上。

〔内喊：总兵大人到——

〔戚继光上。

戚继光	杜守备，你二人因何争吵？
杜志衡	启禀元帅，部下的一员小卒秦川借得瘟疫之机逃匿城外，事隔多日，却又潜入城内，乱我军纪本当斩首，奇香民女从中拦阻，妨碍公务。
戚继光	杜守备，不知你要如何处置？
杜志衡	末将以为秦川小卒私通塞外，乃为奸细。图谋不轨，本当处以极刑，以正军威。
戚继光	秦川逃而复返，形迹可疑，怎奈无有凭证，本帅难以量刑。
杜志衡	末将证据在握，确凿无疑，元帅请看——（亮响箭）
戚继光	一束响箭？
杜志衡	那日末将巡营，正巧一只响箭从城外射向城内。贱以为城内必有接应，经末将细查，发现接应之人正是云娘。
戚继光	云娘？杜将军，你是如何知晓云娘是城内接应？
杜志衡	响箭传书，书中有语，言语虽然委婉，但也不难解释。
戚继光	那本帅请你解释一番。
杜志衡	末将接旨。此书云：妹是桂花在花园，哥是莲藕在塘边，桂花移到莲塘种，花又香来藕又甜。元帅，在这四句诗中，出现两个莲字，分明是互递情报，内外相连。

戚继光　秦川，云娘，你二人响箭传书，目的何为？如实讲来！

秦　川　总兵大人，小的响箭传书，乃是与家妻家书传递。互吐亲情，绝非别有心机，请总兵大人明察。

戚继光　秦川，你身为军卒，临阵逃脱，罪不可赦，这响箭乃是兵器，怎能随意用它谈情说爱？量你二人不能自圆其说。杜将军，本帅命你量刑处之。

杜志衡　末将听令。秦川、云娘，内外相通，罪不可赦，处以极刑，以定军心。众将官——

众　将　有。

杜志衡　将秦川、云娘推下斩首！

秦　川　小人冤枉——

云　娘　民女冤枉——

杜志衡　元帅，莫听他们一派胡言。推下斩首！

奇　香　且慢。总兵大人，民女有话要讲。

杜志衡　元帅，这女子信口胡言，助纣为虐，亦当罪责。来人，拿下。

戚继光　慢来。奇香妇人，本帅容你慢慢讲来——

奇　香　总兵大人——（唱搭调）容禀啊——

（唱）容民女句句声声道由衷，

求大人青锋剑下留生灵。

他夫妻拼生拼死求相见，

痴情甚有情山水也动容。

秦川此人有今日，

当念塞外无限情。

那一日秦川失足坠山谷，

古藤缠绕命悬空。

是鞑靼乡亲将他救，

秦川他大难不死又逢生。

也念秦川思亲切，

一朝病愈踏归程。

鞑靼乡亲有诚意，

凭借人梯将他送进城。

慈心感动天和地，

城南塞北互春风。

总兵大人有诗句，

如今吟来底蕴浓。

您曾说——

封侯非我意，

但愿海浪平。

大音稀声九天应！

真真盼——

伴　唱　关内千峰秀，

塞外草青青。

同得边关月，

万象显清明。

奇　香　戚大人安边守塞恩泽百姓，

堪称是功德千载一代元戎。

这一段蒙汉情本当歌颂，

怎能够情绝天地灭苍生？

戚继光　（唱）奇女子字字句句透悟性，

细揣摩应合天统顺民情。

解玄机心同广宇求中正，

守边陲爱国佑民尽终生！

尔等官兵听令——

众将官　是。

戚继光　秦川、云娘，免除极刑，违反军规，戴罪修城，城好释放，立功减刑。

云　娘　（与秦川同跪）谢大人不杀之恩！

杜志衡　谢大人慈悲为怀！

戚继光　杜守备，你转得好快呀？

杜志衡　禀大人，这愚者、智者只一步之遥。戚大人大仁大义，末将大彻大悟，想那秦川建筑手艺在身，让她夫妻同修这八卦城，可谓是人尽其才，大有作为呀！

戚继光　好了，若不是奇香劝阻，本帅险些铸成大错。今封奇香为女部军营队长。

奇　香　谢总兵大人。

众家眷　多谢总兵大人！（齐拜）

　　　　〔灯光急收。

第五场

　　　　〔时间：距前场数日后。

　　　　〔地点：黄崖关十三号敌台。烽火台清晰可见。

　　　　〔奇香着戎装上。

奇　香　（唱）巾帼英雄壮志酬，

　　　　　　　姐妹筑得新敌楼。

　　　　　　　挥戈操练将城守，

　　　　　　　引吭军歌撼山丘。

　　　　〔女兵操练队伍下。

　　　　〔杜志衡上。

杜志衡　（唱）响箭传书得机密，

　　　　　　　鞑靼进犯在今夕。

　　　　　　　这长城暗门一处深藏匿，

　　　　　　　迎外邦攻城降下大明旗。

　　　　　　　想这军中女人毕竟胭脂气，

　　　　　　　阴柔无力御强敌。

　　　　　　　施机关置那奇香于死地，

　　　　　　　熄烽火外强铁骑攻此虚。

　　　　　　　笑苍天识不破我这阴谋诡计，

　　　　　　　这一场天地翻覆我复仇得时机！

　　　　〔王夫人上。

王夫人　杜守备。

杜志衡　王夫人。

王夫人　那个泉州女人真是春风得意呀。

杜志衡　夫人别吃醋，这奇香乃是总兵大人的红颜知己，她能不春风得意吗？

王夫人　这个女人真是我心头之患呐。

杜志衡　夫人，别看她今日春风得意，我看她是秋后的蚊子——蹦跶不了几天了。

王夫人　此话怎讲？

杜志衡　夫人，在下得知今晚军情紧急，倘若有了军情，各处敌台必然烽火传递，除掉此女，天赐良机。

王夫人　怎个天赐良机？

杜志衡　夫人，小的有一计不知当否，请夫人教化。

　　　　〔杜志衡与王夫人附耳。

王夫人　此计甚好。只需做得万无一失才是。

杜志衡　夫人尽管放心。

王夫人　杜守备，秦川和云娘现在何处？

杜志衡　在修八卦城。

王夫人　他夫妻可是知道你的底细的。

杜志衡　小的知道。

王夫人　总兵大人说过，修完八卦城将他们夫妻释放。

杜志衡　释放不得。八卦城乃是重要城池，为防泄露军机，待工程完工之时，在下让他们夫妻销声匿迹。

王夫人　怎得销声匿迹？

杜志衡　让他们自垒暗堡，自葬地穴。

王夫人　守备大人，你好狠毒啊。

杜志衡　有言是无毒不丈夫。

王夫人　好吧。天色已晚，杜守备你精心准备，借机行事吧。

杜志衡　夫人再会。小的告辞。

　　　　〔杜志衡下。

　　　　〔秦川与云娘推着木车上。

云　娘　秦川，为妻近日见你精神恍惚，心情沉重，不知为何？

秦　川　云娘，你可知咱眼下修的是什么阵？

云　娘　云娘知晓，是八卦城的明夷阵。

秦　川　贤妻可知晓因何叫这明夷阵?

云　娘　云娘不知。

秦　川　这明夷阵大意乃是地火明夷,明入地中。

云　娘　地火明夷,明入地中?

秦　川　云娘,近日修这明夷阵,顿觉得心透凉风,魂破神离,想那杜志衡心黑手狠,

　　　　咱夫妻欲蒙大难,难逃此劫。

云　娘　这样说来,这八卦城完工之日,便是咱夫妻绝命之时?

秦　川　不假。命里该着,无力回天呐。

　　　　(唱)长城石好重好重,

云　娘　(唱)长城砖好沉好沉。

秦　川　(唱)修至这八卦城中明夷阵,

云　娘　(唱)好夫妻顿觉得落魄失魂。

秦　川　(唱)孤苦心对孤苦心,

云　娘　(唱)泪眼人对泪眼人。

秦　川　(唱)秦川我诚惶诚恐怕日落,

云　娘　(唱)怕日落悲愁冷雨近黄昏。

秦　川　(唱)逆境时人在世间知情贵,

云　娘　(唱)好夫妻倾吐肺腑道情真。

秦　川　(唱)云娘啊——

　　　　　　倘若是为夫随日落,

　　　　　　贤妻你坚强挺立莫灰心。

　　　　　　孩儿幼小需母爱,

　　　　　　小立春乃是我秦家的根。

　　　　　　你我双双有父母,

　　　　　　还需你膝前尽孝心。

　　　　　　为夫我诀别多牵挂,

　　　　　　九泉之下难安魂。

云　娘　(唱)夫君他心情沉重相嘱咐,

　　　　　　云娘我满腹悲痛和泪吞。

　　　　　　愁只愁夫妻双双遭厄运,

悲只悲自筑囹圄葬其身。

心灰灰泪眼望月月光冷，

意茫茫绝境盼望搭救人！

〔奇香上。

奇　香　秦大哥，云娘。

云　娘　奇香姐姐。

奇　香　你夫妻愁眉不展，莫非有心事不成。

云　娘　奇香姐姐，我夫妻修这八卦城的明夷阵，骤然精神惝恍，秦川自感厄运当头。

奇　香　你夫妻惧怕什么？

云　娘　恐怕是修城完工之日，便是我夫妻绝命之时。

奇　香　此言有理。想这杜志衡不会对你夫妻善罢甘休。你夫妻莫要惊慌，待我将此
　　　　事告知总兵大人便是。

秦　川　奇香姐姐，还有一事本当告知姐姐。

奇　香　秦大哥请讲。

秦　川　昨日辣嫂在参天柏那个地方发现城墙有一水洞。

奇　香　你讲什么？

秦　川　在参天柏那里发现有一水洞。

奇　香　（大悟）我明白了。

云　娘　姐姐明白什么？

奇　香　想我亡夫的血衣血上有洞，洞口有血，其中隐语，奇香大解。

秦　川　姐姐作何解释？

奇　香　我夫因知晓这暗门底细，才被这杜志衡暗害。

秦　川　这样说来，辣嫂也处在危险之中了？

奇　香　是。我立即去找辣嫂详问此事！

〔褚芳急上。

褚　芳　报告队长，前面的几个敌楼点燃了烽火。

奇　香　怎么？前面几个敌楼点燃了烽火。

褚　芳　是。姐姐，你看，远处的山谷都映红了。

奇　香　日为狼烟，夜为烽火。军情紧急，玉仙，召集女兵集合。

玉　仙　是。（朝内喊）女兵集合。

〔鼓声响起,众女兵上。

奇　香　女兵听令。前面几处敌楼点燃了烽火,烽火传讯,军情紧急,姐妹们务必严
　　　　阵以待。

众女兵　是。

奇　香　褚芳,你带三个女兵帮助辣嫂整理烽火台的柴草,待咱前面的十二号敌楼点
　　　　燃烽火,我们立即点燃。

一女兵　报告队长。辣嫂不在烽火台。

奇　香　不在烽火台?她去向哪里?

一女兵　去向不明。

奇　香　去向不明?

一女兵　报告队长,烽火台上的柴草不见。

奇　香　柴草不见?(惊愕地)许多柴薪,怎会不翼而飞?情况有变,姐妹们随我上
　　　　烽火台。

众女兵　是!

　　　　〔众女兵走圆场。

奇　香　(念扑灯蛾)无柴薪,无柴薪,信息怎传递?

　　　　柴薪无,执勤匿,情况忒紧急。

　　　　人哪里?柴哪里?谁人作猫腻?

众女兵　解狐疑,细分析,队总莫着急!

奇　香　烽火传讯,十万火急。无了柴草,辣嫂销迹,怎解这其中之谜?

一女兵　禀告队总。辣嫂来了。

　　　　〔辣嫂被二女兵扶上。

奇　香　辣嫂,你因何擅离职守?

辣　嫂　(舌被割难语言)啊?

奇　香　辣嫂被人割舌暗害。辣嫂,我问你,是谁偷走柴草?

辣　嫂　啊……

奇　香　是谁加害于你?

辣　嫂　啊……

奇　香　是不是杜守备加害于你?

辣　嫂　(点头)

辣　嫂　（点头昏厥过去）……

奇　香　杜守备，你身为守备，作恶多端。伺机杀人，奇香与你不共戴天！玉仙拿笔来。

玉　仙　是，队长。

奇　香　（伴随着打击乐，滴血成书）……

褚　芳　报告队长，前面的十一号敌楼点燃了烽火。

奇　香　相隔一个敌楼，就该我们的十三号敌楼点火了，可我们烽火台上的柴草被人偷走了，这分明是加害于姐妹呀。

褚　芳　队长，接续烽火，事不宜迟，我们该怎么办？

奇　香　无有柴草，无有可燃之物。倘若烽火不燃，贻误军机，城池塌陷，咱姐妹可有误国误民之罪呀。

玉　仙　队长，咱如何是好？

众女兵　队总，如何是好？

奇　香　褚芳，你将油灯还有值勤用的一双被褥拿来。

褚　芳　姐妹们，立即取来一盏油灯，一双被褥。

玉　仙　奇香姐，咱轮上十三号楼点燃烽火了。

奇　香　速速点燃被褥。

褚　芳　点燃被褥，传递烽火。

众姐妹　点燃被褥，传递烽火。

玉　仙　奇香姐姐，被褥已点燃烽火不强，难以持久。

奇　香　烽火不强，难以传递。

玉　仙　奇香姐姐，这便如何是好？

奇　香　姐妹们，想咱女子城楼，难寻可燃之物，脱下姐妹的衣衫，继续点燃烽火！

褚　芳　是。姐妹们，脱下衣衫，点燃烽火。

众姐妹　脱下衣衫，点燃烽火。

〔伴随着紧张的音乐节奏，众姐妹脱下衣衫，点燃烽火。

玉　仙　报告队总，衣衫已点燃，烽火不强，难以传递。这便如何是好？

奇　香　烽火不强，难以传递。姐妹们，莫要惊慌，想咱十二姐妹，继承夫志，修筑长城，就是要安定一方水土，护我江山国土。倘若咱姐妹的城池失守，势必要燃起战争风云，大明京都岌岌可危，众生遭遇灭顶之灾。姐妹们，咱们的责任在肩，使命重大呀。

褚　芳　队长，十二姐妹，听你调遣，为国为民，在所不辞。

奇　香　姐妹们，女子城楼，我是一队之长，想那总兵大人是我全家的救星，奇香我知恩图报，理所当然，为国捐躯，义不容辞。

褚　芳　姐姐你想怎样？

奇　香　点燃自己，传递烽火。

众女兵　姐姐不可。

奇　香　军情紧急，别无选择！

玉　仙　队长，为国捐躯，同心同德，我们一起付之一炬。

奇　香　姐妹们，记住我的话，十四号敌楼烽火点燃，便是我们的烽火传递成功，倘若还要继续传递，姐妹们可以随我身后，为国献身。

众姐妹　是，队长。

奇　香　（动情地）姐妹们，顷刻诀别，你们还是唤我姐姐吧。

众女兵　（簇拥奇香）姐姐——

奇　香　（唱）山欲摧天欲倾风急雨骤，

　　　　　顿觉得心涛拍岸，情川决口，千山冷透，万壑堆愁悲风怒吼天压头。

　　　　　杜守备戕害无辜下毒手，

　　　　　奇香我旧仇未报添新仇。

　　　　　急切切烽火传递军情紧，

　　　　　误军机姐妹俱成阶下囚。

　　　　　情急时舍生取义燃烽火，

　　　　　危难时苍天不解女人愁。

　　　　　奇香我临危不惧生死路，

　　　　　生遗憾百般牵挂在心头。

　　　　　愁只愁双亲失去亲骨肉，

　　　　　苦只苦丈夫坟茔变草丘。

　　　　　悲只悲姐妹诀别难聚首，

　　　　　痛只痛辅佐元帅志难酬。

　　　　　临别时拉住姐妹的手，

　　　　　情绵绵一腔肺腑道缘由。

与姐妹相识一场情深厚，

歧路人爱河相会有交流。

永别了姐妹们我心中好难受，

原谅我平时做事言语不周。

辣嫂她遭不测你们多伺候，

莫让她人生走到天尽头。

褚芳你相遇知音走一步，

好男女争取幸福不害羞。

玉仙你当心自己的胃口，

当心春寒和晚秋。

还有一事要托就，

有劳姐妹多应酬。

云娘夫妻落虎口，

指望着虎口脱身求自由。

这一纸血书务必交到总兵手，

望你们搭救亲人共计谋。

还有一事拜托众姐妹，

奇香我不忍让亡夫居冷丘。

我有心玉骨与夫同厮守，

好夫妻黄泉饮恨情不休。

铺陈了如火情怀一蹴而就，

奇香我为国捐躯为情凝眸。

心不徘徊身不抖，

化火炬点燃自己映红倚天楼！

奇　香　姐妹们，好自为之。奇香走了。咱来世再会！

　　　　〔奇香自己点燃自己。众姐妹嚎啕。

　　　　〔奇香腾云驾雾飘然而去。

伴　唱　（唱）一缕芳魂天际游，

　　　　　　　千里悲歌万里愁。

　　　　　　　流云飞袖嫦娥远，

烽火烟花照千秋!

第六场

〔时间:紧接前场。次日清晨。

〔地点:寡妇楼,烽火台处。

〔众姐妹用山花编织花篮祭奠奇香。

伴　唱　千里清风万里云,

乡思化雨泪纷纷。

伊人远去心犹在,

采撷山芳祭英魂。

〔内喊:总兵大人到——

众姐妹　姐妹叩见总兵大人。

戚继光　姐妹们请起。

众姐妹　谢大人。

戚继光　众家姐妹,昨夜一场演习,未想到毛贼作祟,酿成悲剧。奇香走了……戚某
　　　　来迟了……

褚　芳　总兵大人,这是奇香姐姐临终时托付姐妹们,要姐妹们将这遗物交予大人。

戚继光　呈上我看。(念血书)"杜守备,杀害我夫,又将我置于死地,原因是我夫君
　　　　知他内外通敌修建长城暗门一事。望大人明察。"内外通敌,修建长城暗门。
　　　　奇香,此事我也知晓。来呀,带杜志衡——

〔内应:带杜志衡——

〔二兵差押杜守备上。

戚继光　杜守备,你可知罪?

杜守备　不知末将犯有何罪?

戚继光　这支响箭你可识得?

杜守备　寻常响箭,不曾识得。

戚继光　非也!这是一支带血的响箭,是你用这支响箭佯装狩猎,用它射向士兵江山

秀的胸膛。

杜守备　江山秀与我无仇无恨，我为何加害于他？

戚继光　江山秀知你修建暗门，内通外敌！

杜志衡　修建暗门，内通外敌？大人可有证据？

戚继光　暗门已被发现，这个"奸细洞"就在参天柏下，你还要抵赖不成？

杜志衡　这？

戚继光　利用响箭，传递信息，欲想攻破女子城楼，试图进犯京师，你犯下了滔天大罪，罪不可赦。杜志衡，今日我这宝剑不愿沾上污浊，你带着这支响箭，走出几步自裁吧。

杜守备　（走几步突转）哈哈哈！人称你戚元帅韬略过人，我看不过如此。你以为我杜某是一介武夫？非也。我杜志衡平日也用银子雇了几个愚人。这几个愚人此时就在百步之外的丛林中，他们的箭头已对准你戚大人。大人，别怪我杜某心狠，大人你的大限已到。

〔场上人顿惊。众姐妹用身体保护戚继光。

戚继光　（低声、冷静地）众姐妹闪开。我却是要看看这响箭是射向我戚某，还是射向你杜守备。

杜志衡　（高声地）弟兄们，放箭！

〔众箭射向杜志衡。

杜志衡　啊——

戚继光　杜守备，你可明白一二？

杜守备　在下不解。

戚继光　你雇用的那几个部下，人品不正，酒后失德，漏了天机。尔后的事还用我直说吗？

杜守备　在下明白。（死去）

戚继光　将士们——

众　应　在。

戚继光　将杜守备掩埋。

众　应　是。

〔众兵卒抬杜志衡下。云娘与秦川同上。

云　娘　秦川，云娘叩见大人，谢大人救命之恩。

戚继光　你二人请起。云娘、秦川，当谢的应该是你们的奇香姐姐，是她血泪成书，道出原委，你夫妻才幸免于难。奇香，杜守备作恶多端，咎由自取。只是奇香你惨遭毒手，绝命九泉，戚某我挽救生灵，无力回天呐。

（唱）一束火炬，

天地赤红，

燕赵悲歌，

地动天惊。

刚烈烈奇女子点燃了生命，

点燃了生命，化成了图腾，翻展了旌旗，固筑了长城——

此义举苍天感动山河动容！

悲奇香悼奇香痛吟招魂颂，

凭借这三奠酒遥祭英雄。

一奠酒，酒浓浓，

将军把酒祭芳容。

堪敬你——

心语情切切，

心曲别样情；

心碑如碧玉，

心香驻春红。

堪敬你为国尽忠化成火芙蓉。

方显得大德润天地，

山高人为峰！

二奠酒，酒澄澄，

将军把酒祭英灵。

传说里孟姜女哭倒长城数十里，

谁见过女子们心做泥土，血做泥浆，情化玉石筑长城。

筑长城凝固了青春梦，

筑长城抒发了爱国情。

我这里敬之仰之慕之悼之心潮涌，

真真盼凤凰涅槃重再生！

三奠酒，酒清清，

将军把酒祭英雄。

堪敬你捐之身躯行大义，

洒之热血爱苍生。

美人香魂在何处？

将军何处觅芳踪？

我这里千呼万唤令江山感动，

但愿得有情人而有感应！

〔一团烟雾之后，出现奇香的幻影。

戚继光　奇香？

奇　香　戚大人呐——

（唱）轻轻唤戚元帅莫要吃惊，

奇香我魂兮归来发出心之声。

那一日烽火映山红，

奇香我身处绝境将元帅唤几声。

一敬将军恩情重，

奇香我深恩未报待来生。

二敬将军恩泽百姓，

乡亲如似沐春风。

三敬将军多骁勇，

一将抚得四海宁。

四敬将军人品正，

众人口碑留美名。

奇香我与将军相识是缘分，

我二人心灵相对有感应。

民女我舍身化火炬，

为国尽忠亦为情。

奇香我情女游魂不肯去，

真真想与将军人生之路走一程！

戚继光　奇香妇人，戚某知晓你的拳拳之心，今日将军也劝你几句，杜守备就地正法，你们夫妻的血海冤仇已报。奇香你身殉国事，德附人伦，英颜之魂，附我旌旄。天地悲痛，临风痛号，百姓沉哀，呜呼痛哉。各路将士，众家姐妹，止住悲哀，送奇香女子上路。

〔奇香魂灵乘烟雾隐去。

戚继光　奇香妇人，一路走好。

众姐妹　奇香姐姐，一路走好。

伴　唱　一色青山雨后新，

　　　　长城内外一家亲。

　　　　巾帼长城多壮美，

　　　　相伴日月照乾坤。

〔灯光渐收。

〔全剧终。

曹雪芹

乾隆二十四年春。

清代文人曹雪芹离京城来丰润祭祖寻亲，途中遇表姐卿卿泪美人。回忆昨日星辰，金陵旧好，互倾离别滴泪痕。几日后，突闻卿卿悬梁自尽，雪芹生疑问，指责红袖贱为淫。幸有胭脂姑娘说原委，显露卿卿洁白心。雪芹哀吟，愤然焚书稿，重写那金陵女子十二人。

胭脂与雪芹，心音共振，天作美才子佳人。平地风雷，"冤"字风筝上青云。二奶奶欲起杀人心，胭脂不忍落风尘，与君诀别，悄然离去无回音。

曹府抄没，雪芹入监狱，云香处女子，危难大义存。佯装孕身藏书稿，行途中与雪芹心语交流爱慕心。

三年后，雪芹著书黄叶村，愤世成疾，重病无医，正是暮秋时分。尼姑胭脂，临终相见，诀别之语语惊人。

茫茫世事，渺渺真人，四十年华，一世清贫，绝笔泪尽，残章处处春。悠悠哉，碧玉归天地，精神万古存！

本剧荣获第三届中国评剧艺术节"优秀剧目奖""优秀编剧奖"等多项大奖。

曹雪芹

（评剧）

李汉云 卫 中 编 剧

人物篇（以出场先后为序）

曹雪芹　清代著名文学家。

卿　卿　曹雪芹表姐。

芸　香　曹府婢女，后为曹雪芹妻。

胭　脂　曹雪芹红颜知己。

凤　姐　曹雪芹二表嫂。

曹　珍　卿卿的公爹，曹雪芹叔父，西府老爷。

曹　元　曹雪芹叔父，东府老爷。

鲁姥姥　凹凸村村民。

鲁　大　曹府老仆。

板　儿　鲁姥姥孙子。

警幻仙姑。

太监、小丑、清兵。

第一场

〔时间：乾隆二十四年。

〔地点：古浭阳（今丰润）

伴　唱　悠悠千古，

　　　　千古悠悠。

日月云中走，

星河天上流。

造物主天地氤氲成宇宙，

有情者情天恨海任遨游。

宏笔如椽搅动人寰听天吼，

野史如歌悬拖日月照九州。

红楼梦里，

梦里红楼，

溉阳情圣，

旷古名优。

〔还乡河畔。

〔几个少男少女唱着歌谣上。

齐　唱　小哥哥穿的是葱心绿，

小妹妹穿的是玫瑰红。

长长的线儿牵在手，

欢天喜地放风筝。

〔胭脂持蝴蝶风筝上。

胭　脂　芸香你看，我放的蝴蝶风筝飞得多高啊。

〔芸香幕后应声，手执风筝上。

芸　香　好风凭借力，送我上青云。来了。胭脂姐姐，你看——

胭　脂　芸香妹妹，你放的是玉蜻蜓风筝？

芸　香　是。胭脂姐姐，你看，是谁在放美人风筝？

胭　脂　我猜是卿卿姐。卿卿姐，年轻守节，她放飞的是她那孤独的心情啊。

芸　香　我真的同情心中流泪、眼中泣血的卿卿姐。

胭　脂　那咱去找她？

芸　香　她给自己的丈夫上坟，咱不必打扰。咳，要是卿卿姐像那美人风筝那样挣开
　　　　线索寻向自由就好了。

胭　脂　（有发现地）芸香，你看，大黑蟹风筝——

芸　香　定是谷一霸来了。咱快躲开——

胭　脂　不，你看，大黑蟹咬住了美人风筝，肯定谷一霸要纠缠卿卿姐。

芸　香　那咱去看看!

　　　　　（二人下）

　　　〔曹雪芹身背简易行囊上。

曹雪芹　（唱）着布衣踏乡土垄上行进,

　　　　　　　出京城,过蓟州,经玉田,来至这浭阳县祭祖寻亲,

　　　　　　　沐春风撩拨起才情风韵,

　　　　　　　但见那花红柳绿,柳岸闻莺,莺歌燕舞唱阳春。

　　　　　　　陈宫山一色如黛成画锦,

　　　　　　　白云岭下飘白云。

　　　　　　　更奇哉还乡河水自东向西奔流去,

　　　　　　　滋润了这一方水土凹凸村。

　　　　　　　这真是佳山佳水人间佳境,

　　　　　　　文人眼底皆诗文。

　　　　　〔幕后卿卿哭:"我的短命的夫啊……"

　　　　　　　忽闻那女子悲声动肺腑,

　　　　　〔谷一霸上,鬼鬼祟祟地寻哭声下。

　　　　　　　又见这獐头鼠目猥琐人。

　　　　　〔卿卿惊慌上,谷一霸追上。

卿　卿　你、你要干什么……

谷一霸　少奶奶,你别跑啊,你是寡妇,我是光棍,咱俩正好配成一对……

曹雪芹　（唱）原来是狂蜂浪蝶欺脂粉,

卿　卿　（跑到曹雪芹前）相公救我!

曹雪芹　大胆狂徒,光天化日之下,竟敢欺负良家女子,你该当何罪!

谷一霸　嘿,哪来的一个臭穷酸,坏了老子的好事!

曹雪芹　（唱）我乃是掐花贼的死对头,惜花护花的曹雪芹!

卿　卿　（吃惊地）曹雪芹!

　　　　　〔谷一霸抱头下

曹雪芹　你是卿卿表姐?

　　　　　（唱）与表姐分离十几载,

卿　卿　十几年光景离恨生。

　　　　　　表弟呀——

　　　　　　秦淮旧梦今在否？

曹雪芹　难忘少年在金陵。

卿　卿　咱姐弟碧池横舟采莲藕，

曹雪芹　咱姐弟醉卧松林听鹤鸣。

卿　卿　表弟他才子风流人仰敬，

曹雪芹　表姐她秀外慧中有性情。

卿　卿　谁曾想一朝分离难相会，

曹雪芹　苦只苦两情遥寄无飞鸿。

卿　卿　怎知我思君忆君痴成梦，

曹雪芹　怎知我几度春宵唤卿卿。

卿　卿　诉不尽昨日情怀今日苦，

曹雪芹　万叶千花泪眼中……

　　　　〔二人慢慢地走近，突然感情爆发地拥抱在一起。

曹雪芹　表姐——

卿　卿　表弟——表弟长高了，记得十几年前表弟只有表姐胸前这么高，那一日玩耍时，表姐扬起手中的荔枝，表弟蹦啊跳啊就是够不着，惹得表姐好开心。

曹雪芹　虽说表弟没有够着表姐手中的荔枝，可我这么一跳，却沾着了表姐唇边的胭脂，那胭脂的粉香让表弟的心跳得不停……

卿　卿　（猛然推开曹雪芹）表弟，当初姐姐在秦淮河边触景伤情曾经吟得古人诗句，那一句你如今还记得吗？

曹雪芹　记得。那一句是"留得残荷听雨声"。

卿　卿　你可晓得当时姐姐的心事？

曹雪芹　似乎知晓姐姐的朦胧之意，只是觉得姐姐心曲隐约。

卿　卿　你可真是个书呆子。那姐姐当时骂你一句你如今还曾记得？

曹雪芹　哪能不记得，你骂小弟不是七尺的男儿！

卿　卿　咳，如今我已是新寡之人，还讲这些何用。

曹雪芹　（惊疑地）表姐何出此言？

卿　卿　表弟有所不知，我从南京来到这溧阳曹珍家，嫁给曹家大少爷为妻，谁料他阳寿如灯豆，转瞬即灭，如今我是新寡在身，今日清明，我去上坟，又遇曹元家的恶奴谷一霸,要不是表弟搭救,我恐怕是难逃虎口。

曹雪芹　这个谷一霸,我定饶不了他!

卿　卿　表弟有所不知,这谷一霸乃是凤二奶奶的表亲,一向横行乡里,鱼肉百姓,表弟何必惹他!

曹雪芹　难道就这样便宜了他!

卿　卿　唉,曹府之内,比起那些表面道貌岸然、满腹男盗女娼之人,谷一霸又何足挂齿?

曹雪芹　表姐这话却让雪芹听得糊涂了。

卿　卿　嗨,表姐有些事也难一时对你讲个清楚。(转话题)雪芹表弟,听说你在北京西山呕心沥血著书立说,怎么来到这浥阳来了?

曹雪芹　我写红楼野史,已然文思枯竭,这浥阳乃是我曹雪芹祖籍之地,有许多的旧事轶闻,我是特地采风来了!

卿　卿　既然如此,明日你到我府,给你讲些故事。

曹雪芹　雪芹求之不得!

〔传来"风筝歌"

长空共紫燕,

俯首看人寰,

悲欢离合沧桑变幻,

尽在一线牵。

曹雪芹　表姐你看,这天上的风筝,争奇斗艳,真是好看!

卿　卿　表弟喜欢放风筝,回头让芸香、胭脂她们给你扎一个。

曹雪芹　那敢情好!

卿　卿　表弟,你看那个风筝断了……

〔一风筝落在曹雪芹脚下,曹雪芹拾起把玩着。

〔芸香、胭脂上。

芸　香　喂,那是我的风筝,快还给我!

曹雪芹　你说是你的,这上面可有你的名字?

芸　香　你?

卿　卿　芸香,他是从北京西山来的曹雪芹!

芸　香　你就是写野史的曹先生?

曹雪芹　正是。

芸　香　胭脂姐姐，你不是一直想见写野史的曹雪芹吗，快来啊！

胭　脂　胭脂拜见曹先生！

曹雪芹　哈哈，芸香、胭脂，一个个清清爽爽的，就像是清水做成的！

芸　香　我们要是水做的，那曹先生是啥做的？

曹雪芹　你说我们这些男人啊，当然是泥做的了！哈哈哈哈！

第二场

〔数日后。

〔曹珍府内。

〔天香楼，卿卿闺房。

〔曹珍上。

曹　珍　（唱）酒过三巡不自尊，

　　　　　　　人说我曹珍不真假斯文。

　　　　　　　仁义道德嘴上挂，

　　　　　　　酒色财气心里存。

　　　　　　　儿媳卿卿守寡，整天愁眉不展，脸上挂着泪珠，真像是梨花带雨，芭蕉
　　　　　　　含泪，让我这当公爹看着心疼，趁着身边没人，我上得天香楼，好好地
　　　　　　　关心一下卿卿。（进内，关门肉麻地）卿卿，卿卿！

〔卿卿从内出上。

卿　卿　公爹！

曹　珍　卿卿！

卿　卿　公爹请坐！

〔曹珍坐下。

卿　卿　我给公爹叫茶。春兰，春兰……

曹　珍　别叫了，我早就看好了，这里除了咱俩，没有别人。你这束胸小袄真的很贴
　　　　　身儿。（顺势摸卿卿的手）

卿　卿　公爹你? 那一日你用酒将儿媳灌醉……今日又来纠缠儿媳?

曹　珍　公爹可怜你,心疼你,稀罕你……

卿　卿　公爹,一会儿雪芹表弟就要来了!

曹　珍　我知道你自小就和曹雪芹好,你心里是不是还想着他? 没关系,一个叔叔,一个侄子,一个儿媳妇,我们三个是井水不犯河水……(动手拉卿卿)

卿　卿　公爹,您怎能对儿媳这样非礼?

曹　珍　此言差矣。你做儿媳的要讲孝道,如今公爹睡硬炕腰板硌得慌,你就给公爹当个褥子吧……

　　　　(强将卿卿拉入内)

　　　　〔少顷。春兰上。

春　兰　(见门紧闭)刚才明明听见少奶奶叫我,怎么又把门关上了? (欲走又回)少奶奶这些天身体不好,是不是病了? 我得进去看看! (敲门)少奶奶,少奶奶! 开门啊,我是春兰!

　　　　〔曹珍慌张从内出。

春　兰　少奶奶,开门啊!

曹　珍　(见墙上挂着宝剑,抽出,开门,刺向春兰)我让你喊!

春　兰　(倒地)老爷,我啥也没看见……(毙命)

卿　卿　春兰!

　　　　〔胭脂经过,见状躲开。

第三场

　　　　〔鲁姥姥上。

鲁姥姥　板儿啊,板儿,这孩子上哪去了,这可是曹珍老爷的府上,比不得咱家啊!

　　　　(唱)鲁姥姥送绿色食品进了曹府啊,

　　　　　　你看人家曹府,丫鬟是丫鬟,媳妇是媳妇。

　　　　　　进门看三相,狗大、猫肥、媳妇壮——

　　　　　　你甭问这家准有福!

瞧见这大户人家好生羡慕，

这水连着水，路连着路，金盖楼来银盖屋，一步一景，景景入画，人在画中走，水在画中流，真个是花团锦簇的大家族啊，

别看我鲁姥姥鲁不颠罕儿地心里有数儿，

我要用五谷杂粮换他们的珍珠。

过不了几时我也要成个暴发户，

我是穿罗缎，养家奴，吃顺溜黄瓜啃排骨，外加浭阳酒一壶！

〔鲁大上。

鲁　大　嫂子！

鲁姥姥　鲁大，这些蔬菜顶花带刺儿都是刚摘的。

鲁　大　走，跟我上厨房帮忙去。

鲁姥姥　不中啊，板儿不知跑哪去了，我得在这等他！

鲁　大　那好吧，嫂子，我走了。（下）

〔曹雪芹、胭脂上。

胭　脂　鲁姥姥，您怎么来了？

鲁姥姥　胭脂姑娘，我给曹老爷家送菜来了。这位先生是？

胭　脂　鲁姥姥，他就是刚从北京来的曹雪芹先生啊！

鲁姥姥　噢，我知道，天上的文曲星，地上的大文豪，他就是曹雪芹！

曹雪芹　老人家取笑了。

胭　脂　鲁姥姥就喜欢说笑，和她说话，可开心了！

曹雪芹　鲁姥姥一看，就是个爽朗之人。鲁姥姥，您的身体怎么这么硬朗啊？

鲁姥姥　牙好，胃口就好，除了耗子啥都吃，吃嘛嘛香！

胭　脂　曹先生，鲁姥姥可是笑话篓子，你该把鲁姥姥写进你的书里去。

曹雪芹　你和我的想法不谋而合。

鲁姥姥　我老婆子有啥好写的，要写啊，你就写写她！

曹雪芹　噢？

鲁姥姥　曹先生，您可别小看这胭脂姑娘，她可不是凡人，她爹也是个做官的人，后来被贬发配边关，胭脂姑娘隐姓埋名才来咱曹府寄身。胭脂姑娘不但诗文写得好，人也仗义，是个外如冰、内似火的奇女子！

胭　脂　鲁姥姥，您说什么啊！曹先生听说您在撰写野史？

曹雪芹　胭脂姑娘可谓消息灵通。

胭　脂　曹家可真是文风有继，想当初曹寅老太爷既做得官，又写过戏文，想曹先生更是才华横溢。

曹雪芹　久居京城，自觉得文思枯竭。

胭　脂　曹先生，您来到浭阳就好了。

曹雪芹　此话怎讲？

胭　脂　浭阳之地可谓是人杰地灵啊——

　　　　（唱）走进咸宁里，

　　　　　　　叩开曹家门。

　　　　　　　谷鲁曹陈四家事，

　　　　　　　离合悲欢有秘闻。

　　　　　　　曹先生可要将这真事隐，

　　　　　　　求它个真亦假来假亦真。

　　　　　　　风花雪夜存善恶，

　　　　　　　文有经纬诗有魂。

　　　　　　　曹先生不撰经史书野史，

　　　　　　　细品来稗史文章更传神。

　　　　　　　胭脂姑娘少才蕴，

　　　　　　　倒晓得细微之处见精神。

　　　　　　　为先生旋动曹家墨，

　　　　　　　望先生借得浭阳写乾坤，

　　　　　　　盼先生心容四海有灵性，

　　　　　　　文章自有锦绣春。

曹雪芹　有胭脂姑娘力助，何愁写不好野史文章。

　　　　〔板儿上。

板　儿　（哭腔）姥姥，姥姥……

胭　脂　板儿，你别哭啊，你姥姥在厨房等你呢！

板　儿　胭脂姑姑……（哭）

胭　脂　你怎么了，板儿？

板　儿　姑姑，我怕……

胭　脂　怕？怕什么？

　　　　　〔鲁大上。

胭　脂　鲁大叔，你快看看你家板儿。

板　儿　大叔！

鲁　大　哭啥，没出息，快别哭了！

胭　脂　大叔，你这身上土，脚上泥的，干什么去了？

鲁　大　珍老爷让我埋死人去了！

胭　脂　谁死了？

鲁　大　少奶奶屋的丫头春兰，早上还见她欢蹦乱跳的，怎么一会儿的工夫就死了？

曹雪芹　天有不测风云，人有旦夕祸福。

鲁　大　曹先生，你别在这跟我咬文嚼字，自你爷爷那辈子，我就在这院子里当差，啥事瞒得了我，你们曹府除了门前那一对石狮子，没有一个是干净的！

曹雪芹　（一怔）……

第四场

　　　　　〔紧接前场。

　　　　　〔曹珍府。正厅内悬挂"武惠家风旧，浭阳世泽长"的楹联。

　　　　　〔曹珍持一个长烟袋吸烟，呈半睡半醒状态。

　　　　　〔曹雪芹上。

曹雪芹　侄儿曹雪芹给叔父请安。

曹　珍　雪芹侄儿，坐下。

曹雪芹　谢叔父。

曹　珍　我听说侄儿在北京西山写啥野史？

曹雪芹　侄儿学疏才浅，信手涂抹，只是排遣寂寞而已。

曹　珍　贤侄啊！

　　　　（唱）看得出好侄儿有那才子风度，

　　　　　　　咱曹家沐浴皇恩乃是名门望族。

你要知书中自有颜如玉，

书中自有黄金屋。

那野史少不了讽今道古，

弄玄虚也许会掉头颅。

贤侄你人在英年当立志，

要明白光宗耀祖在仕途。

〔曹元急上。

曹　元　呸，亏你还有脸正人君子般地教训侄儿。

曹　珍　大兄长，你为何对三弟说出这不明不白的话来。

曹　元　那是你干了不明不白的事！

曹　珍　（明白地）哦，我明白了。可我要说一句，我西府的事用不着你管！

曹　元　曹珍三弟，你敢与我去咱曹家的祠堂，面对着祖宗说你的这番话么？

曹　珍　祖宗？我曹珍发迹也没靠着祖宗，是靠我在国库搬运帑银发了笔小财。

曹　元　你还有脸说出此事，我替你羞得慌。

曹　珍　没啥寒碜的，是，搬运帑银的苦工要布丝不挂得干活，可我的脑子活，还用
　　　　七窍中的一窍偷得了银子，这银子是有点脏，也有点臭味儿，可我用这带臭
　　　　味的银子修缮了西府，还买了水葱似的十二个丫头。

曹　元　哼，你这样不知廉耻，可别怪我说出绝情的话来。

曹　珍　大兄长你尽管说。

曹　元　我没你这个不争气的兄弟，从今以后，我走我东府的南门，你走你西府的北
　　　　门！（曹元径直而下）

曹雪芹　这？

〔凤姐上。

凤　姐　珍老爷！雪芹兄弟！

曹雪芹　凤婶娘，您也在此？

曹　珍　你卿卿表姐的身体不好，今天我把西府的凤二奶奶请来，就为帮忙招待你！
　　　　凤二奶奶，酒菜预备得怎么样了？

凤　姐　珍老爷，您瞧啊！（击掌）

〔奴仆上菜。

凤　姐　（唱）热气腾腾一品煲，

两吃大虾地三鲜，

冷锅热油烧四宝，

五彩鸡片味道全。

大拼冷盘儿六合菜，

七星子蟹烩龙干儿，

八珍豆腐麻辣烫，

九转大肠热烂咸，

最后呈上素什锦，

九九归一把湰酒端。

八仙桌子八方客，

七星北斗饮龙泉，

六合天地和为贵，

五彩祥云喜为先。

四仪方正三击掌，

二话别谈咱一起干！

曹　珍　哈哈哈哈，凤二奶奶，你这个脂粉队里的英雄，连那些束带顶冠的男子都比不上你啊。

凤　姐　珍老爷过奖了，比起您西府的卿卿少奶奶，我凤姐算什么英雄啊！

曹　珍　我家媳妇卿卿，贤惠有余，泼辣不足……哎，少奶奶呢？

凤　姐　噢，卿卿在厨房包饺子呢。

曹　珍　厨房有那么多的下人，还要她包什么饺子？

凤　姐　我说也是啊，可少奶奶说老爷这些日子日夜操劳，她要亲自包几个饺子给老爷，也表达小辈的孝心啊。

曹　珍　好一个孝顺的媳妇啊！

奴　仆　少奶奶上饺子来了！

卿　卿　（内唱）听得那酒席宴上欢声一片，

　　　　（上唱）却让我这孤寡人心似刀剜。

　　　　　　　天香楼乱人伦衣冠禽兽，

　　　　　　　竟然在酒宴上道貌岸然。

　　　　　　　想起那病逝的丈夫心羞愧，

瞧见那伪君子恐惧不安。

死人的仇，活人的怨，

纠纠缠缠搅搅拌拌全都包在了饺子里边！

曹　珍　少奶奶亲自包的饺子，大家都吃几个。

卿　卿　且慢，这些饺子是我专门给公爹包的，别人不能吃。

曹　珍　瞧我这媳妇，比儿都强十分。（夹了饺子，放入口中，又吐出）这饺子是啥馅的？

凤　姐　青草？嘿，真是邪了，百饺园的饺子我吃得海了，啥馅的都有，就是没有这青草馅儿的，这不是骂人是牲口吗？

　　　〔众哗然。

卿　卿　哈哈……

曹　珍　哼！（拂袖而去）

　　　〔众人亦去。

曹雪芹　卿卿表姐，你怎能当众戏弄珍老爷！

卿　卿　（苦笑地）雪芹表弟，你说得对，你骂得对，（低声地）我是不该戏弄这知书达理的珍老爷，（高声地）我是不该戏弄这至尊至上的珍老爷——

　　　〔卿卿惊疯般呼喊而下。

曹雪芹　（狐疑地）卿卿？卿卿……（追下）

第五场

　　　〔数日后。

　　　〔曹家东府。

　　　〔凤姐急上。

凤　姐　老爷、太太、雪芹表弟，大事不好了。

　　　〔曹元、太太、曹雪芹急上。

曹雪芹　凤姐姐，出了何事？

凤　姐　西府的卿卿，在天香楼悬梁自尽了！

〔晴天一声霹雳。

曹雪芹　啊？

曹　元　曹家对卿卿不薄，她怎会自寻短见呢？

凤　姐　老爷，这人心隔肚皮呀，卿卿的丈夫病逝不到一个月，她却搞出不检点之
　　　　事，被人发现，只好自寻短见了呗。

太　太　嗨，真是有伤风化，二奶奶，咱一同去西府看看。

〔三人同下。

曹雪芹　（唱）哀哉两决绝，悲哉恨幽幽。

　　　　　　　生疑问不解这个中情由。

　　　　　　　卿卿她本是个名门闺秀，

　　　　　　　行事稳重性温柔。

　　　　　　　夫病逝本应该将贞洁操守，

　　　　　　　她怎会灯红酒暖暗风流？

　　　　　　　难道说这人云亦云本是莫须有？

　　　　　　　又因何五尺白绫夺命天香楼？

　　　　　　　从来万恶淫为首，

　　　　　　　黄土埋人难埋羞。

　　　　（白）凹凸男女媾和，乃是人之欲也，欲不能遏，必招隐患。

　　　　（接唱）寄言世俗休轻鄙，

　　　　　　　　我写一章卿卿她淫丧天香楼。

〔胭脂上。

胭　脂　曹先生。

曹雪芹　胭脂姑娘，你来得正好，我要依照卿卿的事儿写上一章"卿卿淫丧天香楼"。

胭　脂　什么？淫丧天香楼？

曹雪芹　正是！

胭　脂　先生，你这一个淫字，可是用刀笔戳伤了卿卿姐的心哪！

曹雪芹　胭脂姑娘，此话怎讲？

胭　脂　卿卿她性格矜持，无轻佻之心，丈夫死后，守节天香楼，然而祸从天降——

〔场上出现曹珍与卿卿扭斗的情节。卿卿一色白裙，曹珍一色黑衣。一阵雷
　鸣电闪。

〔天宇中发生混响:"不孝有三,无后为大!"

卿　卿　(哀求地)公爹——

曹　珍　(兽性地)哈哈……

曹雪芹　啊? 这会是真的?

胭　脂　(继续地)婢女春兰,冒冒失失地叫门,那个淫贼子为了灭口,竟然一剑杀去,可怜春兰倒在血泊之中,成了屈死的冤魂!

曹雪芹　这人又是谁?

胭　脂　他就是你的叔父、西府老爷、卿卿的公爹曹珍!

曹雪芹　我的叔父曹珍? 不可能,不可能……

胭　脂　曹先生,这事是我亲眼所见!

曹雪芹　是你亲眼所见?

胭　脂　怎么,信不过姑娘? (掏出一件宝物)先生,可认识这件宝物么?

曹雪芹　啊! 桃舟? 此物乃是微雕桃舟,是我太祖父留下的一件稀世珍宝,上有"永乐二年有,万古春秋在,世上只三个,君臣国家传"的五言诗。

胭　脂　这件瑰宝可是珍老爷的贴身之物,也是他诱奸儿媳的证据!

〔鲁大手执酒壶,醉醺醺地过场。

鲁　大　雪芹侄儿,我鲁大还是那句话,这曹府除了门口的石狮子,没一个干净的……

　　　　(下)

曹雪芹　曹府除了门口的石狮子,没一个是干净的!

　　　　(唱)这些话振聋发聩令人警醒,

　　　　　　　荣华地却原是罪恶家庭。

　　　　　　　月满则亏,水满则盈,登高必跌重,

　　　　　　　这百年的大宅门危机重重。

　　　　　　　卿卿啊,

　　　　　　　你将愤恨包在饺子里,

　　　　　　　曹府的三老爷是吃草的畜生。

　　　　　　　卿卿啊,

　　　　　　　你宁为玉碎令人敬,

　　　　　　　你是那不染污泥出水芙蓉。

　　　　　　　卿卿啊,

　　　　　我不该一时气愤将你误会，

　　　　　　到如今痛定思痛知脸红。

曹雪芹　（眼前出现幻境）卿卿表姐——（卿卿显现）

卿　卿　欲洁何曾洁，云空未必空。

曹雪芹　可怜金玉质，终陷淖泥中。

卿　卿　雪芹表弟——

　　　　（唱）你只知曹府院内叠红堆翠，

　　　　　　哪晓得忧伤之音不胜悲。

　　　　　　用不着你英雄气短空流泪，

　　　　　　几句话语道心扉。

　　　　　　指望你身置红楼不迷醉，

　　　　　　指望你明晰人间是与非。

　　　　　　你要成为文曲星永不沉坠，

　　　　　　表姐我不枉人间走一回。（影失）

曹雪芹　表姐——（停顿）表姐走了……

　　　　雪芹啊雪芹，你说你是一块通灵宝玉，可你如今只是一块顽石，你没有读懂女人，你没有跳出"男为乾，女为坤"的界定，你没有掸去"三从四德"的尘封，这对女人存有偏见的书稿我留它有何用？（焚书稿）在焚烧书稿的火星中我眼睛一亮，似乎一时有了灵性，春夏秋冬分四季，苦辣酸甜尽一生，一年十二月，我要写金陵十二钗，写出十二个有性情的女子，旧的书稿变成灰蝴蝶飞走了，十二个生灵冉冉而来，十二朵鲜花簇拥着我。怎么，有人笑我扎进了胭脂堆里？可你们哪里知道，我曹雪芹如若不能与女人心与心、血与血、灵魂与灵魂的交流，我如何能写好有骨血有性格的女人？我要走近女人，探知女人那广袤的世界……

　　　　面对着火芙蓉仁者心动，

　　　　心里边展开这情字的图腾。

　　　　妙笔生花才思驰骋，

　　　　雪芹我著书昭传要为女性鸣不平！

第六场

〔一小丑持铜锣上。

小　丑　乡民听清了，皇上东巡，恩惠于民，曹府代收各项费用喽。您问都收什么费？山清水秀费，杨柳发芽费，乌云遮日费，晴转多云费。您问人出气收不收费？收啊，要收吸收新鲜空气费，您问放屁收不收费？收！放屁要收空气污染费。我说你这个小子还别太刺儿喽，什么叫不合理收费？你要再捣乱，我就让清兵们把你抓起来，送大狱去啃大眼儿的窝头。

　　　　收费喽……（下）

〔凤姐、谷一霸上。

凤　姐　（唱）乾隆爷来浭阳将咱曹家作行宫，

　　　　咱要唱江山一统大光明。

　　　　昼有春江花月夜，

　　　　日有四季杨柳青。

　　　　玉田产出胭脂米，

　　　　遥黛山开出梅花红。

谷一霸　凤姑姑唱得好，可是，这梅花是冬天开的，现在已经是夏天了……

凤　姐　你不懂，皇上喜欢梅花，就要让它开梅花，不过不是真的，是纸做的！

谷一霸　就这么个梅花啊！

凤　姐　好了，一会儿乾隆爷驾到，皇妃省亲，少不了我忙活，这外面的事可就交给你了！

谷一霸　凤姑姑你就放心吧！

凤　姐　我可听说为了卿卿命丧天香楼和丫环春兰屈死的事，有人要拦驾申冤！

谷一霸　就是那个曹雪芹！

凤　姐　我这个表弟，还要大义灭亲？

谷一霸　我看他是个吃里爬外、六亲不认的叛逆！

凤　姐　一霸侄儿，你给我防着点！

谷一霸　姑姑您放心，我这把青龙八卦刀不是吃素的！

〔内喊："乾隆爷驾到喽——"

李汉雪剧作选

凤　姐　我得赶快去接驾！（下）

〔场上虽然没有乾隆爷出现，但利用旌旗车马营造出浩浩荡荡的东巡大势。

谷一霸　乡亲们，皇上驾到了，咱鼓乐吹打，歌唱起来。

〔众村民上。

〔村民歌舞："哎哟——"

村　民　（唱）山也青，水也清，人在山阴道上行，青云处处生。

　　　　　　　官也清，吏也清，村民无事到公庭，农歌两三声。

（村民唱下）

〔曹雪芹上。

曹雪芹　（唱）天地阴霭，

　　　　　　　步履沉重，

　　　　　　　雪芹心里愤不平。

　　　　　　　欢呼万岁，

　　　　　　　天旋地倾，

　　　　　　　淹没百姓呼喊声。

　　　　　　　卿卿她沉冤未申游魂未定，

　　　　　　　春兰她横祸飞来溅残红。

　　　　　　　痛看这黑白颠倒邪压正，

　　　　　　　自叹我柔毫无力助苍生！

〔曹雪芹坐下叹息。

〔内幕传来回响"节烈之性，发于至诚，如松之貌，似兰芳馨。"

〔凤姐阴影显现："卿卿之夫病逝，卿卿哀泣多日，并操贞守志，待公爹如亲父，故因私念其夫而殒命。哀哉，状哉！"

〔凤姐复上。

曹雪芹　婶娘，卿卿的贞节牌坊是您给立的？

凤　姐　花几个银子，立个牌坊，保住咱曹家的名声有何不妥？

曹雪芹　可您知道，卿卿是被珍老爷——

凤　姐　你别往下说了，你三叔父一线单传，珍老爷的儿子病故，卿卿改个说法儿给珍老爷当小，传继香烟也没说的。

曹雪芹　凤婶娘，您想把卿卿屈死的事瞒天过海？

凤　姐　什么瞒天过海呀？雪芹，你可别吃里爬外！（径直下）

曹雪芹　愤煞人也——

　　　　（唱）哀悠悠杜鹃泣血，

　　　　　　　惊战战地倾天邪。

　　　　　　　恨绵绵歹人作孽，

　　　　　　　愁痛痛芳卿历劫。

　　　　　　　她那厢一缕冤魂难昭雪，

　　　　　　　这一处玉石堆出好名节。

　　　　　　　瞧得见纸钱化作连天雪，

　　　　　　　我的好表姐——

　　　　　　　曹雪芹傲骨铮铮不惧淫邪！

　　　　　　〔胭脂、芸香上。

胭　脂　曹先生！

芸　香　曹先生！

曹雪芹　呃，胭脂姑娘，芸香姑娘！

胭　脂　曹先生为何不去接驾，却在此叹息？

曹雪芹　唉，我本想见了皇妃姐姐，替卿卿和春兰申诉冤屈，谁料凤二奶奶将我挡在
　　　　门外！

芸　香　曹先生真想为卿卿和春兰申冤？

曹雪芹　那还有假！

胭　脂　曹先生就不怕担忤逆不孝的骂名？

曹雪芹　卿卿死都不怕，我还怕什么骂名不成！

胭　脂　曹老爷真是性情中人。

曹雪芹　你们不要夸奖我这无用之人，你们还是想一想申冤之策吧！

　　　　　　〔芸香取出一个"冤"字风筝。

芸　香　这就是申冤之策！

曹雪芹　"冤"字风筝？

胭　脂　曹先生，我们何不将卿卿和春兰的冤屈写成诉状，用这"冤"字风筝放飞到
　　　　天空，让皇上知道。

曹雪芹　这倒是一个好主意！

芸　香　只是没有笔墨啊……

曹雪芹　这有何难！

〔曹雪芹书写"冤"字。

〔芸香放飞风筝。天幕上出现白蝴蝶风筝，风筝下端有个巨大的冤字。

伴　唱　冤字升空，

天宇涂红。

东风吹拂溅血腥，

空荡荡异象天成！

〔谷一霸持刀突上。

谷一霸　曹雪芹，你们几个想造反啊！给我放下来！

〔谷一霸争夺风筝线，曹雪芹等保护，谷一霸挥刀伤了胭脂手臂，胭脂倒地。

芸　香　胭脂姐姐！

曹雪芹　胭脂姑娘！

〔风筝断线飞去。

第七场

〔距前场数日后。

〔凹凸村一处茅屋草舍。晨晓，曹雪芹奋笔疾书。

曹雪芹　（写书疲惫，昏热病又犯，自言自语地）卿卿表姐，春兰姑娘，我知你们的阴
魂抱着烟柱不走，我曹雪芹一介儒生，只能洒泪成书，还你们的宿怨了……

〔胭脂上。

胭　脂　先生又是一夜未睡呀？你瞧，日头都出来了。（用衣袖掸灯）

曹雪芹　胭脂姑娘来了，请坐。

胭　脂　我用这胭脂米熬的小豆粥，你趁热喝了吧。

曹雪芹　姑娘手臂有刀伤，还给我熬粥，让我看看你的伤怎么样了？

胭　脂　鲁奶奶让鲁大采来草药，敷在伤口上，已经好多了……

曹雪芹　（看伤口）粉臂光洁如玉，却留下一道疤痕，我真想用自己身上的肌肤，换姑

娘的这块刀痕……

胭　脂　（又感动，又不好意思）先生……

曹雪芹　我说的可是心里话啊！

胭　脂　先生怜香惜玉，乃是多情之人，难怪先生笔下的红男绿女，个个栩栩如生。

曹雪芹　听你这样说，是雪芹擅长风月才写成此书的？

胭　脂　先生取笑了。姑娘我看了您写的前三十回，当知是先生洒尽辛酸之泪，哭成
　　　　此书。

曹雪芹　嗨，雪芹无才，只好用眼泪还债了。

胭　脂　先生过谦了，先生的文笔，超凡脱俗，寓意深邃，可谓是昌明隆盛之邦，说
　　　　的是末世黄昏；诗礼簪缨之族，写的是宦海浮沉；花柳繁华之地，表的是人
　　　　情百态；温柔富贵之乡，唱的是儿女情真。

曹雪芹　满纸荒唐言，一把辛酸泪！都云作者痴，谁解其中味？

胭　脂　姑娘我虽无才学，可我逐字逐句地拜读了您的惊世大作，并将体会诉诸于笔
　　　　端，先生的大作，必将传之千代！

曹雪芹　姑娘的批注，雪芹逐一阅过，受益匪浅，真是我有泪笔，你有泪批，我有怅
　　　　惘，你有感叹，真可谓是一芹一脂魂为一体！

胭　脂　一脂一芹心似一人。

　　　　（唱）先生你泪笔成书红楼梦，

　　　　　　　传神文笔意境深。

曹雪芹　（唱）文笔如刀诛邪恶，

　　　　　　　心若菩提怜草民。

胭　脂　（唱）风花雪月弥蒙处，

　　　　　　　死去活来爱且真。

曹雪芹　（唱）悲天悯人写末世，

　　　　　　　惊世骇俗震乾坤。

胭　脂　（唱）红楼说梦非是梦，

　　　　　　　不是情人不泪吟。

曹雪芹　这样说，我的野史让姑娘感动了？

胭　脂　（害羞地）你呀……真是个书呆子……先生，你的温热病好些了么？

曹雪芹　无有大恙，奋笔疾书，身心有些疲倦而已。

胭　脂　表妹有一剂良方，你照此方用药，瘟病可除。（递给雪芹药方）

曹雪芹　（念）"好心肠一条，慈善心一片，温柔半两，诚心十钱，中直一块，同心锅
　　　　慢慢熬，再用胭脂汤服下"……胭脂姑娘！

胭　脂　（柔情似水地）雪芹……

伴　唱　韶光无限，

　　　　美景良辰，

　　　　心音共振，

　　　　情幻成真。

　　　　刚烈烈男儿心动，

　　　　阴柔柔女儿低吟。

　　　　这一个钟情大士，

　　　　那一个媛娥红粉，

　　　　天作美才子佳人。

　　　　〔二人相依偎。

　　　　〔鲁姥姥上。

鲁姥姥　胭脂姑娘，你让我好找啊！

胭　脂　姥姥，有什么事？

曹雪芹　姥姥，您坐下慢慢说。

鲁姥姥　刚才鲁大来着，他说东府的凤二奶奶，为"冤"字风筝的事把个胭脂姑娘恨
　　　　的要命，她和老爷商量了把胭脂姑娘卖给北京的一家妓院！鲁大让我告你
　　　　们个信，也好让胭脂姑娘做个打算啊！

胭　脂　好一个狠毒的凤二奶奶，我胭脂岂能受她摆布，我我我只好以死相拼了！

鲁姥姥　傻孩子，你要是去死，岂不是遂了他们的心愿嘛！

曹雪芹　是啊，胭脂是我的红颜知己，你不能去死。待我去找老爷和凤姐论理！（下）

胭　脂　雪芹！

鲁姥姥　少爷去辩理，又有何用，曹府上下谁不知凤姐的厉害，那可是明是一盆火，
　　　　暗是一把刀哇。胭脂姑娘，你还是快快逃跑吧！

胭　脂　逃跑？我一个文弱女子，怎能逃出他们的手心！

鲁姥姥　那可怎么办啊？

胭　脂　哀极心死，在曹先生身边而死，平生足矣。

鲁姥姥　姑娘。别说傻话了，我这就给你拿几件衣服备点干粮，你麻得利儿离开，要是谷一霸来了，你就稀泥崴了。

〔鲁姥姥下。

胭　脂　（唱）一腔苦水心头注，

浑看这山模糊，水模糊，人模糊，这荒山荒，枯树枯，暮天暮，乌云乌——

孤零零只觉得四大皆无。

仰雪芹梦里寻他千百度，

胭脂我一片芳心爱鸿儒。

实指望伴君侧朝朝暮暮，

我二人把笔悲欢说世途。

谁曾想不测风云生险境，

胭脂我身置曹府难立足。

凤奶奶笑面如佛心如虎，

曹府内戕害了多少无辜。

春兰她揉碎桃花红满地，

卿卿她玉山倾倒再难扶。

胭脂我眼前茫茫无去路，

寻向那一弯冷月天边孤。

含苦情剪下这青丝一束，

胭　脂　（接唱）留与那雪芹先生相伴孤独！

伴　唱　呜呀呀长歌当哭！

〔鲁姥姥上。

鲁姥姥　孩子，你怎么把头发给绞了？

胭　脂　姥姥，您把这缕头发交给雪芹先生。

鲁姥姥　我知道你们俩的心思，我一定把这头发给雪芹少爷。姑娘说的我心里酸溜溜的，你和少爷是多好的一对儿啊，却让二奶奶活活地拆散了！姑娘，记住姥姥的话，这砖头瓦块都有翻身日，何况人呢，你甭管遇上多大的难，可千万别往窄处想，听见没有啊？

胭　脂　嗨，一切随从天意了。姥姥我走了。

鲁姥姥　等等，再让姥姥瞅瞅你，姑娘，要是有个落脚之地呢，给姥姥捎个口信回来。

胭　脂　哎。姥姥，您要告诉他，就说我钟情雪芹先生，一生一世痴心不改，既然今世无缘，只好等来生了！

鲁姥姥　这话儿我一定捎到。那就快走吧。

〔胭脂姑娘下。

〔曹雪芹复上。

曹雪芹　姥姥，胭脂姑娘呢？

鲁姥姥　她走了。

曹雪芹　她去哪儿了？

鲁姥姥　她去了她该去的地方。这缕青丝她让我转交于你。

〔谷一霸急上。

谷一霸　鲁老太太，胭脂姑娘去往何处？

鲁姥姥　去往何处？（机敏地）你们这样逼她，还有她的好道啊？

谷一霸　少啰嗦，说，她到底藏在何处？

鲁姥姥　她……她……（遮掩地）她投河自尽了！

曹雪芹　啊？

谷一霸　哈哈哈！

曹雪芹　谷一霸，你为何淫笑？

谷一霸　当初你坏了我的好事，今天我总算出了这口恶气。（看雪芹手里的青丝）哟，胭脂姑娘还留给你一缕头发，那你曹先生就一根一根的数吧。（下）

曹雪芹　（凝固的眼睛看着青丝，自言自语地）青丝，青丝，因情而死。（惊风般地呼唤）胭脂姑娘——

第八场

〔山野。急风骤雨。

〔曹雪芹（内唱）水连天天接水急急风雨，(上)

曹雪芹　（唱）急急风，冷冷雨，风雨途中寻知己，一路上悲悲泣泣，惨惨凄凄，惊惊悸悸，朦朦迷迷，心与霹雳相撞击！

手捧着青丝泪洒相思地，

泪眼痴望夕阳西。

唤一声胭脂妹妹你去向哪里？

空留下雪芹一人长叹吁。

我只说咱二人同拜天和地，

谐连理地老天荒心不移。

谁曾想无情天地昏昏雨，

听得见杜鹃泣血唱别离。

雪芹我纵然承受千般苦，

怎承受野史章回无脂批？

无脂批少了那红颜知己，

少知己梦里情怀血欲滴。

苍天哪——

她们都是清纯女，

真诚善良却受人欺，

我问山问水问天又问地何处存天理？

求苍天给我一点胭脂的消息。

好一个知心人儿地角天涯难寻觅，

生惹得五尺的男儿泪眼痴迷。

听鲁姥姥说，胭脂投河，连尸体也没有找到，只留下这青丝一束，待我将这青丝埋在山下。

（唱）未有金棺殓艳骨，

　　　几捧净土埋青丝。

　　　昨日与妹欢笑语，

　　　海誓山盟成永辞。

　　　胭脂啊，

　　　好姑娘你质本洁来还洁去，

　　　莫忘了还有个曹痴人守望晨夕。

伴　唱　呜呀呀魂归来兮。

曹雪芹　（独白）胭脂姑娘走了，她走得好急，她消失了，她去了哪里？这个无情的世道啊，我曹某恨你！鲁大叔的话像一声霹雳，他说曹府只是门前那一对石狮子是干净的，不，我看见了，那一对石狮子变成了饥饿的狮子，变成了咆哮的狮子，变成了张开血口的狮子。胭脂姑娘走了，我的心里一片漆黑，我看见了还乡河变成了黑水河，陈宫山变成了大哭岭，这咸宁里的曹府么，变成了黑幽幽血淋淋的生死场。雪芹哪雪芹，你不是要变成一块通灵的玉石吗？这块玉石要撞击尘封多年阴云遮日的苍天，让苍天透析出日月和星光。雷电冲我来吧，我无所畏惧，"齐王失政，石而能言"，我要将愤怒的血液变成燃烧的怒火，把三寸的柔毫变成犀利的刀剑，我要写出这醒世惊人的"石头记"！

〔芸香上。

芸　香　（唱）先生他青丝做冢多情义，

　　　　　　　感动我多愁善感心痛惜，

　　　　　　　自古朱门多纨绔，

　　　　　　　雪芹却独处浊世如兰菊，

　　　　　　　常言道人生难得一知己，

　　　　　　　芸香我愿为他举粥东篱。

　　　　　　　（走到曹雪芹前）先生！

曹雪芹　芸香！

芸　香　天色已晚，山风习习，先生快披上这件长袍吧。

曹雪芹　多谢芸香。

芸　香　先生不要过分悲伤，哭坏了身子，岂不是辜负了胭脂姐姐的一片苦心了吗！先生，我们还是回去吧！

曹雪芹　（苦笑地）我今葬发人笑痴，他年葬芹知是谁？芸香，你带涆酒来了？

芸　香　酒是带来了，可您的心情不好。

曹雪芹　不，水酒浇心，快哉！（扬脖一坛酒饮下）

第九场

〔距前场不久。

〔曹府。

〔太监幕后宣读圣旨。

太　监　吾皇圣谕：丰润曹氏，元、珍人等，倚仗权势，腐败骄淫，胡乱摊派，愚弄乡民，曹子雪芹，书写野史，影射朝廷密谋众反，罪不可赦。着将首犯曹雪芹官缉拿归案，曹府查封，仆从人等依律处置。钦此。

〔众清兵上。

〔曹府一片混乱。

〔二清兵押曹雪芹上。

〔谷一霸引清兵甲乙上。

清兵甲　你是曹雪芹？

曹雪芹　正是！请问二位差官，不知我犯下何罪？

清兵甲　这四句诗"时逢三五便团圆，满把清光护玉栏，天上一轮才捧出，人间万姓仰头看"，这是你写的吗？

曹雪芹　是我写的，这是一首赏月诗。

清兵乙　你说是赏月诗，我说是反诗！

曹雪芹　二位军爷，这四七二十八个字哪一句犯忌呀？

清兵甲　曹雪芹，你听了，你这第一句——

曹雪芹　时逢三五便团圆——

清兵甲　第一句就露了馅儿了，隔三差五地有几个人非法聚会搞阴谋。这第二句——

曹雪芹　满把清光护玉栏。

清兵乙　黑夜活动，有人放哨儿。

曹雪芹　天上一轮才捧出——

清兵甲　天哪，快出个新皇帝吧——

曹雪芹　人间万姓仰头看——

清兵乙　新的帝王就像太阳一样，人们拥戴他！反动之极！可杀不可留！

〔曹元上。

曹　元　二位差官，这是一点小意思，您赏个脸儿，容我们在此一叙。

一清兵　行，我们哥俩真的肚子里没食儿了，去对过这个酒店喝几盅儿。（下）

〔凤姐疯癫上。

凤　姐　金子没了，首饰没了，房子没了，婢女没了，没了没了全没了……

曹雪芹　婶娘！

凤　姐　这位戴枷的，你看见我的女儿巧哥儿没有？

曹雪芹　婶娘，我是您的侄儿。

凤　姐　呸。没有你舞文弄墨的，我曹家何至于到这种地步？你不是曹家的人，我看你是拐卖人口的人贩子，你还我的巧哥儿来！

曹雪芹　婶娘，你疯了？

凤　姐　我疯了？我没疯！

曹雪芹　你没疯，那我要告诉您，您在曹家所作所为我都知晓，一言概之，都怨你机关算尽太聪明！

凤　姐　你说你聪明，我说我聪明，到底谁聪明，只有（手指天）他聪明。哈哈哈哈……我看抄家的去喽！（下）

曹雪芹　唉。

〔曹雪芹上。

曹雪芹　叔父——

曹　元　（不言语）

曹雪芹　叔父为何沉默无言？

曹　元　咳。

（唱）见侄儿戴枷锁我的心惊悸，

望曹家被抄没我的泪眼痴迷。

忆往昔——

浭阳咸宁里，

胜似神仙籍。

我曹府沐浴皇恩得世济，

三百载人近天台，祥云送雨，世家官宦，百步云梯，谷底升腾，荣簪顶立，"包衣"不辱"正白旗"。

叹如今封条如似通天壁，

曹府败落秋风急。

恨侄儿舞文弄墨锒铛入狱，

面对这残败家园一声叹息。

你来浭阳，我视你为亲生儿女，可你用这三寸柔毫，给曹家带来绝境危机！

曹雪芹　叔父，地冻三尺，非一日之寒；大厦将倾，非雪芹能撑。

曹　元　哼，到了这般光景，你还嘴硬！

曹雪芹　叔父！

曹　元　你别叫我叔父，你是曹家的逆子，不孝的子孙！（下）

　　　　〔回响：你是曹家的逆子，不孝的子孙！

曹雪芹　啊！

　　　　（唱）萧萧落叶，

　　　　　　　漠漠寒烟。

　　　　　　　曹府抄没人惊叹，

　　　　　　　雪芹洒泪湿青衫。

　　　　　　　亲人们责骂声如似刀剑，

　　　　　　　雪芹我一腔愤懑对苍天！

　　　　　　　我欲求凭得日月见肝胆，

　　　　　　　谁曾想完璞无才去补天。

　　　　　　　天不见——

　　　　　　　官场争逐阴云暗，

　　　　　　　君臣戕害血欲燃。

　　　　　　　曹府并非清洁地，

　　　　　　　红楼日日有悲欢：

　　　　　　　这一厢饮金馔玉成欢宴，

　　　　　　　这一厢乡间草民苦耕田。

　　　　　　　这一厢亭台争睹红菱艳，

　　　　　　　这一厢素娥愁望白牡丹。

　　　　　　　这一厢倩女歌舞长生殿，

　　　　　　　这一厢玉手琵琶拨断弦。

这一厢才子佳人春宵短，

这一厢孤冢残碑鬼喊冤。

睁睁看无德显贵，无能为官，无功有赏，无罪蒙冤，这官腐败，黎民怨，

贤成愚，愚成贤，官做贼，贼做官这世境只怪人为不怪天！

常为黎民忧，

夤夜起身叹，

国正天心顺，

官清民自安。

怨不得我文人笔短书长卷，

怪不得我不惧淫邪敢问天。

只因这云遮日月天黑暗，

重整河山待开元！

〔鲁大急上。

鲁　大　少爷，不好了！

曹雪芹　大叔，怎么了？

鲁　大　你的书房……

曹雪芹　我的书房怎么了？

鲁　大　不知谁放了一把火，把书房点着了！

曹雪芹　啊，我的书稿……（昏厥）

谷一霸　脑袋都快掉了，还掂着书稿呢！

第十场

〔接前场。

〔冷心亭前。

〔芸香上。

芸　香　（唱）末世路短，

　　　　　曹府沉沦，

我寄身曹府为婢女，

人微不泯正直心。

一色青衣心坦露，

三分飘逸求率真。

先生他受诬陷进京受审，

怕的是日后难见雪芹君。

携湮酒来至在冷心亭下，

叙衷肠解愁闷唯有金樽！

〔两乡民上。

乡民甲　哎，这不是芸香姑娘吗？几天不见，她怎么肚子大了？

乡民乙　没听说她结婚许婆家啊，她怀的怕是野种吧？

乡民甲　咱问问她。

乡民乙　问问她。

乡民甲　我说芸香姑娘，你说你这肚子是咋回事？

乡民乙　你是不是当了大款的二奶了？

芸　香　呸，你娘才是二奶呢！

乡民甲　嗬，这淫妇还耍横！

乡民乙　曹府抄家了，没人给你撑腰了！

〔曹雪芹上。

曹雪芹　不得无理！

乡民甲　一个罪犯还敢给人拔撞，我看他是老寿星服毒——活腻了。咱走。

曹雪芹　芸香，你来了？

芸　香　先生，芸香为你送行来了！

曹雪芹　芸香，你这肚子是怎么一回事啊？

芸　香　你啊，真是个书呆子，女人的肚子有一天就大起来的吗？

曹雪芹　你说这肚子里是我的宝贝，又是怎么回事啊？

芸　香　你不承认是不是？你来摸摸……

曹雪芹　非礼勿摸！

芸　香　我就让你摸！（牵着他的手，放在肚子上）

曹雪芹　哎，好奇怪啊，里面怎么是纸？

曹雪芹剧作选

芸　香　他就是先生写的野史手稿啊！

曹雪芹　啊！

芸　香　清兵查抄曹府，我正在先生书房中，我想野史手稿就是先生的性命，我宁可冒杀头之罪，也不能让它落入清兵手中，所以我急中生智，将先生的手稿藏在怀里，装作孕妇逃出曹府，我说它是你的宝贝，这还有错吗？

曹雪芹　芸香啊，你你你就是我曹雪芹的大恩人啊！（下跪）

芸　香　先生，你快起来……（哭泣）

曹雪芹　芸香，你怎么哭了？

芸　香　我是给曹少爷保住了野史，可我也成了万人指点的淫妇……

曹雪芹　此话从何说起？

芸　香　你还问，没结婚的大姑娘，有这样的吗！

曹雪芹　咳，你是为我才玷污了姑娘的名节，芸香，真的委屈你了。

芸　香　不，为先生保住我腹中的"孩子"值得。

　　　　〔二清兵复上。

一清兵　什么孩子不孩子的，是我喝醉了，还是产生幻觉了，我记得刚才是个老头与罪犯说话，怎么换成个女的啦？

一清兵　管他男女呢，别黏乎了，我们哥俩酒喝足了，饭吃饱了，我们该上路了，这位女子，你快快走吧。

曹雪芹　芸香——

芸　香　雪芹——

曹雪芹　（唱）芸香你大义感动天和地，

　　　　　　　可叹我无才补天空有情痴迷。

　　　　　　　昭昭知吾妹能解其中语，

　　　　　　　盼芸香两心相通有灵犀。

　　　　　　　我一去若能头颅不点地，

　　　　　　　回来时咱德配天地二合一。

　　　　　　　此一别若是无归返，

　　　　　　　雪芹我九泉之下对你暗感激。

　　　　　　　吾妻要保住腹中玲珑玉，

　　　　　　　自重自爱自珍惜。

生下我儿叫"石头"你切记切记，

咱二人地老天荒情不移。

芸　香　雪芹哥哥，这坛浔酒你喝下去，记住妹子的话，不管你坐监几日几时几月几

年，我和我的"孩子"都等着你回来！

曹雪芹　芸香——

芸　香　雪芹——

伴　唱　苦叹人生短相聚，

更愁生死长别离。

有情人儿一路经历风和雨，

不知何日是归期？

〔灯光渐收。

第十一场

〔北京西山。

伴　唱　又是一年芳草绿，

又是一年杨柳青。

冷雨寒窗人将尽，

阴云几度天未晴。

〔尼姑胭脂上。

胭　脂　（唱）山路弯弯，云遮日暗，

寻先生，访知己，不知直径在哪边？

遥黛山与香山千重万重远，

胭脂我白天梦里多挂牵。

一路上心生孤独多感叹，

与先生含恨离别已三年。

想当初我红颜力弱难如愿，

我只好遁入空门寄身印月庵。

印月庵——
古磬催心冷，
青灯照月寒；
捻珠度岁月，
蒲团忍熬煎。
我只说排遣寂寞除去凡尘念，
有谁知这情丝斩不断理还乱，女人苦苦极不言！
一生中求与先生最后一见，
他求他的超度，我求我的涅槃。
（向幕后喊，大爷，您知道曹先生的住处嘛？）（下）

〔曹雪芹居所。

〔曹雪芹伏案写作。他剧烈地咳嗽。

〔芸香端药上。

芸　香　老爷，别写了，快喝药吧！

曹雪芹　我不喝药，我要喝酒。

芸　香　老爷你不要命了？

曹雪芹　夫人你来看，这八十回我刚刚写完，难道不该喝酒庆贺？

芸　香　庆贺，是该庆贺……

曹雪芹　那还愣着干什么，还不拿酒来？

芸　香　酒，哪还有酒啊！

曹雪芹　板儿送来的浭酒呢？

芸　香　早就喝完了！

曹雪芹　那就上街去买。

芸　香　老爷，家无分文，拿什么买啊？

曹雪芹　唉，这儿还有一幅字画，你拿到当铺当些银子买酒，顺便找找咱的磊儿。

芸　香　是。（下）

〔胭脂上。

〔曹雪芹居所。

〔曹雪芹伏案写作。

〔曹雪芹剧烈咳嗽。

胭　脂　这里是曹先生家吗？

曹雪芹　是啊，原来是位比丘尼，对不起，我家已经没有什么东西可以施舍的了。

胭　脂　曹先生，你不认得我了？

曹雪芹　你是？

胭　脂　你再仔细看来——

曹雪芹　（狐疑地）你是胭脂表妹？怎么，你还活着？

胭　脂　空有躯形，哀极心死。

曹雪芹　胭脂表妹，这些年你在哪里生存？

胭　脂　先生听过印月庵的钟声么？

曹雪芹　如此说来，表妹归隐佛门了？

胭　脂　阿弥陀佛。

曹雪芹　哈哈！

胭　脂　先生为何发笑？

曹雪芹　表妹留下青丝一束，我葬发为坟，是太可笑了！

胭　脂　不，先生的痴心，感天动地啊！胭脂我不辞而别，先生不会责怪于我吧？

曹雪芹　我想你也是为了了断你我尘缘，好让我安心写完野史吧！

胭　脂　知我者，先生也！

曹雪芹　那表妹今天因何而来呢？

胭　脂　我来北京做道场，昨日偶有一梦，梦见先生，所以特地来香山寻访。

曹雪芹　胭脂表妹，你来得正好，雪芹有一事相托！

胭　脂　先生请讲。

曹雪芹　雪芹苦志芸窗，著书十余年，写得野史八十回，全书尚未写就，身心有所不
　　　　支，我若先行表妹一步，求表妹将这八十回好好保存。不需别人增补，表妹
　　　　切记了。

　　　　（唱）用不得镶金镀玉，

　　　　　　　不需唱盛世元音。

　　　　　　　残章如似酒一樽，容得后人通达灵性细细品。

胭　脂　（唱）记得了——

　　　　　　　阿弥陀佛，文如其人！

　　　　〔芸香突上。

芸　香　雪芹，咱的磊儿他……他……

曹雪芹　磊儿怎样了？

芸　香　被歹人抢去了！

曹雪芹　歹人为何要抢走我儿？

芸　香　歹人要你的野史手稿！

胭　脂　这就对了！

芸　香　胭脂姐姐！

胭　脂　芸香妹妹，我在北京城里就听说，当朝军机大臣和珅他说先生的野史是稗史之妖，意要秘密搜取，解京封查。

曹雪芹　一部野史，十年写成，我怎能轻易给那乱臣贼子。

芸　香　雪芹，为救小儿，咱将这野史交出吧？

曹雪芹　芸香，失我小儿，我雪芹是切肤之痛啊。可我雪芹奔波一生，留下的只是这一部野史呀！这部野史，并非是一部逸趣闲文，它是我呕心沥血雕琢的一块通灵之玉、补天之石，我要让子孙后代咏读，悟时、悟世、悟情、悟理……

芸　香　雪芹，我要我的儿子！

胭　脂　芸香，你别着急，孩子的事再想办法！

曹雪芹　曹某一世，不慕浮荣，无奈当今世风日下，黑白颠倒，触景伤情，感今悲昔，怎不令人心灰意冷啊——

　　　　（唱）大音希声，大象无形。

　　　　　　　心驰神往涄阳城内冷心亭。

　　　　　　　忆往昔山川大地芳草绿，

　　　　　　　忆往昔寺庵村落晚霞红。

　　　　　　　忆往昔风云月露秋色冷，

　　　　　　　忆往昔晴暝霜雪绽冬青。

　　　　　　　雪芹我情景交融汇心胸，

　　　　　　　几回生死入梦城。

　　　　　　　雪芹下笔如有神，

　　　　　　　日日夜夜游梦中——

　　　　　　　入梦初觉身心冷，

　　　　　　　痴梦幽幽意朦胧。

旧梦泪洒相思境，

苦梦依稀见血红。

幽梦无边览风月，

勘梦如见神鬼惊。

恶梦愁看风云榜，

归梦倾吐还乡情。

梦境寻觅真善美，

八十章挥泪写成。

堪怜我残生未尽余忧恨，

堪怜我晚来失子有哀声。

堪怜我梦境三千寻胭脂，

堪怜我幻境天涯找卿卿。

自慰之残章残梦残缺美，

自安之留与后人唱尾声。

（呕血而死）

芸　香　雪芹，你不能死啊！

胭　脂　雪芹……阿弥陀佛！

〔众乡亲上。

鲁　大　（失声痛哭）我的雪芹侄儿他像一块五色晶莹的通灵宝玉呀！可他早早地走

　　　　了，清贫磊落地走了。

伴　唱　飘然离去，

　　　　尘埃落定，

　　　　白茫茫大地真干净——

　　　　看东方升腾起一颗文曲星。

〔天幕上无数空灵旋动。

〔音乐回响。

〔全剧终。

刘姥姥

　　在我看来，雪芹笔下的奇女应推刘姥姥。姥姥何奇？她胆识才能、言谈颖慧，般般过人，真非凡品。……姥姥一出场，就是批评她的女婿王狗，一席话，句句响亮难驳，字字掷地有声——令那"男子汉大丈夫"狗儿黯然失色！她自告奋勇，敢于去独闯豪门，又不惜忍辱而济助寒家。她识相，知趣，机变，低而不卑，野而不鄙。身份拿得住，使命完得成。她讨得府里上上下下每个人的喜欢——而不是厌恶。……姥姥心里是"透灵碑儿"，……酒席筵前博人一笑，就此顺水推舟，半真半假地同大伙逗逗乐，开开心——这丢不了脸，伤不了身，却赢得了一片欢欣和乐。……荣府家亡人散……救出巧姐……姥姥不朽，雪芹极重这位乡下老妇人，君知之乎？（周汝昌文）

　　此剧荣获第四届中国评剧艺术节"优秀剧目奖""优秀编剧奖"等多项大奖。

刘姥姥

（新编通俗喜剧）

卫　中　李汉云（执笔）

人物篇（以出场先后为序）

刘姥姥、王狗儿、板儿、青儿、狗儿妻、周瑞家的、焦大、平儿、王熙凤、贾母、王夫人、宝玉、薛宝钗、黛玉、鸳鸯、湘云、巧姐儿、贾环、王仁、奴仆丫鬟若干

第一场

〔幕内传来儿歌

　　　　拉大锯，拉大锯，

　　　　姥姥门口唱大戏，

　　　　接闺女，请女婿，

　　　　小外甥，也要去。

〔众儿童的呼喊声像潮水般由远而近

　去姥姥家喽——看戏去喽——

〔欢快的乐曲骤起。

〔二幕外。

〔刘姥姥骑着毛驴欢天喜地地上。

刘姥姥　（唱）乡村二月春来早，

　　　　　　清清河水过小桥。

　　　　　　刘姥姥骑着毛驴眉开眼笑，

　　　　　　那个小驴蹄儿咯得儿咯得儿好像把木鱼敲。（数板）

姥姥我年过七十老来俏，

牵牛花儿头上绕。

爱唱爱跳说话好似连珠炮，

爱说爱笑追时髦儿。

人常说闺女是娘的贴身小棉袄儿，

满面春风把闺女瞧。

我的闺女叫灵芝蛾眉大眼长得好，

我的姑爷王狗儿人品也不孬。

这俩人成了亲哑巴都想叫个好儿，

但愿他们的小日子是吃着甘蔗上山坡——

节节甜来步步高。

鞭打毛驴走得快，

瞧见了我的闺女喜上眉梢。

〔刘姥姥扭着下。

〔二幕启。

〔王家角村。王狗儿家。家境贫寒，一片冷清。

〔王狗儿喝醉了酒上。

王狗儿 （唱）王狗儿喝了几杯高粱水儿，

高粱水软了双腿红了眼珠子。

细咂滋味儿心里边不是滋味儿,（数唱）——

大男子儿偷偷掉了几滴辛酸泪儿。

想我王狗儿又有闺女又有儿，

就是没有聚宝盆儿。

吃了上顿儿少下顿儿，

过着穷日子生闷气儿，

生闷气儿我还有个驴气儿，

打人专打脸，骂人带脏字儿，

媳妇嫁给我走背字儿。

想我王狗儿粗瓷碗配不上细花纹儿。

喝点小酒解解闷儿，

半夜里睡不着我盼着迎财神儿。

〔青儿、板儿追逐上。

板　儿　姐姐，姐姐，咱唱一段儿大爷教咱的那段儿儿歌好不好？

青　儿　唱就唱呗。唱哪段儿呀？

板　儿　唱放羊的，咧咧咧——

青　儿　好，咱唱。

〔板儿和青儿边扭边唱。

放羊的，咧咧咧，

南山打鼓的是你爹（互相指）

你爹穿的是灯笼裤儿，

你娘穿的是绣花鞋。

钩儿来，钩儿去——

王狗儿　（接着数板）放你娘的钩儿屁！

〔狗儿妻上。

狗儿妻　板儿他爹！孩子招你惹你了？咋张口又骂孩子？

王狗儿　听他们唱我心烦。还你爹穿着灯笼裤儿，你爹要有灯笼裤穿就好了；还你娘穿着绣花鞋，你看你娘穿的是绣花鞋吗？你妈——破鞋。

狗儿妻　我说你咋说话呢？

王狗儿　咳，我不是说你是破鞋，我是说你脚上穿的是破鞋。

狗儿妻　别描了，越描越黑。这么大的酒味儿，你又喝酒了？

王狗儿　嗯汰。

狗儿妻　还嗯汰？我看你是个埋汰。咱家的日子哪有银子让你喝酒哇，你可好，有钱顾嘴，麻绳系腿。我说板儿他爹，你让我说你啥好呢？你少喝点酒省下几文钱，给你媳妇买几尺布，我做一条裤子也好哇，省得咱俩穿……

王狗儿　对啦。你要不提这话茬儿，我还真的忘了。明天我瞧我大姑妈去，那条新裤子我穿。

狗儿妻　真不凑巧。明儿个定好了，我给我表妹相亲去。这条新裤子我穿！

王狗儿　咳，两口子就这么一条新裤子，她想穿我穿不了，我想穿她穿不了。赶上一块有事还拆兑不开，说来真是惭愧呀！

狗儿妻　你还知道惭愧？就是这一条新裤子中间还开了线了，我还得缝两针儿。（边缝裤子边数落王狗）俗话说嫁汉嫁汉，穿衣吃饭。

王狗儿　娶妻娶妻，吃饭穿衣。

狗儿妻　穿衣吃饭。

王狗儿　吃饭穿衣。把裤子给我！

狗儿妻　我不给。

王狗儿　你不给我抢。

狗儿妻　王狗儿王狗，你给我听着——

　　　　（唱）骂一声王狗儿你没德性，

王狗儿　骂一声刘灵芝你是个扫帚星。

狗儿妻　武大郎卖烧饼——人软货囊你不中用，

王狗儿　坟圈子起鬼火儿——你也不是省油的灯。

狗儿妻　叫花子打狗——你就会耍穷横，

王狗儿　指望我给你搬来金山那是万也不能。

狗儿妻　可惜我小姐的身子丫环的命，

　　　　嫁给你一年清贫两年穷，

　　　　三年要喝西北风。

王狗儿　我说板儿他妈你别掉眼泪，

　　　　你一掉眼泪吧我心也疼来肝儿也疼。

　　　　俗话说英雄气短我把媳妇哄——

　　　　我说灵芝呀咱想想早年的一段情。

　　　　你曾说情哥哥的心事我能读懂，

　　　　酒盅盛米不嫌你穷。

　　　　你有情来我有意，

　　　　刀切鸭蛋两边红。

狗儿妻　想当年我是说了这番话，

　　　　只盼你人穷志不穷。

　　　　到如今——

　　　　横切萝卜十八片，

　　　　竖切大葱两头空。

　　　　一条裤子两个人抢，

我这脸呐不搽胭脂自然红。

王狗儿　好了。我的好媳妇，我这好话都说了一车了，这条裤子就让我穿吧。

狗儿妻　不行。明天我穿身上的这条破裤子去给表妹相亲，你脸上好看哪？

王狗儿　这么说这条裤子你不给我穿？

狗儿妻　对。

王狗儿　那好。你不给我穿我就抢——

狗儿妻　（同唱）越穷越吵越吵越穷吵吵闹闹穷折腾，折腾起来不要命——

〔二人抢夺裤子。刘姥姥上。被二人撞个跟头。

刘姥姥　（唱）丈母娘头次进门来个倒栽葱。

王狗儿　谁家的老太太跑这儿来看热闹来了？

刘姥姥　狗儿，你睁大眼睛看看我是谁？

狗儿妻　娘。

王狗儿　（扑通下跪）岳母大人，受小婿一拜。

刘姥姥　别拜了，少跟我闺女吵架比啥都好。你们因为啥吵啊？

王狗儿　就是因为穷。

刘姥姥　这条裤子你们抢抢夺夺的是为啥？

狗儿妻　娘，我没脸跟您老说呀……

刘姥姥　哟，这条裤子咋是俩色的？

王狗儿　这……

刘姥姥　我明白了。家里穷，两口子就这么一条裤子，一条裤子俩颜色，这边是虾米青色的，这边是葡萄紫的。家里的男人要是有个大事小情的，就穿着这条裤子，把这虾米青色的朝前；要是媳妇出门儿呢，也穿这条裤子就把这葡萄紫朝前。

王狗儿　岳母大人，您的脑筋真够用。

刘姥姥　呸。要不是冲着我闺女，我啐你一脸的冰片。一进你家的门，我就没好气，人家的庄稼日子是两亩地，一头牛儿，孩子老婆热炕头儿。你们家可好，破锅漏房病老婆，还有一根不通气的烟袋，看着这叫别扭啊。

〔板儿和青儿上。

狗儿妻　板儿，青儿，快来。叫姥姥。

板　儿　姥姥。

青　儿	姥姥。
刘姥姥	哎哟，看我这外孙子长得结实像铁蛋，外孙女长得水灵像荷花。多招人稀 罕呢。
板　儿	姥姥，我们想吃米饭。
刘姥姥	咳。看我这外孙子指不定多少日子只吃野菜没见米粒儿了呢。肚皮都青了。
板　儿	娘，我饿了……（欲掀锅盖）
狗儿妻	（拨开板儿的手）等一会儿！
刘姥姥	让姥姥瞧瞧，做的啥好吃的……（掀锅盖）野菜汤！
板　儿	我要喝大米粥，我要喝大米粥。
刘姥姥	没米了？
狗儿妻	娘，实话跟你说吧，前几天吃的米，都是赊的。
刘姥姥	赊的？
刘姥姥	这才几啊，刚过了秋收就闹饥荒，一冬天吃野菜，开春再看一家子都变成野 菜了。（拔下簪子）女婿，拿着。
王狗儿	姥姥，这是干啥？
刘姥姥	这个银簪子少说也能换它一斗小米，把它卖了吧。
王狗儿	唉……（拿过簪子欲下）
刘姥姥	回来！我可就这一个簪子，拿它换了米，米吃完了又该咋办？
王狗儿	说了归齐，还是舍不得，咳，马瘦毛长，人穷志短哪。
刘姥姥	我说狗儿喂。
王狗儿	岳母，您还是叫我大名儿吧。
刘姥姥	哟，你还有大名儿？那大名叫啥呀呀？
王狗儿	我叫王守仓。守卫的守，粮仓的仓。
刘姥姥	呃，守卫粮仓。那不还是狗吗？
王狗儿	咳，说来也是呀。
刘姥姥	（唱搭调）我说狗儿（忙改口）守仓——

君子看行踪，

孔雀看花翎。

庄稼人脚踩着黄土看你能不能。

只会那两垄一遭不顶用，

　　　　也要活得四面玲珑八面威风。

　　　　信天信地不信命，

　　　　哭天哭地不哭穷。

　　　　我的闺女眼珠子会说话，

　　　　我的姑爷要是长毛比猴还精。

　　　　山高挡不住南来的燕，

　　　　墙高挡不住北来的风。

　　　　天上不能掉馅饼，

　　　　还望你们精打细算富富裕裕有个好家庭。

王狗儿　我说孩子他姥儿，您说的句句是真理，一句顶一万句。可我们庄稼人是今儿想富，明儿想富，三十晚上还穿腯裆裤。

刘姥姥　照你这样说你们就得穷一辈子啦？

王狗儿　不穷着又能咋着？我总不能去打劫杠子去吧？

刘姥姥　你说话咋这噎人呢？谁让你去打劫杠子去了？那你们没钱还没有朋友吗？

王狗儿　咳，想我王狗儿是上炕认得媳妇，下炕认得鞋，哪有啥朋友啊？我又没有收税的亲戚、做官的朋友，有什么法儿可想啊？

刘姥姥　这倒不然，成事在人谋事在天。就没有一个和富字沾边的？

王狗儿　有道是穷在街头无人问，富在深山有远亲。我们家这么穷，亲戚都断道儿了。

狗儿妻　咋没有？那荣国府和你们老王家是拐弯儿的亲戚吗？

王狗儿　人死了，道儿断了。

刘姥姥　等等，你们说的这个荣国府是不是姓贾？

王狗儿　是啊，我爷爷做过小小京官，曾认贾府王夫人的父亲为叔父，按辈分我管王夫人叫姑太太。

刘姥姥　经你这么一说，我也想起来了，你说的那王夫人，我也曾见过，那可是高门贵户，放着这么好的一门亲戚，你们不去攀，还"瘌子脚面——紧绷着"，大碗面不吃——端着。还指望着人家前来跟你们走动啊？你们的脑子进了水咋着？赶紧着去走动走动，要是王夫人能发一点善心，拔根汗毛比咱们的腰还粗哩！

狗儿妻　您老说的虽然在理，可大户人家的门槛儿高，恐怕咱高攀不上啊。

刘姥姥　依我看事在人为。

王狗儿　岳母大人，既然您老当年见过这姑太，干脆明儿您老就走一趟，先去找一个叫周瑞的，他是我父亲的朋友，我们两家关系极好，让他领着您老进门不就结了。

刘姥姥　这个周瑞和他的老婆我也是认识的，好吧，你俩呀，真是笨鸭子上不了鹦鹉架呀。得，我豁出老脸去一趟。板儿！

〔板儿应声上。

板　儿　姥姥。

刘姥姥　板儿，赶明儿跟姥姥去串亲戚！

板　儿　串亲戚？有大枣儿吃吗？

刘姥姥　大枣儿？有。正是：（念）

狼跑岔道狐跑弯，

虎跑山林马跑滩，

为了闺女日子好，

有枣没枣我打三竿儿！

〔刘姥姥激情夸张地亮相。

〔灯光急收。

第二场

〔二幕启：刘姥姥随周瑞家的上。

周瑞家的　刘姥姥，快走啊！

〔刘姥姥、板儿上。

刘姥姥　来了！（唱）

刘姥姥进城串亲戚，

脚步摇晃心发虚。

怨我的闺女不提气，

怪我的姑爷没出息。

他们是井底的蛤蟆没见过天和地，

还得我老的出山卖这老脸皮。

串亲戚两手空空没有见面礼，

扛个脑袋走进门心里发虚。

真要是人家淡不流水儿伴答不理，

这出不来进不去可要崴泥。

刘姥姥此时自己劝自己，

打定的主意别迟疑。

出水才见两脚泥，

荷花出水显高低。

刘姥姥一进荣国府，

想摘那个月亮我要搭天梯！

刘姥姥　阿弥陀佛，这一回去见凤姑娘，全仗嫂子方便了。

周瑞家的　一家人不说两家话。与人方便，自己方便。姥姥，您放心，您大老远诚心诚意来了，哪能不让您见到真佛呢。

刘姥姥　我说大嫂子，咱姐俩真是有缘哪。嫂子，这门亲戚要是接上了头，我就是忘了自个的生日，也忘不了你的好儿。

周瑞家的　姥姥说的比唱的还好听。

刘姥姥　庄稼人就爱讲实话，有啥说啥呗。

周瑞家的　真是好马长腿上，好人张嘴上，就凭您这张嘴，吃不亏。不过我可告诉你，这位凤姑娘今年大不过二十岁，就这等本事，当这样的家，可是难得的。如今出挑的美人一样的模样，少说得有一万个心眼儿，眼珠子会说话。要论话茬子更是厉害，不洒汤，不漏水。那小嘴跟刀子一样。你跟她见了面可要当心点儿。

刘姥姥　嫂子你放心。兵来将挡，水来土屯。虽说她凤姐不是个凡人，刘姥姥我也不是面蚕豆。

〔二人相视大笑。幕后喧闹声。焦大醉上。

焦　大　（自言自语地）想把我焦大灌醉呀？姥姥！

刘姥姥　（随口应声）哎。

焦　大　你是谁呀？敢占我的便宜？

刘姥姥　焦大兄弟，你还认识我吗？

李汉雪剧作选

焦　大　你?

刘姥姥　那年你跟太爷回丰润,天天向我讨酒喝!

焦　大　啊,我认出来了,你是刘嫂。

刘姥姥　当年的刘嫂,如今变成刘姥姥了。

焦　大　刘姥姥。当姥姥了,有福啊。我说老嫂子,你大老远地干什么来了?

刘姥姥　走亲戚。

焦　大　想进这大院走亲戚?

刘姥姥　对。

焦　大　我劝您还是别进去,轻的您弄一肚子气,说重点您碰一鼻子灰,何苦呢。

刘姥姥　焦大兄弟,我这个人还就有个犟脾气,我就要看看他们认不认我这门亲戚。

焦　大　刘姥姥,恐怕您进不了这个大门口。

刘姥姥　咋着? 进不了这大门口。

周瑞家的　可不是,把门的恶喝极了。

刘姥姥　(用激将法)他们再恶喝还能比我这焦大兄弟有威?

焦　大　哼? 我说刘嫂,你这串亲戚也没拿点见面礼?

刘姥姥　嘿嘿,不怕大兄弟你介意,大兄弟你就是见面礼!

焦　大　啊? 我成了见面礼了?

刘姥姥　想当年您品尝我酿的小涴阳的时候,您张口闭口说我是你的亲嫂子,咋着?
　　　　你亲嫂子来了,他们敢慢待我?

焦　大　他姥姥的,谁要敢狗眼看人低,我骂他八辈儿的祖宗! 走,刘嫂,我领着您
　　　　进大门。

刘姥姥　大兄弟是杆枪,我这星星沾着月亮的光。走着。周瑞家的,脚步迈稀点儿,
　　　　咱快走。

刘姥姥　(唱)刘姥姥美滋滋儿心欢喜,

　　　　　　　这一下打了顺风旗。

周瑞家的　急敲锣鼓有好戏,

焦　大　谁欺负我的嫂子我不依!

　　　　〔三人绕圆场下场。

　　　　〔二幕启:王熙凤寝室。王熙凤的丫环平儿在房内的佛龛处点上了香。

平　儿　(唱)荣国府红楼夺目红,

二奶奶的丫环是人精。

可惜我小姐的身子丫环的命,

生就的胚子是应声虫。

为二奶奶点香把神敬,

指望来世获新生。

〔周瑞家的领着刘姥姥上。刘姥姥误认为平儿是二奶奶,扑通一下叩头。

刘姥姥　二奶奶万福。

周瑞家的　咳。刘姥姥,这不是二奶奶。这是二奶奶身边的平儿姑娘。

刘姥姥　哎哟,看我这冒失劲儿。我看姑娘穿红戴绿披金裹银的以为是二奶奶呢。

平　儿　周娘,这是谁呀?

周瑞家的　平儿姑娘,这是咱远方的亲戚刘姥姥。

平　儿　刘姥姥?平儿给姥姥请安。

刘姥姥　咳,免礼免礼。看平儿姑娘长得挺滋润的,真是个柳叶眉,丹凤眼,樱桃小

　　　　嘴一点点。比那画上的人儿还俊呢。

平　儿　周娘,你们来有事?

周瑞家的　烦姑娘给通禀一声,刘姥姥大老远地来了,就是要和二奶奶见个面儿。

平　儿　那好。你们候着,我去请二奶奶。(下)

刘姥姥　你看姑娘那两步走,多好看哪,回家我也走畦埂好好地练练。(学走猫步)

周瑞家的　姥姥,您就别逗了。姥姥,您看看这屋子里该有多阔气。

　　　　(唱)大红的撒花软帘儿飞着彩凤,

　　　　　　炕上的毛毡子更是软融融。

刘姥姥　老家的热炕头是没有人家干净。

周瑞家的　(唱)金心绿闪缎大坐褥,

刘姥姥　比老家的"雨过天晴"的小粗布强多了。

周瑞家的　(唱)胜似金銮殿盖过水晶宫。

刘姥姥　摆这样的排场得多少斤小米呀!

周瑞家的　姥姥您看,二奶奶她走过来了——

　　　　(唱)她穿的是秋板貂鼠昭君套儿,

刘姥姥　(唱)仙女的模样惹人疼。

周瑞家的　(唱)攒珠帽箍玉玲珑。

刘姥姥　（唱）脱俗的美人长得精。

周瑞家的　（唱）穿的是粉红的碎花袄，

刘姥姥　（唱）好似桃花二月红。

周瑞家的　（唱）大红洋绉银鼠皮裙，

刘姥姥　（唱）美人足下脚步轻。

周瑞家的　（唱）身上是石青缂丝的灰鼠大披风，

刘姥姥　（唱）可称是仙女下云层。

周瑞家的　（唱）姑奶奶富贵的身子富贵的命，

刘姥姥　（唱）美人的胚子美人的形。

周瑞家的　（唱）这样的俏佳人长得好生动，

刘姥姥　（唱）刘姥姥我看着看着看直了眼睛！

　　　　〔王熙凤上。

周瑞家的　（唱）见了那二奶奶施一礼，

刘姥姥　（唱）姥姥我磕头作揖外带着鞠躬！

　　　　〔刘姥姥夸张磕头不起。

王熙凤　周姐姐，快搀起来。别拜了。请坐。

刘姥姥　我？嘿嘿，卖不了的秫秸——我在这戳着吧。

王熙凤　周姐姐，我年轻，不大认得，也不知是什么辈分，不敢称呼。

周瑞家的　这就是我事先跟你描说的姥姥。

王熙凤　姥姥快坐下。

刘姥姥　板儿，快叫姑奶奶。

　　　　〔板儿不肯。

王熙凤　罢了，罢了。

刘姥姥　乡下孩子，没见过世面，狗屎上不了菜碟，让二奶奶见笑了。

王熙凤　亲戚家不太走动，都疏远了，知道的呢，说你们厌弃我们，不肯常来。不知道的呢，还以为我们眼里没人似的。

刘姥姥　阿弥陀佛，要说咱这实靠的亲戚我们想走动不？想，可不怕姑奶奶笑话，我们家道艰难，走动不起。这不，这次来也没的给姑奶奶带啥东西。肩上扛个脑袋就进来了。

王熙凤　姥姥就别不好意思了。我们家里也没什么，只是祖上有个虚名，做了穷官，眼下只有个旧日的空架子。俗话说，朝廷还有三门穷亲戚呢，何况你我。

刘姥姥　瞧瞧。瞧瞧。听姑奶奶说的话就像是吃了开心果儿。

〔平儿上。

王熙凤　平儿有事？

平　儿　二奶奶，赵姨娘拿着五十两银子的借据要给您添点膈应。

王熙凤　这个赵姨娘也真的不知道自己姓啥了，裁了丫头的钱她跟着起哄抱怨咱们。

平　儿　还有二爷身边的兴儿有影儿的没影儿的也在背后说您的坏话儿。

王熙凤　他说我什么？

平　儿　说二奶奶您把上上下下的月钱克扣，挪用，放利。

王熙凤　（厉声地）够了。二奶奶我行得正，做得正，凭他们去咬舌头根子，根节上我
　　　　是老太太搽口红——给他们点颜色看看。看，净顾着说话了，冷落了姥姥。
　　　　周娘，太太知道姥姥来了吗？

周瑞家的　回禀二奶奶，太太说了，今日没空，由二奶奶陪着也是一样，有什么要说
　　　　的，只管对二奶奶讲。

王熙凤　那好，刘姥姥有什么事就说吧。

刘姥姥　（唱）聪明的二奶奶明知故问，

王熙凤　（唱）她那里未曾开言红耳根。

周瑞家的　（唱）你何必死要面子活受罪，

刘姥姥　（唱）谁知道手背儿朝下难煞人。

　　　　　　　见了我的板儿眼睛一亮，

　　　　　　　急中生智说出话外音。

王熙凤　哟，姥姥，您冲板儿这么乐干什么？

刘姥姥　这小王八羔子办出事来那叫出格儿——

王熙凤　办什么出格的事了？

刘姥姥　这小子是个脏猴儿，前几天邻居大妈给他一块甜瓜，你说这小子一见到甜瓜
　　　　是手也不洗，把这甜瓜揉巴揉巴就往嘴里填，这手都是泥，再有点甜瓜汁，
　　　　那手更是和了泥了。嘿，您说这小子人不大，主意不小，看见手上都是泥，
　　　　咋办哪？这小子有辙，三下五除二，连泥带水还有甜瓜籽儿，全抹肚皮上
　　　　了，我估摸着现在这肚脐眼该长出甜瓜苗儿来了。

板　儿　（天真地）姑奶奶，我姥姥瞎说，我的肚脐眼儿没长甜瓜苗儿，不信您看——

〔板儿亮肚皮。王熙凤看后惊呆。

王熙凤　哟,这孩子的肚皮怎么是青的?

刘姥姥　姑奶奶,我该咋对你说呢——

刘姥姥　(唱)农村的苦日子吃了这顿没下顿,

　　　　　　　一家人野菜当饭生活艰辛。

　　　　　　　稀粥断顿日子紧,

　　　　　　　好过的年来难过的春。

　　　　　　　年迈人再饥再饿也能忍,

　　　　　　　日夜牵挂的是儿孙。

　　　　　　　俗话说姑表亲辈辈亲,

　　　　　　　打烂了骨头连着筋。

　　　　　　　走投无路我想亲人,

　　　　　　　亲不帮亲谁帮亲?

　　　　　　　二奶奶菩萨心肠闻名远近,

　　　　　　　望姑奶奶雪中送炭开开恩。

王熙凤　姥姥,您别说了,看见孩子这肚皮是青色的,我心里发酸。平儿——

平　儿　二奶奶?

王熙凤　你给这孩子端来一碗热米饭,再端来一碗梅菜扣肉。

平　儿　是,二奶奶。(平儿下)

刘姥姥　那我们板儿今天是过了年了。板儿,还不谢姑奶奶。

板　儿　谢姑奶奶。

王熙凤　刘姥姥,不必再说了,你的意思我知道了。我知道您的难处唉,像我们这样
　　　　的大户人家,外头看着虽是轰轰烈烈,可又有谁知道大有大的难处啊——
　　　　(唱)荣国府深宅大院紫漆的门,

　　　　　　　二奶奶我当了主事的人。

　　　　　　　论辈分我是孙子媳妇小辈分,

　　　　　　　为操持这个家我费尽苦心。

　　　　　　　荣国府上上下下这么多的人,

　　　　　　　千变万化我看得真:

　　　　　　　这人上人,人下人,人敬人,人骂人,惹急了还要人吃人——

二奶奶我是一步一小心。

一不小心我要得罪人。

说财路我要施用"滚雪球"来"驴打滚"儿,

算计着一两金子二两银。

虽说是大户人家日子也吃紧,

还祈望姥姥体谅晚辈的心。

刘姥姥　既然姑奶奶把话说到这份上,那刚才的话就当是我跟二奶奶开句玩笑了。

王熙凤　姥姥,我话还没说完呢,今儿你既然老远的来了,怎好让你空回去,可巧我
　　　　手头还有二十两银子,是预备给姑娘们做衣裳用的,你要是不嫌少,就先拿
　　　　去用吧。

刘姥姥　（喜出望外）不嫌少,不嫌少,俗话说得好,瘦死的骆驼比马大,你老再艰
　　　　难,拔根汗毛也比我这腰粗啊!

周瑞家的　老糊涂,啥瘦死的骆驼比马大,多不吉利!

刘姥姥　瞧我,一高兴什么屁话都扔出来了,二奶奶可别怪罪。

王熙凤　没关系,一看姥姥就是个爽快人。

　　　　〔平儿端着饭菜上。周瑞家的帮着接过饭菜。

王熙凤　板儿,快吃吧。

板　儿　谢姑奶奶。

刘姥姥　板儿,慢点吃,别噎着。还冲我傻笑呢。我问你这米饭香不香?

板　儿　香。

刘姥姥　这肉香不香?

板　儿　香。

刘姥姥　姥姥再问你,这饭菜谁给的?

板　儿　姑奶奶给的。

刘姥姥　姑奶奶好不好。

板　儿　好。

刘姥姥　将来你念了大书当了大官有了银子先给谁花?

板　儿　先给姑奶奶花。

刘姥姥　大声点说——

板　儿　（高声地）先给姑奶奶花!

王熙凤　（一把抱住孩子）这孩子可真乖！

刘姥姥　好。正是：

　　　　　天上的东风追彩云，

　　　　　地上的白马追麒麟。

　　　　　穷人跟着富人走，

　　　　　土饭碗变成聚宝盆。

　　　　〔刘姥姥夸张的造型亮相。

　　　　〔灯光急收。

第三场

　　　　〔二幕外。

　　　　〔王狗儿与媳妇田间干活回来，打情骂俏地扭唱。

狗儿妻　（唱）庄稼一枝花，

　　　　　　　全靠粪当家。

王　狗　（唱）媳妇一枝花，

　　　　　　　全靠她当家。

狗儿妻　（唱）孩子他姥儿本事大，

　　　　　　　我们家（呀）二十两银子起了家。

王　狗　（唱）现如今家大业大福分大，

　　　　　　　有吃有喝有钱花呀。

狗儿妻　（唱）我说板儿爹呀——

王　狗　（唱）我说青儿妈呀——

狗儿妻　（唱）咱们俩爱家护家整家治家兴家发家究竟为了啥呀？

王　狗　（唱）为了啥？为的是给咱的娃娃找个小妈儿。

狗儿妻　哈哈？真是没王法了，日子刚好过点儿，你就想找小蜜，我一把火儿把咱家
　　　　的财产点着喽。

王　狗　看你这脾气，一点就着。我这不是跟你说笑话呢吗？你就是借给我点胆子，

我也不敢歪身子睡觉——邪（斜）了心哪。我的灵芝草儿喂，这辈子我是狗皮膏药——贴给你喽。

狗儿妻　这句话我听着心里边热乎儿。哎哟——

王　狗　咋着啦？

狗儿妻　（撒娇地）我崴脚啦。

王　狗　咳，这八寸的金莲咋给崴了呢？快让我瞅瞅。

狗儿妻　瞅瞅有啥用啊，我走不动了。你快回去，把咱家的大叫驴菊花青给我牵来。我骑驴回家。

王　狗　费这事干啥？你别骑驴了，你骑狗吧。

狗儿妻　净瞎说。哪儿有这么大的狗能驮得动我呀？

王　狗　我这条狗就驮得动你。

狗儿妻　这么说你要背我回家？

王　狗　对。背着你我狗颠儿狗颠儿地走个百八十里没问题。

狗儿妻　嘿。张飞吐白沫——你还劲头上来了呢。

王　狗　（做背状）来，媳妇——上——上狗。

狗儿妻　别介了。大白天的让人家看见多笑话呀。

王　狗　我的活菩萨你迟疑个啥那，这年月疼媳妇没有人笑话。（对众）你们大伙说对不对呀？

狗儿妻　（唱）小两口啊拉不断的扯不断说的都是知心话呀。

王　狗　（唱）王狗我呀背着媳妇迈着八字儿赶回家呀。

　　　　〔小两口欢天喜地地下。

　　　　〔二幕启

　　　　〔一年后。

　　　　〔贾府。

　　　　〔王熙凤上。

王熙凤　（唱）靥笑鬟散度回廊，

　　　　　　樱唇榴齿口含香，

　　　　　　正是花好月圆日，

　　　　　　银盏美酒伴蟹黄。

　　　　〔平儿上。

平　儿　二奶奶。

王熙凤　你来有事？

平　儿　二奶奶，馒头庵的净虚师傅将上次应允您的银子带来了。

王熙凤　这么说她的恩怨了结啦？

平　儿　了啦。拆散了一对鸳鸯，净虚师傅出了一口恶气。

王熙凤　送来的银子是如数吗？

平　儿　如数。不多不少三千两。

王熙凤　那净虚师傅做事还算有板眼。

平　儿　不是她做事有板眼，二奶奶帮她这么大的忙，这点小意思哪里抵得上您的恩情啊。

王熙凤　平儿，这些银子你放好了。一两我也不想贪，为了圆全这码事，咱烦了好多的人，这些人要挨着个儿的打点。

平　儿　是，二奶奶。（下）

王熙凤　老祖宗，太太，小姐，宝玉兄弟，开宴了！

　　　　〔音乐声中，贾母、王夫人、宝玉、宝钗、黛玉、鸳鸯、湘云等上。

贾　母　凤丫头，你给我们预备了什么好吃的？

王熙凤　地上跑的不如天上飞的，天上飞的不如水中游的。

宝　玉　是鱼？

王熙凤　四条腿的不如两条腿的，两条腿不如没有腿的，没有腿的不如十条腿的。

贾　母　是螃蟹！

王熙凤　还是老祖宗，脑子像是车轱辘似的转的快，一猜就中。

贾　母　你个小蹄子，嘴像是油葫芦。

王夫人　还不是老祖宗宠着她，赶明儿就越发无礼了。

贾　母　我喜欢她这样，再说你这侄女又不是不知高低的孩子，女孩子家原该就这样。

宝　玉　老祖宗一夸凤姐姐就没完，难道让我们饿死不成！

贾　母　这又是个催命的，快入席吧。

　　　　〔众入席。上螃蟹。

　　　　〔周瑞家的上。

周瑞家的　二奶奶，二奶奶……

王熙凤　干什么？

周瑞家的　刘姥姥又来了，还带了好多的东西，说是专门谢二奶奶来的。

王熙凤　也不看什么时候，我这正忙着……

周瑞家的　要不我打发她走。

贾　母　凤丫头，你们嘀咕啥呢?

王熙凤　回老祖宗，乡下有个穷亲戚，叫刘姥姥的，去年说是来看太太的，其实是来"打秋风"的，我看她人还实在，就给了她二十两银子，今天她带着东西过来了。

贾　母　来了好。我正想找个积古的老人家说说话，人家既然挑着东西来了，准是个极有情义的，就叫进来一块儿热闹热闹。

王熙凤　老祖宗大慈大悲，就叫她进来吧!

周瑞家的　是。(下)

刘姥姥　(内唱)刘姥姥二次进了这大观园，

　　　　(上唱)正逢上桃李芬芳三月三。

　　　　　　　满园的春景瞧得我眼缭乱，

　　　　　　　这红红绿绿花花草草清清淡淡柔柔软软山山水水庭庭阁阁真是那世外一桃源。

　　　　　　　一年前——

　　　　　　　二奶奶施舍银两帮我们解危难，

　　　　　　　现如今火爆的日子比蜜还甜。

　　　　　　　今日我为感谢恩人来到荣国府，

　　　　　　　带来了乡土特产沉甸甸。

　　　　　　　新鲜的菜新鲜的枣儿，

　　　　　　　新鲜的葡萄粒粒圆。

　　　　　　　还有那新收下来的胭脂米，

　　　　　　　咱把那新鲜的五谷杂粮绿色食品一一送到大观园。

　　　　　　　庄稼人知恩图报人穷志不短，

　　　　　　　见过了二奶奶我倾吐肺腑言。

　　　　　　　二奶奶，大恩人!

王熙凤　刘姥姥，别介，真正的大恩人在上头坐着呢!

刘姥姥　哟，二奶奶不说，我还以为这里挂的是幅画哩，敢情是太太小姐们在吃饭。

王熙凤　这是我姑妈，不是他老人家发话，我还留着二十两银子自己花呢！

刘姥姥　上次来没见着，大小姐还认得我吗？

王夫人　几十年没见了，你不说我还真不认得了。

刘姥姥　大小姐一点也没变，哪像我，刚从土里刨出来似的。

王熙凤　坐在正中的是荣国府的老祖宗，今日留你的，就是老祖宗发的话。

刘姥姥　老祖宗好福相，我给您磕个头。（欲跪）

贾　母　老亲家，不必这样，你今年多大年纪了？

刘姥姥　属兔的，七十五了。

贾　母　这么大年纪，还这么硬朗，比我大好几岁呢，还挑着担子满世界跑。我要是到了七十五，还不知能动不能动呢？

刘姥姥　我们生来是受苦的，老太太生来是享福的，若我们也这样身不动膀不摇的，那些庄稼活也就没人干了。

贾　母　什么福不福的，不过是个老废物罢了。

王熙凤　我们老太太是最惜老怜贫的，长着一颗佛心。

刘姥姥　阿弥陀佛，我说看着面熟，原来和寺里观世音菩萨一个样。

贾　母　老亲家真会说笑话。一提起乡下的新鲜瓜果呀，我是打心里高兴。

刘姥姥　谁说不是呢，一提起我们乡里土生土长的玩意儿，我就来神儿。

鸳　鸯　乡下有什么新鲜的？说来让我们长些见识。

刘姥姥　那大伙听我说——

　　　　（唱）正月里菠菜满地青，

　　　　　　　二月里发芽羊角葱。

　　　　　　　三月里蒜苗往上长，

　　　　　　　四月里莴笋一扑愣。

　　　　　　　五月里黄瓜上了市，

　　　　　　　六月里番茄满街红。

　　　　　　　七月里茄子一包籽，

　　　　　　　八月里豆角拧成绳。

　　　　　　　九月里辣椒挂灯笼，

　　　　　　　十月里蔓菁上秤称。

　　　　　　　十一月萝卜甜如蜜，

腊月的韭黄黄腾腾。

贾　母　哎哟，说得我真的想尝这一口鲜。

刘姥姥　禀老祖宗，多了没有，给您拉一车来了。

贾　母　是嘛？太好了。吃点新鲜的五谷杂粮新鲜的瓜菜身子分外的结实。城里的鸡

　　　　鸭鱼肉我吃腻了，还是新摘的瓜果受吃。

王熙凤　老祖宗喜欢新鲜的野玩意儿，快把它们抬下去，洗洗干净，让老祖宗尝尝鲜。

贾　母　老亲家，快来入席吧。

刘姥姥　这儿哪有我的座啊。

贾　母　你就坐我旁边。

鸳　鸯　二奶奶，咱们今天有笑料了。

王熙凤　对，今天就拿刘姥姥逗趣，让老太太高兴高兴。

鸳　鸯　姥姥入席，得先打扮打扮。

刘姥姥　我一个老婆子，还打扮啥啊。

王熙凤　姥姥，这可是府上的规矩。

　　　　〔鸳鸯端过花盘，上面有各色鲜花。

刘姥姥　这么说，今天二奶奶要让我戴花？

王熙凤　是。我来打扮姥姥。

众　　　二奶奶说得对，今天我们都来打扮姥姥。

刘姥姥　真是了不得喽——

　　　　（唱）今个要出大笑话，

　　　　　　　七十五的老太太要戴花。

　　　　　　　小姐们起着哄我难把台阶下，

　　　　　　　刘姥姥我心里边打鼓要抓瞎。

　　　　　　　谁说这笨鸭子我上不了鹦鹉架，

　　　　　　　刘姥姥我可不是凡人的脑袋瓜儿。

　　　　　　　刘姥姥心里有八卦，

　　　　　　　心里说实话，

　　　　　　　当面说恭维话，

　　　　　　　图的是他们笑哈哈。

　　　　　　　想到此我三寸的金莲我走八字儿——

周瑞家的　姥姥，您这是看啥呢？

刘姥姥　（唱）刘姥姥的眼里都是花。

王熙凤　都是花？那好啊，姥姥您说说，您老要是说得对，我就赏给您一朵花。

刘姥姥　慢着。老祖宗，我这个人是庄稼人，庄稼人爱说实话，也说粗话，也说土话，
　　　　说对了说错了老祖宗可别笑话。

贾　母　姥姥，你就想说什么说什么，今儿个大伙高兴，你说什么大家也不怪罪。

刘姥姥　那我可就"哨"了？我看在座的都是花——

王熙凤　您"哨"吧。您先说老祖宗是朵什么花？

刘姥姥　（唱）老祖宗作得乾坤主，

　　　　　　身前像观音身后像菩萨。

　　　　　　也是那前世修德造化大，

　　　　　　是一朵富富贵贵绵绵长长的椿龄花。

　　　　〔众喝彩。王熙凤把一朵花戴在刘姥姥的头上。

王熙凤　那王夫人是朵什么花呢？

刘姥姥　（唱）王夫人善眉善目好文雅，

　　　　　　她是一朵凌霄花。

王熙凤　那我是朵什么花呢？

刘姥姥　（唱）二奶奶眼珠子会说话，

　　　　　　心有韬略压得住茬。

　　　　　　假有真来真有假，

　　　　　　是一朵大富大贵的牡丹花。

薛宝钗　姥姥，我是朵什么花呀？

刘姥姥　（唱）这个女子大家闺秀好大气，

　　　　　　真是一朵粉红粉红的大丽花。

林黛玉　姥姥，我是朵什么花呀——

刘姥姥　（唱）这个女子小家碧玉不小气，

　　　　　　是一朵雪白雪白的茉莉花。

湘　云　姥姥，我是朵什么花？

刘姥姥　（唱）俏佳人能入诗来能入画，

　　　　　　一夜秋风开菊花。

鸳　鸯　姥姥,我是朵什么花呀?

刘姥姥　(唱)真是仙山出俊鸟儿,

　　　　　　鸳鸯戏水伴荷花。

贾宝玉　姥姥,我是朵什么花呀?

刘姥姥　(唱)你是那花花公子一点也不假,

　　　　　　姓贾不假通灵宝玉老祖宗见了你呀心里乐开花呀。

王熙凤　说了半天姥姥你是朵什么花呀?

刘姥姥　(唱)姥姥我呀丑不拉叉,

　　　　　　瓜子脸哪倒长着,

　　　　　　柳叶眉倒长着,

　　　　　　元宝嘴倒长着——

　　　　　　真是一朵狗尾巴花。

贾　母　好。今天我可真开心。来,咱们一人一杯,敬姥姥。

刘姥姥　哎哟,我可没这么大的酒量。

王熙凤　姥姥,谁不知您老也会酿酒啊,今儿个您可得喝足了。

刘姥姥　二奶奶说得也对。今儿个我就卯上了。

贾宝玉　姥姥,划拳行令您会不会。

刘姥姥　讨公子高兴,咱划上几拳——

贾宝玉　姥姥,您要是赢了我呀,我赏给您老最大的螃蟹。

刘姥姥　那我今天是过了吃螃蟹的瘾了。来。公子——(与宝玉划拳)

　　　　　一只螃蟹八只脚,

　　　　　两只眼睛这么大的壳。

　　　　　翻上壳,翻下壳,

　　　　　夹夹夹,往后缩。

　　　　　五魁首,都不喝,

　　　　　六六顺,都不喝,

　　　　　七巧枚,该我喝,

刘姥姥　该我喝,我就喝,

　　　　　我要不喝这么大的壳儿!

贾　母　老亲家,来就着螃蟹吃酒。

刘姥姥　这螃蟹好大啊,得多少钱一斤啊?

王熙凤　五分银子。

刘姥姥　这样的螃蟹,今年就值五分一斤,十斤五钱,五五二两五,三五一十五,再搭上这酒菜,一共倒有二十多两银子,阿弥陀佛,这一顿饭的银子,够我们庄稼人过一年了。

　　(唱)发家如似针挑土,

　　　　败家如同水过滩。

　　　　庄稼人汗珠子掉地上摔八瓣儿,

　　　　有句话儿说得寒酸。

　　　　说什么鱼生火,肉生痰,

　　　　白菜豆腐保平安。

　　　　实话说花一分钱要掰两半儿,

　　　　算计着日子好艰难。

　　　　鸡鸭鱼肉不敢想,

　　　　绫罗绸缎不敢贪。

　　　　粗衣麻线身上裹,

　　　　清水煮菜放把盐。

　　　　哪像这富人家——

　　　　跑得了马来行得船,

　　　　抖得了威风做得了官。

　　　　银子能填海,

　　　　金子能堆山。

　　　　穷人跟着富人比,

　　　　一个地来一个天。

　　　　这真是——

　　　　人想富,

　　　　富想官;

　　　　官想做皇帝,

　　　　皇帝想上天。

　　　　庄稼人何日何时能吃饱饭?

庄稼人何日何时过上富裕年?

贾　母　姥姥,你在想什么?

刘姥姥　(遮掩地)我在想这螃蟹该从哪儿下口?

〔众乐。

王熙凤　鸳鸯,你还不快给姥姥斟酒。

刘姥姥　等等,换个木头的酒杯来,我手脚粗笨,怕失手打了这瓷的。

鸳　鸯　你看这个怎样?(搬来木桶)

刘姥姥　这个不敢,把这木桶收了,带回家慢慢喝吧。

贾　母　鸳鸯,你想把老亲家灌醉啊。

鸳　鸯　姥姥别恼,我跟姥姥逗着玩,我给你老人家赔个不是。

刘姥姥　姑娘说哪里话,咱们哄老太太开心,可有什么恼的。来,我先干为敬,祝老
　　　　太太福如东海,寿比南山!

王熙凤　姥姥,你可别喝多了。

刘姥姥　多不了,咱们老百姓,今儿个真高兴。鸳鸯姑娘受累给姥姥满上。

〔鸳鸯不小心碰倒了酒壶。

王熙凤　冒失鬼,怎么把酒碰洒了。

刘姥姥　没事。半斤粮食一两酒,我可不让它糟蹋喽。

〔刘姥姥俯下身子歪脖喝洒在桌子上的酒。

〔众乐。

刘姥姥　正是:人投人,鸟投林,

　　　　和尚投得寺上人。

　　　　喜鹊要把高枝站,

　　　　世俗莫笑庄稼人。

〔灯光急收。

第四场

〔紧接前场。

〔二幕外。

〔王狗抱个赶车的鞭子兴奋地上。

王　狗　（唱）赶着马车城里走，

鞭子开花喜悠悠。

荣国府的石头狮子把门守，

门口旁蹲着我条这乡下的狗。

我的丈母娘可有一手儿，

让我看马车，她上里面喝小酒儿。

嘿，门口的狮子把我瞅——

（自言自语地）我说石头狮子，你瞅我干啥？咋着？你要撵我走？大爷的脾气祖宗的性儿，你知道我干啥来了不？我给你们府上送五谷杂粮来了，彼此的货物一交手，你有我有全都有。

（接唱）王狗我伸长了脖子往里瞅，

瞧得见这大户人家肥得冒油。

真是那吃不愁来花不愁，

穿着绸缎住高楼。

这书生配小姐，

老爷配俊妞儿，

不老不少的配丫头。

王狗我大富大贵难消受，

只盼着大门内扔出一块带肉的羊骨头。

〔焦大抱着酒壶和酒菜上。

焦　大　来，乡下人，一块用点儿。

王　狗　是焦大叔叔。

焦　大　来，坐这儿陪我喝一壶。

王　狗　谢了，大爷。我还是别喝了，当时我丈母娘骂我是抽烟喝酒瞎胡混，省不下粮食攒不下粪。我跟丈母娘起誓发愿地说了，我再喝酒，就自个剁了自个的手指头。

焦　大　你这个乡下人脑子真不活分，我白送你酒你都不喝？

王　狗　要说也是。好吧。那我就沾您老的光，小的溜儿来两口。得了，我还是别喝了。

焦　大　怎么又变卦了？

王　狗　我听说叔叔您喝醉了酒爱骂人。

焦　大　那是不假，可我不骂好人！来，干！

王　狗　好。今天我是三瓣子嘴出门子——豁出去了。

〔一阵喇叭牌子过后，二人饮得大醉。

王　狗　焦大叔叔，您喝醉了吧？

焦　大　没喝醉，喝的有点靠上。

王　狗　这么说您又要骂大街了？

焦　大　算你说对了。心里的话我要不说出来，我就要抽羊角风，吐白沫儿。

〔刘姥姥歪歪斜斜地上。

刘姥姥　别介。您还是把话说出来吧。

焦　大　老嫂子，您怎么转悠这来了？

刘姥姥　今儿个我也喝多了。

焦　大　喝多了不妨。我这有解酒的药。

刘姥姥　你有解酒的药？

焦　大　对。老嫂子，你听着——

　　　　（唱）白干酒，喝几盅，

　　　　　　　醉了酒的焦大骂祖宗。

　　　　　　　荣国府上上下下不干净，

　　　　　　　肮脏事瞒不过我的眼睛。

　　　　　　　拼生拼死做的是情仇梦，

　　　　　　　打情骂俏做的是风流梦，

　　　　　　　争贪夺宠做的是白日梦，

　　　　　　　放债使银做的是发财梦，

　　　　　　　风花雪月做的是红楼梦，

　　　　　　　鸡飞蛋打做的是黄粱梦，

　　　　　　　神魂颠倒做的是团圆梦，

　　　　　　　阿迷托佛做的是天堂梦。

　　　　　　　荣国府迟早一场离散梦，

　　　　　　　给后人敲响了不打自鸣的钟！

刘姥姥　哟，我只说这荣国府好得像这画一样，没想到还有这么多的蹊跷事呢。得了。大兄弟，痛快痛快嘴得了。我得走了。

焦　大　干啥去？

刘姥姥　没出息。吃了好的存不住，我找茅坑儿去。

焦大与王狗　（同声地）咳——（二人下）

　　　　〔二幕启。

　　　　〔刘姥姥醉上。趔趔着系着裤腰带。

刘姥姥　（唱）黄米酒喝得我晕晕忽忽，

　　　　　　　这大观园是八卦阵难进难出。

　　　　　　　穿竹林有条石子路，

　　　　　　　过石桥猛看见几间小屋，

　　　　　　　敲敲门扒扒头（白：没人。）我不请自入，

　　　　　　　这姑娘看着好生面熟？

　　　　　　　柳叶眉丹凤眼鼻梁儿还挺鼓，

　　　　　　　不是神女就是仙姑。

　　　　　　　为啥姑娘不言语，

　　　　　　　想必是跟我有点生疏。

　　　（白）姑娘，我自报家门吧。我是刘姥姥，刚才去了趟茅坑儿，嘻嘻，不是我老没出息喝酒贪杯，咱这次可不是"打秋风"来的，姥姥我讨的就是老太太喜欢，才多喝了几杯……姑娘，别傻站着了，快带我去见二奶奶。（拉姑娘手）

　　　（接唱）原来是一幅画挂在这房门口儿处，

　　　　　　　真笑我酒喝多了视力模糊。

　　　　　　　猛看见亲家母堵着我的路，

　　　（白）狗儿他娘，你怎么来了？是怕我在这出丑，接我来了？哎！

　　　　　　　你为啥这样看着我不错眼珠儿？

　　我知道了你在笑话我是个二百五，

　　你问我为啥贪杯酒一壶？

　　我说亲家母您可别揣度，

　　姥姥我黄酒下肚有所图，

　　咱图的是——

　　盖门楼来搭新屋，

　　贴个喜字娶媳妇。

　　卖个叫驴聘寡妇，

　　买个小鸡炖蘑菇。

　　为了让乡亲们栽上摇钱树，

　　我就是喝高了也不在乎。

　　所以我拉下脸来什么也不顾，

　　没想到贾府的姑娘们成了我的追星族，

　　我讲笑话，说典故，

　　说学逗唱抖包袱，

　　你别一言不发笑话我，

　　看你满头插花有点俗。

（白）亲家母，你瞅啥？瞅我头上的花啊！

（白）亲家母，你好没见过世面啊，快把花摘下来！我可动手了……（接唱）

　　你近她就大，你远她就小，你笑她也笑，你哭她也哭，（白）原来是面镜子！

（接唱）你躲进镜子里我也认识你这老花狐！

　　我怎能让它把路堵，（乱摸着）

　　呀？动机关镜子里面还有屋。

（白）我的娘，屋子里闻着好香啊，这还有张床，让我坐一会儿，好舒服的席梦思床啊……（打哈欠，躺倒）

〔少顷。王熙凤上。

王熙凤　刘姥姥，刘姥姥。

刘姥姥　（惊醒）啊，二奶奶，我咋就睡着了。哎哟，我这是睡了哪喽。

王熙凤　唉，你睡在了我的房间里。

刘姥姥　哎哟，我咋这出格呀。那二奶奶在哪儿安顿一宿啊？

王熙凤　我呀，一宿没睡，昨儿个大伙一高兴，都玩疯了。老太太也闪着了，我的女儿也发热。

刘姥姥　罪过，罪过，回去我请些高香，天天给你们念佛，保佑你们无病无灾，长命百岁。（默念祈祷）

王熙凤　唉，也不知为什么，我这女儿时常得病。

刘姥姥　要依我看……

王熙凤　你老经见得多，有啥说啥。

刘姥姥　二奶奶！

　　　　（唱）我这里有一比不知对不对呀，

　　　　　　　富贵家养的孩子都是牡丹花。

　　　　　　　又怕风又怕雨不经摔打，

　　　　　　　哪比得上经风见雨的牵牛花。

　　　　　　　这牵牛花——

　　　　　　　给它点阳光它就灿烂，

　　　　　　　给它个竹竿它噌噌地往上爬。

　　　　　　　二奶奶容我说句大实话，

　　　　　　　大姐这身子发微只因你太疼她。

王熙凤　姥姥你说得有理。姥姥啊，你给大姐儿起个小名吧，一来借借你的寿，二来你是庄稼人，穷苦人起的名能压住她。

刘姥姥　既然二奶奶瞧得起，我就造次一把。大姐儿是哪天的生日？

王熙凤　七月初七。

刘姥姥　七月初七，这日子巧。就叫她巧姐儿吧。以后逢凶化吉，都从这个巧字上。

王熙凤　好，借姥姥吉言。姥姥，这是我的一点心意，您老收下吧。

刘姥姥　金镏子。

王熙凤　是。分量挺重的。您老收下吧。

刘姥姥　二奶奶，不是我不识抬举，这个金镏子说啥我也不要。

王熙凤　那是因为什么？

刘姥姥　当初我闺女姑爷揭不开锅的时候，我豁出去这把老脸来求二奶奶，现在想起来我这心里边还酸的溜儿的呢。是沾了二奶奶的光，我姑爷我闺女都有好日子过了，我报二奶奶的恩还来不及呢，哪能再接受二奶奶的施舍呢？

王熙凤　听姥姥的话看得出来，姥姥也是个要强的人。好了。这事我不勉强。平儿——

平　儿　二奶奶。

王熙凤　给姥姥的东西都拿来。

平　儿　是。把礼品抬上来！

〔四奴仆抬上礼品。

王熙凤　刘姥姥！

（唱）这几抬礼品都是给你的，

你猜一猜里面装的都是啥？

刘姥姥　（唱）这一抬大包小包我猜不透呀，

王熙凤　（唱）豆沙馅点心里包着桃仁和桂花。

刘姥姥　（唱）这一抬层层叠叠装的又是啥？

王熙凤　（唱）一匹匹绸子花布青白纱。

刘姥姥　（唱）这一抬沉甸甸的是个啥？

王熙凤　（唱）景德镇的瓷器里外雕着花。

刘姥姥　（唱）这一抬看着少掂着重猜不透里面装的啥，

王熙凤　（唱）一百两的银子你抬回家。

刘姥姥　二奶奶，我在咱贾府住的日子虽不多，却把古往今来没见过的、没吃过的、

没听过的，都经验了，难得老太太和小姐姑娘们，都这么怜贫惜老的照看

我，我真不知道该说点啥——得了。

（唱）一家人不说两家话，

二奶奶的大恩大德我日后定报答！

王熙凤　姥姥真是客套。

刘姥姥　正是：八月十五云遮月，

正月十五雪打灯。

仁人身后有人敬，

心换心来情换情。

〔刘姥姥亮相。灯光急收。

第五场

〔距前场一年后。二幕启。

〔幕后锦衣卫宣旨：奉天承运，皇帝诏曰：贾赦交通外官，依势凌弱，辜负朕恩，有辱祖德，着革去世职。钦此。

〔焦大上。

焦　大　贵妃薨逝，老爷下狱，两府查抄，二奶奶病倒了，宝二爷疯了，老太太气死了，老太爷你睁开眼看看，你挣下的百年基业，全毁在了不肖儿孙的手里了！树倒猢狲散，食尽鸟投林，完了，败了，散了，死了……

〔刘姥姥上。

刘姥姥　焦大，焦大……

焦　大　刘姥姥，贾府里再也没有焦大了……哈哈哈哈……（下）

刘姥姥　（唱）闻听贾府走背字儿，

　　　　　　　心里发酸想故人。

　　　　　　　故人原本是恩人，

　　　　　　　恩人遇难急煞人。

　　　　　　　看望恩人不容缓，

〔王狗儿上。

王狗儿　（唱）上街寻找多事人。

　　　　　　　姥姥，你干啥去？

刘姥姥　我去串亲戚。

王狗儿　我心里明镜儿似的，您要去贾府，可那贾府不像从前了，是个是非之地，人家躲还躲不及呢！您眼下去那儿不是顶风扛柴禾吗？

刘姥姥　人家风光时，削尖脑袋往里扎，赶人家倒霉了，又像躲非典似的躲人家！你这良心喂了狗了？

王狗儿　那孩子她姥儿，你就不怕吃瓜落儿？

刘姥姥　受人滴水之恩，就当涌泉相报，庄户人家懂得这个理儿。

王狗儿　这么说您真的要去？

刘姥姥　真的要去！

王狗儿　一定要去？

刘姥姥　一定要去！

王狗儿　那您把这个带上。

刘姥姥　这是啥啊？（打开）蝈蝈？

王狗儿　您忘了，巧姐儿找您要的。

刘姥姥　哎，这还差不离儿。我说狗姑爷，我把话给你撂这，真要是咱城里的亲戚有
　　　　个为难着窄的大事，咱就是扒房子出地也要帮助人家。我这就去看看——
　　　　（下）

王　狗　咳，我们孩子她姥儿真是孩子她姥哇！出房子出地？这不是让我败家不等
　　　　日头落吗？

　　　　〔二幕启。

　　　　〔荣国府。

王熙凤　好端端的荣国府就这么完了？就这么败了？该走的走了，该逃的逃了，只剩
　　　　下我这个走不了逃不脱死不掉活着难的王二奶奶了……

　　　　（唱）一阵风一阵雨地暗天昏，

　　　　　　　风带雪雪夹霜霜雪逼人。

　　　　　　　荡悠悠三更梦，

　　　　　　　意悬悬半世心，

　　　　　　　忽喇喇大厦倾，

　　　　　　　昏惨惨灯将尽，

　　　　　　　叹人世，终难定，

　　　　　　　一场欢喜忽悲辛！

　　　　　　　花非花雾非雾似真似幻，

　　　　　　　鬼似人人似鬼人鬼难分。

　　　　　　　痛生悲悲欲绝绝了情分，

　　　　　　　生欲死死欲生失魂断魂。

　　　　〔刘姥姥上。

王熙凤　（幻觉）你是谁？你是贾瑞？你为何挡住了我的去路？咋着？做了鬼你还要
　　　　纠缠我？你这个风流鬼，可别怪我王熙凤心毒手狠，是你先打我二奶奶的主
　　　　意，我才毒设相思局，置你于死地。今日你还有脸纠缠我？我不怕你，你给

　　　　　　我滚！

刘姥姥　　王二奶奶癔癔怔怔地这是跟谁说话呢？我听着发瘆。（轻声地）二奶奶，我是姥姥……

王熙凤　　呸，你是谁的姥姥啊？我认得你，你是尤二姐。

刘姥姥　　（旁白）我咋成了尤二姐了？

王熙凤　　我认得你是尤二姐。咋着？你要找我算账？我说我的好妹子，我王熙凤对你可不薄啊？你给我丈夫做小，我一点醋星儿不吃不说，还把你接到府上，像亲妹妹似的照顾你，这世面上还有我这大德大贤的好人吗？是你坠下了死胎，羞得见人，吞了金子，寻了短见。你怨不得别人！真的，你怨不得我呀。

刘姥姥　　她这是说啥呢？说得我头发根直炸炸。

王熙凤　　（又有发现）啊？张金哥夫妇，你们二人也来了？你们骂我神人共忿，应予天诛？你们这对生死鸳鸯，双双自尽，怪不得我也恨不得我，是馒头庵的老尼所为，是她假借我丈夫贾琏之名，托了长安的节度使，强迫你们退婚，这与我有什么相干？咋着？你们说我在从中使了三千两血淋淋的银子？你们是血口喷人！

刘姥姥　　啊？我只说王二奶奶长相端正，心眼好使，没想到她做了这么多见不得人的事？

王熙凤　　（唱）这一厢生成相思恨，

　　　　　　　　这一厢气绝吞了金。

　　　　　　　　这一厢双双做了鬼，

　　　　　　　　这一厢还有短命人。

　　　　　　　　都怨我太聪明把机关算尽，

　　　　　　　　到了来天诛人怒怨鬼缠身。（惊恐万般地）

　　　　　　　　南边不能走啊南边有血印，

　　　　　　　　北边不能走啊北边有鬼魂；

　　　　　　　　东边不能走啊东边刀子雨，

　　　　　　　　西边不能走啊西边火烧云。

　　　　　　　　这东边西边南边北边都没有我的去路？我该去哪儿呢？这男的女的亲的厚的都去了哪了？咳，王熙凤啊王熙凤，你今天落到这步田地怪不得别人，刘姥姥常说一句话，脚上的泡是自己走的！那我该向哪里去呢？

（接唱）一梦悠忽，

　　　一息尚存，

　　　断不了一寸痴心：

　　　过仙桥，穿芳径，驾扁舟，踏青云——

　　　天涯无路苦追寻，

　　　九天寻梦归太真！

〔王熙凤欲寻短见，刘姥姥大声喝住。

刘姥姥　（大声地）王二奶奶——

王熙凤　是姥姥？

刘姥姥　是我。

王熙凤　家门不幸，遭此横祸，过去常来常往的亲戚朋友，一个都不见了，难得姥姥此时来看我。

刘姥姥　我一个穷老婆子，也帮不上啥忙，只是听说老太太没了，宝二爷疯了，二奶奶病了，心里惦记着，今天一早，扔下地里的活就跑来了。二奶奶，你可千万千万要往开处想啊。

王熙凤　老太太生前宠着我，如今我的靠山倒了，平日里嫉恨我的，都往我头上扣屎盆子，咒我早死，我是又气又急，唉，我这病是好不了啦……

刘姥姥　二奶奶，听我老太太的一句劝吧，这天塌不下来，说啥二奶奶你也要活下去。二奶奶，您看我给巧哥带啥来了？

〔蝈蝈叫。

王熙凤　蝈蝈？哪来的蝈蝈？

刘姥姥　这是我姑爷专门给巧哥逮的，叫得可好听了。

王熙凤　（高兴地）巧姐儿，姥姥给你带蝈蝈来了！

〔巧姐儿应上。

巧　姐　来了！姥姥，姥姥！

刘姥姥　巧姐儿，我的宝贝，听这蝈蝈叫得多欢实啊！

巧　姐　真好玩！姥姥，蝈蝈吃什么呀？

刘姥姥　瓜皮菜叶，啥都吃。

巧　姐　我喂喂它去了！（欲下）

王熙凤　等等，巧姐儿，娘有话跟你说。

巧　姐　是。

王熙凤　儿啊，真是儿小不知愁啊？娘今日该嘱咐你几句了。儿，你看姥姥好吗？

巧　姐　姥姥好。

王熙凤　儿，你说对了。姥姥人好，心眼善良，连你名字都是姥姥给起的。我在这人世间，活了二十几年，虽然经见不多，但也看透了世态炎凉，她爹她叔叔舅舅，一个都指不上，周围亲的近的也都散了伙。我的身边也只有你刘姥姥了！姥姥，今天趁着我还有口气，就把巧姐儿托付给你了。我王熙凤就是到了九泉之下，也不忘姥姥的恩德！

刘姥姥　咳，二奶奶你别这样说。

王熙凤　儿啊，记住娘的话。娘要是有个好歹，姥姥就是你的亲娘。我的儿，快给刘姥姥跪下，叫干娘！

巧　姐　（跪下）干娘！

刘姥姥　儿啊，我的巧姐儿！

刘姥姥　（唱）巧姐她一声唤我热泪流淌，

　　　　　　　黄连苦苦不过孩儿没有娘。

　　　　　　　流泪眼儿相观望，

　　　　　　　搀扶起巧姐啊我说出肺腑一腔。

　　　　　　　可叹那荣国府当初如画一样，

　　　　　　　到如今家境败落好凄凉。

　　　　　　　叫一声二奶奶你别绝望，

　　　　　　　叫一声巧姐儿你也别心伤。

　　　　　　　大观园已然是情意尽，

　　　　　　　远来的亲戚把你们帮。

　　　　　　　我的巧姐呀——

　　　　　　　干娘家虽说没有金屋锦帐，

　　　　　　　大瓦房一住挺朝阳；

　　　　　　　干娘家虽说没有鸡鸭鱼肉，

　　　　　　　粗茶淡吃饭可口香。

　　　　　　　干娘家虽说没有戏台舞场，

　　　　　　　大秧歌一扭喜洋洋。

干娘家虽说没有荷塘月色，

大火炕上睡鸳鸯。

求的是人处艰难心不冷，

人遇坎坷要自强。

我的二奶奶呀——

从今后我把巧姐来抚养，

疼闺女胜似亲生的娘！

巧　姐　姥姥，我跟你去！

刘姥姥　二奶奶舍得吗？

王熙凤　舍得，舍得。到了乡下一定听姥姥的话啊。

平　儿　二奶奶！

王熙凤　一会儿把我那首饰匣子给姥姥。我就剩下这点值钱的东西了，留给巧姐儿，

　　　　将来做嫁妆……（气绝身亡）

平　儿　二奶奶，二奶奶她没气了……

刘姥姥　二奶奶！

巧　姐　娘！（哭）

刘姥姥　正是：人望幸福树望春，

　　　　天旱望着蘑菇云，

　　　　巧姐跟着姥姥走，

　　　　柳暗花明又一村。

　　　　〔灯光急收。

第六场

　　　　〔二幕外。贾环、王仁上。

贾　环　（念）墙倒众人推，

王　仁　（念）破鼓万人捶。

贾　环　我是二奶奶的小叔子贾环。

王　仁　我是二奶奶的亲哥哥王仁。

贾　环　二奶奶死了，最高兴的莫过我贾环了。我长的丑，又是姨太太生的，老太太不待见，二奶奶就跟着作践我，骂我是槐树皮、癞蛤蟆，我恨她牙根疼。

王　仁　恨的好！我这妹子，是个搂钱的耙子、把家虎，多少亲戚朋友求她，她是根毛不拔，就连我这亲哥哥，也沾不上光，我这妹妹，太黑了。

贾　环　她黑，咱比她还黑！

王　仁　把巧姐儿卖给异姓王爷做小老婆，这可是你一手包办的，王爷要是给了赏金……

贾　环　五五分成。

王　仁　四六分成。

贾　环　五五分成。

王　仁　四六分成。

贾　环　得了，咱俩狗咬狗两嘴毛干啥呀？我就依着你。

王　仁　你卖侄女咋也没我卖亲外甥女难受。

贾　环　拉倒吧。咱俩没有一个人揍的。

王　仁　对。咱俩是狗日的。

　　　　（唱）咱俩谁也别说谁，

　　　　　　　　一槽拴着俩叫驴。

贾　环　（暗指）他贪财要卖外甥女——

王　仁　（暗指）他攀富要骗亲侄女——

贾　环　卖了亲侄女好酒一壶千日醉，

王　仁　卖了外甥女窑子里潇洒走一回。

贾　环　你黑我黑大家黑，

王　仁　死人不如活人黑。

贾　环　活着不做屈死的鬼，

王　仁　骨肉亲戚当了贼。

贾　环　咱俩这就进王家角村找巧姐。

王　仁　慢着，咱俩这样进村，还不得让人家乱棍子打狗哇。

贾　环　依你之见呢？

王　仁　嘿，有了。咱俩呀你扮和尚，我扮尼姑，假借化缘，到王家角找巧姐。

贾　环　好。还是巧姐她大舅脑筋够用。

王　仁　你这是夸我呢还是骂我呢?

贾　环　夸你呢。你看你这揍相。正是:修桥补路瞎双眼,

王　仁　坑蒙拐骗子孙多。

　　　　〔贾环和王仁下。

　　　　〔二幕启:王家角王狗家。刘姥姥给巧姐做新衣。

刘姥姥　(唱)自从巧姐到我家,

　　　　　　　我疼她爱她稀罕她。

　　　　　　　眼瞅着巧姐她一天天长大,

　　　　　　　出落得就像三月桃李花。

　　　　　　　我这里飞针走线把新衣做,

　　　　　　　再把这子母扣儿精细的盘拶。

　　　　　　　可怜她亲娘死得早,

　　　　　　　我要精心精意呵护她。

　　　　　　　烙几张春饼炒豆芽,

　　　　　　　剥了皮的花生蘸芝麻。

　　　　　　　疼巧姐真心实意不掺假,

　　　　　　　但愿她将我这干娘当亲妈!

　　　　〔巧姐拿着风筝上。

巧　姐　娘。

刘姥姥　哎。又去放风筝去了?

巧　姐　今儿个天气太好了。我把这风筝放得老高老高的。娘,您看我自个糊的风筝
　　　　好不好。

刘姥姥　好。好。我的闺女不但心灵手也巧,将来找个好女婿那就更好了。

巧　姐　娘。您又说笑了。

　　　　〔贾环与王仁上。

贾　环　家里有人吗?

刘姥姥　有人。啊?一个和尚,一个尼姑,两个化缘的。请进。

贾　环　谢谢老人家。

王　仁　谢谢施主。

刘姥姥　你们姓字名谁呀？

贾　环　我姓贾，叫贾正经。

王　仁　我姓王，叫王八淡。

刘姥姥　哟，一个叫贾正经，一个叫王八淡，听着咋着不舒服啊！

贾　环　您听着不舒服，我们比您还不舒服呢！

刘姥姥　你们俩咋不舒服呀？

王　仁　我们俩饿得前心贴着脊梁骨，都快饿晕了。

刘姥姥　啊，你们俩饿了。正好，我这有两块白薯，你们先吃下去填饱肚子再说。

贾　环　谢谢老人家。

王　仁　谢谢施主。

刘姥姥　二位师傅，你们化缘也不易吧。

贾　环　谁说不是呢。

刘姥姥　那你们一个和尚，一个尼姑咋凑到一块了？

王　仁　老太太，您老听我们跟您诉苦吧。

刘姥姥　好，我听你们诉苦。

贾　环　（哭腔搭调）我说老人家呀——

刘姥姥　别咧咧了，有话直说吧。

贾　环　（唱）掸不净毡上的土，

　　　　　　诉不完当和尚的苦。

　　　　　　见到了慈善的老人我就想哭。

　　　　　　哭我爹名叫二百五，

　　　　　　哭我娘名叫赛珍珠。

　　　　　　我爹他吃饱了没事喜欢赌，

　　　　　　喜欢赌博一个劲地输。

　　　　　　把我娘输给王屠户，

　　　　　　我娘她最后神经连毛吃猪。

刘姥姥　咳，是够苦的。

王　仁　老人家，我比他还苦呢。

刘姥姥　你王八淡是咋个苦法呀？

王　仁　（唱）我师傅比我不算苦，

我娘她十三岁就当了寡妇。

当寡妇寂寞孤独守不住,

半夜里虚掩门盼着野丈夫。

靠上了养鳖的陈二虎,

靠长了养鱼的李三无。

靠上了锯锅的广二木,

靠上了打铁的尤葫芦。

四个棰儿同敲一个鼓,

我的娘支撑不住得了梅毒。

得了梅毒不好治,

一十七岁就一命呜呼。

刘姥姥　(唱)这二人一个说得比一个苦,

倒让我仔细揣摩犯嘀咕。

这和尚气色不错肯定没吃素,

这尼姑不男不女喘气粗。

两个人贼眉鼠眼干哭没眼泪儿,

不像是出家人却像亡命徒。

我这里心生一计出门外,

看他们唱的是哪一出?

我说二位师父,看你们说得也够可怜的,可惜我们家没有现成的银子,

我姑爷住得离我这不远,我给你们拆兑几个钱去。

贾　环　谢谢施主。

刘姥姥　那巧姐看家。我一会就回来。

巧　姐　娘,我害怕。

刘姥姥　咳,你害哪家子怕呀。你看你俩师父多像好人哪。

王　仁　对。我们行得正,做得正,敢与和尚坐板凳。

刘姥姥　嘿,两人还坐一块去了。你们等着,我去去就来。

　　　　〔刘姥姥躲在一旁偷听。

贾　环　我说巧姐,你睁大眼睛看看我是谁?

巧　姐　啊?你是六叔?

贾　环　对喽。

王　仁　巧姐，你再仔细看看我是谁？

巧　姐　你是大舅？

王　仁　没错儿。

巧　姐　大舅！六叔！你们上这干啥来了？

贾　环　接你回去。过好日子。

王　仁　巧姐儿，瞧你这一身土，两脚泥的，哪像大家闺秀的样子！

王　仁　这穷庄破户的，哪是大小姐待的地方啊！走，快跟我们回去！

巧　姐　回哪呀？

贾　环　当然是回荣国府啊！到了荣国府，六叔我和你大舅给你寻个好人家。

王　仁　嫁给一个王爷，你就吃香的喝辣的了。

巧　姐　你们走吧，我不回去！

贾　环　不回去？今天你走也得走，不走也得走。王仁，趁着那老不死的还没回来，把她装麻包里抢走。

　　　　〔刘姥姥出现。

刘姥姥　站住！

贾　环　哼，你这个穷老婆子敢情没走远哪？

巧　姐　姥姥。（投入姥姥怀抱）

刘姥姥　二奶奶的尸骨未寒，你们俩就以说亲为名，想把巧姐卖给异姓的王爷做小老婆，你们的良心喂了狗了。

王　仁　我看你这个老婆子还是少管闲事儿。

刘姥姥　你们想抢走巧姐，我绝不答应！

贾　环　嘿嘿，我看你是老寿星服毒——活腻了是不是？

王　仁　少啰嗦。收拾这个老家伙！

刘姥姥　哈哈？在我的家里撒野？（朝内喊）我说姑爷、闺女、外孙女、外孙子还有焦大兄弟——你们快来打疯狗——

　　　　〔伴随着"急急风"王狗等人先后上。

　　　　〔小开打。

刘姥姥　（唱）庄稼人打狗有高招儿，

　　　　　　　傻姑爷打狗用鞭梢儿。

闺女打狗抢铁锹。

板儿打狗用镰刀。

青儿打狗用手挠。

焦大打狗使拳脚,

刘姥姥打狗揪狗毛。

六个打俩以多能胜少,

邪气没有正气高!

〔贾环与王仁逃下。

巧　姐　干娘——

刘姥姥　巧姐我的好闺女,你吓着了吧。真没想到这亲叔叔亲舅作孽。闺女别哭。看
　　　　我的闺女的魂都吓丢了。我给叫叫——摸不着吓不着。闺女还胆小不?

巧　姐　不胆小了。

刘姥姥　不胆小了就好。闺女——

　　　　(唱)姑娘本是一朵花,

　　　　　　　不知花落到谁家。

巧　姐　娘,您要赶我走?

刘姥姥　(唱)俗话说男大当婚女大当嫁,

　　　　　　　亲爹家干娘家不如自己有个家。

　　　　　　　干娘我给你物色了老周家。

　　　　　　　老周家三辈本分是殷实人家。

　　　　　　　过了门你能主事能当家。

　　　　　　　好闺女寻个好人家,

　　　　　　　好日子胜过帝王家。

　　　　　　　闺女你兜着金银去婆家,

　　　　　　　拎着鸡鸭回娘家。

　　　　　　　烧过锅小酒会亲家,

　　　　　　　火热的两家成一家。

巧　姐　(羞涩地)干娘,我这辈子不嫁人。

刘姥姥　哟,

　　　　(唱)天下的姑娘小姐嘴上说不嫁,

   到头来有哪个没有婆家？

   虽说闺女还未嫁，

   为娘替你想好啦：

   选个八月开桂花，

   身穿绫罗是绣花。

   雪白的小手似兰花，

   红缎子小鞋是海棠花。

   百鸟朝凤迎嫁娶，

   树上喜鹊叫喳喳。

   一顶花轿插满了花，

   花轿周围吹喇叭。

   唢呐曲子是"一枝花"。

   嘀嘀嗒，嗒嘀嗒，

   我把这宝贝疙瘩送到婆家！

巧　姐　娘……你别说了。

刘姥姥　瞧把闺女给臊得脸像大红绸子这么红。得，娘不说了，巧姐，你看，刚才我这么一喊，把乡亲们都给招呼来了。真是那美不美，家乡水，亲不亲，故乡人。一家有事百家应，实打实的是乡亲。咱哪，快给乡亲们鞠个躬！

〔伴随着欢快的吹打乐，演员依次向观众鞠躬。

〔全剧终。

焦大与陈嫂

贾府焦大，一介豪奴，早年曾与太爷出征，在死人堆里救过先主子命，可谓是一世光荣。

时过境迁，少主子龙非龙，凤非凤，惹得焦大愤愤不平，骂豪横，骂贾珍，也骂王熙凤。秦氏大殡，焦大系麻绳，才自知是个奴才命。

贾府被抄，大厦将倾，焦大他，贾府祠堂道苦衷，情绝处愿为先主献余生。

呜呼，焦大不平庸，焦大有性情。

此剧获第六届中国评剧艺术节"优秀剧目奖"。

焦大与陈嫂

（新编红楼梦系列评剧）

河北丰润评剧团首演

李汉云　编剧

人物篇（以出场先后为序）

公狮子、母狮子、焦大、陈嫂、智能、王短腿、兴儿、王熙凤、贾芹、沁香、鹤仙、芳官、赖大、过路女、过路男、宝珠、赖升、贾蓉、奴仆若干

〔序幕

伴　唱　红楼梦，梦红楼，

　　　　情天孽海恨悠悠。

　　　　软绿柔红暗争斗，

　　　　风花雪月剑影稠。

　　　　醉酒的狮子朝天吼，

　　　　梦里情怀任遨游。

〔焦大醉酒后，两只石狮子对话。

公狮子　我，公狮子。

母狮子　我，母狮子。

公狮子　公有公的阳刚。

母狮子　母有母的柔性。

公狮子　自打荣宁二府建成了，我们便坐落在这里成了镇宅之兽。

母狮子　在虚实相生的情境中，我们睁大了眼睛。

公狮子　我们看到了红楼世界的一污一净，

母狮子　看到了红男绿女间的悲喜圆融。

公狮子　看到了通灵宝玉，

母狮子　看到了胭脂英雄。

公狮子　看到了情种子之间的怨恨杀戮，

母狮子　闻到了风花雪夜中的血腥。

公狮子　呜呼哉，好个红楼夺目红。

母狮子　红楼如血，怨语声声。

公狮子　人们说除了门口的石狮子是干净的东西，没有什么干净的东西。

母狮子　这句话分量很重。可我仔细观看，这贾府里也有一位重量级的人物。

公狮子　你说的是老奴焦大？

母狮子　正是此公。

公狮子　是。此公站如松柏，话如洪钟，历尽沧桑，练达老成，对咱先主子尽孝尽忠。

母狮子　嘿，活人怕念叨，焦大他来了。（焦大上）

公狮子　焦大，焦老爷子，你忘了吧？他说这荣宁二府没有什么干净的东西，只有咱俩这对石头狮子是干净的，这话说得多好，我这心里舒坦！

母狮子　别美了，来人啦（二人站好造型）

焦　大　酒是高粱水，醉人先醉腿。诸位看官不认识我吧？我乃宁国府老奴焦大！哟，这不是宁国府门前的石狮子吗？好哥们，我说这荣宁二府除了你们这对儿石狮子它就没有干净的东西。怎么？你们俩让我小点儿声？我偏不，我是纸糊的叫驴——大嗓门。我还要说一声，这荣宁二府除了你们这对石狮子，它就没有一个干净的东西。我不怕，我怕谁呀？想当年我跟随先主子东挡西杀的时候，这帮少主子还不知在哪儿呢。那一日我焦大从死人堆里把先主子救出来，肚子饿了，偷来的饭不吃，给主子吃，口渴了，找来的水不喝给主子喝，自己喝马尿。先主子把我当功臣敬。（停顿）眼下不行了，如今贾府的儿孙们，一代不如一代了。我看着心里起急呀。

焦　大　哟，出事了。

狮　子　又出事了。

第一场

〔时间：夜晚。

〔地点：陈嫂的酒店处。酒店门前有一副对联："甘泉入口三分醉，好酒临风十里香"，横批写："浭阳酒家"。

〔陈嫂上场。

陈　嫂　（唱）秋风一夜菊花黄，

小酒馆走出来乐乐呵呵大大方方牙口倍儿棒吃嘛嘛香的陈九香。

这酒馆坐落在花枝巷，

花枝巷一路是芬芳。

这贾府家大业大福分大，

我这酒馆是星星沾了月亮的光。

老板娘心眼好使真善美，

家常菜味道儿鲜美甜脆香。

山野山珍麻辣烫，

平民百姓一大帮。

浭阳酒家人气旺，

小酒馆和气生财好风光。

不知不觉天色晚，

收拾好厅前屋后我卸了淡妆。

〔焦大背着尼姑智能上。

焦　大　陈嫂。

陈　嫂　哟，我说焦大兄弟，你越来越长出息了，刚从我这喝完酒就和小尼姑混到一块了？

焦　大　有什么事你让她坐下再说。

陈　嫂　不中。

焦　大　陈嫂，你先让她坐下，有什么要问的，我慢慢跟你说。

陈　嫂　也好。出家人你先坐下。

曹雪芹剧作选

陈　嫂　我说焦大兄弟,这尼姑你是从哪儿偷来的?

焦　大　嘿,不是偷的。

陈　嫂　那是捡来的?

焦　大　也不是。

陈　嫂　骗来的。

焦　大　陈嫂,你是越说越不贴谱了,我喝醉了酒经过宁国府的一个墙角儿,瞧见这出家人遍体鳞伤,晕倒在地,我见她孤单一人,无依无靠,要是遇见歹人那可就完了,所以我把她搀到你这酒馆儿来了。

陈　嫂　呃,是这么回事儿,焦大兄弟,嫂子我误会你了。出家人,你不在庵堂好好修行,深更半夜的跑出来做啥?

陈　嫂　出家人,有什么话你就慢慢说吧——

智　能　(唱)未曾言语心悲痛,

陈　嫂　出家人别哭,别哭。

智　能　(唱)泪眼儿瞧见满天星。

陈　嫂　哟,瞧这位出家人浓眉大眼的还真俊。

智　能　(唱)水月庵本是贫尼寄生地,

　　　　　　姑娘我名字叫智能。

陈　嫂　呃,智能,这名儿好记。姑娘,你为什么落得这般光景啊?

智　能　(唱)大娘问到伤心处,

　　　　　　智能我不擦胭脂脸儿红。

陈　嫂　得,害羞了。嗨,准是有相好的。看我这嘴真没把门儿的,出家人脱开红尘,哪有相好的。智能姑娘,恕大娘失言。

智　能　(唱)大娘慧眼看得准,

　　　　　　贫尼我看中一个相公。

陈　嫂　嘿,你听听。我的第六感觉还挺棒。

　　　　(唱)问姑娘爱上了哪一个?

智　能　(唱)他的名字叫秦钟。

陈　嫂　秦钟?

焦　大　就是秦邦业的公子?

陈　嫂　这小尼姑有了心上人了。姑娘,你要是想还俗,大娘我愿意给你牵红绳。

智　能　大娘不必劳神,智能我……

陈　嫂　哦,有媒人了?

智　能　我有了身孕。

　　　　〔焦大一惊。陈嫂一愣,摔个屁股墩儿。

陈　嫂　啊? 我说焦大兄弟,这可是未婚先孕呐?

焦　大　嗯。这事我可不懂。

陈　嫂　我看这智能这个人是山马蜂——不怎么着(蜇)你给我把她轰出去。

焦　大　(唱)陈嫂不必太冲动,

　　　　　　容她——诉隐情。

智　能　大爷说得对,待我将实情说出,大娘再轰我走不迟。

陈　嫂　那好。你就开弓射箭——照直崩。

智　能　(唱)水月庵非是清静地,

　　　　　　我师父也不曾苦修行。

　　　　　　为敛财利用女色招香客,

　　　　　　水月庵变成了风月亭。

　　　　　　庵堂成了污浊地,

　　　　　　黑夜里哭声笑声哀叹声。

　　　　　　智能我清修不成难自重,

　　　　　　因此想逃出庵堂出火坑。

　　　　　　邂逅遇上秦公子,

　　　　　　我与他相识恨晚两有情。

　　　　　　水月庵圆了春宵梦,

　　　　　　从此我朝思暮想秦相公。

陈　嫂　……那后来呢?

智　能　〔唱〕去秦府找相公遭人戏弄,

　　　　　　看起来与相公亲事难成。

　　　　　　见不到相公我的身心冷,

　　　　　　绝望处感谢大爷救残生。

　　　　　　千刀万剐我不惧,

　　　　　　与相公见一面死也安宁。

焦　大　（唱）听姑娘一番话仁者心动，

　　　　　　　苦笑姑娘太痴情。

　　　　　　　姑娘啊——

　　　　　　　宁国府当今不安静，

　　　　　　　荣国府此时枉虚荣。

　　　　　　　姑娘你一见钟情痴心重，

　　　　　　　恐怕你逃出樊笼跳火坑。

　　　　　　　秦家大户好正统，

　　　　　　　你若是嫁秦钟——

　　　　　　　那可是乱了人伦，

　　　　　　　坏了门风，

　　　　　　　有违伦礼，

　　　　　　　亲族不容，

　　　　　　　只落个竹篮打水——一场空。

　　　　　　　忽听外面有动静，

　　　　　　　陈嫂你快把尼姑——藏在酒缸中。

　　　　　〔秦家护院王短腿上。

王短腿　（唱）拎着个麻绳，

　　　　　　　打着个灯笼；

　　　　　　　踩着夜路，

　　　　　　　瞪大了眼睛。

　　　　　　　寻找尼姑小妖精。

　　　　　　　哟？

　　　　　　　浭阳酒馆还亮着灯，

　　　　　　　王短腿儿进去扰两盅。

　　　　　　　屋子里有出气儿的吗？

焦　大　哪来的贱坯子不会说人话呀？

王短腿　哟。焦大爷在这呀。怪小子没长眼。

焦　大　以后那嘴里干净些。

王短腿　是。我再也不敢屎壳郎打喷嚏——满嘴喷粪了。

陈　嫂　哟，是王短腿来了。

王短腿　我的好嫂子。

陈　嫂　这三更半夜的干啥来了？

王短腿　找小妖精。

陈　嫂　谁是小妖精啊？

王短腿　水月庵的小尼姑智能。

陈　嫂　你找她干啥呀？

王短腿　找她干啥？她是老寿星服毒——活腻了。找到她捆上送官呗。

陈　嫂　她犯了哪家的王法呀，你把她捆上送官呐？

王短腿　咳，别提她了，她不在尼姑庵里好好地修行，凡心不死，春心大动，勾引我家相公秦钟。三下五除二把我家相公拿下不说，还想跟我家相公匹配成亲。这把我家老爷气得一命呜呼哀哉了。我家相公也得了重病，呼连呼连的直捯气儿。你说她可恨不可恨哪。

焦　大　我说王短腿，这是浭阳酒家，不是庵堂寺院。

王短腿　我的焦大爷，您老是不知道哇，这个小尼姑她不想回姑子庙了，那眼下静虚师父也四处派人捉拿她呢。她呀，是个无头的苍蝇，不知要落哪喽。

陈　嫂　王短腿那你就别在这磨叽了，快去外边找吧。

王短腿　嘿嘿。陈老板，我的好嫂子，我一见了您的酒馆就迈不开步了。

陈　嫂　想喝酒了？不巧，没酒菜了。

王短腿　没菜不妨。我自己带着呢。"口条"就着"羊脖儿"。

陈　嫂　哟，这两样菜还真不赖。

王短腿　（比试地）"口条"（伸舌头），"羊脖儿"（扬起脖子）。

陈　嫂　好。你掏银子我打酒。

王短腿　不巧，今天还没带银子。这样吧，我呀，讨扰您了，你让我闻一闻你这大酒缸我也就过了酒瘾了。

〔王短腿径直朝酒缸走去。

焦　大　站住！这壶酒够你喝的了。

王短腿　哎哟我说焦大爷，您能不能小点声啊，您这一嗓子，差点把我吓尿裤子。

陈　嫂　王短腿，别耍贫了。这一壶够你喝的了。

王短腿　好酒。

陈　嫂　连酒壶都送给你了。

王短腿　那账？

陈　嫂　不记了。喝足了去外边找小妖精吧。

王短腿　嘿，得令。我这也是例行公事。说实在的，喝完了酒就该小妖精捉我了。

　　　　（唱）该喝酒哇就喝酒哇，风风火火闯九州哇。（下）

　　　　〔焦大和陈嫂见王短腿离去。

陈　嫂　哎哟，把姑娘给憋坏了吧。

智　能　多谢大娘救命之恩。

陈　嫂　那谢我干啥呀？要谢该谢你焦大爷，是他这一嗓子让王短腿回了头。可吓死了我了。

智　能　多谢大爷救命之恩。

焦　大　不谢。姑娘如今你上不着天，下不着地的，该如何是好啊。

智　能　大爷，大娘，贫尼我再也不能回水月庵了。那日我在庵中清楚听得，王熙凤与静虚暗中定计害死了张金哥夫妇，王熙凤坐地使了三千两银子。

焦　大　王熙凤这个人哪，小厮们暗地里都说她，上边一脸笑，脚底使绊子，明是一把火，暗是一把刀。姑娘你竟然听到了这件私事不是好兆头。

陈　嫂　你是说智能姑娘她有危险？

焦　大　智能知道此事端倪，我想王熙凤和净虚不会轻易放过她。

智　能　大爷，大娘，贫尼不给你们添麻烦，姑娘我这便离开酒馆。

陈　嫂　不中。三更半夜的你一个姑娘家能去哪呀。

智　能　我一个惹祸之人，不好给你们带来不便，还是离开的好。

　　　　〔王短腿醉酒复上。

王短腿　啊喝。贴广告喽。

陈　嫂　（迎上）我说王短腿，你咋又骨碌回来了？

王短腿　重赏之下，必有勇夫。这回呀我是替净虚师父找尼姑。我给你们念念你听听。本庵走失小尼一人，法号智能，年十六岁，身材窈窕，浓眉大眼，帅呆了，酷毙了，简直无法比喻了。身穿灰色僧衣，头戴灰色僧帽，有知情者告之，赠酬银十两。广而告之，决无虚言。水月庵庵主净虚。

陈　嫂　我说王短腿那贴广告，咋半夜三更偷偷摸摸地贴呀？

王短腿　现在贴小广告不都是三更半夜偷偷摸摸地贴嘛。

陈　嫂　贴一张多少钱呢？

王短腿　萤火虫的屁股——没多大亮儿。不过积少成多，不与你闲谈了，我得到别处
　　　　张贴去了。给您，您帮我贴上吧！

〔王短腿欲下与兴儿撞个满怀。

王短腿　我说这是谁不长眼呢？

兴　儿　去。短腿的哈巴狗儿。

王短腿　嘿，哪来的野小子？还挺横？报上名来？

兴　儿　宁国府的珍老爷听说过吗？

王短腿　听说过，你是？

兴　儿　辈分不高——奴才。

王短腿　得。惹不起我躲得起。（下）

兴　儿　陈娘。焦大爷。

陈　嫂　兴儿来了。大半夜的你这是……

兴　儿　陈娘来壶酒，伺候完主子心里烦。

陈　嫂　不是嫂子舍不得酒，我是怕你酒量不行喝多了。

兴　儿　陈嫂！

焦　大　兴儿不痛快，你就给他一壶吧。

陈　嫂　那你可得悠着点喝。兴儿，陈娘跟你商量个事……你要是不按陈娘说的办，
　　　　那可害了两条人命啊！姑娘，出来吧——

焦　大　别担心，宁国府的兴儿，老实人，说话走不了言。我去去就来。

陈　嫂　姑娘，生身父母今在何方？

智　能　父母双亡。

陈　嫂　可有实在亲戚？

智　能　无亲无友。

陈　嫂　这就难办了。我说姑娘，这城里四处张贴广告昭示，京城人多眼杂，此地也
　　　　是不好久留。你呀，先在大娘家躲避几日，等大娘筹足了盘缠，再给你找个
　　　　安生之地。

智　能　大娘，我还是要见秦相公一面，哪怕为他千刀万剐也值。

陈　嫂　看来，姑娘真是血迷了心窍了。兴儿你身子弱，少喝点酒，别犯病啊！

〔此时兴儿犯了癔病。

陈　嫂　坏了，坏了，他犯病了，这就叫"撞科儿"了。

兴　儿　（变成了秦钟）啊姑娘——

智　能　你是？

兴　儿　小生秦钟。

智　能　你是秦相公？

兴　儿　正是小生。

智　能　不是。你不是秦相公。

陈　嫂　姑娘，他虽不是秦相公，可秦相公的魂附了他的体了。姑娘，有啥话你跟他说，想必那秦公子也明白你的心事。

智　能　相公，几日不见，如隔数载，你可想煞贫尼了。

兴　儿　姑娘不必痴迷，还是早些将我忘掉为好。

智　能　相公为何说出这等无情的话来？

兴　儿　姑娘——

　　　　（唱）秦生此时病情重，

　　　　　　　一缕幽魂向空冥。

　　　　　　　瞧得见日落西山红如血，

　　　　　　　奈何桥畔冷如冰。

　　　　　　　此时秦钟我悔又痛，

　　　　　　　与姑娘不该结下一段情。

　　　　　　　只害得老父他毙了命，

　　　　　　　坏了家门好名声。

　　　　　　　智能你好自为之多自重，

　　　　　　　秦钟我身影消失在夜色中。

智　能　（唱）听此真言大梦醒，

　　　　　　　苦只苦多情公子反无情。

　　　　　　　智能此时身心冷，

　　　　　　　都怨我一时痴迷瞎了眼睛。

焦　大　陈嫂，一个姑娘家无亲无友，难找栖身之地，依我看就让她女扮男装，在你这酒馆做些活计，你呀，就全当认个女儿吧。

陈　嫂　这可是好事，但不知姑娘愿意不？

智　能	娘。
焦　大	陈嫂,姑娘保住了,拿酒来。
陈　嫂	好。
二狮子	哈哈哈,焦大爷救人一命,胜造七级浮屠,焦大爷,大好人,耶!

第二场

〔王熙凤呼喊贾芹上场。

王熙凤	芹儿。
贾　芹	二婶娘,您叫我。
王熙凤	水月庵中的女尼女道是由你照管吗?
贾　芹	是。哎?听婶娘的话音,是侄儿有什么过错?
王熙凤	有过没过,你该心知肚明。
贾　芹	婶娘跟侄儿说话还绕什么弯儿呀,您哪,有话尽管说。
王熙凤	(掏出白贴)你看,这无头帖子铺天盖地的贴,都贴到老爷的门口了。
贾　芹	啊?这帖子上写的什么?
王熙凤	你自己看看吧。
贾　芹	(念)西贝草斤年纪轻,这西和宝贝的贝上下这么一撂是个贾字,草字头底下是个一斤二斤的斤,这是个芹字,贾芹,这是说我哪。
王熙凤	往下念。
贾　芹	水月庵里管尼僧。这是夸我呢吧。
王熙凤	你就别臭美了,接着念——
贾　芹	一个男来多少女。这是实话呀。
王熙凤	念这后面的——
贾　芹	窝娼聚赌乱性情。
王熙凤	翻哪家子白眼呀,念——
贾　芹	不肖子弟来办事,荣国府内出丑闻。
王熙凤	你呀,把府上的脸面丢尽了。

贾　芹　婶娘，千错万错都是我的错儿。您老可得给我兜着点儿。

王熙凤　兜不了啦。

贾　芹　婶娘，婶娘，婶娘，怎么了？

王熙凤　老爷见了这白帖，气得直打哆嗦，吩咐赖大去水月庵查访此事了。

贾　芹　哎哟，稀泥——崴了。哎？不崴。婶娘，赖大是怎么去的水月庵？

王熙凤　骑毛驴儿。

贾　芹　好，他骑驴，我骑马，我抢先一步到，看哪个尼姑见了赖大敢说实话。

王熙凤　好了，芹儿，自己惹的事自己摆平吧。以后做事稳重些，别得罪人。

贾　芹　明白婶娘的意思。

王熙凤　芹儿，水月庵的智通这个人信得过吗？

贾　芹　信得过，我们是黄金搭档。不过，走失的小尼姑智能可是个祸害。

王熙凤　呃？

贾　芹　有人传瞎话，说净虚师父死得不明不白。说不定是有人杀人灭口了。

王熙凤　（一愣，后又沉稳地）好了。人死如灯灭，背后嚼舌头根子有什么用，不过，你
　　　　也给我提了个醒儿……这个智能她能长翅膀飞走？……好吧，忙你的去吧。

贾　芹　（掏出礼物）婶娘，这点小意思您留着留着买个口红。

王熙凤　臭小子，贼里不要的主儿。婶娘给你存着。

　　　　〔二人打着招呼分两侧下。

第三场

　　　　〔时间：距前场数日后。

　　　　〔地点：浭阳酒家。

　　　　〔陈嫂上。

陈　嫂　（唱）人打喷嚏狗撒欢儿，

　　　　　　　眨眼的工夫变了天儿。

　　　　　　　三个尼姑来酒馆儿，

　　　　　　　一个叫沁香，

一个叫鹤仙，

还有那么一个叫芳官儿。

方才焦大传口信，

赖大管家来店前。

这闷葫芦卖的什么药？

我要问个一二三！

〔焦大上。

陈　嫂　焦大兄弟，你来得正好。我有话要问你？

焦　大　看你慌里慌张的，有啥话你说。

陈　嫂　那水月庵的尼姑咋都跑我这酒馆来了？

焦　大　陈嫂，我实话实说吧。

（唱）水月庵中秩序乱，

无头榜贴到府里边。

赖大管家来问案，

贾芹为此设机关。

焦大我此时可就长了心眼，

不走直线我就急转弯儿。

酒馆摆开了持酒战，

全凭着酒后吐实言。

陈　嫂　大兄弟，我听明白了，这水月庵里乱成了一锅粥了。那赖大要来审案，在尼
姑庵里审案多有不便，所以就到我这小酒馆。

焦　大　陈嫂真是灵透。

陈　嫂　不是嫂子灵透，是大兄弟你脑系太发达。好了，他审他的案，我开我的店。

〔沁香、鹤仙和芳官先后上。

沁　香　（念）奴家沁香，脸蛋俊俏是天然。

鹤　仙　（念）奴家鹤仙，不是仙女胜似仙。

芳　官　（念与沁香的口气不一样，正派风格）奴家芳官，百花园中最鲜艳。

同　声　三个尼姑说话比蜜甜。哟，焦老爷子，你也在这儿呢——

焦　大　（对鹤仙、沁香）我说你们俩学人家芳官姑娘，别说话甜不唧唧，酸巴溜丢
儿的。

李汉雪剧作选

二尼姑　我们养成习惯啦。

焦　大　咳,(旁白)职业病。

芳　官　焦老爷子,听说您年轻的时候很牛哇?

焦　大　那是。我威风的时候…

沁　香　哟,这老头当年挺阳光哟。

　　　　〔三个女子开心地大笑。

　　　　〔赖大上场。

赖　大　何人这样高兴? 这小酒馆成了喜鹊窝啦。

陈　嫂　哟,赖大管家。

赖　大　焦老爷子在呀?

焦　大　赖大管家,我怕你上眼皮薄看不见我呀。

赖　大　哪的话呀,您老威风的时候,我们还撒尿和泥呢。咳,当着尼姑说这多不斯
　　　　文呐,应该说撒尿不叫撒尿叫——小解。

　　　　〔三尼姑窃笑。

赖　大　(旁白)冲这两个人这么一笑,就不是什么地道良民。

焦　大　我说赖管家,待你审完了案子咱一块用点儿?

赖　大　那是自然。到了陈嫂的酒馆,哪有不消费之理呀。焦老爷子,我弟弟赖升在
　　　　您的宁国府当差,那小子毛嫩,您多照顾点儿。

焦　大　咳,此一时彼一时,那次夜里他让我送秦钟回家,我很不痛快。

赖　大　到时候我调教调教他。焦老爷子,我还有个惊喜要对您说。

焦　大　你说吧。

赖　大　俗话说,六十年风水轮流转,当下我那个犬子也当上了太平县的七品知县了。

焦　大　可喜可贺。你家的祖坟冒青烟了。

赖　大　焦老爷子您再夸我,我可找不到北了。哎,光顾聊天,忘了正事。沁香,鹤
　　　　仙,芳官儿——

三　人　在。

赖　大　听说你们在水月庵不好好修行,搞"三陪"。啥叫"三陪",什么叫"三陪"
　　　　呀? 说给你本老爷我听听。

三　人　是。

陈　嫂　你们这三个出家人怎么把衣服都脱了? 快穿上,快穿上,这可是少儿不宜。

沁　心　您可是少见多怪，太土了，几百年以后，人们都兴穿这个了。

陈　嫂　那几百年后才穿的东西，你们咋现在就穿了呢？

鹤　仙　我们这叫超前意识。

沁　香　超前消费。

芳　官　超前时尚。

焦　大　哒，你、你、你们这成何体统？！真是伤风败俗，气杀我也！哇呀呀……

鹤　仙　你瞧瞧，你瞧瞧，这就是代沟！

沁　香　两代人没法沟通。

焦　大　（内）赖大！

赖　大　……在。

焦　大　（内）你干什么来了？

赖　大　我干什么来了？

焦　大　（内）你不是审案来了吗？

赖　大　是啊，我审案来。

焦　大　（内）少废话，快审案！

赖　大　是啊，我审案来了，我一见这靓妹呀，是挡不住的感觉，禁不住的诱惑，差点忘了正事。

赖　大　升堂（自己喊：升堂……威武……）

赖　大　（念）时令不正，伤风感冒，尼姑"三陪"，乱七八糟。

　　　　我问你们"三陪"都陪什么呀？

沁　香　这"三陪"就是陪吃、陪喝、陪唱。

赖　大　呃，陪吃、陪喝、陪唱。不陪那个……

沁　香　不陪那个？……那是不可能的。

赖　大　（旁白）大伙看看，这水月庵成了"鸡窝"了，成何体统。好了，我呢捞干的说，这陪吃、陪喝我就不追问了，那陪唱我得问问，到底你们唱的是什么曲儿。唱给本老爷听听——（指芳官）这小尼姑是只俊鸟，你先唱——

芳　官　赖老爷你是审案子来了，还是听曲儿来了？

赖　大　搂草打兔子——顺手。你问这么多干啥？快唱。

芳　官　是（唱昆曲风格）不写情词不写诗，

　　　　一方素帕寄心知。

心知接了颠倒看，

横也丝来竖也丝（思）。

奴家心事有谁知。

赖　大　我知。人吃五谷杂粮，都有七情六欲。这词没错，挺绿色的。

鹤　仙　赖老爷，我给您唱一段。

赖　大　（指鹤仙）这小尼姑一白遮千丑，唱。

鹤　仙　是（唱）小小尼姑双垂泪，

横生世界难消退。

恨爹妈，自己把银牙来咬碎。

念了声南无，奴要少陪，

逃下山，自己的姻缘自己配，

叫师父得罪得罪真呀么真得罪。

赖　大　尼姑下山，动了凡心了。

沁　香　赖老爷，我接着给您唱？

赖　大　这小尼姑黑眼珠多来白眼珠少，汉子见他受不了。好，你唱吧。

沁　香　（唱）小小庵门八呀八字开，

那个尼姑堂内望呀望夫来。

大阁改作那相思阁，

钟楼权作那望夫台。（底下四句是沁香与赖大暗语）

去年当家怀六甲，

新来徒弟又种胎。

幸亏后面有块宝地，

不知埋了多少小婴孩……

赖　大　得了。怎么唱着唱着上荤的了？

芳　官　赖老爷，我们也不愿唱这下流的曲子，可贾公子强迫我们唱。

沁　香　是呀。还有比唱曲更恶心的事哪。

赖　大　更恶心的事？好吧，老爷我今天就是审案子来的，你们稳住了神，兜住眼泪一码儿一码儿的说。

〔鹤仙和沁香二人摇晃着赖大。

鹤　仙　（唱）我的赖老爷呀——赖老爷呀，哎

赖　大　跪下唱。

鹤　仙　（唱）未曾开言心里酸，

沁　香　（唱）好容易盼来了赖青天。

鹤　仙　（唱）俗话说骑驴的不知赶脚的苦，

沁　香　（唱）对着赖老爷我们两个来喊冤。

鹤　仙　（唱）自从进了水月庵，

沁　香　（唱）好似那哑巴吃黄连。

鹤　仙　（唱）足疗按摩挂保健，

沁　香　（唱）叫我们接客他赚钱。

鹤　仙　（唱）起初我们不情愿，

沁　香　（唱）贾公子拳脚相加欺负咱。

鹤　仙　（唱）迷魂药喝了害人不浅，

沁　香　（唱）从此我们守洁难！

赖　大　好了。别说了。本老爷是小葱拌豆腐——一清二白了。行了，你们都回去吧

三　人　是！

赖　大　焦老爷子。

焦　大　哎，赖管家，案子查访完了吧。

赖　大　案子审完了，该咱喝酒了。

焦　大　赖管家，我焦大可喝不了闷酒。

赖　大　我知道，您老是喝了酒就要骂。

焦　大　不介。今天我要夸……

赖　大　嘿。新鲜。这么多年还没听说过您会夸人。好啊，长长见识。

赖　大　老爷子，您想借着酒兴夸谁呀？

焦　大　赖管家。你听着。

　　　　（唱）焦大我今天要说明白话，

　　　　　　　今天我不夸别人我夸贾家。

赖　大　得，也学会拍马屁了。

焦　大　（唱）草字辈儿少主子学问大，

　　　　　　　水月庵里他会种花。

赖　大　您说的贾芹公子，他会种什么花呀？

焦　大　（唱）假也真真也假，

　　　　　　　　贾公子会种那个交际花。

赖　大　得，拐着弯儿地骂。

焦　大　（唱）栽什么树苗结什么果儿，

　　　　　　　　撒什么种子开什么花。

　　　　　　　　这些少主子无王法，

　　　　　　　　坏了名声毁了家。

　　　　　　　　愣把伦理来践踏，

　　　　　　　　分明是有人袒护他。

赖　大　谁袒护芹公子呀？

焦　大　（唱）这个人道行大，

　　　　　　　　心里特毒狠，

　　　　　　　　嘴上吐莲花。

　　　　　　　　人人称奶奶，

　　　　　　　　个个都怕她。

　　　　　　　　不是我逢着瘌子说短话，

　　　　　　　　养小叔子也是她。

赖　大　我说焦老爷子，您胆子也太大了，竟然敢骂她？

焦　大　我骂她咋了？惹急了我敢当面骂她。

　　　　赖管家，这案子你也查访完了，你想怎样向主子禀报？

赖　大　禀报？大事化小，小事化了。

焦　大　（一杯酒泼在赖大的脸上）呸，荣国府用你这样的管家真是瞎了眼了。赖大，你听着，虽说咱都是奴才，可当奴才的也该有个人胚子！

赖　大　焦老爷子，别发火呀，您也该知道我们当管家的难处，遇上难缠的事，就得一眼睁着，一眼合着。

焦　大　没有骨气的东西，龟孙子。

赖　大　（高声答应）哎，我的亲爷爷，您横。

　　　　〔沁香急上。

沁　香　赖老爷，不好了，贾芹公子命芳官陪香客，芳官不从，公子生硬逼迫，芳官她跑至东府门前，头撞石狮子血迸身亡啦。

焦　大　（唱）一声惊雷天昏暗，

老泪横流心如剜。

才几时芳官倩影出现，

顷刻间芙蓉化作火一团。

芳官哪——

姑娘你性格耿直不作践，

姑娘你庵堂揭隐人不凡。

姑娘你一朵净莲尘不染，

姑娘你留得清白在人寰。

到如今不孝的少主子变恶犬，

天良丧尽毁红颜。

芳官哪——

我晓得是你写的无名榜，

到如今事实真相未昭然。

我知你的游魂未走远，

焦爷爷代你去喊冤！

焦　大　赖大，我跟你去府上，我要痛痛快快地骂那些王八羔子！

赖　大　行了。焦老爷子，火盛伤肝，还是我自己禀报实情吧。（下）

赖　大　鹤仙，回府。

　　　　（赖大欲走，焦大叫住赖大）

焦　大　赖大，什么老爷公子，都是一群畜生，我跟你一起去，骂骂那些牲口。

赖　大　哎呀，焦老爷子，您在这歇着吧，我自己回去就得了——

焦　大　赖大，你小子若敢不禀报实情，我……！

赖　大　您放心吧，快歇着去吧，我的亲爷爷呦。

　　　　得，我回府。到了。

第四场

〔赖大招呼着王熙凤。

赖　大　二奶奶。大事不好啦!

王熙凤　什么事呀?

赖　大　牡丹撞石狮子血崩身亡!

王熙凤　为什么呀?

赖　大　(遮掩地)牡丹是谁——是个戏子,看上了一个唱戏的小子,事后闹大了肚子,觉得没面子,所以就结束了自己的一辈子。

王熙凤　呃,就这么点小事,没什么大不了的。那牡丹真是可恨,可惜呀脏了那对石狮子。赏她一领新席子,埋了吧。

赖　大　是。二奶奶,水月庵的事我也查清楚了,不像这无头帖上说得这么邪乎。只是贾芹公子与投缘的游戏了一场,因为是男女游戏,所以惹出些生是生非来。

王熙凤　我猜也没有什么大不了的事,男女游戏有什么大惊小怪的。连老祖宗都说过,小孩子们年轻,馋嘴儿猫似的,哪里保得住呢,从小人人都打这么过。只不过别闹得满城风雨的,回头我狠说他一顿也就是了。

赖　大　二奶奶开明。二奶奶有道是这家丑不可外扬。咱府上的事还是敷衍一下为好。不知奴才所说对不对二奶奶的心思。

王熙凤　你呀,学精明了。

赖　大　谢奶奶夸奖。二奶奶,奴才还有一事不知该不该对您说。

王熙凤　有话直说。

赖　大　这宁国府的焦大真是酒后无德,满嘴胡说。

赖　大　他说有人养小叔子。也不知他说的是谁?

王熙凤　哼,小孩子的屁股醉汉的嘴,别听他胡说。这个人倚老卖老,自己跌跟头是迟早的事。以后他再说什么,及时告诉我。

赖　大　奴才记住了。

王熙凤　告诉你弟弟赖升,他不是宁国府的管家吗?对焦大该使唤就使唤,别以为长了胡子就拔横,要明白,山羊一小儿就长胡子。

赖　大　山羊一小就长胡子……对呀。

　　　　〔王熙凤和赖大隐下。

　　　　〔二狮子跟着上。

公狮子　焦大爷得罪了王熙凤，往后的日子不太好过了。

母狮子　谁说不是呢，古人云这祸从口出，咱还是说话办事小心点。

公狮子　江山易改，本性难移，焦老爷子就是这个脾气，什么事不对他的脾气，敢把天捅个窟窿。

母狮子　劝他不成，那咱这不会说话的狮子就暗地里帮他一把。

公狮子　也好，咱们这对石狮子学着好人，办点善事。

母狮子　走，男左女右，守候大门。

公狮子　听王熙凤的话音，焦大爷往后的日子可不大好过了。

母狮子　谁说不是呢，这祸从口出，咱还是劝老爷子说话办事小心点。

公狮子　你脑袋进水了？我们是石头狮子，不会说人话呀。

母狮子　倒也是，可咱们会办人事啊！

公狮子　别臭美了，快上岗吧。

第五场

　　　　〔距前场数日后。

　　　　〔浭阳酒馆。

　　　　〔兴儿上。

兴　儿　陈娘。

　　　　〔陈嫂上。

陈　嫂　兴儿。

兴　儿　陈娘，我这有散碎的银子，前几日赊的账全还您，剩下的小的开斋，大饼就猪头肉，外加半斤白酒。

陈　嫂　好说。兴儿，你的酒量不行，可得悠着点喝。

兴　儿　陈娘你放心。我喝得晕得乎的就打住。（自斟自饮自得其乐）

〔焦大领着一对过路夫妻上。

焦　大　陈嫂，这对夫妻想讨碗水喝。

陈　嫂　好，没问题。二位请喝水，二位这是去哪呀？

过路女　来找闺女，可闺女死了。

过路男　你这嘴呀，真是狗肚子放不了二两香油。

过路女　（突然号啕地）你不让我说我心里难受啊。

陈　嫂　老嫂子，别哭。有啥憋屈话尽管说。

过路女　老嫂子，我们的闺女在宁国府里给珍老爷当丫环，前几天有人捎话说我闺女
　　　　还挺好的，可没过几天人就死了。

焦　大　这青天白日的人说死就死了？你们没问问实情吗？

过路女　珍老爷吩咐管事的给了我们二十两银子。就算了事啦。

焦　大　这二十两银子就把你们的嘴给堵上了？

过路男　这位大爷，我们乡下人进了府上就腿肚子朝前。闺女没了，我们就是有些疑
　　　　问，这嘴也拉不开闩哪。

陈　嫂　那你们就情愿吃哑巴亏了？看见闺女尸首了吗？

过路男　看了一眼，七窍出血，面色铁青。

过路女　珍老爷府上的人说我闺女得的是暴病。

焦　大　不对。这事情蹊跷得很。兴儿给珍老爷当奴儿。兴儿，你是不是知道一些底细。

兴　儿　（醉酒）我知道，我知道也不能说。

焦　大　兴儿，你要是条汉子，你就说出来，这可是条人命啊！

兴　儿　我要是说了怕出事。

焦　大　出了事，焦大爷给你兜着。

兴　儿　焦大爷您给兜着，你兜着我说，（对过路男女）你们的闺女叫彩花对不对？

过路女　对。

兴　儿　彩花不是病死的，是被毒死的。

过路男　为啥要毒死我的女儿？

兴　儿　都怪你的闺女没长眼……我们老爷办那事儿，被你们女儿看见了，那还不找
　　　　死呀。

陈　嫂　他跟谁干那事呀？

兴　儿　这话说出来寒碜。（小声）我家老爷跟蓉大奶奶有一水……

〔秦可卿的丫环宝珠暗上。

焦　大　蓉大奶奶可是他儿媳妇?

兴　儿　谁说不是呢,放着正经公爹不当,偏要当这把掏灰扒。

宝　珠　兴儿,你胡说什么呀! 蓉大奶奶就是要证明自己清白,她在天香楼上吊了。老爷派我找你,走,快回府吧。

过路男　咱们走吧。

过路女　我的闺女呀。

陈　嫂　等等,焦大兄弟,

陈　嫂　我看这一对夫妻是老实人。我想让他们把智能带走,他们有了依靠,闺女也有了着落。

焦　大　智能在这儿久留真不是个事儿。她知道水月庵静虚和王熙凤的肮脏事,王熙凤连净虚师父都灭了口,也绝不会放过她。

陈　嫂　那我跟他们商量商量去。老嫂子,别难受了,闺女走了哭也哭不回来了。敢问二位家住哪里、姓字名谁呀?

过路女　家住太平县赤桑镇十字坡村。

过路男　我叫王老五。

陈　嫂　这就好了,我看你们二位心地善良,我有件事想和你们商量商量,我有一干女儿,身遭迫害,在此不宜久留,我想送给你们二位,不知意下如何?

过路女　我们老夫妻如今无儿无女,你把闺女给了我,真是去了我的心病呀。我给您老磕个头。

陈　嫂　别别别,我也是为了我那干女儿着想啊,想我这干女儿也是磨难重重,如今是她有了归宿,你们也有了依靠,我也就放心了,不过你们可要把我那女儿当亲生看待,可别慢待她呀!

过路女　您老放心,我们这辈子不忘您的大恩大德呀。

过路男　我们要是对她差样喽,天打五雷轰。

陈　嫂　好了,别起誓发愿了。待我把女儿叫出来商量商量。闺女,出来吧。闺女……

智　能　娘,您老别说了,我在屋里都听见了。

陈　嫂　你愿意不?

智　能　我,我舍不得娘。

陈　嫂　闺女,娘也舍不得你呀,这里不是久留之地。你放心,到啥时候娘也忘不了你呀！

陈　嫂　闺女，一路小心。大事儿小节儿的娘去看你。天色不早了，你们走吧！

智　能　娘……

陈　嫂　儿……

（唱）流泪眼对流泪眼，

好心人生出爱和怜。

看一眼智能儿我的心头暖，

瞧一眼患难夫妻我心酸。

细端详这对儿夫妻心慈面善，

女儿她北雁南飞我坦然。

老哥哥老嫂子你们二人听我劝，

人这辈子不知要过几道关。

有人说人在难处挺一挺，

闯过了难关苦后甜。

智能啊——

给人家当闺女要有那眼力见儿，

好闺女温柔贤惠人喜欢。

你的胃口不好别吃冷饭，

气候凉了添衣衫。

拖着个笨身子那活计你悠着点儿干，

坐月子可千万千万别受寒。

我嘱咐了闺女身回转，

对二老说出了肺腑言。

今日里我把闺女交给了你，

为的是你们老年夫妻不孤单。

与你们粗茶淡饭不挑剔，

粗针麻线咱不嫌。

求只求将我的女儿当亲生看，

与你们和谐相处到百年。

〔过路男女和智能下。

〔宁国府管家赖升上。

赖　升　焦老爷子在这吗？

陈　嫂　在。哟，赖管家来了。我说你们哥儿俩真是混得真是不错呀，你在宁国府当管家，你大哥在荣国府当管家，哥儿俩都当大管家。

赖　升　马马虎虎吧。焦老爷子在吗？

焦　大　爷在这呢。

赖　升　焦老爷子，您让我好一通找哇。

焦　大　找我何事？

赖　升　您那跟着我套着马车去棺材铺拉棺材。

焦　大　拉棺材？给谁用？给你爹？

赖　升　您老说话就是不受听，可也没啥。我爹去世那年，没用棺材，半领旧炕席就把我爹埋了。打坑的人见我家穷这棺穴挖得浅，没过几天几只野狗把我爹给撕巴撕巴吃了一半儿。哎哟，我那苦命的爹呀。（哭）

陈　嫂　赖管家，别在这哭行不？我这是酒馆。

赖　升　对不住了。说正事吧。焦老爷子，我让您老套上牛车去给蓉大奶奶买棺材。珍老爷对这事十分地上心。不惜花一千两银子，买个楠木的棺材，这口棺材原是给义忠亲王老千岁做的，可惜他老没那个福分。在铺里摆放了多年了，没人买得起呀，该着蓉大奶奶体面。

焦　大　呀呀呸，想我焦大，自入宁国府当差以来，先主子待我不薄，几十年来从来没让我干过这下三滥的活，你今天竟敢让我赶着牛车买棺材，真是瞎了你的狗眼。

赖　升　焦老爷子，别出横气儿了。我知道您老有点脾气。可别忘了咱是奴才，奴才是干啥的？是听人家使唤的，你老有多大的脾气也得忍着。你不忍着这脑袋系在裤腰带上，说掉喽就掉喽。来，拿着这牛鞭子，去套牛车去。要想使性子发脾气等来世你老再托生托生吧。

焦　大　哈哈哈，赖升，赖二，你小子算是学乖了。明白得不能再明白了，府里这么多使唤，你偏要让我跟着你去买棺材。你去告诉主子们，你焦爷爷不听你的调遣，要我套车买棺材？除非用这口棺材把我活埋喽。姥姥！（将牛鞭扔掉）

赖　升　嘿嘿，你这老不死的棺材瓢子，你活腻味了吧。好，你听清了，这个月的工钱我给你扣了。

赖　升　告诉你，荣国府的琏二奶奶协理操办蓉大奶奶的丧事，你这碍口的话少说。要明白这祸从口出！

焦　大　赖二，轮不上你教训爷爷！我砸死你这个王八蛋。

　　　　〔定格。灯光急收。

第六场

　　　　〔光起

赖　升　焦大你这老不死的，还真他妈的狠！哎哟……

　　　　〔王熙凤上。

王熙凤　赖升管家在哪儿？

赖　升　二奶奶，奴才在这候着呢，我呀，大头朝下给您老叩头。

王熙凤　免了。

赖　升　不能免。不能免，（叩头）嘿，二奶奶您这个绣花鞋是栀子花的香味儿。

王熙凤　小嘴儿数八哥的，真乖。

赖　升　谢谢二奶奶。

王熙凤　赖升，这一回我协理东府操办我蓉侄媳妇的丧事，你给我当个跑腿的愿意不愿意呀？

赖　升　那可太好了。给您当跑腿儿的，是我祖上积了八辈子大德了。不瞒您说，在您身边，就是把我这狗腿跑折了，我也愿意呀。

王熙凤　看来老爷让你当东府的管家那是选对啦。没有规矩，不成方圆，既然老爷把蓉奶奶的事托付我办，我就要吐个唾沫是个丁儿。事事可要依着我行，错我半点儿，管不得谁是有脸的，谁是没脸的，一律处治。

赖　升　是。

王熙凤　有偷懒的，赌钱的，吃酒的，打嘴架的，立刻来回我。

赖　升　是。

王熙凤　还有……

赖　升　是。

王熙凤　（稍加停顿）哟，我说什么了你就说是呀？

赖　升　嘿嘿，我抢了您的台词。

王熙凤　要有这鸡骨鱼刺的愣要不听话，你给他们点颜色看看。

赖　升　好嘞，得令。有您这句话我心里有底啦。我估摸着没人敢碰我，俗话说打狗
　　　　还得看主人不是。就是焦大那个老奴才，我让他套牛车给蓉大奶奶买棺材，
　　　　他就是不去，一气之下我就扣了他这个月的工钱。

王熙凤　这个奴才做久了，连主子都不放在眼里，你给我盯住了，看我慢慢收拾他。

　　　　〔王熙凤与赖升隐下。

公狮子　焦大爷真牛，暴打赖升这个祸头！

母狮子　王熙凤杀人不见血，吃人不吐骨头。

二狮子　我们为焦大爷犯愁，哎！

第七场

　　　　〔距前场数日后。

　　　　〔去往东府的路上。

　　　　〔陈嫂搀着焦大上场。

焦　大　（唱）人老弯腰把头低，

陈　嫂　（唱）树老焦梢叶子稀。

焦　大　（唱）奴才老了一肚子气，

陈　嫂　（唱）心病还需心药医。

陈　嫂　大兄弟，想当年你和我们那口子是拜把子兄弟，他临蹬腿前把我托付给你，
　　　　让你好好地照顾我，我呢，也把你当成了亲兄弟。我知道你前天与赖二犯了
　　　　矫情心里边生气，可也不至于不吃不喝呀，你看你这几天掉了十几斤肉不
　　　　说，眼窝儿都踏了坑儿了。别忘了，身子骨是自个的。

焦　大　陈嫂，我焦大不吃不喝可以，可心里有话不让我说我得憋屈死。

陈　嫂　（唱）我的焦大兄弟呀——

　　　　　　我知道你心里憋了一口气，

有道是江山易改本性难移。

大兄弟你有直脾气,

赖升他是火上浇油把人激。

按理该说大兄弟你是那个最讲直理,

实实在在不会虚。

你酒后醉骂是好意,

眼看着这贾府败落你的那个心着急。

可你好心变成了驴肝肺,

得罪了少主子你受委屈。

我的大兄弟呀——

有道是佛争一炉香,

人争一口气。

硬骨头能撑天和地,

全凭着心里有算计。

风吹云动星不动,

水走船移山不移。

别人生气你不气,

他人着急你不急。

大兄弟睁开双眼看好戏,

万不能一时怄气倒下身躯。

焦　大　陈嫂,你的一片好心大兄弟领了。来,把酒葫芦给我。

陈　嫂　你两天没吃没喝了,还要喝酒?

焦　大　我的好嫂子,这酒是我的命根子。

陈　嫂　我知道酒是你的命根子,可我明镜儿似的,你喝的是闷酒啊。喝闷酒是要醉
　　　　人的。

焦　大　嫂子,你几时看我醉过?

陈　嫂　你醉的还少啊?好兄弟,听我的劝吧,今天可是蓉大奶奶出大殡的日子,求
　　　　的就是肃静,我怕你喝了酒惹事,我这儿悬着心哪。

焦　大　嫂子,我该对你说啥呢?我焦大今年七十多了,现在入土也不算短命的了。
　　　　能多喝一口是我的福气,能多说一句实话这辈子没白活!嫂子,你就依了我

吧。给我一口酒喝吧。

陈　嫂　我要是依了你喝酒，你得依我一件事。

焦　大　啥事你说？

陈　嫂　一会儿东府出大殡的时候，你跟着人群走在最后。别闹事。

焦　大　那是为啥？

陈　嫂　我怕你惹事。我问你应不应？

焦　大　应了你。

陈　嫂　大兄弟记住了。跟在最后。别闹事。我酒馆还有点事，先走了。

　　　　〔焦大喝酒。

焦　大　好酒。好酒啊！

焦　大　（唱）好酒一壶暖心脾，

　　　　　　　顿觉得雄风振袖踏云梯。

　　　　　　　气吞山河有生气，

　　　　　　　好汉手下无强敌。

　　　　　　　老奴才增长了天大的脾气，

　　　　　　　甭管是天王老子和皇帝——

　　　　　　　他们谁不讲理我就跟谁急。

　　　　　　　酒后醉骂出口晦气，

　　　　　　　管他三七二十一！

第八场

　　　　〔鼓乐骤然响起。

焦　大　这世道好稀奇，又想当婊子，还想立牌坊。哈哈哈！

　　　　〔赖升上。

赖　升　焦大，你又喝了多少猫尿啊，不知道今天是什么日子？

焦　大　赖二，少用这腔调跟你焦爷爷说话，你这欺软怕硬没有骨气的东西，你你也
　　　　不想想，焦大爷跷跷脚，比你的头还高呢。宁国府的焦大爷眼里有谁？别说

你们这一群杂种王八羔子们!

〔贾蓉上。带两仆人上。

贾　蓉　焦大,不许造次。

焦　大　蓉哥儿,你别在焦大跟前使主子性儿,别说你这样的,就是你爹、你爷爷,也不敢和焦大我挺腰竿子!要不是我焦大,你们就能做官享荣华富贵了?你祖宗九死一生挣下这家业,到如今,不报我的恩,反和我充起主子来了。你们扒灰的扒灰,养小叔子的养小叔子,什么东西!呸!

贾　蓉　真是反了你。连我爹都敢骂,来人拖他到马圈去,灌他一肚子马粪。

〔赖升二仆人拉他下。

〔王熙凤上。

王熙凤　又是这个老棺材瓢子闹事。贾蓉!

贾　蓉　婶娘。

王熙凤　(一愣痛恨地)这个没王法的东西!留在这里岂不是祸害?倘或亲友知道了,岂不笑话咱们,像咱这样的大户人家连个王法规矩都没有。早打发他算了。忙你的去吧。

〔荣国府管家赖大急喊王熙凤上。

赖　大　二奶奶,您看这馒头。

王熙凤　这不是水月庵的馒头吗?

赖　大　这可不是水月庵的馒头,二奶奶。奴才的犬子尚荣在太平县作了七品知县,这是他在县城里买的。看见这个馒头我便想起一桩事来,水月庵的智能冷锅贴饼子——蔫遢了。这让奶奶您好头疼一阵子,我想啊,这样的开花馒头只有智能做的出来。

王熙凤　看来你还是个细心人。既然你知道了线索,那就让你儿子顺蔓摸瓜,一定要找到这个智能,她知道净虚师父的事,而且嘴巴不严实……

赖　大　嘴巴不严实,二奶奶,您放心,我不会留下活口的。奴才把事情办妥当了,给您个回话儿。

〔赖升拖着焦大复上。

赖　升　焦大,一肚子马粪灌下了,该醒醒酒了吧?

焦　大　赖二,龟孙子!

赖　升　你骂我没关系。你呀,可别对不起贾家的先祖。

焦　大　你……

赖　升　你只知道自己救过太爷，可你忘了，没有国公爷赏你一碗饭吃，你能活到今天吗？来，快拿着这个——

赖　升　哭丧棒、孝衫子，快给蓉大奶奶披麻戴孝吧。

焦　大　我给她披麻戴孝？

赖　升　难道不应该吗？你做奴才的该知道自己的辈分。不错，这哭丧棒是短了点儿，按理说只有贾府的重孙子的才拿这样的丧棍。可话又说回来了，你是谁呀？你是奴才，给人家当重孙子都不要的臭奴才。你哪，没有挑肥拣瘦的理儿，只有孝敬主子的理儿。焦大，听人劝，吃饱饭，孝衣穿上，这根哭丧棍攥在手里。先主子在天上看着你呢。

焦　大　先主子——

第九场

〔内传："圣上有旨：贾赦交通外官，依势凌弱，辜负朕恩，有忝祖德，着革去世职。钦此。"

〔音乐急促。

〔锦衣军过场氛围。

第十场

〔贾府祠堂门前。

〔焦大走进祠堂内。

焦　大　先主子，国公爷，今日，宁国府被抄了，我真不敢睁开眼看见贾家落到这步田地。先主子，我天天劝，那些不长进的爷儿们，他们不但不听我的，还把我当成了冤家呀！先主子……

（唱）祠堂冷，冷清清，

残阳如似血样红。

面对着先祖的灵牌心似潮涌，

想当年我随着国公爷九死一生。

战场上东拼西杀不惜生命，

持兵刃何惧那刺刀见红。

我曾说脑袋掉了头大的疤，

眼睛掉了俩窟窿。

死人堆里救先主，

背着主子避灾星。

挣下这偌大的家业蒙恩受宠，

御匾高悬耀门庭。

曾几时天地翻覆换了光景，

红楼处处有悲声。

阴阳互动有因果，

我老眼昏花看得清。

看得清万劫情缘夺人命，

看得清才子佳人生孽情。

看得清轻歌曼舞惊噩梦，

看得清冷盏残杯溅血红，

看得清红楼如梦不知醒，

看得清世态炎凉大寒生。

只怨怨我无有回天力，

有违了太爷的在天之灵。

现如今贾府入了凄凉境，

我心中刮起了冷冷的风。

瞧得见衰草寒烟连心痛，

瞧得见冷月天边有悲情。

瞧得见山穷水尽皆无路，

求得一死尽善忠。

冥冥中似看见先主子身影，

焦大我趋步向前放悲声。

太爷呀——

暗暗知天路漫漫难行走，

容奴才护送先主走一程……

伴　唱　红楼梦，梦红楼，

情天孽海恨悠悠。

软绿柔红暗争斗，

风花雪月剑影稠。

醉酒的狮子朝天吼，

梦里情怀任遨游。

〔全剧终。

晴雯

在大观园里，晴雯是公认的最俏丽的丫头，也是曹雪芹所塑造的奴婢群体中最少奴颜媚骨、最不乖觉或说最不守本分的女奴。但在贾宝玉心目中，她却是怡红院中最可信赖的"第一等人"。"霁月难逢，彩云易散。心比天高，身为下贱，风流灵巧招人怨……"则写尽了她"薄命红颜"的悲剧人生。（——引自董希凡《传神文笔足千秋》一书。）

此剧荣获第七届中国评剧艺术节"优秀剧目奖"。

晴　雯

（新编红楼梦系列评剧）

李汉云　李冬茵　编　剧

人物篇（以出场先后为序）

晴雯、醉泥鳅、灯姑娘、小窗夜话的串场人四人、贾宝玉、袭人、麝月、王夫人、秋纹、王善宝家的。

第一场

伴　唱　近看水，远看山，

　　　　不远不近看婵娟。

　　　　原本是奴下奴，

　　　　心想做人上人，

　　　　偏偏去了那天外天。

　　　　生，女人难，

　　　　死，女人难。

　　　　〔夜路。远处有一片火光映红天空。晴雯、醉泥鳅和灯姑娘上。

灯姑娘　小妹，你快点走。

晴　雯　表姐，我走不动了。

醉泥鳅　（带着几分酒气地）小胳膊小腿儿的还不如我这老胳膊老腿儿的呢，真是娇贵呀。

晴　雯　表哥，离荣国府还有多远呢？

醉泥鳅　你看那边，那边一片红光，把天都染红了，那儿就是。

晴　雯　荣国府那儿为啥冒红光呢？

灯姑娘　真是井底的蛤蟆——没见过多大的天。实话告诉你，荣国府是个啥地方？那就是人间的天堂，晚上府上的灯一亮，比白天还亮堂呢。

晴　雯　表哥，表嫂，我咋看那边像一团火呢？

醉泥鳅　我的小表妹，你说的像火也不假。有几句话我得嘱咐嘱咐你，你可要记在心里边呀。

晴　雯　表哥，你说吧。

醉泥鳅　是荣国府的管家赖大花了十二银子把你买去当使唤丫头的。他赖大是个啥身份，是个老奴才，你去了是个啥身份？是个奴才的奴才！

醉泥鳅　（唱）我的小表妹呀——

俗话说先苦后甜事称心，

先甜后苦误终身。

去了荣国府你不是当太太，

不是当小姐，

去当这使唤丫头你要格外小心。

说话讲礼表，

办事讲分寸；

对着主子要殷勤。

你这爆炭的脾气要改一改，

不能够给你个棒槌你就当针。

去那荣国府混好了是你的福分，

混不好飞蛾扑火烧自身。

去了荣国府一步俩脚印儿。

别学你表嫂当这放荡人。

灯姑娘　哎，你这该死的，咋说着说着，拐到我这来了。

醉泥鳅　拐到你这来了咋着？我看着你闹心、堵心，外挂着寒心。

灯姑娘　你看我堵心，我看你就像吃了绿豆苍蝇一样，更是恶心。（对众）大伙看一看，我灯姑娘嫁给他，不就是一朵鲜花插在了牛粪上了吗？

醉泥鳅　没错，小模样长得是够帅呆的，可也不能背着爷儿们去偷人呐。

灯姑娘　废话。你家要是左边有棵摇钱树，右边有个聚宝盆，何至于我担惊受怕的去偷人哪。

醉泥鳅　那也不应该腰里掖着一冲牌，想跟谁来跟谁来呀？

灯姑娘　我跟谁来着？

醉泥鳅　你跟谁来着？跟你相好的，少说得有一个"加强排"！

灯姑娘　这样一说，你是嫌弃我了？

醉泥鳅　不，我只是说说。媳妇有个瘪瘪货，我走遍天下都不饿。（对众）这位大哥你笑话我，说我是吃软饭的。我就是吃软饭的、戴绿帽儿的、软盖儿的。

灯姑娘　少废话。快赶路吧。

晴　雯　表哥，表嫂，今天妹妹要离开你们了，有句话想跟你们说。

醉泥鳅　不是想说卖你的那钱二一添作五吧？

晴　雯　不是。我想问表哥表嫂，我的亲生爹娘是谁，你们能告诉我吗？

灯姑娘　我说小表妹，你问这话，真让我们伤心哪。

　　　　（唱）有道是鸡叫一声出三人，

　　　　　　　有穷有富有贵人。

　　　　　　　穷在街头无人问，

　　　　　　　富在深山有远亲。

　　　　　　　你爹娘要是皇上皇后你是金枝玉叶，

　　　　　　　你爹娘要是王爷相爷你是贵体千金。

　　　　　　　你爹娘要是府上员外你是大家闺秀，

　　　　　　　你爹娘要富足你是小家碧玉也可人。

　　　　　　　你爹娘富贵高门谈不上，

　　　　　　　顶多是个庄稼人。

　　　　　　　庄稼人也是贫困户，

　　　　　　　要不然也不会把你弃置路旁让狗闻。

　　　　　　　你是黄连树上结苦胆，

　　　　　　　苦菜花开是草根。

　　　　　　　去贾府当丫头别再追问，

　　　　　　　有俩钱孝敬我们你算有良心。

醉泥鳅　那光亮离我们越来越近了。（天幕越来越红）晴雯你看，大门口站着那一对夫妻，男的是那赖管家，女的是那赖嬷嬷。

李漢雪劇作選

灯姑娘　我们不送你了，省得人家说我们难离难舍的。记住，你要是混整了，能跟主人说上话，也给你表哥表嫂找点事由，你表哥会杀猪，我也能干钟点工。

晴　雯　哎。表哥，表嫂你们回吧。我走了。

灯姑娘　瞧这丫头片子，走起路来像小风车一样，咳，谁知日后混得能咋样呢？

醉泥鳅　咋样？是福不是祸，是祸躲不过。怀揣十两银，没事偷着乐。

灯姑娘　德行！

第二场

〔小窗夜话

甲　要说晴雯这丫头命儿不赖，来到荣国府没多日子，赖嬷嬷带着她见老祖宗，老祖宗着实地喜欢这妞子，赖嬷嬷就把自己买的丫头给了老祖宗，老祖宗让晴雯伺候宝二爷。

乙　虽说老太太喜欢她，可王夫人黑眼白眼看不上她。嫌她长得太精了。说晴雯命儿好，那是碰上菩萨心肠的宝二爷。

丙　可不是咋的，一个贵为公子，一个贱为丫环。本该尊卑有别，可宝二爷非要和这小丫头平起平坐。

丁　谁说不是呢，你看宝二爷跟她好的，左看像兄妹，右看像同窗，身后一看呐你们猜怎么着（小声地）像夫妻。

〔众开怀大笑。

〔冬日。绛芸轩。晴雯刚刚把宝玉书写的绛芸轩三个字贴在门斗上。她仔细看这绛芸轩三个字喜上眉梢。

晴　雯　（唱）晴雯我来到大观园，

　　　　　　掐指算已是四五年。

　　　　　　四五年看花儿草儿都浪漫，

　　　　　　晴雯我像一个小燕子呼唤春天。

　　　　　　临来时表哥表嫂将我劝，

　　　　　　他们劝我小心谨慎别冒尖儿。

　　　　初来这我是捏着一把汗，

　　　　渐渐地我觉得天宽地宽。

　　　　实感激宝二爷不把我小看，

　　　　我心中将二爷视为靠山。

　　　　我觉得丫环当中属我最好看，

　　　　宝二爷稀罕我那是自然。

　　　　再看看宝二爷——

　　　　住红楼，配红玉，喜红颜，着红衫，

　　　　真真是怡红公子风度翩翩。

　　　　真盼望这世界只有我们两个，

　　　　潇洒哥洋气妹相爱到百年。

　　〔晴雯沉浸在幸福幻想之中，贾宝玉悄悄地上，捂住她的眼睛。

晴　雯　谁呀？快松开。

贾宝玉　晴雯妹妹，是我。

晴　雯　原来是二爷回来了。

贾宝玉　喏。我不是早跟你讲好了，当着众人面，你称我二爷，背地里你喊我宝哥哥。

晴　雯　（无限深情地）宝哥哥——

贾宝玉　哎。

晴　雯　宝哥哥，你吃酒多了没？

贾宝玉　没有。

晴　雯　那，没吃醉好。宝哥哥，你要我研了那些墨，早起高兴，只写了三个字，丢下笔就走了，哄得我们等了一日。这墨呀我是干了再研，研了再干，我研啊研啊就在这等着哥哥。哥哥，快来写字，用完这些墨吧。

贾宝玉　（应诺地）是，是。哎，早上我写的那三个字呢？

晴　雯　（笑）哥哥还是吃醉了。你过府里之前，嘱咐我们将这三个字贴在这门斗上，这会儿又这么问。我生怕别人贴坏了，我亲自爬高上梯儿的，端端正正地贴在了门斗上。

贾宝玉　妹妹，你爬高上梯儿的不晕高不胆小？

晴　雯　（唱）我的宝哥哥呀——

　　　　要说这爬高上梯儿我乐得合不上嘴儿，

我跟你讲小时候的故事那是特别的哏儿。

打红枣我敢骑树杈儿，

摘丝瓜我敢爬上月亮门儿。

立墙头掐月季我硬是不怕刺儿，

上柳树折嫩枝我能做柳笛儿。

捅马蜂蜇得我地上直打滚儿，

攀槐树掏喜鹊蛋我钻到了半天云儿。

爬高上梯没有我不敢的事儿，

（白）这邻居大娘都说我托生错了——

（接唱）应该托生个嘎小子儿。

贾宝玉　（开怀大笑）太有趣了，太有趣了。

晴　雯　还有趣呢。为了等哥哥，我就在这门外边站着研磨，手都冻僵了。

贾宝玉　（急上前握住晴雯的手）我忘了，你的手冷，我给你焐焐。

〔贾宝玉给晴雯焐手，又自然地把晴雯搂在怀里。

晴　雯　宝哥哥，这绛芸轩的绛字咋个讲法呀？

贾宝玉　这绛字就是红颜色。

晴　雯　红的颜色好，我喜欢红颜色，宝哥哥也喜欢红的颜色。

贾宝玉　你怎知哥哥我喜欢红色？

晴　雯　那不明摆着。宝哥哥爱红，佩红玉，着红衣，喜欢调制胭脂，有时候还吃胭脂呢，喝的是胭脂色的西洋葡萄酒，吃的是玉田胭脂米，连怡红院里栽种的都是色如胭脂的"女儿棠"。

贾宝玉　知我者，晴雯小妹，小妹晴雯。

晴　雯　宝哥哥，你说过女儿是水做的骨肉，男儿呢？

贾宝玉　男儿是泥做的骨肉。

晴　雯　女儿是水做的，男儿是泥做的，太对了。在我们乡下，有个情歌，唱的就是这个。哥哥，你想听吗？

贾宝玉　妹妹唱曲，哪有不听之理，那就唱给我听。

晴　雯　（唱）傻俊哥，我的哥，

和块黄泥捏咱两个。

捏一个你，捏一个我，

捏的来一似活托儿,

捏的来同床上歇卧。

将泥人摔碎,

着水重和过,

再捏一个你,

再捏一个我,

哥哥身上有妹妹,

妹妹身上有哥哥。

贾宝玉　哥哥身上有妹妹,妹妹身上有哥哥。好啊。想这世界上红男绿女千千万万,

　　　　可要说男女间称之为有缘人的,只有两个人——男人和女人。

晴　雯　宝哥哥。(二人相依偎得更紧,凝固成爱的雕塑。)

伴　唱　走进朦胧,

　　　　走进温馨。

　　　　他纯我纯,

　　　　她真我真。

贾宝玉　(唱)我的妹妹呀——

晴　雯　(唱)我的哥哥呀——

伴　唱　一生一世记住这个好时辰。

第三场

〔小窗夜话

甲　　你们说宝二爷身边的丫头,谁跟宝二爷最亲?

乙　　要我说是袭人丫鬟。

丙　　我猜不透。

乙　　咋个猜不透啊。你们真不知道,袭人和宝二爷早就有"这事儿"了。

丙　　有这事了,这事是啥事呀?

乙　　揣着明白装傻呀。就是两口子这点事。

甲　　　平时看袭人知理知表儿的，能悄悄地办这事？

乙　　　这叫蔫人有蔫心，蔫狮子咬死人。晴雯只会耍性子，说话冒尖带刺，可要论
　　　　　心劲袭人把她卖喽她都不知道上哪取钱去。你们说花袭人能不能？

众　　　能！

　　　　〔端午节。贾宝玉心绪烦乱地上。

贾宝玉　（唱）不测风云一瞬间，

　　　　　心中郁闷阴了天。

　　　　　未曾想我一句戏言成大患，

　　　　　母亲她无名怒火心中燃。

　　　　　金钏她跳井寻短见，

　　　　　碧落黄泉难喊冤。

　　　　　也因我身遭冷雨心绪乱，

　　　　　伤袭人睁睁见泣血的红杜鹃。

　　　　　可叹我一个堂堂正正的男子汉，

　　　　　身心无力护红颜。

　　　　　端午佳节人伤感，

　　　　　我恼恨地来恼恨天！

　　　　〔晴雯持衣衫上。

晴　雯　宝哥哥，我就知道你吃酒会脏了衣服。来，快把这新的换上。

　　　　〔晴雯给宝玉换衣服不小心将扇子失了手跌在地上，将股子跌折。

贾宝玉　蠢才，蠢才！明日你自己当家主事，难道也这么顾前不顾后的？

晴　雯　（没有计较笑呵呵地）哎呦呦。二爷近来的脾气大得很呐，动不动就给人脸
　　　　　色瞧。前儿连袭人都打了，今儿又来寻我们的不是。就是跌了扇子，也是平
　　　　　常的事。素平时什么玻璃缸、玛瑙碗不知弄坏了多少，也没见二爷生这么大
　　　　　的气，这会子一把扇子就这么着了。何苦来。要嫌我们就打发我们，再挑好
　　　　　的使。好离好散的，好不好？

贾宝玉　（气得浑身乱颤）你不用忙，将来有散的日子！

　　　　〔袭人上。

袭　人　（对宝玉）好好的，又怎么了？可是我说的，一时我不来，就有事故儿。

晴　雯　姐姐既会说，就该早来，也省得爷生气。自古以来，就是你一个人服侍爷的，

我们原没服侍过，就因为你服侍得好，昨日才挨窝心脚；我们不会服侍的，到明儿还不知是个什么罪呢！

袭　人　（忍让地推劝晴雯）好妹妹，你出去逛逛，原是我们的不是。

晴　雯　（醋意地）哟，还我们？我们？你们是谁呀？你和二爷？（比划）别叫我替你们害臊了。

　　　　（唱）黄毛丫子初下水你不知深浅，

　　　　　　　你们是啥名分你说个所以然。

　　　　　　　是谁保的媒是谁拉的纤？

　　　　　　　良辰吉日又是哪一天？

　　　　　　　是六月六呢？

　　　　　　　还是三月三？

　　　　　　　是几时唢呐吹的迎亲曲？

　　　　　　　坐花轿是颤悠颤还是颠呀颠？

　　　　　　　啥时迈的火盆儿？

　　　　　　　啥时跳的"马鞍"？

　　　　　　　啥时候揭的盖头唱的洞房赞？

　　　　　　　交杯酒是酸还是甜？

　　　　　　　俗话说锣鼓不能暗敲打，

　　　　　　　结良缘瞒不了地来欺不了天。

　　　　　　　要是没有这档子事儿，（插白）那就别我们我们的啦——

　　　　　　　咱姐俩红娘打梅香——都是丫环！

贾宝玉　你还别气不忿。我明儿偏抬举她。

袭　人　她一个糊涂人，你和她分争什么？况且你素日又是有担待的，比这大的都忍过去了，今儿是怎么了？

晴　雯　我原是糊涂人，哪里配和我说话呢！

袭　人　姑娘倒是和我拌嘴呢，还是和二爷拌嘴呢？要是心里恼我，你只和我说，犯不着当着二爷吵；要是恼二爷，也不该吵得全世界都知道。我掺和进来也不过为了事，进来劝开了，大家保重。姑娘倒寻上我的晦气。又不像恼我，又不像恼二爷，夹枪带棒，终究是个什么主意？我就不多说，让你说去。

〔袭人往外走几步又止步。

贾宝玉　（对晴雯）你也不用生气，我也猜着你的心事了。我回太太去，你也大了，打发你出去好不好？

晴　雯　（伤心含泪）为什么我出去？要嫌我，变着法儿打发我出去？没门儿。

贾宝玉　我们何曾这样的吵闹？一定是你要出去了，不如回太太，打发你去吧。（起身欲走）

袭　人　（忙回身拦住）往哪里去？

贾宝玉　回太太去。

袭　人　好没意思。真格的去回，你也不怕臊了？即便她真的要去，也得等这气下去了，等没了事再对太太说这档子事也不迟。这会儿急急地当作一件正经事去说，岂不叫太太犯疑？

贾宝玉　太太必不怀疑，我只明说是她闹着要去的。

晴　雯　（哭着说）我多早晚闹着要去了？饶生了气，还拿话压派我。你尽管去和太太说吧，我一头碰死了也不出这门儿。

贾宝玉　这也奇了。你又不去，你又闹些什么？不如去了倒也干净。

〔宝玉执意要回。

袭　人　（高声地）宝二爷——

　　　　（唱）二爷休要离此门，

　　　　　　　听我袭人表寸心。

　　　　　　　今日晴雯惹了你，

　　　　　　　情急之中犯了浑。

　　　　　　　也是平时你娇惯，

　　　　　　　丫环才敢顶主人。

　　　　　　　主仆平时能争论，

　　　　　　　才见二爷宽待人。

　　　　　　　一点小事不足论，

　　　　　　　二爷不要撵晴雯。

　　　　〔袭人跪下。

贾宝玉　这，这，这叫我怎么样才好？我这心都碎了也没人知道！

　　　　〔内唤：二爷，薛大人请——

　　　　〔贾宝玉径直而去，袭人随下。

晴　雯　（唱）宝哥哥离开怡红院，

晴雯我心里委屈好心酸。

都怪我慌乱之时折了纸扇，

生惹得哥哥怒发冲冠。

哥哥恼我我无怨，

得罪了哥哥我不安。

素平时我话语轻重他不恼，

今日里火冒三丈为哪般？

我这里暗暗把哥哥唤，

真盼望心里的话儿传到你耳边。

你一时生气我不恼，

大不该撵我晴雯离开大观园。

这几年晴雯我暗把你眷恋，

你是我心中的高大全。

这几年在哥哥身边好温暖，

晴雯我在他面前总撒欢儿。

想哭哩晶莹的泪珠一串串，

想笑哩百灵声声裹着甜。

想喊哩呼唤之声传得远，

想唱哩原生态歌声涌心泉。

没想到哥哥今日待我冷淡，

只是一把扇子惹得你不耐烦？

适才间哥哥讲他的心碎成一片片，

话到嘴边未曾谈。

想到此晴雯心里生愧疚，

我本该把哥哥的痛苦来分担。

只怪我这心哪像这粗针大麻线，

在哥哥心灵的伤口撒把盐。

心里边唤一声哥哥你别恼我，

小妹儿跟你闹着玩儿。

哥哥呀——

哥哥是我的心头肉，

围着哥哥转个圆。

任你轰，任你撵，任你逐，任你赶——

我心里边含着定心丸；

我不离开怡红院，

不离开大观园。

不离开宝哥哥你身边！

〔贾宝玉带着几分醉意复上。

贾宝玉　妹妹，还生哥哥的气呀？

晴　雯　（娇嗔地）别理我，烦着呢。

贾宝玉　（将晴雯一拉，坐在身边）你的性子越发娇惯了。早起就是跌了扇子，我不过说了那两句，你就说上那些话。说我也罢了，袭人好意来劝，你又括上她，你自己想想，该不该？（又凑近晴雯）

晴　雯　怪热的，拉拉扯扯做什么？叫人来看见像什么？我这身子不配坐在这里。

贾宝玉　别"瘸子脚面——绷着啦"。天气好热，我又吃了好些酒，你既没有洗，拿了水来咱们两个洗？

晴　雯　我们？

贾宝玉　我们。

晴　雯　两个？

贾宝玉　是。两个。我们两个洗个花瓣浴好不好？

晴　雯　（摇手笑）别介。别介。我不敢惹爷。还记得碧痕打发你洗澡，足有两三个时辰，也不知做什么呢。我们也不好进去的。后来洗完了，进去瞧瞧，地下的水淹着床腿，连席子上都汪着水……

贾宝玉　（拦住晴雯的话题）得了。打住。你既然不愿意洗，那就拿点果子来咱一块吃？

晴　雯　我慌张得很，连扇子还跌了，哪里还配打发吃果子，倘或再打了盘子，那罪过可更大了。

贾宝玉　好妹妹，别犯小心眼儿了。这扇子原是扇的，你撕着玩也可以使得。只是别在生气时拿它出气。

晴　雯　既这么说，你就拿了扇子来，我撕。我最喜欢撕的。

贾宝玉　（笑着把扇子递给晴雯）……

晴　雯　我有话问哥哥——

贾宝玉　你讲。

晴　雯　听袭人姐姐说，那一次她在身后递给你扇子，你把她当成了另外一个人，痴迷地说，"好妹妹，我的心事从来也不敢说，今儿我大胆说出来。死也甘心。……我睡梦里也忘不了你。"你说，这个人是谁？

贾宝玉　你该猜得出。

晴　雯　是黛玉姐姐？

贾宝玉　正是。

晴　雯　我也喜欢黛玉姐姐。哥哥，这扇子你真让我撕？

贾宝玉　你真的想撕吗？

晴　雯　想。

贾宝玉　那就撕。

晴　雯　（撕扇）

贾宝玉　撕得好。这声音真好听。

晴　雯　哥哥，上次我折了扇子，不是故意的，今天撕这把扇子我是故意的。

贾宝玉　我知道你是故意的。

晴　雯　可我的心情你不知道？

贾宝玉　是何心情？

晴　雯　哥哥，你知道妹妹最讨厌什么颜色吗？

贾宝玉　什么颜色？

晴　雯　白色。看见这扇子上画的是白海棠，我就来了气，一下儿就撕了。

贾宝玉　哎哟，这扇子上还有宝钗姐姐题的海棠诗呢。撕就撕了。来，这一把给你——

晴　雯　哥哥，你还让我撕？

贾宝玉　撕。

晴　雯　我可真撕啦？

贾宝玉　撕吧。

晴　雯　（撕扇）

贾宝玉　撕了这一把你是何心情？

晴　雯　生气。

贾宝玉　又是生气？

晴　雯　可不。见了这扇子，想起石呆子，那老头有几把好扇子，有个叫贾雨村的缺德的，晴天白日夺人家的扇子，弄得人家石呆子下落不明，生死未卜。我一时来气，就撕了。

贾宝玉　撕得好。撕得再响些还好呢。

〔麝月持扇上。

麝　月　少做些孽吧。

贾宝玉　（夺麝月的扇子递晴雯）接着撕——

晴　雯　（将麝月的扇子撕成两半，与宝玉相视而笑）

麝　月　这是怎么说，拿我的东西开心儿？

贾宝玉　打开扇匣子你拣去，什么好东西。

麝　月　二爷既然这么说，那就搬出匣子，让她尽力地撕岂不是好？

贾宝玉　有劳大驾。你去搬。

麝　月　我可不造这孽。她的手也没折，叫她自己搬去。

晴　雯　我也乏了，明儿再撕吧。

麝　月　我真受不了这刺激。（嘟囔着下）

贾宝玉　妹妹，好玩儿不？

晴　雯　好玩儿。（大笑）

贾宝玉　（吟唱，无伴奏）只要是妹妹笑得灿烂，撕它个千把万把扇子这有何难？

伴　唱　扇儿有风也有情，

　　　　风情万种多笑声。

　　　　少女不知真滋味，

　　　　置身繁花声色中。

第四场

〔小窗夜话

甲　　　晴雯这个小厉害精，啥事都爱占个上风。

乙　　逢人说好话，耿直讨人嫌。日后不会有她的好果子吃。

丙　　这话不错。你看人家袭人姑娘，嘴皮子上抹油，舌头尖取贵。只要见到了王

　　　夫人，那小点心话说的，比蘸了蜜还甜，人家在主子那里能不吃香吗？

丁　　可不是嘛。袭人和晴雯，可谓是双星耀戏台，可我这笨眼光看哪，两个人一

　　　交锋，明着晴雯胜，暗着袭人拿分。晴雯这姑娘不看好哇……

　　　〔闪回。贾政的声音："流荡优伶，表赠私物，荒疏学业，淫辱母婢。堵起嘴

　　　来，着实打死。"传来宝玉的哎哟声。

王夫人　（唱）宝玉我儿遭闷棍，

　　　　　　我是又恨又气又堵心。

　　　　　　恨我儿不求功名不上进，

　　　　　　礼教家规不遵循。

　　　　　　不爱读书爱脂粉，

　　　　　　到了女人堆儿如同进了快活林。

　　　　　　老太太那里他是个宝儿，

　　　　　　我的眼里他是个废人。

　　　　　　想我王夫人身后儿女不兴旺，

　　　　　　看眼下只有宝玉这条根。

　　　　　　怕他弱来怕他病，

　　　　　　我吃斋念佛烧香还愿只为宝玉一个人——

　　　　　　偏偏让我这当娘的不省心！

　　　　　　唤来丫鬟细询问，

　　　　　　问它个明明白白我处置下贱人！

　　　　〔袭人上。

袭　人　太太万福。

王　人　不管谁来也罢了，你丢下他来了，谁服侍他呢。

袭　人　二爷才睡安稳了，那四五个丫头如今也好了，会服侍二爷了，太太请放心。

　　　　我怕太太有什么话吩咐，打发她们来，一时听不明白耽误事儿。

王　人　这会子他还闹疼吗？

袭　人　先疼得躺不稳，服了宝姑娘送去的药，这会儿睡沉了，可见好些了。

王　人　吃了些什么没有？

曹禺剧作选

袭　人　老太太给的一碗汤，喝了两口，嚷干渴，要吃酸梅汤，我想这酸梅是个收敛的东西，二爷才挨了打，又不许喊叫，自然是急火攻心，我怕他吃了激在心里，我劝了半天他才没吃。

王夫人　哎哟，你也不早跟我说，前儿有人送来两瓶香露，一个是"木樨清露"，一个是"玫瑰清露"。一会儿让彩云给送过去。

袭　人　太太要是没别的事儿，奴婢回去了。（袭人欲走，被王夫人唤住）

王夫人　不急。脚跟没落稳就急着回去？我有话要问你。

袭　人　听太太嘱咐。

王夫人　我恍惚听见宝玉今儿挨打，是环儿在老爷跟前说了什么话。你可听见这个了，你要是听见了就告诉我，我即便知道了也不叫人知道是你说的。

袭　人　（一愣，有心计地）我倒是没听见这话，只知道二爷是因霸占戏子才挨的皮肉之苦。

王夫人　只为这个没有别的缘故？

袭　人　别的缘故我实在不知道了。我今儿在太太跟前大胆地说句不知好歹的话，论理……

〔袭人话说半句又咽了下去。

王夫人　你只管说。

袭　人　太太别生气，我就说了。

王夫人　我有什么生气的，你只管说来。

袭　人　论理，我们二爷也须得老爷教训两顿。若老爷再不管，将来不知做出什么事来呢。

王夫人　（合掌念出）阿弥陀佛。我的儿亏了你也明白，这话和我的心一样。我何曾不想好好地管教他，先时你珠大爷在，我是怎样管他，旁人也看到过，难道我如今就不知道管儿子了？只是有个缘故。

袭　人　我知道，太太快五十岁的人了，自打珠大爷撒手走了之后，只剩下二爷这根独苗了。况且二爷身子骨又虚，若管严了，出了闪失，将来太太靠谁呢。

王夫人　你说的是，我是管轻了不是，管重了也不是。我是两难呐。（落泪）

袭　人　二爷是太太养的，岂不心疼。便是我们这做下人的服侍一场，大家落个平安也算是造化了，可像二爷现在这样，我们想落个平安也难啊。为这事我没少劝二爷，只是劝不醒，偏偏那些人又肯亲近他，说来也怪不得二爷，是我们劝不到他的心里呀。今儿太太提起这话来，我还挂着一件事，每要来回太太，讨太太个主意。只是我怕太太疑心，不但我的话白说了，恐怕连葬身之地都没了。

王夫人　我的儿，你有话只管说。近来我听见众人背前背后的都夸你，我只说你不过是在宝玉身上留心，或是诸人跟前和气。我早有意思让你成个"准姨娘"，和老姨娘们一体行事。谁知你方才和我说的这番话全是大道理。正和我想的一样。我的儿，有啥话你尽管对我说，（声调低下来，交心地）只是别让外人知道就好。

袭　人　太太——

（唱）宝二爷承鞭挞痛及我心，

　　　本应该责杖打在奴婢身。

　　　都只因太太您和善亲近，

　　　奴婢我才有胆量和您谈谈心。

　　　说深了说浅了你多担待，

　　　奴婢我对太太是一片真心。

　　　俗话说人望幸福树望春，

　　　太太盼二爷成个准男人。

　　　二爷他奶油小生多英俊，

　　　二爷他怜香惜玉待人真。

　　　怡红院美女如云如那桃花汛，

　　　豆蔻年华正青春。

　　　林姑娘宝姑娘闭月羞花好滋润，

　　　姑表妹姨表姐亲上加亲。

　　　二爷他女儿堆内常厮混，

　　　真真让人悬着心。

　　　假如是错了一点点儿，

　　　府门前的石狮子也会咬人。

　　　到那时有口难说对与错，

　　　有眼难辨假和真。

　　　君子防未然事事求个稳，

（插白）以后还叫二爷搬出这园外来住就好了。

俗话说男与女授受不亲。

王夫人 （唱）花袭人真真是贤人，

字字句句慰我心。

我的儿呀，你理解人，体贴人，另外还会照顾人，我的花袭人呐你办事

来我放心！

从今后我把宝玉交给你了，

细微之处你多留心。

我把你当成嫡亲嫡亲的女儿待，

（插白）过会儿我跟凤姑娘说，让她在我的月例里每个月拨给你二两银子一

吊钱。

袭　人　谢太太恩赏。

王夫人 （接唱）咱娘俩从今以后不隔心！

袭　人　（唱）得到太太的信任是我的福分，

下贱的奴婢知报恩。

世界上怕就怕认真二字，

袭人我报效主子最讲认真。（施礼下）

王夫人 （望着袭人的背影有感而发地）袭人真是个好同志呀！

第五场

〔小窗夜话

甲　　二两银子一吊钱，在丫鬟的眼里可不是小数儿。

乙　　二两银子一吊钱，袭人在王夫人那得到了"绿卡"。

丙　　晴雯这个傻妞儿，空落个嘴尖。

丁　　嘴上刻薄那就犯了"讨厌罪"。

〔晴雯、袭人和秋纹三人同在场上。

秋　纹　我给你们说个笑话，你们听不听？

〔场上人无反应。

秋　　纹　袭人姐姐，你想听吗?

袭　　人　难得你讲笑话。我听。

秋　　纹　晴雯小妹，你呢?

晴　　雯　你讲吧。要是讲得没趣儿，我这手里边可攥着针呢。

秋　　纹　一个想听，一个拿着针呢也想听。那我死活都得讲了。

　　　　　（唱）我们宝二爷呀——

　　　　　　　　　既是多情种，

　　　　　　　　　又是孝顺人。

　　　　　　　　　那一日见了花瓶起了孝心。

　　　　　　　　　园子里的桂花折了两枝，

　　　　　　　　　两枝桂花插在瓶中表寸心。

　　　　　　　　　一支送给了老祖宗，

　　　　　　　　　一支送给王夫人。

　　　　　　　　　老祖宗乐得合不上嘴儿，

　　　　　　　　　王夫人心里感动脸上露笑纹儿。

　　　　　　　　　我这送花的丫头也沾光有了福分，

　　　　　　　　　太太她送给我两件衣服我好开心，好开心！哎哟——

秋　　纹　死晴雯，你咋扎我呀。

晴　　雯　我扎死你也不解恨。没见过世面的小蹄子。那是把好的给了人，挑剩的才给
　　　　　了你，你看你还美得屁颠儿屁颠儿的。

秋　　纹　凭她给谁剩的，到底是太太的恩典。

晴　　雯　要是我，我不要。

秋　　纹　你倒是想要，谁给你呢?

晴　　雯　把好的给她，剩下的才给我，我宁可不要，冲撞了太太，我也不受这口软气。
　　　　　一样这屋里的人，难道谁比谁高贵?

秋　　纹　晴雯姐姐，你方才说太太把好的衣服给咱屋里谁了? 好姐姐，告诉我知道
　　　　　知道。

晴　　雯　我告诉了你，难道你这会儿退还太太去不成?

秋　　纹　胡说。我白听了喜欢喜欢。哪怕给这屋里的狗剩的，我只领太太的恩典，也

不犯别的事。

晴　雯　骂得巧。那好衣服给了那西洋花点子哈巴了。（笑）

袭　人　你们这些烂了嘴的！得了空就取笑打牙，一个个不知怎么死呢。

秋　纹　原来是姐姐得了好衣服了，我实在不知道。我赔个不是吧。

袭　人　少轻狂吧。你们谁取了碟子来是正经。那瓶儿得空也该收回来了。老太太屋里的还罢了，太太屋里人多手杂，不如早些收回来，省得别人使黑心给弄坏……

晴　雯　这话倒是，等我去取。

秋　纹　还是我取去吧，你取你的碟子。

晴　雯　我偏去一遭儿，这巧事好事都让你们得了，难道不许我得一遭儿。

　　　　〔麝月上。

麝　月　总共秋丫头得了两件衣服，你看你没完没了的。难道你今日去太太那儿，也赶上太太在箱子里寻找衣服？

晴　雯　虽说赶不上太太寻找衣服的巧事，或者太太看见我学勤了，学乖了，一个月也把太太的公费里分出二两银子一吊钱来给我，也说不准呢。

　　　　〔王夫人出现在晴雯的身后，晴雯全然不知。

　　　　〔除了晴雯，其他几个窃笑。

晴　雯　你们笑啥？太太赏给你们两件衣服你们就了不起了。（夸耀自己）告诉你们，老太太还赏给我一个银簪子呢，你们说是老太太点儿高还是太太点儿高？

王夫人　自然是老太太点儿高了。

晴　雯　（吓得不知所措）……

王夫人　你叫晴雯？别胆小，别的丫头们我都赏了东西了，今天我也赏给你一件东西。（拿出包好的扇子）本来想送你一把好扇子，可我发现，不少的扇子都被人撕坏了，也不知因为什么要撕扇子。没办法只好把这把破扇子送给你了。

晴　雯　（知道事情不妙不敢接）……

王夫人　怎么？送给你扇子你不要，想必这扇子是你撕的了？（冷笑）可气死我喽。

　　　　（唱）你走近我的面前让我来看看你——

　　　　　　哟，水蛇腰，削肩膀，

　　　　　　身材不胖也不瘦，

　　　　　　个子不高也不低，

挤眉弄眼色眯眯好像一只野狐狸。

一瞧见你这号人我就来了气，

依仗着漂亮的脸蛋敢把主子欺。

冒失鬼折了扇子你本来就没理，

你是非不分、礼表不懂、不懂规矩没脸皮。

宝二爷被你整的威风扫地，

他把你当偶像走火入迷。

你竟敢让你们二爷——

（数唱）哄着你，让着你，

弯下身子讨好你，

仗着老太太喜欢你，

你不知自己是老几，

你老大、老二、老三都不是，

你是老奴才用十两银子买来的下人奴隶丫鬟侍女地位相当的低！

你自个出身卑贱不知趣，

树梢上吹横笛儿你想得不低，

宝二爷的姨太太怎么说也轮不上你，

你若敢勾搭二爷我扒了你的皮。

怡红院你自己能唱一台戏，

你一手攥着鸽子一手攥着鸡，

眼珠子一转悠都是鬼主意，

背地里唧唧呱呱呱呱唧唧。

不是我黑眼白眼看不上你，

狗尿台上不了富贵的宴席。

这龙生龙（啊）凤生凤（啊），

老鼠生儿打地洞（啊），

家雀儿生儿钻瓦缝（啊），

你该明白这个大道理，

哪容得下贱的奴才耍脾气。

我今天不轰你，不撵你，你自己反省你自己——

你冒尖儿我掐刺儿别怪我对你不客气！

〔王夫人径直而下。众丫环下跪，唯有晴雯傻愣愣地站在那儿。

众丫环　太太息怒。

袭　人　晴雯，就你的膝盖珍贵，你得罪了太太知道不？还不跪下。

晴　雯　啊？我把太太得罪了？（木然地站在那里）

　　　　〔袭人和麝月、秋纹下。晴雯独自木然地站在那里。

　　　　〔贾宝玉上。

晴　雯　晴雯妹妹？

晴　雯　（哆嗦着）宝哥哥……

贾宝玉　妹妹你怎么了？在门外站着多凉啊？（摸晴雯的脑门）哟，这头好热好热，你这是怎么了？我问你话呢！

贾宝玉　（见事情不好）袭人，麝月，秋纹——

　　　　〔三人复上。

贾宝玉　晴雯这是怎么啦？你们说呀？袭人姐姐你说？

袭　人　晴雯撕扇子的事太太知道了。

贾宝玉　这么说太太来过这里了？

麝　月　是。

贾宝玉　太太见到了晴雯？

秋　纹　是。

贾宝玉　我明白了。这就怪了。晴雯跟我玩耍，太太怎么会知道？是谁在太太那打了小报告？你？（指袭人）你？（指麝月）你？（指秋纹）说！一样的姐妹为何要算计她？真要是有个好歹我不会轻饶了你们！

众丫环　二爷息怒。

贾宝玉　晴雯妹妹，你别害怕。天塌不下来。太太怪罪下来，我担当下来。本来也是我让你撕的扇子。

晴　雯　宝哥哥，我好害怕，好冷……（打了两个喷嚏）

贾宝玉　（和麝月同时一惊）

晴　雯　你们用这眼神看着我做啥？

贾宝玉　你到底是伤风了。脑门太热了。

晴　雯　别这大惊小怪的，我没这么娇嫩。（看麝月）麝月姐姐，你像个丢了魂似的这样看我干啥？我怎么了？

麝　月　别靠近我。晴雯妹妹，你到底年纪小啊，咱这当丫环的，真的得了外感风寒，那是自个把自个往外赶哪。知道上次宝二爷没经意得踢了袭人姐姐一个窝心脚，袭人姐姐吓坏了，吓傻了，哭了好多的日子，真要是她挨了那一脚有个好歹的，袭人姐姐说，她自己得了重病是小事，只是从此不能在二爷身边了。

晴　雯　啊。我真的没想到会这样，我真的很害怕，二爷，我真的很害怕。

贾宝玉　好妹妹，你别怕。即便得了风寒，咱找好的大夫给你瞧治。

麝　月　这咳嗽不好啊。不好。

　　　　（唱）这声声咳嗽不是好兆，

　　　　　　　你自己摸摸脑门烧不烧。

晴　雯　有些烧。

麝　月　（唱）有些发烧那就更不好，

贾宝玉　麝月，你怎么咒她呀。

麝　月　我没咒她——

　　　　（唱）她自己得病自己熬。

　　　　　　　晴雯哪，你是不知你是不晓，

　　　　　　　咱作女儿的最怕得那"女儿痨"。

　　　　　　　你这唾沫星子能传染，

　　　　　　　我离你远着点儿省得是搂草打兔子——

　　　　　　　连我一块儿捎。哎呀，

　　　　　　　这可真糟糕！

贾宝玉　你也别听她们一惊一乍的，兴许喝几副汤药就过去的。

晴　雯　二爷，你快救救我。我真的不懂事，真的没家教，真的没爹娘管，大冷的天，我去外边跑啥呀。

贾宝玉　麝月，晴雯得病的事，不要对外人说。

麝　月　真的得了痨病，也不能瞒着，我们瞒着这罪过更大了。

贾宝玉　这事儿没你想得这么厉害。

麝　月　那请大夫的事也瞒着？到底瞒不住的。人家要问，给谁看病呐？该怎样说？

贾宝玉　给你看病。

麝　月　给我？我得的什么病？

贾宝玉　羊角风。

麝　月　（学抽羊角风的样子）我得羊角风？二爷，您把我杀了得了。

贾宝玉　是重了点。就说是"内有积食，饮食不周"吧。

麝　月　（不满意地）她得了病给我扣屎盆子，我冤不冤哪。

贾宝玉　别嘟囔了。快请郎中吧。

麝　月　请那胡大夫？

贾宝玉　不请，胡大夫胡乱号脉。

麝　月　那就请夏大夫？

贾宝玉　也不请。夏大夫瞎开药方。

麝　月　那请谁好呢？

贾宝玉　请那王小手吧，他还贴谱儿。

麝　月　那好吧。我去请。

贾宝玉　（麝月欲走，被宝玉唤住）你可记住我的话，晴雯的病谁也不能告诉，更不能告诉袭人。你记住了。别忘喽。

麝　月　忘不了。我就是忘了自己的生日也不会忘记您的话。（边下场边嘟囔着）哼，谁跟谁好就别提了。（下）

晴　雯　哥哥，我真的病了，你嫌弃我吗？

贾宝玉　哥不嫌。哥不嫌。

晴　雯　宝哥哥，你真好。在这个世界上，我只觉得，哥哥是我最亲最亲的人。真的。

贾宝玉　我知道。怎么说着说着你又哭了？

晴　雯　我真的很害怕，真的怕见不到哥哥。

贾宝玉　来。别怕。谁说我的妹妹病了？没有，明天一早儿，太阳一出来，这红红的光亮照到妹妹的身上，妹妹的病就好了……就好了。

第六场

〔小窗夜话。

甲　　　你们看看，黄狼单咬病鸭子。要说晴雯姑娘土生土长的不该这个娇嫩，谁知道一阵寒风拍过来，她就病了。

乙　　给人家大户人家当使唤丫头，可病不起，谁会花钱养着病秧子。

丙　　要我说这人得信命，命里没有别强求。就说她对宝二爷吧，能看得出来，把
　　　自己的心掏出来给二爷吃也不吝惜。可话又说回来，一个下贱的丫头能高攀
　　　上府上的公子吗？

丁　　细想晴雯这样做也不傻，管你攀上攀不上，哪怕爱哥哥一时一晌，两个人对
　　　了心思也值。你们少听说了，不求天长地久，只求一时拥有。

甲　　一时拥有？拥有啥？晴雯和宝二哥有啥？什么也没有。

丁　　肝胆相照，你还想要啥？他们哥俩这辈子有缘哪！

〔掌灯时候。宝玉急得直跺脚。

麝　月　宝二哥，这是怎么了？

贾宝玉　这个褂子，老太太、太太的顶喜欢的，谁知不小心后襟儿烧了一块儿，明天
　　　老太太要我随她去吃酒，还非要我穿这件，真急人。

麝　月　（看衣服）必定是手炉里的火迸上了。赶快叫人悄悄地拿出去，找个能工巧
　　　匠补上就是了。

贾宝玉　你的话说在后面了。刚才王婆子去了几个裁缝店，都没人敢揽这活儿。都
　　　说没有见过这么好的衣服。

晴　雯　拿来我瞧瞧吧。没个福气穿就罢了。这会子又着急。

贾宝玉　这话倒说的是。（将衣服递给患病的晴雯）

晴　雯　这件衣服正经不错。

贾宝玉　没错。这是俄罗斯的亲戚给的，是用孔雀毛编织的金裘彩衣。

晴　雯　这是孔雀金线织的，如今咱也用孔雀金线横一针儿竖一针地给它织细密喽。
　　　只怕还能混得过去。

麝　月　孔雀线现成的，但这里除了你，还有谁会这针线活儿。

晴　雯　不晓得谁会做。活儿摆在我面前，我挣命罢了。

贾宝玉　这如何使得，你的病才好了些，如何做得了活计。

晴　雯　不用你咋咋呼呼的，我自知道。

〔晴雯坐起来，挽了挽头发，披上衣裳。咬牙坚持给宝玉缝裘。

贾宝玉　咳，穿俄罗斯的衣服干什么，此时衣服坏了，上哪里去找俄罗斯的裁缝去？

晴　雯　别说了。这虽不像，但补上也不很显。

贾宝玉　妹妹，你身体虚弱，补一会休息一会。

晴　雯　慢针出细活儿，不能着急，也着急不得。待我拿个竹弓撑子。

贾宝玉　多大的竹撑子？

晴　雯　茶杯口大的。（补裘，缝几针端详几眼）

伴　唱　星光灿灿，月儿晶莹，

　　　　望月穿针，心儿朦胧。

　　　　情思系在线上，

　　　　爱意纫在针中。

　　　　心里边唤一声哥哥很轻很轻——

　　　　宝哥哥，妹妹的心事你可看得清？

晴　雯　（唱）忽听谯楼鼓一更，

　　　　　　　小女病榻做女红。

　　　　　　　巧手补裘织经纬，

　　　　　　　倩女离魂幻境中。

　　　〔补裘的晴雯形体凝固不动；进入环境的晴雯载歌载舞。

伴　唱　好一处桃花源，

　　　　好一处杨柳青。

　　　　花柳丛中伴随着哥哥走一程。

　　　　布谷鸟来了催着人们播五谷，

　　　　相思鸟来了催着男女种爱情。

　　　　相思种子播心里，

　　　　我的哥哥呀——

　　　　情人谷哥唤妹来妹唤兄。

　　　〔凝固的晴雯显动。

晴　雯　（唱）忽听谯楼鼓二更，

　　　　　　　孔雀金线密密缝。

　　　　　　　女娲补天惠百姓，

　　　　　　　晴雯补裘爱英雄。

　　　〔晴雯补裘形体凝固。

伴　唱　亦真亦幻又一景，

夏日情怀好空灵。

河岸上飘过蒙蒙的雨，

河床上吹来暖暖的风。

风吹河动荷不动，

莲藕同心爱意浓。

清水河边留倩影，

荷花映日十里红。

晴　雯　（唱）忽听谯楼鼓三更，

　　　　　　　哥在身边生暖风。

　　　　　　　彩线飞动银针舞，

　　　　　　　全凭妹妹好心情。（形体表演凝固）

伴　唱　金秋八月月儿明，

　　　　爱情的种子有收成。

　　　　唢呐吹着迎亲曲，

　　　　锣鼓敲打急急风。

　　　　桂子飘香抬花轿，

　　　　秋风送爽唱道情。

　　　　好个洞房花烛夜，

　　　　芙蓉帐暖百媚生。

晴　雯　（唱）忽听谯楼打四更，

　　　　　　　夜深人静心不宁；

　　　　　　　针尖刺痛兰花指，

　　　　　　　对着哥哥我喊疼。（形体表演凝固）

伴　唱　一年秋尽入寒冬，

　　　　鹅毛大雪漫长空。

　　　　白茫茫大地真干净，

　　　　嫦娥飞向广寒宫。

　　　　芳草地上无芳草，

　　　　怡红院中少残红。

　　　　唤一声哥哥我好冷，

猛瞧见哥哥立在风雪中。

晴　雯　哥哥,你是哥哥吗?

贾宝玉　我是。

晴　雯　你怎么变成一个更夫了?

贾宝玉　大厦倾了,人去楼空。繁华没了,一派凋零;欢笑去了,万籁俱静;梦幻醒了,天地觞情。为了乞食,我当了帮更的更夫。打更,打更,催人入静;打更,打更,呼唤黎明。晴雯,你知道吗? 打了五更,还有六更呢。

晴　雯　还有六更?

贾宝玉　是,那是在皇宫里面,宫里的人还是比草根平民高贵,能听到六更的梆子声。

晴　雯　哥哥,我是草根,我是平民,自然听不到六更的梆子声了。

贾宝玉　什么贵人、下人、平民的,你哥哥不世俗,依我说都是人。来,哥哥给你敲六更的梆子声。

晴　雯　哥哥,这风雪打着旋儿扑我而来,我好冷好冷啊。

贾宝玉　傻妹妹,你不是补好了孔雀金裘了吗? 为何让自己冷着,快披上它,它会变成一团火,温暖你的心。

〔幻境失。晴雯补裘后睡着,宝玉给晴雯盖上金裘。

〔无言歌起。

第七场

〔小窗夜话。

甲　　哎哟,崴喽。大观园着火喽。

乙　　哪着火了。

甲　　我是说,在大观园里,傻大姐捡着了绣春囊,这一下,把老祖宗惹火了,王夫人也火儿了,上上下下的人都火了。说来这导火索还是晴雯呢。

丙　　是晴雯?

丁　　可不是咋的。有一日宝二爷温习诗文,准备应付老爷的考问。晴雯见二爷疲劳不堪,心生爱怜。编个瞎话,说二爷夜晚读书时,一个黑影越墙而入,把二爷吓着了。宝二爷故此丢下了课本，好得休息。谁知此事老太太知晓，派人来查，结果入宅的人没查到，倒查到了聚众赌博之群。

甲　　事情越闹越大，邢夫人也要掺和进来看王夫人的笑话。王夫人自然心里窝了一肚子火呀。

乙　　王善宝家的那娘们是瓜子皮喂牲口——不是好饼。她心里想啊，把火烧得越旺越好！

丙　　咳。有戏可看喽。

　　　〔王夫人心事重重地发愣。王善宝家的上。

王善宝家的　王善宝家的给太太请安。

王夫人　几时学得嘴乖了，你呀夜猫子进宅，无事不来。

王善宝家的　太太说我啥我都爱听，我觉得是太太看得起我。

王夫人　这大观园里接二连三地出事，这根儿在哪呢？

王善宝家的　大观园里不消停，根儿就在一个丫鬟身上。

王夫人　你指的是谁呀？

王善宝家的　就是那个叫晴雯的丫头。

王夫人　晴雯？你说的是那个水蛇腰，削肩膀，眉眼像林妹妹的那个丫头。

王善宝家的　正是她。

王夫人　我有点印象，那一天她骂小丫头，我就看不惯，只是与老太太同走，我没说嘛。

王善宝家的　这小丫头可是鬼剃头难缠的主儿。

王夫人　我也听（欲说袭人话止住）别人谈及到她，你了解她。

王善宝家的　她的名声顶风能臭十里，谁不知道她呀。

王夫人　那你跟我说说。

王善宝家的　太太您听我说。（数板）

　　　　　　小晴雯可不得了，

　　　　　　仗着自己长得好；

　　　　　　黑眼珠多来白眼珠少，

　　　　　　奶子大偏偏穿小袄儿，

　　　　　　爷们见她受不了。

　　　　　　哑巴都想叫个好儿，

　　　　　　吕洞宾都想跟着她跑。

　　　　　这丫头放浪的劲头真不小，

　　　　　宝二爷看她像个宝儿。

　　　　　把这个丫鬟宠坏了，

　　　　　她是又压大，又欺小，

　　　　　当面敢跟二爷吵，

　　　　　经常对二爷性骚扰。

　　　　　您说可恼不可恼，不可恼！

王夫人　太可恼了。

王善宝家的　我就知道您听了会生气，所以我这拿着"速效救心"呢，您含几粒？

王夫人　不用。王家的，你知道，我平日最嫌的就是这种人。

王善宝家的　这种人是让人腻味。

王夫人　你看宝玉身边的袭人和麝月姑娘，稳踏踏的多好。好好的宝玉，要是让这个蹄子勾引坏了那还得了。

王善宝家的　谁说不是呢。这小蹄子简直就是宝二爷身边的"定时炸弹"。

王夫人　定时炸弹？啥年代的词儿，我怎么听不懂呢？

王善宝家的　这定时炸弹嘛，（胡乱解释地）这定时就是到了时候的——炸弹就是裂了口的鸡蛋。

王夫人　你把这贱人给我叫来，我会会她。

王善宝家的　好嘞。晴雯，太太叫你，有好果子吃。

　　　〔晴雯上。

晴　雯　太太唤我？

王夫人　（冷笑）好个美人！真像个病西施了。你天天做这轻狂样儿给谁看？你干的事别以为我不知道。宝玉今日可好些？

晴　雯　（有提防地）我不大到宝玉房里去，又不常和宝玉在一处，好歹我不太知道，太太要问，就问袭人、麝月两个。

王夫人　这就该打嘴。你难道是死人，要你做什么？

晴　雯　太太息怒。宝二爷饮食起坐，上一层有老奶奶、老妈妈们，下一层又有袭人、麝月、秋纹几个人。我闲着还要做老太太屋里的针线，所以宝玉的事竟不留心。太太既怪，从此后我留心就是了。

王夫人　阿弥陀佛，你不近宝玉是我的造化。你看你这浪样儿，谁准许你这花红柳绿的装扮。

（唱）看见你我这心头怒火往外拱，

骂一声小浪货你是个狐狸精。

做下人的规矩你不懂，

抖什么精气你逞的什么能。（数板）

红土子当不了朱砂用，

天生你是丫鬟命，

你胡思乱想没有用，

秃尾巴鹌鹑你成不了凤，（接唱）

哪容你爆碳的脾气人来疯。

挤眉弄眼儿不正经，

卖弄风情礼不容。

识抬举快快离开怡红院，

别等我撵来别等我轰！

〔晴雯含泪跑下。

王善宝家的　太太你看，她小脖颈颈着就这么跑了，她是心里边不服。

王夫人　不服？过几日我回了老太太再处置她。

王善宝家的　太太，你看见没有她的脸上有桃花晕。

王夫人　此话怎讲？

王善宝家的　这个人得的是结核病，俗话讲的"女儿痨"。您去问问，她准是天天咳嗽，我要是说错了，您啪啪给我几嘴巴。

王夫人　哎哟，这还得了，快快轰出大观园。

王善宝家的　太太，依我看，立刻查抄怡红院，查到了这小贱人的证据，再打发她不迟。

王夫人　好。王善宝家的。

王善宝家的　卑职在。

王夫人　我命你为整顿环境污染小组组长兼专项特派员。

王善宝家的　是。太太，这次抄检怡红院，我火速布防三道封锁线，一点点缩小包围圈，重点的重点是晴雯。

王夫人　好。刻不容缓，立即行动。

王善宝家的　是，那暗号是？

王夫人　暗号是"扯你娘这个蛋"。

王善宝家的　是。记住了。

〔王夫人和王善宝家的下。

〔晴雯独自复上。

晴　雯　（唱）一路上只觉得冷风阵阵，

细想来怡红院我无处安身。

我心中好孤独又气又恨，

晴雯我一腔苦水说与何人？

王夫人——

虽说我贱为丫鬟难和你理论，

可我心里边要问一问你这王夫人。

夫人你不是平庸辈，

人称你是贤德媳妇、慈爱母亲、信佛的大善人。

可方才一幕我看得真，

为什么冷言冷语刺人心？

我长得俊俏有何罪？

我做了什么见不得人？

我与你一无仇来二无恨，

为什么把我这丫鬟视为仇人？

难道说我们丫鬟比人矮三分？

你贤在哪里？慈在何处？善又何存？

难道说天大的委屈要我忍？

难道说打折的胳膊袖里吞？

晴雯我行事做事有分寸，

晴雯我清清白白在做人。

夫人她如此无礼我好气愤，

小晴雯我要顶天立地做个人！

〔王善宝家的咋咋呼呼地上。

王善宝家的　关上大门，抄检怡红院。老奶奶、小丫鬟你们听着，我奉太太之命，抄检你们箱子里的东西，希望你们自个打开自个的箱子。

袭　人　（小心打开自己的箱子）查吧。

麝　月　（极小心打开自己的箱子）查吧。

秋　纹　（胆怯地打开自己的箱子）查吧。

晴　雯　（突然，自己将自己的箱子高高举起，将东西倒出来）查吧！

　　　　〔众惊。

王善宝家的　你这是干啥？向谁发威呀，我这是公事公办。啊，箱子里没啥可疑的物
　　　　件，罢了。慢着，（指晴雯）身上衣服脱下，我得搜一搜。

晴　雯　（怒视王慢慢地含泪脱衣）

王善宝家的　嘿，小胸脯挺高，肯定有东西。（待上前摸，晴雯扬手欲反抗，但从边幕
　　　　内飞来一只鞋，正好打在王善宝家的脸上。王善宝家的嫁祸于人）你？你敢
　　　　打我？你反了天啦！

　　　　〔王夫人上。

王夫人　得了。王善宝家的，我让你来看看这里，没让你来这里撒大泼。看把姑娘们
　　　　吓的。（一副善良的面孔）晴雯哪，到我的身边来，我有话对你说。

　　　　（唱）适才间我不该跟你发这么大的火儿，

　　　　　　　我这个人哪好事不得好做——

　　　　　　　好话不得好说。

　　　　　　　我这个人好就好在嘴和心对着，

　　　　　　　有啥话不会藏着掖着瞒着盖着实话实说。

　　　　　　　我有时说脏话气话事后也反省，

　　　　　　　可遇上事儿还是搂不住火来刹不住车。

　　　　　　　有人说我容不下人心胸不开阔，

　　　　　　　不开阔这丫环使女我能顾这么多？

　　　　　　　那是好心人跟我整黑色幽默，

　　　　　　　想夸我偏偏要正话反着说。

　　　　　　　晴雯哪你就是女孩堆里的一个花骨朵，

　　　　　　　俊俏得冒精气儿好似那白天鹅。

　　　　　　　没想到你得了这个病可真真急坏了我，

　　　　　　　俗话说好女禁不住百日咳。

　　　　　　　我本想找个郎中治好你的病，

说句实的给你看病花多少多我都舍得——

可恨世间没华佗!

姑娘啊——

先回乡下的老家躲一躲,

俗话说金窝银窝不如自家的草窝。

乡下的空气好,

食品是绿色;

换个好环境,

也许能驱病魔。

心里想开些,

心情要乐和。

没有爬不过的山,

没有蹚不过的河。

有朝一日你病好了再来找我,

荣国府的大门始终为你开着。

姑娘啊先回老家吧,

我派人套上了轱辘车。(似说似唱)

你穿的戴的吃的用的针头线脑儿就连这顶针儿我都给你准备好了。

捞干的说这银子我不多给你,

为何不给你?那东西会惹祸;

因个啥会惹祸?

(接唱)都只因穷乡僻壤刁民多。

　　　倘若是有人谋财害命那还了得!

　　　几时你需要银子你来取,

　　　给你花万贯紫金我舍得。

　　　让你回老家我不好说出口,

　　　可你不走疾病传染众人逃不脱;

　　　我说了让你走肯定戳你的心窝子,

　　　求姑娘原谅我我这是没辙的辙——

　　　阿弥陀佛!

〔晴雯精神几乎崩溃。环视看了看含泪而下。

第八场

〔小窗夜话。

甲　不怕没好事，就怕没好人。

乙　真是的。王夫人那有人无事生非，有人打小报告，这不，没多少日子晴雯就被撵出了大观园，撵出了怡红院。

丙　没娘的孩儿，苦核儿的。撵出来奔哪儿呢？还得奔她表哥醉泥鳅家。

丁　到了表哥家也没人给她好脸子。一个病秧子，只剩下喘口气儿喽。

〔醉泥鳅家。破土房土炕。灯姑娘上。

灯姑娘　我说挨刀的。

〔醉泥鳅上。

醉泥鳅　你今天咋这喜兴啊？

灯姑娘　我昨天做了一个好梦。

醉泥鳅　你能做啥美梦呀，准是梦见小伙子，火力壮，媳妇跟人睡大炕呗。

灯姑娘　放你娘的屁。我梦见咱小妹晴雯当上了姨太太了。

醉泥鳅　太好了。这一回咱也能沾光了。

灯姑娘　也算你爹妈没白养活她一场。她当了姨太太了，准知道报恩。准知道给咱钱花。

醉泥鳅　我猜她会有良心。

灯姑娘　挨刀的，咱家要是有了钱谁当家？

醉泥鳅　你当家。

灯姑娘　你让我当家，我一定管好这个家，精打细算为了家，穷人家变成富人家。

醉泥鳅　有了银子让你花，你是又穿罗缎又配纱，围着火炉吃西瓜，日子好过心情好，你也要当孩他妈。

灯姑娘　你说，咱要是有了孩子该起个啥名儿？

醉泥鳅　随你的姓，你叫灯姑娘，咱娃叫灯盏花儿。

灯姑娘　你还蛤蟆逮蝇子——张口就来呢。

醉泥鳅　但有一件，别把这野汉子领回家。别让人家说，深山出俊鸟儿（指灯姑娘）下洼出王八。（指自己）

灯姑娘　看你都坐了心病了，咱要是富有了，我为啥招野汉子。

醉泥鳅　咳。说小晴雯当姨太太的事呢，怎么又拐到咱俩这点破事啦。

灯姑娘　我呀，今儿个特高兴。咱俩去府上看看咱小妹儿？

醉泥鳅　中。

　　　　〔二人欲走，晴雯病体难支撑地上。

晴　雯　（声音极轻弱地）表哥——

醉泥鳅　晴雯？你这是咋了？

灯姑娘　这还用问，混砸了，被撵出来了。

晴　雯　表嫂。

灯姑娘　谁是你表嫂啊，你可气死我喽。

　　　　（唱）灯姑娘越思越想越有气，

　　　　　　　小晴雯真不是个好东西。

　　　　　　　原指望她在贾府能争气，

　　　　　　　混一个准姨太地位不低。

　　　　　　　我也能沾点光披金又戴玉，

　　　　　　　她表哥也能够烧酒一壶啃小鸡。

　　　　　　　谁猜想她偏偏是个直脾气，

　　　　　　　使性子不管三七二十一。

　　　　　　　得罪了主子扫地出门没处去，

醉泥鳅　（唱）找表哥表哥看着干着急。

灯姑娘　（唱）既然是亲戚来了咱讲情义，

　　　　　　　咱赏她稀粥烂饭破炕席——

　　　　　　　不死让她脱层皮！

　　　　〔灯姑娘把晴雯推在土炕边径直而下。

醉泥鳅　咳，人的命天注定，胡思乱想不中用。我还是去府上杀猪去吧。（下）

晴　雯　（唱）离开了红楼香阁，

　　　　　　　回到了僻壤草窝。

　　　　　　　大观园果然成了一团火，

　　　　　　晴雯我果然成了扑灯蛾。

　　　　　　我跌进了千丈谷，

　　　　　　掉进了冰冷的河。

　　　　　　唤一声宝哥哥快来救救我，

　　　　　　我此时有满腔的苦楚要对哥哥说。

　　　　〔贾宝玉出现在晴雯的面前。

贾宝玉　（轻声地）晴雯？晴雯。

晴　雯　（强展星眸，又惊又喜，又悲又痛，攥住宝玉的手，哽咽着）我以为今生今世

　　　　　见不到你了。（咳嗽）

贾宝玉　（见此情景也哽咽着）……

晴　雯　哥哥，递给我些水喝吧。

贾宝玉　这？（看了半天发现一个黑沙吊子，宝玉自己尝了尝）……这水没法喝。

晴　雯　快给我喝一口吧。这就是茶了。

贾宝玉　妹妹，你受苦了。

　　　　（唱）看看我的妹妹，

晴　雯　（唱）看看我的哥哥。

同　唱　唤一声妹妹（哥哥）你靠近我，

　　　　　我有那千言万语要对妹妹（哥哥）说。

贾宝玉　（唱）我晓得妹妹心里边很难过，

晴　雯　（唱）我知道哥哥心里受折磨。

贾宝玉　（唱）叫一声妹妹你别怪罪我，

　　　　　　面对着严厉的父母无奈何。

　　　　　　想救妹妹救不得，

　　　　　　空看着妹妹你一步一个坎坷。

晴　雯　（唱）唤一声哥哥你别记恨我，

　　　　　　都怪我有个倔犟的性格。

　　　　　　心里没错不认错，

　　　　　　心里有话要直说。

　　　　　　为什么天宽地阔容不得我？

贾宝玉　（唱）为什么有情人千山万水相阻隔？

贾宝玉　你有什么说的,趁着没人告诉我。

晴　雯　有什么好说的。不过挨一刻是一刻,挨一日是一日。我已知横竖不过三五日的光景,就……只是一件我死不甘心的:我虽生的比别人略好些,并没有私情蜜意勾引你怎样,如何一口咬定我是个狐狸精?我太不服!今日既已担了虚名,而且临死,不是我说一句后悔的话,早知如此,我当初本该另外有个活法。但我不后悔,我觉得我们之间这样清清白白得相处才好,只是没想到凭空里生出这么个枝节来,我真是有冤无处诉啊。(说完又哭)

贾宝玉　(拉住晴雯的手)以前这手多漂亮,现在瘦如枯柴了。这四个银镯子别戴了,看着揪心,等好了再戴吧。(宝玉帮晴雯把镯子摘下并放在枕头下)可惜这两个指甲好容易长了二寸长,这一病又短了许多。

〔晴雯拭泪。伸手取了剪刀,将左手的两根指甲连根剪下,又伸手将自己的贴身的那件红绫袄脱下,一并交给宝玉。

晴　雯　这个你收下,以后见到这个就如见我一般。哥哥,你也把贴身的袄儿脱下给我穿吧,我将来在棺材里独自躺着,也就像还在怡红院一样,还在哥哥的身边。论理不该如此,只是担了虚名,我也是无可奈何只有这样了。

贾宝玉　妹妹,时候不早了,我该回去了。

晴　雯　你回吧。回晚了,夜风凉,身体会吃亏的。我不能起来送你,只有托付远方的月光来送你了……(宝玉欲走被晴雯唤住,从枕边拿出一个小包)哥哥,这是二两银子一吊钱,是妹妹我攒的,现在我用不上了。这人哪都有几起几落的时候,以后说不定会用上它。

贾宝玉　(受到震撼地)傻妹妹,我有银子,有好多的银子。

晴　雯　你有,是你的。太太高看袭人姐姐,给了她二两银子一吊钱;我高看哥哥,也给你二两银子一吊钱。哥哥,我来世间一回,我和哥哥没待够哇。

贾宝玉　妹妹,别说了。哥哥永远陪着你,不管我们相隔多远……

〔贾宝玉一步一回头下。

晴　雯　(唱)一夜秋风夜漫长,

　　　　　　孤灯孤影守寒窗。

　　　　　　看窗前有个人影儿在晃动,

　　　　　　看见了苍老的身躯白发上的霜。

　　　　　　这是谁?这是俺娘,真的是俺娘。

娘啊娘——

女儿找娘十六载，

十六载风风雨雨挂念着娘。

挂念娘常把娘亲记心上，

白天梦里呼唤娘。

叫一声娘亲你叫啥名字？

喊一声娘亲你住在何方？

唤一声娘亲你长得啥模样？

问一声娘亲你是生是死儿不详。

我这里病在床前和娘亲把话讲，

因个啥人家有娘我没娘——

我该有娘！

晴雯我豆蔻年华花儿一样，

进了那大观园我心飞翔。

我本想与姐妹阳光共享，

与宝哥哥相恩相爱情意长。

未想到天大的灾难从天降，

女儿俊俏惹祸殃。

王夫人吃斋念佛是假象，

也怪我少小年纪命不强。

被人撵出怡红院，

无奈何回到凹凸庄。

表兄表嫂多冷淡，

晴雯我病重的孩儿雪上加霜。

娘啊娘——

儿不怪娘亲未把儿抚养，

有道是世上没有狠心的娘。

儿不怪爹和娘土生土长，

下贱奴也要活得大大方方。

是爹娘给了我的生命，

这恩情我一生一世难报偿。

倘若有来生我还托生农家女，

相依相偎娘身旁；

放一群山坡羊，

采一片陌上桑；

唱一首摇篮曲，

哼几句娃娃腔。

爱河在心中长流淌，

太阳在心中暖洋洋。

娘啊娘——

唤一声娘亲别走远，

女儿我凭借月色淡梳妆；

离开这无情的世界无惆怅，

搀扶着娘亲去天堂。

伴　唱　哭一声短命的晴雯姑娘，

叹一声你花季的少女走得匆忙。

只盼你把生前的苦痛全遗忘，

依然是个清爽的姑娘走向远方……

第九场

〔小窗夜话。

甲　　看，天边又被染红了。是贾府的红楼夜景吗？

乙　　不是。是凤凰涅槃的火光，晴雯变成了火凤凰。

丙　　有人说晴雯得的是"女儿痨"，不能土埋，只能火葬。在徐徐的火焰中她不知道愁了，不知道痛了。

丁　　晴雯就这样地走了？天边的火也会慢慢变小，变成萤火虫大小的火星星。火星星慢慢地熄灭，柴灰被风儿吹动，晴雯的灵魂会变成灰色的蝴蝶飞向冥冥之中……

醉泥鳅　（对灯姑娘）你呀，不得好死。晴雯明明还有口气儿呢，你就把她放在火化车上了。

灯姑娘　早死早托生。早处置了早去王夫人那领丧葬费。

醉泥鳅　能给多少丧葬费？

灯姑娘　顶损也得给十两银子。

醉泥鳅　要是给了十两银子咱俩一人一半儿。

灯姑娘　你要一半儿干啥去？

醉泥鳅　喝酒哇。

灯姑娘　为啥喝酒？

醉泥鳅　借酒浇愁。

灯姑娘　你愁从何来？

醉泥鳅　因为你。俗话说近地丑妻家中宝，娶了你我是没得好儿。绿帽子一戴真可恼，吃啥我也胖不了！

灯姑娘　别逗咳嗽了。快去领丧葬费去吧。

〔灯姑娘给了醉泥鳅一脚。醉泥鳅乖乖地与灯姑娘下场。

〔火光依然照红着天边。贾宝玉上。

贾宝玉　晴雯妹妹，晴雯妹妹，我来晚了。昨天我奉严父之命，有事乘车远出家门。既来不及与你诀别。今天我不管慈母会发怒，拄着拐杖前来吊唁，谁知你的灵柩又被人抬走。及至听到你的棺木被焚烧的消息，我顿时感到自己已违背了我与你死同墓穴的誓盟。

现在我知道上帝传下来旨意，封你为花宫侍诏。活着时你既以兰蕙为伴，死了后，就请你当芙蓉的主人。而我也用泪水写成了芙蓉诔，借它来召唤你的灵魂。

晴　雯　宝玉哥哥，你别说了，我知道你的心。宝哥哥，弥留之时，我还真有句话想跟你说，自从我离开怡红院之后，我便惧怕红的颜色，惧怕这红红的颜色吞噬我，你看见了夜幕下的红光吧，那正是大火燃烧妹妹的那一刻。宝哥哥，记住我吧，我们还是能够相见的，会在梦里边相见的，会在你脑海的想象天地相见的。我不离开你的身边，在林姑娘的身上，你能找到我的影子……

贾宝玉　晴雯妹妹——

（唱）蕙质兰心本色真，

貌似芙蓉不染尘。

有情原比无情苦，

至诚相感作痴人。

一声杜宇春归尽，

我为晴雯写情文！

晴雯妹妹，你走好——

〔随着伴唱，不时地传来晴雯银铃般的欢笑声。

伴　唱　近看水，远看山，

不远不近看婵娟。

原本是奴下奴，

心想做人上人，

偏偏去了那天外天。

生，女人难，

死，女人难。

〔全剧终。

鸣　谢

本书在编辑过程中得到了领导和朋友的支持和帮助，他们是：

天津戏剧家协会原主席高长德，

河北省剧本创作室原主任胡士铎，

天津书法家协会主席张建会，

天津人民艺术剧院原院长著名编导许瑞生，

著名评剧表演艺术家崔连润，

天津评剧院三团主演易春英，

著名导演李宪法，

河北省丰润评剧团原团长高东文，

河北省迁安市评剧团团长王晶，

天津评剧院艺术室剧盼云，

唐山市丰润县评剧团办公室主任周洪军，

天津师范大学宋亚通，

蓟县书法朋友刘山，

南开区书法朋友赵佳。

特此鸣谢！